監殺

古野まほろ

角川文庫
22533

——かつて我々を暗黒の世界へ押しやった者どもよ、
思い知るがいい

(Karn, H., 2008)

目次

主な登場人物紹介

B県警察——巡回教養班（SG班）

中村文人（警視） 警務部警務課SG班班長『チート昇任の中村』
秦野　鉄（警部） SG班班長補佐（第1係担当）『機動隊の狂犬』
漆間雄二（警部） SG班班長補佐（第2係担当）『公安警察の茶人』
後藤田秀（巡査部長） SG班第1係主任『ポリスの王子様』
國松友梨（巡査） SG班第2係係員『Gと呼ばれた嬢王』

×

B県警察——山本伝一派（生安部門閥）

山本警視正 警務部参事官・兼・警務課長。人事、定員、組織を預かる『ハゲタコ山伝』
若狭警視 総務部の本部長秘書官。山本の忠臣として主流派をなす『インテリヤクザ』
鎌屋警視 美伊中央警察署の副署長。山本の実働員として働く『脂ギッシュなテキ屋』

序章　監察とは

犯罪の取締りは、警察の代表的な職務である。
そのために、警察には、強力な権限が与えられている。
逮捕する。捜索する。検証する。取調べをする――
こういった権限は、一般企業、一般市民には普通、認められないものだ。
また検察、海保、麻取といった競合他社は、犯罪の数%を捜査しているに過ぎない。
すなわち警察は、犯罪の取締りを、ほぼ独占する組織である。
三〇万人の治安関係総合商社、警察――
ならば。
この三〇万人の実力組織のなかで犯罪が行われたら?
この三〇万人の実力組織の誰かが犯罪を行ったら?
この独占企業に、誰がメスを入れるのであろうか。

それが、監察である。

すなわち『警察の警察』であり、『警察の犯罪を取り締まる警察』だ。

警察が自ら用意した免疫、抗ウィルス剤、それが監察といえる。

具体的には、警察のなかの監察官室であり、首席監察官であり、監察官たちだ。

この、監察とはどういう意味か？　警察による定義を見てみよう。

「『監察』とは、行政監督上の立場から調査又は検査することに用いられ、その調査又は検査は行政機関の行う業務の実施状況についてなされるものであり、公務上の犯罪、非違又は事故に関するものもこれに含まれる」

シンプルには、監察とは、警察自身による内部調査だ、ということになる。

これに関して、警察は、様々な更新プログラムをインストールし続けた。

二十年前、三十年前に比べると、監察機能は著しく強化されている。監察結果の透明性は、説明責任のシステム化によって、著しく向上している。

しかし……

『警察の警察』が、当の警察のなかに在るという、問題の本質は絶対に解決されない。

プログラムのバグに泣く者、システムのエラーに憤る者は、必ず生産され続ける。
そう、警察の不祥事に泣く者、警察の非違に憤る者が。
『警察の警察』の機能不全を怨嗟する者が。
その不作為に、隠蔽に、虚偽に憤慨する者が――
その怒りは誰が拾うのか。
その無念は誰が晴らすのか。
監察が駄目なら誰がやる？

これからの物語は、とある県警における、監殺を担う警察官たちの記録である。

第1章　県警崩壊

B県警察本部・第二会議室（記者会見場）

「白野、天誅!!」

「何をするかッ!!」

警察本部長のイタリア製スーツに、サバイバルナイフが深々と突き刺さった。

心臓を一撃。

記者会見場は凍りついた。

満席だ。地元記者はもとより、東京からの外人部隊記者で黒山の人集り。

記者会見の雛壇には警察本部長、警務部長、首席監察官。

その誰もが、眼の前で起こった事態を、理解できなかった。身動きすることすら。

それはそうだ。

いったい誰が、警察不祥事を謝罪するその会見の場で、警察本部長殺人事件が発生する――などと思うだろうか？

しかも、すべての列席者が目撃した現行犯人は、制服を着た監察官室長なのである。

監察官室長による、警察本部長殺し――
日本警察史上、こんな事件はない。あるはずがない。
そして、この劇場型警察不祥事こそが、Ｂ県警察の崩壊を決定づけたのであった。

――もちろん、この記者会見は、警察本部長殺しのためにセッティングされたわけではない。この記者会見の目的自体は、定型的で、シンプルなものであった。すなわちＢ県警・美伊西警察署における不祥事と、それへの懲戒処分の発表である。

しかも、不祥事そのものは複雑ではなかった。

美伊西警察署の若手巡査二人が、共謀して、警察署の独身寮内で、同僚警察官の金品・寮費などを盗み続けた。これが発端である。悲しいかな、この手の手癖の悪さは、部内警察において定期的に露見する。大量退職・大量採用の時代だと、頻度が上がる。部内では、遺失物の横領とともに、おバカ事案として軽蔑されるタイプの不祥事だ。何故なら絶対にバレるからである。しかも今回の動機は『彼女とのデート代を稼ぐため』……

いずれにせよ、警察官がドロボウというのは、市民の手前かなりイタい。まして事案は極めてシンプルな窃盗――これを知った署長のうち九九・九九％は、直ちに監察官室に報告して、事件化を図るだろう。次のポストは塩辛いものになるだろうが、真っ当な署長にとって、選択肢はこの『ローリスク・ローリターン』しかありえない。だから、この美伊西警察署長が真っ当であれば、量刑も判決もシンプルであったはずだ――

【若手巡査二人】
『私生活上の行為』×『住居等に侵入して他人の金品等を窃取すること』＝免職

【警察署長】
『管理監督上の行為』×『部下職員が懲戒処分を受けるなどした場合で、当該部下職員の規律違反行為発生の認識可能性があるにもかかわらず、防止するための措置が不十分であること』

＝減給又は戒告

——これが公式だからである。誰の、どのような行為が、どのような懲戒処分になるかは、警察庁がすべて公式化している。だから、この不祥事についていえば、ドロボウ巡査二人は懲戒免職で退職金なし、美伊西警察署長は情状によって減給か戒告。これは、当事者すべてが理解できていたことだ。そして、戒告などは確かにイタいが、署長自身の責任ではない。監督責任である。組織で返り咲くチャンスは、少なからずある。

だが……

美伊西警察署長は、〇・〇一%の署長になることを選んだ。

すなわち関係署員に箝口令を敷き、監察官室への報告をせず、窃盗の事件捜査もしなかったのである。要は揉み消しだ。警察署長は支店の独裁者だから、やろうと思えばできる。だが、この『ハイリスク・ハイリターン』戦略だと、バレたときの署長の処分は、こうなる――

【警察署長】
『職務遂行上の行為』×『証拠物件を故意に毀棄すること（重大なもの）』
＝免職又は停職

すなわち、不祥事の隠滅というのは、職業人生を賭けてやるバクチなのだ。ここに、九九・九九％の署長が思い止まる理由がある。

では何故、美伊西警察署長は、あえて綱渡りに踏み切ったのか……？

――今ようやく我に返った記者たちカメラマンたちが、雛壇に殺到し、密集している。ごった返すテレビカメラに、興奮をあおるフラッシュ。ようやく到着した救急隊に搬送されてゆく警察本部長。いつしか逃げ去っていた警務部長に、忘我している首席監察官。自らも雛壇に駆け寄りながら、地元記者たちは既に、真の事情を理解していた――

美伊西警察署長のバクチについても。

監察官室長の刃傷沙汰についても。

（警視正を目指す美伊西署長は、この時期の不祥事を、絶対に隠したかったのだ）

（今のB県警で不祥事を報告するということは、組織人としての死を意味するしな）
（監察官室長は、ノイローゼという話だったが……そりゃそうだ、無理もないことだ）
（B県警は異常事態にあった。だが、それを加速させたのは、白野本部長だ）
（沈没しかけていたB県警に、あんな本部長を……地元組は警察庁を許さないだろう）
（同情票は、圧倒的に、監察官室長に集まる）
（これでB県警問題は、異次元のステージに移った。正直、これからどうなるんだ？）

それでも記者たちは、夕刊と朝刊の見出しを考え終えていた。

監察官、警察本部長を襲撃――不祥事のデパート、未曾有の珍事

B県警本部長刺殺――不祥事続出で監察官が錯乱

警察本部長刺される――容疑の監察官を現行犯逮捕　B県警崩壊か

霞が関・中央合同庁舎第二号館十九階　警察庁長官室

皇居・桜田門の前に警視庁が、その次に省庁の合同庁舎がある。いわゆる二号館だ。
警察庁は、この二号館の十六階から最上階までを庁舎としている。
最上階は、国家公安委員会のスペース。
十九階に、警察庁長官室と、警察庁次長室がある。
その警察庁長官たる宮道裕は、人生最大級の、苦悩のなかにあった。

宮道は、六十歳。

警察庁に三十七年間、奉職してきた。

警察庁長官に階級はないが、三〇万人警察組織の頂点に立つ者である。むしろ階級すら超越しているといっていい。キャリアの同期はすべて退職している。どの省庁でも、事務次官を残してすべて退職する仕組みだ。

エリート官僚としての毛並みは、抜群である。宮道は、少なくはないが多くもない、入庁前司法試験合格者のひとりであった。内閣法制局に出向し、法令の審査を務めた法制官僚でもある。留学ではMBAを取得して帰って来た。財務省出向経験もある。警察庁内では警備畑のほか、総務課長、首席監察官、総括審議官に抜擢されてもいる。

もちろん、泥臭い現場経験も、断じて少なくない。

警視庁では目黒警察署長を務めているし、佐賀県、大阪府で課長経験がある。長崎県、京都府で部長ポストに就き、和歌山県と某県で本部長を務め上げた。そして某県の後、警視庁の刑事部長にもなっている。巨躯ながらも愛嬌があり、律儀ながらも人情家である宮道に心酔したノンキャリアは、全国津々浦々にいた。宮道もまた、内務省以来の伝統に基づき、赴任してきた各県と各県警察官を、こよなく愛した。

——しかし、だからこそ。

今、宮道の胸は、万力で締め上げられているように激烈に痛んだ。

あまりの苦悶は、嘔吐となってこみ上げてきた。

そこには、『若手警察官と徹夜で酒を酌み交わす本部長』『そのとき靴下に穴が開いていて大笑いされた本部長』といった、豪放磊落な姿はカケラもなかった。

あるのは、後悔だけだった。

(俺が、間違っていた……B県をこうまでしてしまったのは、誰でもない、この俺だ)

任地をこよなく愛した宮道。宮道が最後に本部長を務めた某県こそ、B県であった。

(俺の弱点だ)

誰もが口をそろえる宮道の弱点。唯一の弱点。

それは、人を観る目が甘い、ということだった。

そのことは宮道の耳にも入っていた。口さがない噂も知っていた。追従や口先に弱いと。裸の王様になるぞと。あんな取り巻きたちを引き上げているようでは、今に大事になるぞと。

ただ、宮道は敢えて人を信じることで生き残ってきた。どのような人材であっても、毒を薬に変えてゆく事で実績を上げてきた。人事権を使って部下を謀殺・排除することだけは、してこなかった。その結果、奇人は天才として、暴君は馬車馬として、陰謀屋は知恵袋として、宮道の基盤を固めるのに尽くしてきた、はずだった。

(だが、認めざるを得ない……想像を絶する毒は、処分するより他にないのだ)

そのとき、長官室のドアがノックされた。宮道は無意識の内に顔面を叩く。

「どうぞ」

「失礼します」

「ああ次長、どうだい」

するすると入室したのは、警察庁次長・西川誠史であった。宮道の二期後輩になる。長官と次長は、民間でいえば社長と副社長だ。また慣例として、この副社長は次期社長就任が確定している。利害関係の不一致はない。長官室と次長室は鏡合わせの直近にあるから、女房役の西川が長官室へ来るのは、特にめずらしくもない。今、特にめずらしいのは、ふたりが検討すべき異常事態の方であった。

ふたりは黒革のソファに腰を埋める。宮道は、TVが付けっぱなしであることに初めて気付いた。NHKの緊急特番が流れている。内容は……視るまでもないだろう。

「人事課、捜査一課、総務課で検証チームを編成しました」

「頭は？」

「首席監察官ですが、実務は人事課の企画官に仕切らせます。現地入りもありますから」

「ありがとう。庁議の方は？」

「庁外の刑事局長と総務課長が帰庁し次第、開催できます」

「国家公安委員会は」

「大臣の強い御意向で、明日にでも臨時会議を招集したいと」

「さすがに生き残りへの嗅覚が鋭い……その大臣への御説明と、委員各位へのレクは」

「秘書官と会務官がアレンジしております。むろん、総理秘書官と官房長官秘書官も臨戦態勢」

「国会が閉じているのは、アレだったね。

　人事課は信頼できるが、国会対応には不馴れだ」

「来る臨時国会ではまた十六階診療所と警察病院が怒りますな。ここは病人生産機かと」

「点滴セットでもドカッと買うか」

「野党の先生方にカンパしてもらいますかね。ただ、点滴は医療行為になりますから」

「ふふ、なるほどな、医師法違反でまた警察不祥事か……

　さて警察庁も苦しいが、B県はもっと苦しい。現状は？」

「白野君の死亡が確認されました。また、現行犯逮捕した監察官室長ですが――」

「辻森君だ」

「そう、辻森監察官室長……ああ、長官はB県で本部長をしておられましたね」

「もう七年前になるか……辻森君、当時は警部だったが、警務課の優秀な課長補佐だったよ、本当に。口数は少ないが、緻密な仕事をする警察官だった」

「いよいよ所属長級の監察官室長に抜擢されたところ……」

「……精神状態はどうなんだ？」

「襲撃の際、白野君に、こう、急ぎのメモを差し入れるようにして接近しています。その限りでは、合理的な行動をとっていますな。

　ただ確保後の言動、調べ室での言動は……」

「ん？　どうした？」

「……お怒りを覚悟で文学的にいえば、浅野内匠頭ですな」

「心神耗弱、か」

「心神喪失、にかぎりなく近いかと」

「ならその、辻森君の言動というのは？」

「天誅だと。遺恨だと。思い知ったかと」

「……確かに忠臣蔵だ。さて私の記憶にはないのだが、辻森君には病歴でもあるのか」

「Ｂ県の人事記録には皆無です。直ちに警察共済の健康保険に当たらせましたが、ここ三年、歯科以外の受診歴がありません」

「やはりな。するとだ」

「病巣は、白野君でしょうな」

「私のミスだよ。Ｂ県警察は、絶対に私を許しはしないだろう。白野は、あのまま管区から動かすべきではなかった」

「そういうわけにもゆきますまい」

「そもそも白野を関東管区に謹慎させたのは、神奈川の警務部長時代のアレがあったからだ。このこともたちまち露見するだろうな」

「アレですな。直参の警務部参事官を自殺させたアレ。原因は鬱病でしたか。ただ」

「そうだ。白野は仕事はやる。激烈に。それで組織が緊張し、引き締まるのも事実だ。

そもそも、ノンキャリアにも部下にも好かれようと思ってはいない。恐怖政治の信奉者だった。とうとう直属部下は自死してしまったが、その時代、神奈川の不祥事が激減していたのもまた事実」

「だからこそ、禊を終えた白野を敢えて、今のB県に行かせたのですが……」

「関東管区で自省の日々を送っていたかと思いきや、パワーアップして帰って来たわけだ」

白野秋香。

宮道の七期後輩になる、警察キャリアだ。警備公安のスペシャリスト。

警備畑では知らぬ者なき、クラッシャーでもあった。

無制限に仕事を下ろす。厳しいタイムリミットを課す。突然キレる。怒鳴る。叱る。脅す。説教する。吊し上げる。所属に大声が一時間以上、響き渡ることもある。反論は許さない。いつまでも決裁をしない。知らないことは下に丸投げ。報告が遅いと激怒。忙しいときに来るな、とも激怒。理屈をつけては他課員でも使う。下に土日は認めない。ルール違反には容赦ない私刑。失敗があれば部下の手落ち。バカと決めたらいびり倒す。上昇志向は強く、上の執務室では態度が豹変。なお『上以外、誰に対しても公平無私にクラッシャーであること』、それが数少ない美点といえば美点……

そのような警視監、それが白野秋香であった。

実は、警察庁には、このような手合いが溢れている。

だから、白野本部長が突出した異常者、というわけでもない。もっとエグいのもいる。裏から言えば、職制があり、階級もあり、組合はなく、上官のイエスが絶対必要な警察組織においては、クラッシャーの出現を防ぐことも、クラッシャーを排除することも、極めて難しいのだ。やがて多数の人々がその被害に遭い、口伝で『猛獣名簿』を語り継いでゆくのだが、下にできることといったら、異動を待つか、せいぜい御機嫌のよいときに決裁に入るくらいのものである。警察庁では、大声を出した方が勝つ――もちろん、ある程度の職と階級が必要だが。

宮道は自分自身、熟知し、加担している組織文化を悔やんだ。

（警察キャリアは、誰でも、平凡でありさえすれば本庁課長、警察本部長になれる……不適格者を排除する仕組みは、白野のようなタイプについて言えば、皆無だ）

本庁の課長はまだいい。

問題は地方の、警察本部長だ。

キャリアの不適格者にキャリアが苦しむのは自業自得。だが、都道府県警察の側には、そんな暴君に支配されなければならないどんな理由もありはしない。だのに、警察庁の人事権で、勝手に社長を決められ、絶対服従を強いられ、会社を好き放題にいじられる。挙げ句の果ては、自殺者まで出る始末。病に倒れる者は、その数倍はいよう。

（……だが、そんな暴君自身は、どう責任をとる？）

管区警察局、管区警察学校での謹慎で終わりだ。そして二年もすれば、まるで何事もなかったように、実績に応じたコースを歩んでゆく。その実績とは、地方の警察官の屍の上に築いたもの……

(俺は白野の厳格さと潔癖さを買った。危機にある戦線の立て直しを委ねた。

だが結果、神奈川県警察とB県警察を売った。現場警察官の希望と期待を裏切った。

警視監ともなり、謹慎まで味わった最高幹部が、何も変わっていなかったというのか？)

「――次長、白野君と辻森監察官室長の関係については？」

「人事課企画官に聴き取り調査をさせています。取り敢えずこちらが第一報のメモです」

「B県からの出向者の証言だね？」

「はい、警察庁への出向警視のうち、特に堅い者を個別に当たっています」

警察庁は、キャリアの世界ではあるが、実は定員の三分の一を、出向警部・出向警視でまかなっている。三〇％以上は、都道府県警察採用のノンキャリアなのだ。宮道長官は、警察御用達『一太郎』によって超特急で作成された、複数枚の、B県警視たちの証言を眼で追った。そして、愕然とした。

(B県警察では、こんなバカなことが、まだ行われていたとは……!!)

・白野本部長は、不祥事が発生すると、まず監察官室長を徹底的に叱責する

・その叱責は、密室の本部長室で行われ、人格攻撃が時に二時間を超える

・すさまじい罵声が室外の秘書室にまで響き、決裁待ちの幹部すべてが萎縮する
・白野本部長対策にコストが掛かりすぎ、本来の、監察官室の業務が回らない
・本部長のハンコがもらえないので、案件が、土日祝日なくズルズルと継続する
・決裁書類が眼の前で破り捨てられるのは日常茶飯事
・警察は無謬のはず、そうでないのは監察官室の無能、というのが白野イズム
・不祥事を発生させた所属よりも、監察官室が激烈な攻撃の対象とされる
・首席監察官はB県警のボス級であり、一度、決裁挟みを投げつけられてから、本部長室に入ろうとしない。本部長も、地元対策上、何らの注意をしない
・各監察官は、あんぽんたん、おたんこなす呼ばわりされ、本部長室出入禁止を言い渡されている
・監察官が本部長にアクセスできない以上、監察官室は既に機能不全だった
・白野本部長への報告、白野本部長の決裁は、監察官室長がすべて引き受けざるを得なくなった
・不祥事を発生させた所属に対する厳しい指導は、それを考えた本部長自身でなく、監察官室長に丸投げされる
・若い辻森警視は、先輩の各課長、各署長との板挟みで苦しんでいた
・休みなく不祥事対策と本部長対策に追われ、疲労困憊し、それが書類、説明、段取りのミスを生み、またそれが本部長の激昂を呼ぶという悪循環があった

・本部長が激怒する報告は、誰もが自制するようになった

「なんたることだ‼

　これを本部長着任後、現在まで、そう一年二箇月もやっていたのか‼」

「後輩をこう評するのも奇妙ですが、実に古典的なタイプの警察官僚ですな、今時」

「結果、自分の命で贖(あがな)うことになるなど……最大多数の最大不幸そのものだ」

「B県警察の部長級も、情けないといえば情けない。仮にも指定県ですからな」

　指定県というのは、政令指定都市を擁(よう)している県のことだ。いってみれば警察の大企業、いわゆる『大規模県』である。

「地元としては、一年半我慢すれば離任する、それまでは忍ぶという戦略だったのだろう……だが警務部長は何をしていたのだ。本部長の目付(めつけ)もできないのか」

「二箇月前に着任したばかりでしたから。さすがに実態はすぐ、理解できたと思いますが」

「着任したばかりであろうとなかろうと、着任すればすべての職責が発生する。まして、聴き取り調査の結果を信頼するとすれば、B県問題はまた根底から引っ繰り返るぞ。

　よもや警察本部長が、不祥事の発生件数を、いや不祥事の認知件数を抑制するために、恐怖政治を敷いて、そもそも報告が上がらないようにしていた──などと」

　自ら揉み消しをするのではなく、部下職員が揉み消さざるを得ない異常心理に追い込

む。監督責任を回避するべく、厳格で潔癖で、非違に激昂する自分を演出する。その結果。

「……あの一覧表、あるかい。Ｂ県の懲戒処分数の奴」

「こちらです」

宮道はエクセルシートを見遣った。ここ三年間の、Ｂ県の不祥事データがまとめられている。そして、これに記載されている文字列こそが、さっきまで炎上していた『不祥事のデパート・Ｂ県警問題』そのものなのであった。

（もっとも、白野の死で炎上は終わる……落城になる……）

【平成二四年】
懲戒処分者数　二六人（免職四、停職八、減給一〇、戒告四）
【平成二五年】
懲戒処分者数　三二人（免職四、停職七、減給一六、戒告五）
【平成二六年】
懲戒処分者数　八人（免職〇、停職四、減給四、戒告〇）

「問題が始まった平成二四年の数字は、驚異的だ。大阪府警察と同数とは」

「Ｂ県警察の定員は六、〇〇五人、指定県最少。大阪府警察は二万人以上ですからな」

職員当たり発生率でいえば、論じるまでもないほど末期的だということだ。

「さらに戦慄すべきは、平成二五年だ。前年、大炎上したにもかかわらず、処分者数は増えてしまっている。今度は警視庁を一人抜いた。これだけの記録は、作る方が難しい」

「警視庁の定員は四万人以上ですからな。警視庁が処分者数で他県に劣るなど、空前絶後でしょう。そもそも全国警察すべての処分者数が、三〇〇人前後。するとB県警察だけで、不祥事の一割を生産していたことになります」

宮道はエクセルシートの右欄へ瞳を移した。

「不祥事のクオリティもまた、絶句するしかない……」

平成二四年では、押収したスマホの横領、留置被疑者の現金窃盗、貯め込んだ捜査書類の自宅隠匿、パンツの盗撮、下半身の露出、警察署警部による当て逃げ、警察署副署長による酒気帯び運転、本部次席による女性警察官ストーキング、コンビニでの実弾入り拳銃置き忘れ、鉄道警察隊員による痴漢、風呂をのぞくためマンションに侵入、同僚刑事の捜査費窃盗――

まだまだある」

「よくもまあ、一年の内にそこまでと思いきや。

平成二五年に入って、夜間路上での女性襲撃、十六歳女子高生への淫行、交番巡査が公用バイクで酒気帯び運転、学校巡査が三〇万円恐喝、帰宅の足としての自転車窃盗、暴力団員・風俗店への捜査情報漏洩、機動隊員複数が危険ドラッグ使用、警察署親睦会費四〇〇万円の横領、女子大生と警察一般職とのダブル不倫に強制性交、公務中の刑事がぱちんこで遊興したうえ捜査書類紛失、暴対課員による覚醒剤使用、古参巡査部長による部下イジメのゴルフセット恐喝――

こちらもまだまだありますね」

強制わいせつ。ストーカー規制法違反。強姦。迷防条例違反。当て逃げ。窃盗。強要。

（その主語が、警察官……）宮道は痛感した。（被害は消えない。怨みもまた。どのように監察し、どのように処分し、どのように謝罪し、どのように賠償しても、警察不祥事の被害者の、怨みが晴れることはない……

しかし、加害者が警察であるために、そして警察には外部監察がないために、怨みを晴らせる者はいない。システムもなければ、組織も、権限ある者もない。

警察は平成の頭から、被害者対策を、被害者の権利を錦の御旗にしてきた。

だが、いざ警察自身が加害者になったら？

晴らせぬ怨みは我慢しろ――と開き直っているも同然ではないか）

「長官？」

「ああ、すまない」

「お察しします」

「だといいが」

「え？」

「ああすまん、嫌味ではないよ。かねてより考えていたことが、じわりと頭のなかで、鎌首をもたげてきてね——

さて三年前、平成二四年から『不祥事のデパート・B県警問題』が浮上し、てんやわんやの大騒ぎの内に、平成二五年も改善傾向が認められなかった。大阪府警察も、いや警視庁も圧倒したんだ。世論、特にマスコミが燃え上がらないはずがない」

「B県警察はもちろんですが、警察庁も、サンドバッグ状態でしたね」

「崩壊しつつある戦線を建て直すために、平成二六年、前本部長を更迭し、白野という劇薬を投入したわけだが……」

「確かに劇薬でした。第一に、懲戒処分者数を一気に四分の一まで激減させた。しかも、懲戒免職のケースがひとつもない。白野君のキャラクタに問題があるにせよ、薬としての側面が強く出た。こう考えてはいたのですが」

「なんのことはない。実際は前年、前々年と変わっていないんだ——

いや、それはまあ、検証しなければ断言はできんよ。だが、先の、ちょっとした聴取り調査の結果を一読するだけで、心証は得られる。

報告されるべきものが報告されていない。

発生したものが強制された自発性によって隠蔽されている。それだけのことだ」

「上の意向を過度に受け止めて判断を停止する。いわゆる忖度政治という奴ですね」

「警察庁にもある。警察文化として忖度は根強い。だが、不祥事については絶対にいかん。不祥事対応は直球と王道、これしかない。上の意向など忖度する余地はない」

「……現実問題として、直球と王道を選びたくても、もう無理でしょう。ただでさえ平成二四年、二五年のスキャンダルでズタボロ。そこへ白野独裁政権が東京から下りてきて、恐怖政治で県警をイエスマンの集まりにした。恐らく強権的な人事措置も発動しているでしょう。となれば」

「人事は一度、恣意・私情で乱されれば十年は建て直せん。組織自体も既にボロボロ」

「そして、白野警察本部長殺害事件の発生に」

「やがて、懲戒処分者統計捏造事件の露見だ」

「……よほどのことがなければ、王手詰みでしょう」

「またよほどのことがなければ、いよいよ外部監察論が再浮上してくる」

――外部監察論。公安委員会制度改革論。第三者機関設置論。

すべて警察として受け容れられるものではない。

だから、この種の情勢になったとき、警察は死に物狂いで自浄と自己改革をするのだ。

そして宮道は既に、この段階で、荒療治を決意していた。荒唐無稽な外科手術を。

(邪道もまた道なり。俺が世話になったB県警察の崩壊を防ぐ。火の手を消す。

俺は長官にまでしてもらった。思い残すことはない。是非は結果が示す。それだけだ)

「……長官、あと法務省の動きですが」

「とうとう来るか」

「今の次長検事は、野心家ですから」

「夢よもう一度、というわけだな……昭和二八年の刑訴法改正事件、昭和五一年の秋霜烈日事件以来の、大戦争をする気か？」

「そこまでは。ただ、B県警察問題が鎮火しなければ、外堀を埋めに掛かるでしょう。既に官邸筋はもとより、法務委員会へ根回しを開始しているとのことです」

「こちらは？」

「検証チームに下命してあります。内閣委員会に、与党内閣部会、政調、総務会」

――戦前、警察は検察の下働きであり、検察官の命令に従う身分だった。

戦後、合衆国の主導により、警察に第一次捜査権が与えられ、検察の指揮命令権は否定された。検察と警察は対等の、拮抗する存在となったのだ。

だから、検察庁の積極派は、最終的には、指揮命令権を取り戻したい。

ゆえに、様々な問題に介入し、警察を統制する仕組みを導入しようとする。検事のDNAには、『警察は使うもの、指導するもの』という本能が、インプリントされている。

そして今、警察不祥事が燃え上がり、警察に自浄能力がないとなれば……

「ならば中央のみならず、現地の美伊地検の動きも、確認しておかねばならんか」

「白野本部長殺害事件を、検察が食うと言い出しかねませんからね。警察捜査には任せておけぬと。そしてこのままでは、国民がそれを支持するかも知れない」

「国民が望むなら是非もないことだ。だが、これを政争に使われては絶対にならん」

「しかしながら、既にB県警察には、当事者能力も戦闘能力もありません。美伊地検を牽制するどころか、日々の職務執行すらおぼつかないのでは？」

「再建する。人事を急ぐ。直ちに発令案を」

「後任のB県警察本部長は？

　これが平時であれば……生安審議官の鈴木君か、交通審議官の柏井君か……皇宮警務部長の大庭君も。特に御異論なければ、まだ指定職ではありませんが、栗城警備企画課長、三枝刑事企画課長など。

　白野君が警備畑でしたから、警備は避けた方が地元感情がよいでしょう。また威圧的なタイプも、ちょっと……柏井君なら常識的な調整型ですな。人事畑も踏んだ人格者でもある。その分、鈴木君のような牽引力にやや欠けるきらいもありますが」

「どれも霞が関官僚として、優秀極まるタイプだな」

「どちらかといえば能吏タイプが多いですね。大庭君などは、やや豪傑寄りですが」

「今は有事だ。必要なのは能吏ではない。

　そして、警察庁としての断乎たる姿勢を示す必要がある――伊内君でゆこう」

　西川次長は数瞬、日本語の処理ができなかった。口がぽっかり開いた。必死に脳内を検索する。審議官級で、そんなのいたか？

「あっ、長官……伊内君というのは、警察大学校長の伊内君ですか？」

「ああ、君の二期後輩の伊内浩泰だ」

「ですが……いかに階級は警視監のまま、とはいえ、それでは降格です」

「もとよりだ。指定職四号俸から、二号俸に格下げだ」

「ただ伊内君ももう、このまま……確かに魅力ある男ですし、局長候補でしたが……京都府警察本部長時代、伊内君もまた炎上を起こしましたし……警察大学校長でもありますし」

警察庁のいってみれば出先は、皇宮・警大・科警研・管区である。そして慣例として、その長を命じられることは、双六のゴールを意味した。もちろん、指定県の本部長より格上である。だから上がりポストなのだ。

「児玉源太郎だよ。名誉の降格だ。余人を以て代えがたい逸材には、よくあることだ」

「……せめて、御決心の理由を」

「第一に、京都の不祥事で辛酸を嘗めた経験を活かせる。第二に、局長級を降格させてまで県警を改革する、という決意が示せる。第三に、大学校長なる教養の大ボスを着任させることで、非違事案防止における教養の重要性を浸透させることができる。そして最後、第四に」

第三から、宮道はしゃあしゃあと嘘を吐き始めた。ちなみに教養とは、警察用語で教育訓練のことであり、『教養学部』とか、『教養が深い』の教養とは、全然関係がない。

「第四に？」

「次長、君の言うとおりだよ。伊内は魅力ある男――私の言葉で言い換えるなら、笑顔の素敵な男だからだ」

「はあ？」

「会社更生法の適用を受けるとき、社長の最も大事な仕事は、どんなときでも笑顔でいること。私はそう思う。

あと警務部長、刑事部長、警備部長の東京組は、すべて更迭だ」

「役員総換えのリスクは、甘受されるということですね。ならば後任は？」

「刑事部長・警備部長ポストは地元に返す」

「永続的にですか？」

「差し当たり再生までの間、としておこう。君の代になれば、君の思うようにしていい。だが警察庁からの役員がのうのうと生き延びているとあれば、その再生すらできまい」

「新・警務部長についての御意向はございますか？」

「それは伊内君にすべて任せる。年次、経験、畑、人格ひっくるめて一任だ」

「それでは直ちに」

「本部長については即日内示、翌日発令とする」

「……了解しました」

無茶苦茶である。

県警本部長は県の職員にして地方公務員にあらず。国家公務員である。人事を発令できるのは、実態論はともかく、国家公安委員会だけだ。長官が思いついたから発令、というのは、無理難題である。

だが。

西川次長は無理難題に抵抗しなかった。こうなったときの宮道の一徹さを知り尽くしていたからである。

そのとき、長官室のドアがノックされた。

「どうぞ」

「失礼致します」入室したのは、長官秘書官だ。「刑事局長、総務課長、出先からお戻りになりました」

「解った」

宮道と西川は、ともに黒革のソファを起った。

取締役会たる庁議に臨むためである。

十九階庁議室までの道すがら、宮道は思った。

(敵前逃亡はできん。三〇万人を預かる警察庁長官が今、辞めることは絶対にできん。すると野党の先生は、いや与党の先生もだろうが、未練がましいと糾弾する。国民世論もだ。進むも地獄、退くも地獄……

だが、伊内政権が軌道に乗れば、いつなりと身を処せる。だから)

SG計画。

宮道は庁議室に入る寸前に、その設計図を引き終えていた。

（絶対に成功させねばならん）

東京都府中市・警察大学校

霞が関がガレー船だとしたら、警察大学校は牧場である。

ゆえに敷地は広大である。

校舎二階、学校長室もまた、悠然としていた。同じ局長級でも、本庁の局長室よりゆったりしている。制服勤務であることも、本庁の局長と違う特色だ。

深い意味もなく、腰に手を当て、グラウンドを見下ろしていた伊内学校長は、遠くの執務卓で警察電話が鳴るのを聴いた。十歩ほど歩き、電話機の表示を確認する。警視以上の警察電話には、ナンバーディスプレイ機能があるからだ。番号どころか、職名まで出る。

ゆえに伊内は毒突いた。ちっ、ミ、ヤ、ッ、チじゃねえか。

「はい伊内でございます、お疲れ様です長官」

『ああ御苦労さん。庁議はサボりか？』

「また御冗談を。学校長訓育のコマがあったんですよ。教養は警察の命綱でしょ？」

役員どうしの会話にしては砕けている。それには理由があった。

宮道と伊内は先輩後輩として、同じ所属でのシンクロ率が高かったのだ。警察庁では、見習い警部と課付警視。理事官と企画官。室長と課長。長崎県警では一緒に部長をやっている。キャリアどうしで四回のシンクロというのは、稀な方だ。

　だから、宮道の方にも遠慮がなかった。

『今晩、忙しいか？』

「もちろんです」

『……夜に講義はないだろう、警大には時間外手当がないんだからな』

「どのみち管理職に時間外はありませんがね。いえ就職説明会をするんですよ」

『はあ？』

「隣の東京外国語大学の学生にせがまれまして」

『まさか、女性限定じゃないだろうな？』

「結果として、そういうこともあろうかと」

『そういうのをコンパというんだ!!　京都で反省したんじゃないのか!?』

　——伊内が京都府警察本部長のとき。

　政府の重点施策『女性が輝く社会の実現』に乗っかって、警察学校で、府警史上初の『女性警察官円卓会議』を開いた。それは、よいことだ。よくなかったのは、一緒の敷地にある機動隊、その隊員と待機寮であった。

　恐ろしいことに、待機寮は、複数の隊員が家出少女を連れ込んで淫行する、公営ラブホテルと化していたのである。

　また恐ろしいことに、その第一報が伊内本部長に入ったのは女警会議の当夜、女性警察官と学校の食堂で大いに飲酒していたときであった。気持ちよく酩酊していた伊内が思わず漏らした言葉——ＪＣ買うなんてバカじゃないのか。せめてＪＫにしとけよ。若い方がいいって言っても限度があるぞ。

　誰が漏らしたか知らないが——予想はできるが——この様々な意味で不適切な発言は、メディアが一斉に報じるところとなる。また伊内が数年前、離婚してすぐ、三十歳も年齢の離れた妻を娶っていることも、面白可笑しく書き立てられた。

『すぐ近くを視察していながら、家出少女の被害、機動隊員の犯罪を発見できなかったこと』『女性を支援する会議を開催している傍ら、多数の女性被害者を生み出してきたこと』『直ちに初動対応を指揮すべきところ、酩酊の上、被害者を冒瀆する発言をしたこと』『女子高校生との淫行を容認する発言をしたこと』……曲解され利用された面もあるが、世論は沸騰し、反論も意味がない。天中殺か厄年のような不幸の重なり合いだが、機動隊員の懲戒と立件で終えられる事案を、わざわざ自分の大火事にしてしまったのは事実だ。

　こんなわけで。

　伊内だけに限っていえば、おバカな自爆テロにより、機動隊員たちの懲戒処分が公表された日に、京都を去ることとなったのだ。伊内は刑事畑と総務畑を歩み、現場経験も豊富なら官僚仕事も手堅い。だがまさか、局長級の本流に栄転となるはずもなく、結果、上がりポストの警察大学校長コースが固まったのだった。

そうはいっても、このポストは、警察庁出城の城主。権勢はともかく、栄誉ある職だ。何度もコンビを組んだ宮道の尽力がなければ、伊内はそのまま辞職でもおかしくはなかった。その意味で、どれだけ減らず口を叩いていても、伊内は宮道に頭が上がらない。

――そして、こうした経緯もまた、宮道のSG計画の重要なパーツであった。

もちろん、伊内はそのことを知らない。

だから引き続き、飄々と喋り続けた。

「B県事案でお忙しいんじゃないですか。私と飲んでる暇はないでしょうに」

『あいかわらず無精をする奴だな。ならいい。この警電で伝達する。

公安委員各位の御内諾が獲られた。大臣は渋ったが、どうにか御納得いただいた。

伊内浩泰警視監。

内示だ。B県警察本部長を命ずる』

「はあ!?」

『なお発令まで一週間は待てん。辞令は明日付けとなる。

楽しいコンパの後、引っ越し作業だな。まあ頑晴ってくれ。それじゃあ』

「ちょ、ちょっと待って下さいよ!! 私はそれこそ京都で大規模県の本部長を終えてます。この御時世、大規模県を渡り歩くなんて……本部長三箇所は、またマスコミに叩かれますよ? それに、申し上げにくいのですが」

『ああ解っている。俸給表からも実例からも、誰もが降格と考えるだろうな』

「……私もそう考えますよ？」

『だが、君しかおらんのだ。これは、命令だ』

「何故、私なんです？　審議官級はエースぞろいでしょうに」

『君自身が力説していたじゃないか、さっき。教養は警察の命綱なんだろう？　警察教養のボスが降格を顧みず第一線に復帰する――素晴らしい覚悟とは思わんか？』

「覚悟できたら、素晴らしいでしょうけどね。誰だって火中の栗は拾いたくありませんよ。まして私は、京都で炎上を起こした前科者。B県警察にとって、プラスになるかどうか」

『だからだよ。深い手傷と苦い経験をした君だから、誰よりも改革に適しているんだ』

「物は言い様ですなあ。叩かれるのは私ですよ？」

『だからだよ。繊細な神経の持ち主には務まらん』

「ひでえこと言いやがる」

『何か？』

「いえ。とても重要かつ機微にわたる問題ですので、しばし熟考の時間を頂戴したく」

『その必要はない。これは人事だ。君に拒否権はない』

「辞職しようかな……」

『B県事案で忙しいから、退職願の承認には、まあ一年は掛かるな』

『どうしても拒否するというのなら、徹底的に再就職を妨害する。尖閣交番所長にする』

「そんなバカな!!」

「マジですか……」

『快諾してくれて嬉しいよ』

（また何か、突拍子もない一手を考えたか）

宮道のことを熟知する伊内は、もはや抵抗を諦めた。もともと楽隠居を決め込んでいた身である。第一線への復帰は確かに魅力的だし、降格だの世評だのを気にするタマでもない。伊内が懸念したのは、この段階ではもう、二点しかなかった。突然の引っ越しが面倒であることと、宮道が『突拍子もない一手』を素直にバラすはずもないことだった。

「……警察庁のバックアップ、本当に頼みますよ」

『当然だ。君を見殺しにしたり生贄にしたりする事は、私の名誉に懸けて、ありえない』

「それで、B県事案の現状はどうなんです？」

『著しく厳しい。

だがまずは定石として、白野殺しの確実な事件処理と、懲戒に係る統計の検証だ』

「どちらも地元の怨嗟を買いますな」

『ハッキリ言ってキャリアのせいだからな。

だから急いで、伊内体制下のB県警勢力図をレクチャーしておこう。

キャリアは君と、これから君が好きに選ぶ警務部長。現在の捜査二課長、公安課長は残す。防衛省からの交通規制課長は、調整でき次第地元に返上する。あと推薦組が、生活安全企画課長。

他はすべて地元人事にする』

「指定県でありながら、総務部長を筆頭に、生安部長、地域部長、刑事部長、交通部長、警備部長がすべて地元ですか。そりゃまた異例ですね。まあ、地元感情を鎮(しず)めるためには、仕方ない――

B県は閥(ばつ)が強い所ですか？」

『極めて強い。この派閥意識の強さは、キャリアにとって諸刃(もろは)の剣(つるぎ)だ。

派閥のタイプは、三つに分類できる。

第一に、地理的分類。すなわち県北、県南、県外だ。

第二に、学閥。すなわち美伊(びい)大、他大、高卒だ。

第三に、専門閥だ。これは警察ではめずらしくない。警察庁にすらある。だが、B県はエキセントリックだ。刑事と警備の関係は、都道府県警察のうち最悪だろう』

「まあ、古典的な話ではありますが。どこでも警備優遇が続きましたから」

『それについてはそうなんだが、私の数代前に、これまたエキセントリックな本部長がいてな。名は伏せるが、刑事の重鎮(じゅうちん)だった人だ。これがドラスティックな、まあ、改革をしたんだ。単純化すれば、それまで警備が独占してきた管理部門の重要ポストを、ほとんど刑事に明け渡させたんだな。しかも警備部門のリストラを進めて、定員を一〇％以上削減させたというから、荒事だ』

「刑事部門は喜んだでしょうね」

『警備部門は激怒するわな』

「そりゃそうだ」

『そこで壮絶な内ゲバが始まって、その本部長が離任してから、警備の大逆襲が始まった。あとは戦国時代だ、合従連衡だ。結論として、〈刑事＝生安〉対〈警備＝地域＝交通〉という図式が固まり、現在に至っている。予想はつくだろうが、前者が今は優勢だ。しみじみする話だが、これら現業部門の入る庁舎建て換えのとき、一階から五階までをどう配分するかで、公安委員会までストップしてな。そう、四、五年前のことだが。とうとう籤引きで、警備が生安に、最上階を明け渡すことになった。象徴的にいえば、極左よりＤＶ……偶然とはいえ、時代の流れだな。

Ｂ県警察の勢力関係は、こんなところだ』

「地理閥、学閥、専門閥ですね。もちろんそれに、東京人事と地元人事が絡む」

『まさしく。

そして、そうやって御家騒動に血道を上げているから、定員が同規模の、そう京都・静岡・広島と実績を争う力がない。指定県ともなれば、警視庁・大阪を食ってやる気概が普通、あるもんだが……たまに対抗意識を燃やしたと思えば、近隣の小規模県、定員が半分以下のところときた』

「まあギリギリの定員で指定県に入れられてしまっては、正直、苦しいところもありますけどね」

『個々の職員の能力は、定員が限られている県の例に漏れず、かなり高いのだがな……不思議で、もったいないことだ。本当は、もっとできる県だ』

「ただ、そこまで戦国時代なら、白野本部長殺害の捜査も、懲戒処分の統計の検証も、とても一筋縄ではゆきませんね」

『そんなことは承知の上だ。だから君に頼むんだ。

しかも、それらは最低限の宿題に過ぎんよ。次に最低限の対症療法を施す必要がある』

「う――ん……

それはどう考えても監察機能の刷新強化・充実強化でしょう。医療システムを建て直さないと」

『監察の体制、人事、組織、権限、意識、システムの抜本的見直し。それは当然だ。

だがな、伊内君。

白野の下でズタズタにされた監察官室の建て直しは、困難を極める。

既に地元警察官が監察官室を信頼していない。

また、名医は対症療法をするものではない。発症それ自体を予防するものだろう？』

「まあ犯罪もそうですね。やられてから検挙するよりは、未然防止した方が市民のため」

『そうすると、B県警察にも、予防なり未然防止のシステムが必要だと思うのだ』

そろそろ来たな、と伊内は思った。どうせ宮道は絵を描き終えている。

「と、おっしゃいますと？」

『教養だよ』

「理論的には、そうですが……」

警察予算の八割が人件費であるように、警察の財産はヒトしかない。ならヒトを育てる教養こそ、組織の要だ。

ところが。

教養課などの教養担当セクションは、必ずしも、組織内地位が高くない。兄弟であるはずの人事より権限がなく、ステイタスが低い。ホンネとタテマエ、という奴だ。

（……理論的には、なるほど教養こそ要だろう。だが警察の警察、組織の医者である監察の権威すら、地に墜ちている。まして、教養など。

教養は予防医。それはそうだ。

だが、海千山千の刑事が昔、教養のことを『健康食品の訪問販売』とか『罰ゲームの青汁』とか言ってたっけ……

それは確かに改革すべきだが、修羅場でやることじゃない。

何故、そんなことを知り尽くしているミヤッチが、そこまで教養にこだわるのか？）

『伊内君、君はB県は経験、あったか？』

「いえありません。見習いでも課長でも部長でも、もちろん本部長でも」

『私は本部長だった。その頃から不思議には思っていたのだが、あそこには教養課がない』

「えっ、それはめずらしいですね。指定県なのに」

『大規模県では唯一の例だろうな。この御時世、まだ警務課の下に教養室があって、室長以下、ささやかな定員でやっているんだ』

　ここから、また宮道は、ヌケヌケとした嘘を吐き始めた。

『B県警問題の病巣のひとつは、ここにもあるんじゃないかなあ』

「予防医である教養の体制が弱い――と？」

『うむ、これは監察改革と両輪で、是非とも梃子入れすべきだと思うのだ、早急に』

「だったら教養課作りましょうか。スクラップの財源があるのか分かりませんが」

『いやいやいや、まさにそれでな、どこの課をスクラップするにせよ遺恨が残る。また、『警務部門が戦犯なのに焼け太るのか!?』と、これまた遺恨が残る。教養課を作るのは上策じゃない。

　そこで、そうだな……

　飽くまでも思い付きだが、警務課に、班を新設したらどうだろうか？』

「班、ですか」

『予防医として、職務倫理教養を徹底させるための班だ。その専従班だ。巡回医がいいな。機動的に警察署・執行隊を巡回して、職務倫理観の大幅な底上げを図るんだ』

（そんなものに実効性があるか？　何を謀んでいる？）

『機動的な班だから、人数はいらん。飽くまでも思い付きだが、そうだな——視1、部2、部長／査2でどうだろう？　警部と実働員のペアでワンユニット。二ユニットがそれぞれ巡回教養。警視は総括企画。五人ならどうとでもなるだろう？』

「……非常に具体的ですねえ」

『そもそも私がやっておかなければならなかった事だからな。慚愧に堪えないがゆえ、だ』

「了解しました。その御腹案どおりにゆくかどうかは、それこそ警務部門と、地元部長の意見を聴いてみなければ分かりませんが、私としては異論ありません」

『調整も重要だが、ここはリーダーシップ優先で願いたい。是非とも実現させるんだ。何せ、警察教養の大親玉である警察大学校長が行くんだからな。強引に進めたとして、誰も不思議に思うまい』

（それが本音か。だから俺なのか。だがその本音の意味は、サッパリ解らん……）

『そのために、地元有力者の意見も、君自身がヒアリングしてみるべきだろうな』

「地元有力者……総務部長とか、生安部長とかですか？」

『いや、部外有力者だ。詳細はすぐにメールを送るが、着任後すぐ挨拶すべき人が、三人いる』

「公安委員は五人でしょう？」

『いや、公安委員じゃない。

ひとりは中屋貞子(なかやさだこ)。美伊市でラーメン屋を経営している。誰に訊(き)いても分かるほどだ。

ひとりは酒造欣也(みききんや)。温泉地の草万(くさま)市で六期二十四年市長を務めた。隠遁先(いんとんさき)は知らせる。

ひとりは赤川秀世(あかがわひでよ)。東大を定年退官したロシア文学の教授だ。私から連絡しておくよ。

餅(もち)は餅屋、地元のことは地元人だ。しかもそれぞれにそれぞれの識見がある。巡回教養の機動部隊を実現する上でも、必ずや有益なアドバイスをしてくれるだろう』

「ふーむ、あまり例のないことだと思いますが、了解です、御相談にゆきましょう。

しかしその機動部隊が実現したとして、『巡回教養班』では何の新味(しんみ)もありませんね。

事実、巡回教養そのものは、何十年もやっていることですから」

『うん、そこは気を付けねばならんね。せっかくの巡回教養専従班なんだ、新しい革袋に盛らねば、専務部門の古狸(ふるだぬき)も、地域部門のゴンゾウも舐(な)めてかかるだろう――

　そう、新しい酒は、新しい革袋に』

(酒は新しくないんじゃないか？)

　もちろん酒は新しいのだった。しかし宮道はそのことを徹頭徹尾(てっとうてつび)、伊内にすら漏らす気がない。

『巡回教養(サテライト・ガイダンス)だから、そうだな、ＳＧ班でどうだろう？』

「ＳＧ班」

『そうだ。警務部警務課、ＳＧ班だ。では伊内浩泰本部長、頼んだぞ』

第2章　監殺班、起動

B県美伊市・美伊駅南口『マリオネットホテル美伊』

その巡査長は、ホテルの二十七階にいた。

二七〇一号室。

ツインの部屋だが、ルームサービスが悠然と食べられるテーブルがある。

バス、トイレはセパレート。

巡査長が住んでいる独身寮個室の、優に四倍はあるだろう。

実際、二十六歳の彼は、こんな高級な部屋に宿泊したことはなかった。本来、することもなかったであろう。ここに宿泊しているのは、彼の意思ではない。

それは、組織の意思であった。

少なくとも、彼が所属する警察署の、署長の意思であった。

だから、宿泊というより、軟禁――がふさわしい。

この軟禁は、三日前から始まった。

そして毎夜毎夜、署長は二七〇一号室へやってくる。

巡査長は、その警察署の、刑事一課の刑事であった。

――そして、殺人犯であった。

交際していた女性を、その女性のマンションで絞殺したのだ。そして自殺に見せ掛けた。

それは彼が、署長の勧める別の女性と結婚するためには、不可欠のプロセスだった。少なくとも、彼にとってはそうだった。

交際女性の死は、たちまち露見した。女性の職場が心配し、部屋を開けさせたからだ。警察本部捜査一課と、管轄警察署は、直ちに臨場した。

そして、犯人をたちどころに割り出した。

そんなものは、防犯カメラを視れば分かる。偽装自殺など、検視官なら分単位で見破る。とりわけ自縊か絞殺か、の見極めなど、検視を知る者にとっては基本のキの字だ。

だが、犯人を逮捕しなかった。報道発表も、『自殺・他殺の両面から捜査をしている』ということにされている。だが。

いや、もちろん、犯人は確保された。だからこうして、ホテルに軟禁されている。

自殺されるわけにも、逃亡されるわけにもゆかない。

被害女性と巡査長の交際を、女性の両親は知っているから。巡査長に異変があれば、両親は、すぐさま巡査長が殺人犯であると確信し、それを世間に訴えるであろう。

それは、まずい。

現役警察官が殺人犯であることは、まずい。

女性の死が未解決事件となることも、まずい。

実は刑事部参事官の息子であるこの巡査長が逮捕されるのも、まずい。

部下職員が殺人犯となったり、未解決事件を出したりして、署長に傷が付くのも、まずい。給与賞与に役員就任、華麗なる天下り……

ならば。

女性の死は自殺であったのだ。そうでなければならないのだ。これが方程式の最適解だ。

すると。

女性の死が自殺であるためにはどうすればいい？

検視をする県警本部捜査一課が、自殺であるという結論を出せばよい。

殺人現場を確保するのは警察であり、かつ、警察だけだ。法律的に、誰の立入りをも拒むことができる。そして幸運にも、署長は刑事畑の重鎮（じゅうちん）であった。

もちろん、培（つちか）ってきた人間関係だけでは、県警本部に、望ましい捜査をしてもらう事はできない。だから、署長は実弾を撃った。警察署の金庫は、そのためにあるのだ。

……まだ、県警本部は、自殺との報道発表をしていない。だが署長は確信していた。

自分と巡査長が生きているかぎり、県警本部は絶対に折れる。共犯者になる。自分は捜査一課の重鎮。あの所属の表も裏も知り尽くしている。どんな爆弾でも破裂させられる。そして巡査長は、刑事参事官の息子だ。そう、署長も巡査長もどちらも刑事一家。刑事の家族である。家族の罪は、闇に葬りたいはずだ。

自殺の結論さえ出れば、後はどうとでもなる。あとわずかの我慢だ。

署長の顔は、この四日間で、いよいよ焦燥の度合いを薄めてきた。

巡査長の顔は、この四日間で、ますます希望の度合いを強めている。

もう少しで、救われるのだ……

二七〇一号室のドアがノックされたのは、ふたりがそう考えていた、夜の九時であった。それは、ふたりがそろそろ予測していたものでもあった。ドアの外から、声がした。

「ルームサービスでございます」

「今、開ける」

巡査長はパウダールームへ避難し、署長はオートロックのドアへ向かった。時間どおり。食事はホテルに一任している。それを搬んでくるボーイの人選も。まったく心配はない。何故ならこのホテルの取締役には、刑事部長で上がったボス級が天下っているからだ。深くは語らず、深くは訊かない。だが互いに、B県警のやりくちを熟知している。そこは阿吽の呼吸。二七〇一号室に、ある意味でのVIP待遇と、最上級のセキュリティを保障しなければならない事は、いちいち密談するまでもない事だった。そして事実、この四日間で、何の問題も発生していない。

署長はドアを開けた。

お仕着せの制服を着た若いボーイが、上からの厳命だろう、囁くように告げる。

「御注文の品をお持ちしました。テーブルに整えさせていただきます」

「うむ、急いでな」

「かしこまりました」

言葉どおり、テーブルは急いで食卓にされた。清冽なテーブルクロスの上に、丸い銀盆と銀器がセッティングされる。調味料、そしてグラスとワインをセットし終えると、若いボーイは危難を避けるように、そそくさと退室していった。巡査長が代わりに顔を出す。

「……署長」

「どうした。食わんのか」

「今のボーイ、これまでとは違いましたが……」

「線の細いことを。くだらん心配はいらん。このホテルは安全だ。こんなこと、お前以前にも、そう過去に幾らでもあったことだ」

「僕は一生、隠れて生きなければならないのでしょうか？」

「バカをいえ。そんなことをしたら自白したも同然だろうがよ。俺に任せておけばいい。捜査一課には話をつけてある。監察官室はまだ立ち直れていない。しばらくの我慢だ」

「親父は……参事官は、このこと、知っているのですか？」

「想像されている事はあるかも知れん。だが、俺たちは何も報告してはいない。お前の親父殿は、まだまだ上が狙える地元のエースだ。刑事部の宝だ。ならば今、お前がすべき事も、すべきでない事も解るだろう？　まさか親父殿と心中したいか？　それで、親父殿や俺たちが築いてきた刑事部の名を貶めるか？」

「……彼女の……彼女の両親は、どう動いていますか？」

「できることなど何も無い。警察が自殺と決めたら、自殺だ。真実を決めるのは警察だ。それに考えてみろ、スナックでバイトしていた水商売の女だぞ？　お前はまんまと釣られたんだよ。そう、お前は被害者なんだ」

「彼女は……劇団員で……立派な女優になる夢があって。それに水商売っていっても、全然、いかがわしい店じゃ……」

「お前が四人目の男でもか？」

「…………」

「もう、下らん愚痴を繰り返すな。メシが不味くなる。冷めるぞ。さて今夜は――」

署長は剛毅な銀盆をぱかりと上げた。項垂れながら、巡査長がその行為をなぞる。

――しかしふたりは絶句した。

そこに料理はなかったから。

銘のある磁器の皿の上には、それぞれ、写真が一枚だけ――

「これは!!」

あの娘の写真。巡査長が殺した娘の、写真。

署長はそれを鷲摑みにした。ガタン、と起ち上がった巡査長は、写真に視線をロックされ、瘧のような震えに襲われている。元々蒼白だった顔色は、もはや蠟のようだ。

——そこへ、第三者の声が響いた。

署長が冷静であれば、それが、先のボーイの声だったと気付けただろう。そして。思わず顧った署長が冷静であれば、いつの暇にボーイ服から警察官制服に着換えやがったのか、訝しんだに違いない。

「そちらは、今夜のスペシャリテでございます」

「誰だっ!! どうやって……」

署長が若い男に詰め寄ろうとした刹那、今度は重いカーテンの裏から、身も凍る低音が響く。あきらかに若い男とは違う声。

「美伊北警察署長、神月純介警視」

「キサマッ、何故ここに、何奴だッ!!」

「監殺だ」

「か、監察ぅ……?」

「美伊北警察署刑事第一課、尾道秀太郎巡査」

カーテンの陰から、ぬるり、と出現したその巨漢もまた、紺の警察官制服であった。

マリオネットホテル美伊二七〇一号室に、忽然と現れた謎の警察官、ふたり。

署長は、察知した。

これは、ヤバいものだ……

「殺人、死体遺棄、犯人蔵匿、証拠隠滅の罪状は明白」

猟犬、いや猛獣を思わせる巨大な警察官は、じわり、じわりと犯罪者どもへ接近した。

「B県警察医局の決により、懲戒暗殺とする」

「い、医局!? 懲戒暗殺!?」

意味も解らぬまま署長は巨漢に突進した。署長自身、柔道の猛者であった。

だが謎の処分を言い渡した警察官は、むしろ喜悦の笑みを浮かべた。嗜虐的な笑みだ。

左襟をとった署長はしかし、一秒未満で、人形遊びの人形みたいに絨毯へ座らされていた。脚を投げ出し、手をだらりと下げ、そして無防備な頭を襲撃者へさらす形で。

（いかん!! レベルが違う……）

謎の警察官は流れるようなリズムで、署長のうなじを固定する。

「クビだ」

襲撃者が指を鳴らした関節音。

それが、神月署長の、この世で最後に聴いた音となった。

巨漢の指が凶器となって、神月署長の首の第一・第二頸椎を襲う。

それが冗談のように外されたとき、神月警視の自発呼吸は、強制的に止められた――

溺れたような断末魔の声。それに襲撃者の声が、寂しげに被さった。

「恥じて死ね」

「う、うわああ——!!」

二七〇一号室のドア目指し、必死で逃亡する尾道巡査長。

しかし、その左肩に不思議な力が加わる。彼の意思に反して、彼の躯は一八〇度回転した。回転した眼前には、華奢で涼やかな今風の若者。警察官の制服を着ていなければ、ジャニーズかホストが務まりそうである。

（やっぱり、このボーイを部屋に入れてはいけなかったんだ!!）

「悔いていますか？」

「く、悔いている!!　反省している!!　罪も償います、だから、命だけは!!」

「本当に？」

「ぼ、僕は……警察を辞めるつもりだったんだ!!　だけど署長が……僕は彼女のことを、本当に!!　ぜんぶ署長の」

きん。

冷たい金属音が響く。謎の警察官のぼんやりしていた瞳が、キッ、と見開かれた。

「クビです」

また反転させられた尾道巡査長。その首の盆の窪、延髄に、すらりと細長い金属が、ずぶりと突き立てられた。巡査長が正統派のバーを好んでいたら、その金属棒が何か、最期の刹那で理解していたかも知れない——

尾道巡査長は、言葉も出せずに絶命した。

「せめて、苦しまずに……僕のおごりです」

二人の警察官は闇に消え。

二人の警察官の死骸が残された。

B県法務合同庁舎・美伊地方検察庁

検察は、全国組織である。

それぞれの地裁に対応して、地方検察庁――地検が置かれている。

全国組織だから、国家機関であり、職員は国家公務員だ。

だから、県庁とか県警からは、一線を画した庁舎にいる。大抵は、法務関係の役所を集めた、法務合同庁舎というものが、県都にはある。それは、B県でもそうだった。

――さて、地検というものにとって、交通事故事件というのは、特殊である。

物損も人身も、バカみたいに数が多い。当事者の言い分は食い違うにせよ、大枠のストーリーは単純である。そして現実論として、加害者を交通刑務所に入れたい、という被害者は、少数派だ。交通事故の主戦場は、だから、刑事裁判ではない。それは民事裁判であり、さらにその前段階の、示談なのだ。『公判廷で有罪を勝ち獲る』という刑事事件の動機付けは、世論を沸騰させる重大なケース以外、まず交通部門には生まれない。

こうなると、検察と警察の利害は、すんなり一致する。

どちらも、起訴しないことに利益を見出すのだ。

特に、検察側の事情として、『副検事』問題がある。主として検察事務官から身分換えしたこの検事は、司法試験をパスした正検事ではない。実務能力は様々だが、法曹ギルドのなかでは、権威に難がある職だ。そして、交通事故事件に専従するのは、この副検事なのである。正検事のホンネとしては、そんな日常のゴタゴタになど、関わっていられない——といったところだろう。

すると、どうなるか？

副検事は、『公判は避けるべきだ』という考え方を、強く持つようになる。

起訴をするだけ、仕事は倍々ゲームで増える。起訴をするだけ、有罪率を下げるリスクを負う。専門知識にも難がある。交通は非常に技術的で、マニアックな世界だから。公判廷での自信にも乏しい。百戦錬磨の弁護人なら、法曹ギルドの外の副検事など、最初の挨拶の段階から舐めてかかるものだ——

と、いうわけで。

検察・警察とも、こと、日常的な交通事故事件に関しては、『起訴しない』『起訴を求めない』ことで、意見の一致をみているのである。

換言すれば——

加害者を有利に扱う、ということだ。

被害者を不利に扱う、ということでもある。

だから、重要特異な、世論とマスコミが沸騰する交通事故事件以外では、被害者が泣く。

警察は、他の事件のような科学捜査をしない。客観的な証拠を集めることすらしない。検察は、他の事件とはまるで反対のことをする。どれだけ加害者に過失がないか、どれだけ加害者が注意を払っていたか、どれだけ被害者が不用意であったかを、自分のストーリーどおりの調書に組み上げてゆく。

――そして、加害者の取調べに、被害者は立ち会えない。

ある日突然、挨拶もなかった副検事から、『不起訴にします』と聴かされるだけだ。怒り狂って理由を訊けば、『否認しているし、客観的証拠がない。示談にも応じる予定』云々をしゃあしゃあと言う。そして、そのタイミングで、保険会社から、相場の二割増し程度で、平身低頭、示談金の申入れがなされる――

現在、交通事故の揉み消しなど、することはできない。

だが、交通起訴の揉み消しは、むしろ日常茶飯事だ。たとえ死亡事故だとしても、だ。ほとんどの県警・地検において、これはシステムではないし、正義とも思われていない。

しかし……

もし、これをビジネスとする副検事と交通警察官がいたら？

起訴する、しないを利益誘導に使って、交通事件被疑者から手数料を稼いでいたら？

交通事件の悪質性を隠蔽することで、示談を加害者優位に動かしていたら？
加害者の保険会社とも、交通事故専門の弁護士とも利権構造を確立していたら？

――美伊地検、副検事室。

ベテランとして個室を与えられているその副検事は、B県警筆頭署・美伊中央警察署の交通課長と談笑していた。狭いながらも、応接ブースがある。さすがに、個室のドアは堅く閉ざしていた。取調べの予定も、来客の予定もない。もう、夜の七時だ。

「一件落着。次席検事の決裁、終わったよ」

「起訴ですか？」

「ハハ、よく言う」

「ただ死亡事故ですからな。被害者が小学生ということもあるし」

「被疑車両は一時停止までしていた。いきなり飛び出してきたのは小学生だ。それが実況見分の結果だろう？」

「まあそうですな。わざわざ、事故八箇月後に再度、入念に行った結果ですからな」

「警察は細かいねえ。わざわざやり直すなんてさ。遺族にとってはしかし、無念な結果だ。

せめて、事故発生時の目撃者でも確保できていれば、ねえ」

「我々も、それはそれは必死で探したのですがねえ。あちこちカンバンまで立てて」

「仮定の話だがね。もし確保できていたのなら、その目撃者サンの御協力を頂戴するのに、いったい幾らくらい掛かったろうねえ」

「いやいや、捜査機関に協力するのは、これ市民の義務ですから――ただ、そうですなあ、もし御協力を頂戴するともなれば、帯封一本は必要だったでしょうなあ」

「そんなもんだったろうな。よかったよかった。あとさ、地元マスコミの慰労費、使ったでしょ。一緒に金額、教えておいてよ。どっちもJA共済にツケ回しておくからさ」

「保険会社としても、過失割合がギリギリまで低くなって、御の字でしょう。被疑者の弁護士も喜色満面。自動車運転過失致死が実質、無罪になって、名を上げた」

「そして被疑者の父親は、なんと美伊銀行の専務だからねえ、ウフフフ」

「それはもう、弁護料を奮発したでしょうな、ウフフフ」

「息子が執行猶予もつかず実刑となっては、頭取など夢のまた夢。さぞかし安堵していることだろう」

「親子の人生が懸かっているとなれば、さぞかし財布の紐も緩くなる」

「さて交通課長、今度もキレイに纏まったところで、例の話は……」

「……解っております検事。御案内のとおり、交通部門は弱体ながら、天下り先には事欠きませんからな。そして検事の交通事故事件に関する造詣の深さに鑑みれば、是非とも関連団体・関連企業の重鎮として、辣腕をふるっていただきたいものです」

「重ねての確認となるが、御社の、交通部長の内諾は……」

「……頂戴しております。フフフ。美伊中央署交通課として、交通部長への盆暮れのお菓子、欠かしてはおりませんのでね。もちろん山吹色の奴ですがフフフ」

「有難いことだ。検事だ検事だといっても、副検事の将来など知れたもの。まだあと二箇所は、全国異動をさせられるだろう――熱血検事正、熱血次席検事の下で、奴隷のように酷使されてはたまらんよ。

いや、副検事のなかでも、あろうことか、検事に負けない働きをしよう――などという、とんでもない不心得者が増殖しているからな。早々に、新たな人生を開拓するにしくはない。私は、もうB県を動くつもりなど、断じてないのだ」

「B県で天下って、第二の人生をエンジョイしていただく為には、言わずもがなではありますが……」

「……解っているよ。今の次席検事が異動しないうちに、一切合切、く、く、くだらん事故の積み残しも処理しておこう」

「さすがは副検事」

その刹那。

副検事室の照明が、すべて消えた。オフィスの常として、真っ暗になる。

副検事と交通課長が、怪訝な顔を蛍光灯に上げたとき、窓からさあっと風が吹き込んできた。検察庁のオフィスビルである。窓など、五センチも開きはしないのに。

そして、第三者の声。

「美伊中央警察署交通課長・仁保純也警視」

「誰だッ!?」

「美伊地方検察庁交通部・玉川秀介副検事」

「ど、どうやって、ここへ……」

「収賄、証拠隠滅、虚偽公文書作成の罪状は明白」

告発されたふたりは、ソファから腰を浮かせた。ようやく闇に慣れ始めた瞳が、ぼうやりと、告発者の姿をとらえはじめる。

それは、警察官だった。

紺の警察官制服。どこかユーモラスに太っているが、その眼はサングラスに隠れて見えない。

するとふたりの背後から、若い女の声がした。それまで気配すら感じさせなかった女。

「監殺よ」

「か、監察ぅ……?」

顧った交通課長は、またもや警察官の姿を見た。ボックスタイプの制帽が特徴的な、あの女性警察官の制服だ。どちらかといえば小柄な女警は、しかし深刻な言葉を発した。

「B県警察医局の決により、懲戒暗殺よ、さようなら」

「ちょ、懲戒暗殺だと!? 意味が解らんぞ、どこの所属の者だ!?」

交通課長が謎の女に攫みかかろうとした刹那、サングラスの男の声がした。

「ク、ビだ」

そして、弦のような不思議な音。

「あッ、副検事!!」

急回頭を強いられた交通課長が見たものは──

上への強い力で、何と爪先立ちにされている玉川副検事であった。

その両腕は、必死に、首の周りを押さえようと動き、藻掻いている。

もし副検事室の照明がつき、交通課長に観察眼があったなら──

太ったサングラスの警察官が、茶筅のごとき道具から、鋼線のごときものを繰り出していたのが分かったろう。それが副検事室のいずこかに絡み、さらに玉川副検事の首を襲い、もはや離れないのも分かったろう。

「闇討ち御免」

糸に新たな力が加わったとき、玉川秀介副検事の首はストンと断たれた。汚職検事の躯がドサリと、次いで首がコトリと、副検事室の絨毯に墜ちる。

「う、うわあ!!」

唯一のドア目掛けて逃亡する仁保課長。

その手がドアノブに触れたとき──

「クビよ」

女の声が響く。

そして銀色の何かが、そして黒い何かが、不思議な軌跡（きせき）とリズムで、汚職警察官の首を襲った。左頸動脈（けいどうみゃく）、そして右頸動脈を深々と斬り裂く。左右に噴（ふ）き上がる血潮（ちしお）の花。

交通課長は急激なショックに崩れ墜（お）ちた。その命の蠟燭（ろうそく）は、あと三分ほどの長さも無い。死に際（ぎわ）に仁保警視は思った。仁保警視はキャバクラのヘビーユーザーでもある。そして、この夜の蝶（ちょう）のなまめかしい香り。まさか、あの銀色のものと黒いものは……

「残念。今度ゆっくり、デートしたかったなあ♡」

二人の警察官は闇に消え。

汚職警官だったものと、汚職検事だったものが、闇に残された。

B県美伊市・B県警察本部本館

B県警察本部。

B県の警察業務をすべて仕切る、警察のB県本社である。

支店たる警察署は、三十二署。

筆頭署は、県都（けんと）・美伊市の、美伊中央警察署だ。

その美伊中央署より、警察本部は、みすぼらしい。

管理部門が入る本館、現業部門が入る別館。

別館は数年前、どうにか改築された。

だが、いずれも、田舎の市役所を無理矢理肥え太らせたような泥臭さ。外資系ホテル、メガバンク、IT企業を彷彿とさせる警察本部が少なくないなかで、B県警察本部は、昭和の香りすら感じさせる『お役所』である。罅割れ、水漏れ、外壁落下が名物とくれば、そのうち映画のロケ名所になるかも知れない。

――県警本部本館、二階。

警務部の入っているフロアだ。したがって、副社長である警務部長室もここにある。またこの県では、社長である本部長室もここにある。B県警六、〇〇五人を動かす脳髄といえるだろう。

その本部長室は、本部長秘書室の奥にあり、警務部長室は、警務課の奥にある。そう、警務部長お膝元の実働部隊が、『警務課』であった。

警務課は、警務部参事官という警視正が、トップである。参事官というのは、県警では、課長以上部長未満の重職。もちろん『課』のトップだから、警務課長も兼務している。

その権力は、絶大だ。人事と組織を握っているからである。

まず人事。

現業部門が起案した人事は、すべて警務課で審査される。もちろん自ら起案もする。そして現業部門がどう構想しようと、警務課の審査に口出しすることは一切できない。むしろ起案段階で、ビシバシ意見がつく。警務課がウンと言わなければ、そもそも人事案は、社長にも副社長にも上がらない。ゲートキーパーとしての権力が絶大なのだ。

次に組織。

課も室も、警察署も人が欲しい。新しい課題には、新しい係と役職を作りたい。ここで、どの所属に何人を認めるか、どの所属にどんな係と役職を認めるかは、すべて警務課の審査による。これまた警務課がウンと言わなければ、どれだけワクワクしながら組織図を考えても、新しい管理官のカッコいい職名を考えても、警察小説未満でしかない。いや、下手をすれば増員・新設どころかリストラをされかねない。マイナス査定もできるのだから。やはりこれも、ゲートキーパーとしての絶大な権力である。

そして、B県警では、この警務課を意のままにする警務部参事官は、ノンキャリアの地元組であった。無論、キャリアである警務部長には、頭が上がらない。だが、指定県ともなれば、ハッキリいって所属長未満のことまで警務部長は見ない。見られない。すると、警察職員の九五％以上は、地元組である警務部参事官が、一手に引き受けることとなるのだ。

ゆえに。

この警務部参事官は、B県警内のどの参事官よりも優位にある。また、役員待遇の警視正だから、確実に役員たる部長にまで進む者でもある。これを敵に回したいと思う警察官は、昇任・昇給を諦(あきら)めた者でなければ、まずいない。

しかしながら……

B県警では、警務課に、権力とは無縁の係も存在していた。

例えば、教養室である。

ゲートキーパーではない。何の許認可権もない。警務課内では、極めて異質である。

だが、もっと異質なのは……

……B県警察本部警務部参事官・山本伝警視正は、個室のオフィスを出た。警務課のエリアで個室を与えられているのは、警務部長と参事官くらいのものである。

時刻は八時四五分。管理部門だから、カッチリと制服を着用した警務課員が、既にパソコン、警電と格闘していた。

山本はそのまま次席の前を過ぎ、企画係の前を過ぎ、人事係の前を過ぎ、教養室も過ぎ越して、怪しげなパーテーションの手前で立ち止まる。

山本が統治するこの大部屋。B県警の神経中枢ともいえるこの警務課に、一年前新設された意味不明の班。山本は憤りを感じさせる嘆息を吐いた。そしてパーテの先へと躍り込んだ。


B県警察本部警務部警務課・SG班パーテ内

「どうもおはようございます、中村さん」

「おやこれは山本参事官、お勤め、お疲れ様でございます」

B県警視・中村文人は、ちんたらとデスクを離れて、ちんたらと頭を下げる。その、牧歌的というか、おざなりな慇懃さというか、とにかく適当な感じが、山本をまたイラッとさせた。もっとも、中村が警務課に存在することそのものが、イラッとするのだが。

「何か、ございましたでしょうか」

「いえ、SG班だけはパーテの奥におられるから、様子が分かりませんのでね」

「課内お見回りでございますか。さすが山本参事官、違いますなあ」

「朝のコーヒーと新聞をお邪魔して、申し訳ありませんでしたね」

（ケッ、男妾みたいな気色悪い口調しやがって。テメェの敬語は吐き気がすらあ）

（どうしてこんなのが警視になれたのか……本部長肝煎り人事でなければ、明日にでもまた離島に飛ばすのだが。九時近くにもなって、デスクのパソコンも開いていないとは）

山本はパーテ内を観察した。

デスクの島が、ひとつ。

四つのデスクが固まり、その頭に、中村のデスクがひとつ。

もちろん、県警の勤務時間は八時半から。四つのデスクはすべて埋まっていた。だが、中村が腰の低い（つもりの）挨拶をしているからか、他の四人は山本をガン無視している。敢えて言えば、うち二人は故意に視線を合わさず、うち二人は自分の世界に没頭しているようだ。

（どこの部門も喉から手が出るほど定員が欲しいのに、本部長の思い付きで五人、五人も!!　五人が食われた上、ほとんど出勤有給休暇状態とは……わざわざ出勤していそしむリモートワークとはこれ何ぞや？）

「皆さん御多忙そうですが、エースぞろいの班員各位もお変わりなく？」

「それはもう。山本参事官の御配慮を頂戴しまして。遅れず休まず働かず。役人三原則どおり、つつがなく在籍しております」

山本は、『警務部警務課SG班』の班員データを想起した。そこは人事を預かる警務の参事官、身上書すら頭に思い浮かべることができる。

班長……中村文人（43）高卒　警視　生安畑　前職：小鹿野島警察署副署長
補佐……秦野鉄（43）高卒　警部　刑事畑　前職：機動隊中隊長
補佐……漆間雄二（43）高卒　警部　警備畑　前職：美伊南警察署警備課長
班員……後藤田秀（26）大卒　部長　交通畑　前職：設楽島駐在所
班員……國松友梨（24）大卒　巡査　未登用　前職：武蔵警察署氷川交番

（一年前、そう伊内新本部長の着任直後、本部長が一本釣りしてきた面々ですが……よくもまあ、偶然とはいえ、これだけのゴロツキ、タダ飯喰らいを集めてきたもの。まあ私は強硬にお諫めしたし、そもそも伊内本部長でさえ、花火を打ち上げたかっただけなのでしょう。

二年でスクラップですね、こんな班は）

これだけのゴロツキ。

これだけのタダ飯喰らい。

山本の偏狭かつ辛辣な性格を考慮するとしても、偏見だとはいえない。

何故なら、この五人については、県警の誰もがそれに近い評価をしているからだ。

班長の中村警視にしてからが、そうだ。

そもそもが平々凡々、職質は苦手、書類は苦手、取調べは苦手。

五十五歳で競争試験なしの警部補になれれば御の字、のはずだったのだが……

成田空港警備に志願するいわゆる『成田出向』のボーナスで、巡査部長試験をするっと通ってしまった。これがツキの始まりとされる。

まさか警部補試験は受かるまい、という評判は正しかったが、全日本剣道選手権大会で優勝して一階級特進。中村が剣道の達人だということは、特に親しい同期以外誰も知らなかったから、これは驚きをもって迎えられた。

さてその中村警部補は、今度こそ警部補で終わりだろうと噂されていたのだが、美伊駅の駅ビルで何と人質立てこもり事件に出くわし、また何と自分が人質になってしまったところ、売り物のゴルフクラブで犯人をボコって早期検挙するに至ったのだ。中村自身も犯人の拳銃で負傷したことから、『生命を賭した職務執行』に該当してしまい、派手な表彰が出てまた一階級特進……

とうとう、実務については無能で、目立った実績が皆無な警察官としてはあり得ない、三十代半ばで警部というスーパーエリートになってしまったのである。

ただし、もともと勤務意欲なり昇任意欲など無い男。上を上とも、組織を組織とも思っていない男だ。

いちおう専門の、生安部の、筆頭課の筆頭補佐に就任してすぐのこと。生安部長に『年賀状の宛名書きをしておいてくれ』と頼まれたとき『それくらい御自分でおやりなさい、カネも暇もあるんですから』と言ってしまったのがクリティカルヒット。直近の異動で、すぐさま離島の警察署の副署長警部に飛ばされた。そこで、またもや、ある署員の時間外の査定をめぐって署長と対立し、よせばいいのに『いい歳してイジメみたいな査定はやめましょうよ。まともに配ったって雀の涙ですし、署長の月の裏金の五分の一にも満たないんですから』と舌を動かし過ぎてしまった。これで死刑確定である。『中村は未来永劫小鹿野島から出すな』という申し送りがなされ、そのままゆけば、二度と警察本部どころかB県本土の土を踏めないはずだった。ところが。

やがて、B県警不祥事問題が炸裂。

やがて、白野本部長刺殺事件が発生。

やがて、伊内新本部長が着任し、巡回倫理教養強化のため、SG班設置を下命。

班長に、警視がひとり、必要となった。

無論、どの部門もどの警視も忌避する。誰も火中の栗は拾いたくないし、次の本部長が確実にスクラップする糊代になどなりたくないから。結果、無理矢理警視試験を受けさせられた中村は、とうとう四度目の『裏口昇任』をして、今、警務課SG班を預かっているのであった。

（他のおバカさんたちも、中村と変わりませんがね……デブに狂犬。ホストにユトリーヌ。いずれも無能で、脛に傷持つ身。こんな面々に倫理教養をさせるくらいなら、小学校の道徳の教科書を六、〇〇五冊配った方が、億倍も効果があるでしょうに）

（肥え太ったキューピーみたいなツラしやがって。この『ハゲタコ山伝』が。テメエのそのブランド眼鏡拝んでると、朝の大福が不味くなるぜ。おととい来な）

中村は自分のことは棚に上げ、山本伝参事官にこっそり毒突いた。

というのも、中村自身、あざやかな禿頭だったからだ。

もっとも、ハゲタコ山伝が脂ギッシュ系だとすれば、中村は枯れ節系だった。また中村の鼻の左下には、黒々としたイボがあり、それが何ともユーモラスだ。どこか悲しげに垂れた目にも、濡れた捨て犬のような愛嬌がある。もし中村の顔に、ハゲタコ山伝に匹敵する厳しさがあるとすれば——過去形になりつつあるが——キリリと濃い眉毛だろう。それ以外は飄々とトボケている。明らかに、最低限の仕事しかする気がない顔といえた。

だから、山本は、熟知していることを訊いた。もちろん嫌味である。

「今週は、巡回倫理教養の予定、あるんでしたっけ？」

「はあ、今週でございますね、ええと……いえ、残念ながらございません。各警察署の方と、なかなか調整がつきませんもので」

「来週は？」

「はあ、来週、来週……ああ、現在調整中でございますねえ。草万警察署と、渥美崎警察署がまあ、受け入れてもよいとかよくないとか」

「……私の記憶が確かならば、両署とも先月、巡回を終えているのでは？」

「署長さんが御熱心なんでしょうなあ。すべての署長がそう在っていただけると、SG班としても動きやすいのですが。『第一線は能書き聴いているほど暇じゃねえぞ』『リンリ、リンリってテメエら鈴虫か』――なあんて、端からSG班出入禁止の署もあるほどでして、はい」

「すべての署を回らなければ意味が無いでしょう!! 中村さん、あなた、平成二六年の懲戒処分、統計が是正されたのは知ってますよね!?」

「もちろんでございます」

「処分者数は？」

「当初の八人から、三十一人に是正されました」

「そのとおり。真実は、平成二四年、二五年の水準から何も変わっていなかった、ということです!! しかも三年連続で懲戒免職が四人!! そんな警察が全国にありますか!! まったく危機的です、本当に危機的です。県民は騙されたと思って激怒していますよ!!」

（他人事みたいに言いやがって。テメエ、辻森監察官室長に嫌なことぜんぶ、押し付けてたクチだろうがよ。白野の恐怖政治で統計が歪んでるってこと、当然知ってたよな？

辻森は、いい奴だったんだが……

警察組織で生き残ったから恥知らず、ってことにはならねえが、恥知らずは必ず警察組織で生き残る。それも事実だ。いい奴ほど殺される。辻森とハゲタコを見りゃあ解るぜ）

「さいわいなことに、御立派な伊内本部長の陣頭指揮をえて、今年はまだ懲戒免がありませんし、懲戒処分者数も二〇の大台に乗っていません。ここが正念場なんです。伊内本部長の下、県警が一丸となって、不祥事撲滅に邁進しなければならないんですよ？」

（本部長、本部長ねえ。御立派な忠誠心だ。

確か白野のときもこの調子だったはずだがな、だろ？）

「今こそ職場倫理教養を徹底強化して、『不祥事のデパート』『史上最悪の県警』の汚名を雪ぐべきときでしょう。それが草万署とか、渥美崎署とか……草万署は温泉地、渥美崎署は海水浴地じゃないですか。まさか中村さん、狙って行っているんじゃないでしょうね？」

「これは心外なお言葉。私どもは皆、第一線警察官のポリスマインドを鼓舞すべく……」

「仕事、無いじゃない」

「教養資料作ってるんでございますよ教養資料。警察庁からも親通達がドカジャカドカジャカ降ってくるんですよ？」

「皆さん、勤務時間内のコーヒータイムを満喫されておられる様ですが？　それに、SG班の教養資料だなんて、私は決裁するどころか写しすら貰ってはいない」

「警務部参事官兼警務課長・警視正閣下に御覧いただくようなものじゃございませんからナア。参事官が日々、軽蔑しておられる所のいわゆる雑務でございますし」

「……今週、いやこれ以降作成する資料はすべて私の決裁をとってください」

「ははっ、かしこまりました、参事官閣下」

「SG班は仮初めにも警務課にあります。どうしてこんな事になったのか解りませんが。いずれにせよ、私には課長としての責任があります。あなたがたがリストラされるのは勝手ですが、その定員を余所にくれてやる訳にはゆかないのですよ。中村さん、あなた私の言っていること、解りますよね？」

「それはもう。恐れ入って拝聴しておりますので。参事官閣下」

「ならせめて、SG班の定員五人が警務部に残せる程度の実績は、挙げて下さい。数字として、形としてペーパーに残せる実績ですよ。客観的実績ですよ。よろしいですね⁉」

「しかと、承りましてございます参事官閣下」

その刹那。

中村を叱責していた山本参事官の下へ、制服姿の監察官室長が駆け寄ってきた。

もちろん、白野警視監を殺害したあの辻森室長ではない。その後任者だ。

「参事官、御多忙中失礼します。実は是非、お耳に入れたいことが」

「何？」

「首席監察官のところまで、御足労願えますか？」

「……例の件？」

「はい」

「まさか、また？」

「……はい」

「すぐに行きます」

山本参事官は、監察官室長をむしろ先導するように、すっかりSG班など無視して、警務課を出ていった。部長級の首席監察官の呼び出し。いくら参事官級でも自ら出頭せざるを得ない。そして、このバタバタした監察官室の動き――

中村はつい、北叟笑んだ。

（へへッ、ハゲタコ山伝、泡喰ってやがるぜ。ザマアミロだ）

SG班は、確実に実績を上げている。客観的実績を。

中村は大福を嚙みちぎると、湯呑みからコーヒーをゴクリと飲んだ。そしていった。

「よしテメエら、五月蠅えの消えたし朝会やるぞ。詳しく聴かせてくれ」

B県警察本部本館地階・印刷室

役所というのは、文書で動いている。

役所の意思決定は、現状、ハンコ又は花押によるからだ。やりたいこと、やらなければならないことは、文書に起案して、偉い人のスタンプラリーをしなければならない。決裁が終わって、命令なり連絡なりとして流すときも、勝手なことをされては困るから、文書にしなければならない。

だから、県警本部本館の地下にあるこの印刷室も、平成の頭くらいまでは、大盛況だった。一般職員とか、術科特練警察官のポストを作るために、印刷室長なる職があったほどである。印刷室長は、訓令、通達、統計、会議資料といったものを、職人芸で調製する達人だった。

だが。

コピー機が賢くなり、パソコンが整備され、プリンタが普及し、印刷・製本に玄人芸が必要なくなると、自然、印刷室長の職はリストラされ、印刷室も滅多に使われなくなった。そもそも、ネットがデータを瞬時に飛ばしてくれる。警察本部としては、データをプロテクトした上で、印刷など署にアウトソーシングすればよい。

そんなわけで。

今時、印刷室などを頻繁に使うのは、物理的に大量の資料を人数分そろえなければならないセクションだけであり、かつ、それを警察署に強制する権威のないセクションだけであった。

すなわち、警務部警務課SG班である。

伊内本部長肝煎り（きもい）とはいえ、こんなリンリリンリ部署、どの署長も警察署も、次の本部長がリストラすると確信している。したがって、『教養に来たいならどうぞ』『ギャラリー五十人も出せないから』『資料は準備してこいよ』『忙しいからワンセット一時間でな』等々と、かなり辛辣（しんらつ）な扱いを受けているのであった。

しかしながら。

SG班にとって、印刷室に入り浸（びた）れるのは、むしろ好都合である。

警察は、部内のセキュリティがヌルいから、そもそも防音の会議室などはない。秘密の会議は、偉い人の個室で、ドアを閉じてする。偉くない警察官は、会議室を借りるしかない。だが、オンボロ庁舎に十分な数があるはずもない。予約表はいつも団地前・学校前のファミレスみたいな感じだ。セキュリティまたしかり。ならば、と執務室のパーテ内で会議などすれば、ハゲタコ山伝の参事官室まで聴こえかねない。

そこで、SG班は、大量の教養資料を印刷する云々と言っては、ここ昭和の遺物を、アジトにしているのであった。現在も、ダミーで四台の印刷機と、二台の製本機を動かしている。アナクロな藁半紙（わらばんし）が、百枚、二百枚、ガタン、ゴトンと吐き出されてゆく。バチン、ストンとホッチキスで留められてゆく。年代物とあって、なかなかの轟音（ごうおん）だ。

これまた、SG班にとっては好都合である。誰も興味を持っていないだろうが、万一、ドアの外で立ち聞きされたとしても、町工場みたいに剛毅な機械音が楽しめるだけだ。

「さて、と」

印刷室の中央、巨大な樫の机にSG班の五人が陣取った。机は、やたらでかい。その昔は、県警の意思をすべて調製していた歴史の遺物である。部数を確認し、落丁を確認し、ナンバリングを確認し、宛先を確認し……現在は、スポンジの飛び出たグレーの事務椅子たちと一緒に、県警六、〇〇〇人から忘れ去られているのだが。

班員五人は、すべて制服姿であった。管理部門は、制服勤務である。

「昨夜は御苦労さんだったな。二班同時に動かすなんて、初めてだぜ」

「偶然だ。我々一係としては――」

秦野鉄警部がいった。四十三歳。額はやや後退しているが、まだ黒々とした髪を洒脱なオールバックに整えている。柔道で鍛えた精悍な躯に、不敵な顔。力強い口髭が、またその頑固さを強調している。

「マリオネットホテルの実態把握に時間が必要だった。最速で昨夜だったというだけだ」

「ふむ、我々もだ。二係はまさに、昨夜しかなかった」

ぽつり、と漆間雄二警部がつぶやいた。四十三歳。愛嬌ある福々しい顔と躯だが、黒いサングラスを着用しているので、何を考えているのか分からない。どうにか横で分けた癖のある髪も、ユーモラスというよりは、底の知れない芸術家肌を感じさせる。

「交通課長と副検事の密談が、その昨夜だったからな」

「秦野、漆間。役目だから確認するが、懲戒処分は終えたんだな？」

仕損じは無い、と秦野警部。目撃者も皆無、と漆間警部。

「さっき、山伝のハゲタコが蒼くなってやがった。当然、もう発見されているな？」

「ふむ、それは確認した」漆間警部がサングラスを上げた。「監察官室の警電は秘聴している。マリオネットホテルについては、県警ＯＢの取締役から、加入電話で通報があった。午後一一時〇七分」

「一一〇番はしてねえと」

「まさか、できまいよ」

「美伊地検の方は？」

「こちらから匿名で、監察官室に流しておいた。地検としては、警察に通報する気など無いからな」

「美伊地検は死んでも通報しないだろう」秦野警部が唇を上げた。「検事に検視の能力はない。通報してしまえば警察が介入する。警察に検証されても、ガサを打たれても迷惑至極だろうよ。あの副検事は、叩けば埃どころか、アスベストが出るタイプだったからな」

「美伊北署の女殺し巡査長と署長。美伊中央署の交通課長と地検副検事」中村は緑茶をすすった。「どちらも殺人事件としては、処理されねえ。まあ、いつものこったが」

「ふむ、だがな中村」漆間警部が中村を見据えた。「SG班設置から約一年。検事は初めてだ。これは、いつものことではない……警察部内刷新が、監殺の目的だったはずだが？」

「そのとおりだ。今現在、この瞬間もな」

「ふむ、なら、部外組織である検察に討ち入ったのは、大きな軌道修正ではなかろうか」

「それはそうだがな、漆間」秦野警部が腕を組む。「あの事案において、副検事の処理は必然だったろうが。交通課長だけを処分しても、被害者と遺族の怨みは晴れんぞ。なるほど、検察だけを狙うというなら行き過ぎだ。だが、たまたま検事が共犯者だったというとき、検事だからと看過するわけにもゆかんだろうが」

「ふむ、秦野、その論法に異論はない。だから私自身、手を下した。しかし、私が言いたいのは、『警察部外者に手を出すな』ということではない……こと検察に手を出すのは、SG班にとって、不確定要素の大きすぎるバクチだと指摘している。情勢が情勢だからな」

「……B県警不祥事問題にかこつけて」中村は大福を頰ばった。「検察が、県警をコントロールしようと暗躍している。これは事実だ。まさかSG班のことは知るまいがな。しかしだ。もし、断片情報でも察知されようもんなら、奴らも真剣になる。奴らが真剣になったら、合法非合法ひっくるめて、大戦争の引き金になる……

だがな、俺たち実働員とすれば、十分警戒する以上のことはできねえよ。なあ漆間、地検にも警電、引いてあるだろ？　あれも盗み聴きできねえか？」

「ふむ、そうだな、やってみよう……ただ、ターゲットを締りたいところだが」

「まずは次席検事、三席検事だろうな。県警でいう警務部長、刑事部長だ」

「解った」

中村はハイライトに火を着けた。庁舎内全面禁煙の時代、喫煙者に優しいのは、この印刷室くらいのものだ。ちゃっかりアルミの灰皿まで備蓄している。

「あと、遅くなったが、中屋の元締めから連絡があった。律儀だな、朝イチだ。今度の依頼人な――巡査長クンが殺した娘っ子の両親と、不起訴になった死亡事故のマル害の両親だが――成功報酬を払い終えたそうだ。着手金を別にすれば、今度はマル対が四本だから、特殊危険手当が四、〇〇〇万。ひとり八〇〇万だな。いつものとおり、酒造のオヤジの『上野銀行』でも『びい信用金庫』でも、どうとなりしてくれる。どうとなりしてくれるが、いちおう、税務署には注意してくれよ」

ここで、黙ってデコネイルをひらひらさせていた、國松友梨巡査がしれっと言った。

「八〇〇万円くらい、ビクビクしなくても大丈夫ですよぉ。あたし～、六本木時代は～、一日に二〇万、月に二〇〇万以上は稼いでたんですからぁ」

「ああ恐え。キャバ嬢は恐えなあ。擬似恋愛で月二〇〇万円でございますか」

「あっ、アゲハは総理大臣もいってる『女性が輝く社会』の主役ともいえるんですよ～。ちゃんと源泉徴収されますしぃ」

「國松ちゃんよ。その営業トーク、ゲンナリするぜ。班内では素で頼めねえかな……それにお前、俺を誰だと思ってんだよ。俺ぁこれでも生安出身だぜ？　嬢のバックヤードもキャストの寮も知り尽くしてるさ。寮なんかガサ行ってみ？　若い女だけは勘弁な――って思うようになるぜ」

「ふむ、だがな中村、そういう三流のキャバ嬢だけとは言えんぞ」漆間警部はめずらしく微笑んだ。「警察官もキャバ嬢も変わらんさ。時間と労力と私生活を、惜しみなく蕩尽した奴のみが勝つ。営業メールにトークの技倆。個人情報の収集管理に、餌の吊り方落とし方。お前は生安出身だから取締りの目で見るかも知れんが、警備出身の私から言えば、下手な巡査・巡査部長より余程、公安警察官としての適性がある。ナンバーワン級をスカウトして、オペレーションに投入したいほどだ。それこそ、ここに國松巡査がいる理由でもある」

「その構想には難があるぜ漆間。ギャラが月二〇〇万以上。シケた警察がオファーできるか？」

「だから警務部警務課SG班なのだろう」

「あっは、そりゃ言えてらあ。ただよユトリーヌ、上官よりは先に出勤してくれよな」

――國松友梨巡査、二十四歳。

B県出身者だが、東京の大学に進み、いきなりキャバクラの門を敲いた。それもキャバクラの聖地、六本木のナンバーワン店『アメティスタ』である。普段の、昼の顔は、でかい眼鏡に何の変哲もない長めのボブと、光る要素などまったくない友梨。しかし、夜こそが友梨の輝く主戦場。わずか四箇月で『アメティスタ』ナンバーワンに。以降三年間、六箇月間連続一位を含め、ベスト三から転落したことがない。『六本木の奇跡』『Gと呼ばれた女』『リシャールの由香里』である。それが、何を思ったかB県警を受験。何故か合格してしまい——紆余曲折を経て、SG班に異動してきたのだった。

「六本木ナンバーワン店より高額がオファーできるのは、確かにSG班しかねえな。ま、俺達は皆、脛に傷持つ身。最後に頼れるのが現ナマだってのは解るが、あんまり派手にしてると、ハゲタコ山伝に監察官室がうるさいぜ」

「あら、派手になんてしてませんよ。ちょっと、夜のバイトをしてるだけです」

「しかもそれは、我々の仕事にも貢献している」秦野警部は葉巻を噛んだ。「気を付けてくれれば、それでいい」

「あっ、嬉しい。やっぱり秦野のオジサマは話が解りますね」

「オジサマはよせ」

六本木ナンバーワン店のナンバーワンが、その華麗なる職歴を無駄にするはずがない。友梨はB県巡査となってからも、もちろん公務員の兼業禁止違反だが、しれっとキャバ嬢を続けていた。友梨からすれば場末ながら、B県ナンバーワン店『マッダレーナ』が戦場である。そして、熱血漢かつ堅物の秦野すら認めるように、それはSG班にとって極めて好都合であった。

「しかしまあ、アレだな」

中村は微かに眉をひそめた。

「最初に仕事を始めたときは、ここまで稼げるとは思ってもみなかったぜ」

「ふむ、相変わらず偽悪的だな」漆間警部は、冷静沈着だ。「ここまで腐っているとは思ってもみなかった、だろう？」

すると、フン、と紫煙を吹き出しながら、機動隊上がりの秦野警部が吐き捨てた。

「ここまでする被害者が、ここまでいるとは思ってもみなかった――でもあるな。我が警察に泣き寝入りを強いられ、我が警察の不正義を怨み、そう、マル対ひとり当たり一、〇〇〇万円を払ってでも復讐したいと考える被害者――それがこれほどの数、存在するとは」

「しかも」漆間の瞳はサングラスで見えない。「B県警だけで、だ」

「あのう、いいですか」

挙手したのは、まだ発言の無かった、後藤田秀巡査部長である。

――二十六歳の若手巡査部長。昇任は決して、遅い方ではない。だが彼もまた、SG班のすべての班員同様、脛に傷持つ身であった。そうでなければ、こんな窓際所属に流されはしない。その後藤田部長は、カフェの小洒落たタンブラーをことりと置いた。いつもニコニコ寝癖野郎、と呼ばれるくしゃくしゃの髪の下で、柔らかに笑っていた瞳が、わずかに開く。一筆書きが、半月状になる。三白眼になる。それは、SG班だけが知っている、後藤田の本当の瞳だった。中村はいつも思う。

（実はコイツが、いちばんヤバい奴かも知れねえな……）

「僕としては、お金がもらえることは、心底嬉しいんですけど……どうせ処分しているのは、そうですね、警察官のクズというか、人間のクズみたいなのばっかりだし……けれど」

「けれど？」

中村の瞳が、嫌々ながら、後藤田部長の瞳を正面から射た。中村は面倒は嫌いだ。

「SG班設置の目的は、B県警の浄化ですよね？　日本警察で最悪の記録を更新した、B県警の不祥事を鎮圧する」

「そのとおりだ。手段を選ばずな」

「そのために、警察の害悪を抹殺する」

「お前もやってることだ。たんまりとカネもらってな」

「嫌だなあ中村班長、誤解しないでくださいね」後藤田部長の瞳がまた優しくなった。

「僕はこの仕事、好きですし、やっていることに疑問も後悔もないですよ。いっそのこと、定年退職まで続けたいと思ってます。僕にとって、人生勉強って大事ですし、実はそれ、警察官じゃあ、ちっともできないことですから。

ですけど……

闇から闇へ非違警察官を葬る。虐殺してゆく。そのことと、不祥事を減らすこと。それって、ダイレクトにつながるんでしょうか？　どれだけバグを修正しても、大元のOSがイカレているなら、僕ら、あまり役に立ってないんじゃ……事実、B県警の懲戒処分者数は、まだ年二〇人近い大台を維持してますし。そこを総量抑制しないと、僕らがただ、自己満足の殺し屋稼業でお金を稼いでるだけなんじゃないか、と。

　時折、そんなこと考えちゃうんですよね」

「ふむ、理解はできる」漆間警部はサングラスを拭いた。「だが、反論もできる」

「と、おっしゃると」

「さっきの山本警務参事官の焦燥ぶりを見たろう」

「はい」

「監察官室も大騒ぎになっているはずだ」

「それはそうですね」

「我々は、設置以来、かなりの仕事をこなしてきた。だからB県警の幹部は――少なくとも警務部門の上級幹部は、現象面を理解している。非違警察官が、組織的に殺戮されている、という現象面を。文字どおり、クビを切られているという現象面を」

「特に悪辣な非違警察官だ」秦野警部が指をボキリと鳴らした。「何せ一、〇〇〇万円の賞金首になるような外道だからな」

「ふむ、するとだ、後藤田」漆間警部は飽くまでクールだ。「やがて、警務部門の上級幹部だけでなく、各部門の上級幹部が、さらには各警察署の幹部までもが、認識することになるだろう——

不祥事の被害者に怨みを買った警察官は殺される。物理的にクビを切られてな。

いや、それに協力し、あるいはそれを隠蔽する警察官も殺される。退職金どころか、情状酌量も執行猶予も減刑もありはしない」

「それがまさに、監殺ですね」

「すると、B県警はどうなってゆく？」

「……監殺の機能を知った警察官なら、間違っても非違行為をしないようになる。誰だって命は惜しい。そして、命懸けでしなければならないような警察不祥事なんて存在しない。割に合わなさすぎる」

「ふむ、そのとおりだ。加えて、たとえ末端の警察官が知らないとしても、上級幹部がそう誘導してゆくだろう。警察幹部ら自身が、監督責任で、死の連座をさせられるのだから」

「恐怖による支配、粛清による支配だ」秦野警部は葉巻を揉み消した。「だが、危機的な水準に達しているB県警を浄化するには、劇薬をもってするより他に無い。

監察官室が機能していればまだしもだが、白野警視監の恐怖政治・恐怖人事で、あと十年は機能不全だろう。

そもそもイエスマンの集まりに墜ちてしまったし、伊内本部長が人事を刷新しようとしても駄目だ……地元警察官にとっては、それこそ割に合わない。監察官を志願する警視など、今のB県警にはいない。どの現業部門も人出しなどしない。かといって、エース級を無理矢理出させては、伊内本部長と地元部長との間に強烈なしこりが残る。結果、現在の監察官室は、二線級の腰掛け組ばかり。オモテの監察は、今や死に体だ。ならば、誰かが肩代わりして、情容赦ない改革を断行せねばならん。

SG班設置。

監殺の実行。

県警幹部の意識改革――

これが浸透してゆけば、後藤田、お前のいうOS自身の障害も治癒され、不祥事は未然防止され、総量抑制される。最終的には、俺たちのウラの濡れ仕事も必要なくなるだろう。

SG班の仕事は飽くまで過渡的なもの――俺はそう考えている」

「よく解ります、秦野補佐。でも、オモテの監察なら、マックスの懲戒処分が免職なのに、僕らの監殺となると、いわば免人というのは……」

「俺たちの意思じゃない。俺たちの判断でもない。知ってのとおり、医局の決めることだ。そして俺自身は、医局のシステムは、よくできていると考える」

「なら、被害者なり遺族なりに一、〇〇〇万円を要求するのは？」

「そりゃもっとカンタンな理屈だぜ、後藤田」中村は唇のアンコを拭った。「逆を考えてみりゃあいい。俺達が自由に、悪と思った警察官をブッ殺してゆく仕組みをだ――

そりゃあ、どう考えてもマズいだろうが」

「まあそうだ。医局のシステムでは、依頼人がいなけりゃ、俺たちは一切、動けねえ。依頼人がいても、カネが出なきゃ、これまた一切動けねえ。それが俺たちへの抑止力であり、審査であり、統制ってことじゃねえのか。シビリアン・コントロールって奴だな。俺たちは、世界平和のために戦う正義のナントカレンジャーじゃねえんだからよ。

それに、現実的にはな――

人を殺したら、地獄行きだ。いやいや、笑うなよ。俺は心底それを信じてるんだぜ。最初に人を殺した時点で、俺たちは皆、死んでるんだよ。言葉を選ばなきゃ、廃人さ。それだけのこと、やらされてるんだ。まだまだ危険手当、安いと思うぜ、俺はよ」

「ふむ、それは健全だ。金銭で出力をするのがプロだ」漆間警部はぽつりと言った。「使命感ほど危険なものはない。例えばボランティアが腐ってゆく理由のほとんどは、金銭が介在しないからだ。仕事に正義感などを持ち込むからだ」

「でもぉ、ユージ君ったら……じゃなかった漆間補佐は」國松巡査は警察官の口調にもどした。すなわち素に帰った。「こないだ渥美崎署の教養で、読み上げてたじゃないですか？『今こそモゴモゴ、正義感をもって、市民に奉仕するポリスマインドを熱く想起するべきでありますぅモゴモゴ』って」

「ふむ、ユージ君は如何かと思うが」漆間警部は飽くまで淡々と言った。「そしてその私の口真似は下手糞だが、國松巡査、ひとつ指摘しておこう。賢い警察官が反論したくなる教養こそ、価値ある教養だ——もっとも、そんな警察官は一％に満たないが。そもそもプロが金銭をもらって『奉仕』するだなどと、恥ずかしい物言いだと思わないか。税金からの給与、その対価に、何故『奉仕』が出てくる？」

「フン、漆間、確かにな」秦野警部は鼻息まで熱そうだ。「そうした上から目線こそ、繞り繞って、晴らせぬ怨みを生産し続けている。高邁な理想のため、警察の正義と無謬のために、踏みにじられた人々の怨みを。

ポリスマインドだのリカバリー教養だの監察機能の高度化だの、警察庁長官には悪いが、どうにも頭でっかちに思えてならん。市民が望んでいるのはただ一つ。すべての警察官が給与分働くこと、それだけだ。裏から言えば、働かない警察官は排除すること、それだけだ。小学生にも解る理屈だ。

俺は、公務員関係において精神論を鼓舞するのは、九九害に一利。その程度だと思う」

「そのカウンターウェイトとして」後藤田部長が笑った。「僕らが編成されたわけですね」

「B県警だけでしょうけどね」國松巡査が髪をいじった。「バレたらヤバすぎますから。あたしたち殺人犯だし、大量殺人犯だし、絶対に死刑ですよね」

「だからよ、由香里チャンよ、それも込み込みの特殊危険手当だってのⅠ」

「やだあ、フーミンたら、いけない子ね。『由香里』はお店だけでしょ♡」

自分が仕掛けた側とはいえ、中村文人警視は、上を上とも思わぬユトリーヌ國松にげんなりした。思わず膝頭に目線を落とす。すると、その瞬間、ポケットのスマホが震えた。着信表示を見る。メールの発信者は、さっき朝イチで確認したのと一緒だった。

「うぉ、連投かよ。商売繁盛も考えものだぜ」

「中村、まさか元締めか？」

「ああ秦野。例によって一行メールだ──『たまには食べに来てね』」

「すごい『たまには』もあったものだな」

「まあ、定型文だから仕方ねえんだけどな。

仕方ねえ。それじゃあ俺、元締めの所、顔出してくるからよ。お前らはホラ、ハゲタコ参事官だのひょっとこ次席だのが五月蠅えからよ、警察庁の御題目の焼き直し資料でも作っとけ。ああ、後藤田に國松。コピペと画像リプは禁止な」

「結構、イケてると思ったんですが」

「公文書はイケてなくてもいいんだよ!! キューピー山伝に怒鳴られるの俺だぞ!!」

「ですよね～」

「ですよね～じゃねえ!! わざとかよ!! ったく……

エクセラー後藤田とパワーポインター國松がそろってんだからよ。四十三歳の警部さん方に苦労掛けるなっての。

ああ漆間、秦野。上にはな、警察学校の図書館に行ったとでも嘯いといてくれ」

「あっフーミン、じゃなかった中村班長。元締めの所ということは、広小路の繁華街に出られるんですよね？　サラベスの『フラッフィー・フレンチトースト』願います!!」

「中村班長すみません、自分はリンツの『エクセレンス・ストロベリーダーク』で」

「はいはい、はいはい。スイーツ脳でござんしたね。いやいいんですよ、ゆとりでスイーツでもね。仕事をしてさえくれればね。警視を小僧っ子代わりに使ってもね」

「なるはやで～♡」

「ですよね～♪」

同情的な目をした漆間警部と秦野警部に見送られて、中村は印刷室から出て行った。呪文のようなお遣いのメモをとることは、すっかり忘れていた。

美伊駅北口アーケード・広小路近傍

さすがに、警察本部の外を、制服で闊歩するわけにもゆかない。

五万円しない背広に着換えた中村は、バスで十五分程度は掛かる、美伊市の中心市街地へ向けて歩き始めた。元締めは忙しい。時間がとれるのは、少なくとも二時以降だ。

中村はゆっくりゆっくり広小路まで散歩し、どうにか部下に頼まれたアブラカダブラなお遣いをこなすと、駅ビル、シネコンの喫煙所を梯子したり、ぱちんこを冷やかしたり、馴染(なじ)みの防具屋に茶をせびったり、昔ながらの喫茶店で週刊誌を読んだりしながら時間をつぶした。

中村が、目指す店舗に入ったのは、午後二時をちょっと過ぎた頃である。

——らーめん中屋(なかや)。

大アーケードから、ちょっと奥に入った路地にある、何の変哲(へんてつ)もないラーメン屋だ。カウンターに十席ちょっと。テーブル席などはない。四十年続いている老舗(しにせ)だから、庇(ひさし)も看板もくたびれている。いかにも昔ながらの中華料理屋なのに、餃子(ぎょうざ)のひとつすらメニューに無い。

しかしながら。

午後二時で昼営業は終了のはずなのに、行列はまだ絶えることがなかった。

(まだ早かったか……

しかし中屋の婆(ばば)あ、バケモノだな。俺だったら、五〇杯も作ったら、腕が痺(しび)れちまわあ。だがこの繁盛ぶり。一日三〇〇杯は下らねえはずだ。美伊に『らーめん中屋』あり。その威光(いこう)いまだ衰えず、だな)

結局、中村がカウンター席に座れたのは、それから二十分後であった。

カウンター内、調理場には、婆さんが一人。店員、バイトの類(たぐい)はいないのだ。

「はい、何にします?」

「ネギラーメンひとつ」

「あいあい」

(何にしますも何も、ネギラーメンしかねえじゃねえか。この御時世、大盛りもチャーシュー麺もねえとは、いやはや……それでも客は来る。いや、客が切れねえ)

らーめん中屋、唯一の商品にして目玉商品。それがネギラーメンだ。

一杯、六五〇円。

白ねぎ、タマネギ、あさつき、リーキ、エシャロットを鶏油で香ばしく炒めた上、大量に載せたザクザクの九条ねぎで、ユニークな食感と刺激を出している。それを受けるのは、名古屋コーチンの鶏ガラと大量の野菜でとった、ペースト状の鶏白湯ベジポタスープ。鴨が葱しょって、ではないが、鶏とネギの相性が抜群。しかも、他店が真似できない独特の濃厚スープがじんわり奥深い。これを生み出した先代は、糖尿病で世を去ってしまったが、奥さんが立派に後を継ぎ、先代が死ぬまでの歳月と同じくらいの日々、暖簾を守ってきた。チャーシューを鶏チャーシューに変えたのは、この奥さんの手柄である。

(もともとボリュームはあるしな。このドロドロスープのジャンクな感じも、むしろ今風と思われているんだろう。でなきゃあ昭和の店が、今になっても年収四千万なはずがねえ。先代が豪邸遺して死ぬ前でさえ、美伊銀行には二億以上の預金があったらしいじゃねえか。この婆あ、幾ら貯め込んでんだろうな？

だが……

カネがある、ってえことは、我が道を行ける、ってことだ。

雇い主、銀行、役場、税務署、議員、商工団体。一切、頭下げる必要がねえ。

恐えもの無し。老い先も知れてる。ある意味、この上なく公正中立だ。

だからこそ、こんな仕事を考えついたんだろうがな……)

中村は結局、お代わりしてネギラーメンを二杯食べた。

その頃には、客は、中村ひとりになっていた。

爪楊枝を使っていると、カウンターに、もなかと緑茶が置かれる。既に暖簾はしまわれた。外には『準備中』の札が立て掛けられている。

「ごめんなさいね、文ちゃん。いつもバタバタして」

「とんでもねえこって。元締め、いえ医局長もお忙しいんですから」

「ビールにします？」

「いえいえ、勤務中でございますんで」

「文ちゃんは昔から、変な所で気が小さいわね」

「それでどうにか、生き残ってますんでね」

中屋貞子は割烹着のまま、艶然と笑った。小柄で、華奢だ。しかも、立ち居振る舞い、身のこなしは素人女のそれではない。それもそのはず。中屋貞子は、あのユトリーヌ國松が尊敬して止まない、銀座の伝説的トップホステスであった。なるほど、六本木ナンバーワンなど、赤ん坊のようなものである。それが、どのような物語あってか、地方のラーメン屋のおかみさんとなって幾星霜――

（紺屋高尾、って奴だな）

――眼の前の鶏ガラ婆さんは、しかし、億を動かしていた底知れなさと、大女優のような存在感に充ち満ちている。どこか天真爛漫で、どこか浮き世離れしていて、そして圧倒的に残酷だ。もっとも、客の誰ひとりとして、それを見破ってはいないだろうし、また、中屋貞子の側も、それを見破らせるほどお人好しではなかったが。

中村の腰が低くなるのは、忘れてはならない恩義がある、ということもある。中村が、曲がりなりにも警察官の職にとどまっていられるのは、すべて中屋貞子のお陰だ。この鶏ガラ婆さんには、それだけの権力がある。だがしかし、そんな恩義感がなくとも、中村は、このバケモノに膝を屈しただろう。本能的に。気が小さいということは、敵の力を的確に評価できるということだ……

「雄二さんと鉄さんは元気？」

「お陰様で、息災です。くれぐれも医局長によろしくと」

「同期は、大切よ」

「B県警の窓際三羽烏。まさかこんな形で、しかも警務部門に席を並べるとは、いやはや」

「県警は、人を使うのが下手なのよね」元締めは辛辣なことを、はんなりと口にした。

「変な派閥意識が強いから、仕方がないのだけれど」

「私ら三人は、県外者ですからな。美伊大の出でもない」

「くだらないわね。宮道さんが本部長のとき、懸命に改革をしたけれど。ほら、警察って、上が代われば零から出直し、でしょ？

それでも宮道さん、文ちゃんたちのこと、よく憶えていたわよ」

「遠く警察庁から、首の皮一枚、つなげて下さいましたからな」

「もともと、あなたたち三人、誰もがハメられたようなものだったしね」

「狂犬の秦野、身内売りの漆間……裏金の、中村。まあ、いろいろありました」

「若いおふたりは、どう？　あなたたちとは、ちょっと事情が違うけれど」

「離島荒しの後藤田、警視正喰いの國松……いや、さすがは医局長。お眼鏡どおりです。よくやってくれてますよ。

まあ、その、アレですな、世代のギャップってのは感じますが」

「そこは文ちゃんの気の小ささで、上手く使いこなして頂戴な」

「私が班長で警視ってのは、どうにも……秦野か漆間が適任でしょうに」

「駄目よ。そうしたら文ちゃん、サボるから」

「まあ、そのつもりですがね。SG班のとりまとめってのは、思いの外、激務ですから」

「その激務のところ、悪いんだけれど」

元締めと中村の視線が絡み、老婆は緑茶を淹れ換えた。世間話は終わった。もっとも、中屋貞子にとって無駄な世間話というのは無いのだが。

「監殺事案よ」

「また立て続けですな？」

「事案そのものは、七年前のもの。ただ依頼人の背を押したのは、最近の出来事。それでこのタイミングになってしまったの」

「時限爆弾ですか。まあ、我が社ではままあることですが。マル対は？」

「依頼人によれば、三本。七年前の県警本部保安課長。おなじく保安課次席。おなじく保安課事件係補佐」

「するてえと、所属長警視－警部－警部の三本」

「今は、階級を上げてるけどね」

「依頼人は？」

「警察官未亡人」

「旦那、死んだのか」

「自殺。ただし依頼人は、自殺させられたと考えているわ」

「旦那は何者です？」

「七年前の、保安課企画係補佐」

「……するとまあ、だいたい、絵は見えてきますな。組織ぐるみのイジメでしょう」

「依頼人の御主人、神浜忍警部というのだけれど、記憶にない？」

「神浜……神浜って、ああ!!

将来の警視正候補と目されていた、あの神浜か。出身は警備公安だが、人事交流ってことで、生安に移籍してきた奴だ」

「文ちゃん、いちおう生安部の人だものね」

「ただ、奴は確か……せっかく若くして警部になって、しかも警察庁出向までこなした秀才だったが……」

警部以上は、管理職になる。

警部に昇任すると、したがって、警察大学校で複数月にわたる教養を強制的に受けさせられる。この学業成績の席次は、県警での将来に大きく響く。また席次が極めて優秀なら、警察庁出向の声までが掛かる。すると三年間、東京で、バカクソ死ねと罵倒されながらガレー船を漕ぐ。これを死なずに漕ぎ終えれば、大過ないかぎり、所属長、果ては部長のポストが約束される。今など、警察庁出向を経験していなければ、『警視正には不適格』とまで言われてしまうほどだ。

「奴は、そうだ、警察庁の公安課に出向して、徹夜徹夜、単身赴任の三年間を乗り切った。意気揚々とB県警に凱旋してきたエリートだ。それが生安部にレンタルとあって、生安部でもちょっとした話題になったもんだぜ。

だが……

生安部保安課の課長補佐に就いて、たった半年で、ぶっ倒れちまった。

すぐ美伊大附属病院に入院したって所までは知ってるが、それ以降のことは……

警察ってのは、去る者時々に疎しだからな。脱落者は切り捨てる、最初からいなかったことになる。それが警察のやり方さ。よくよく御存知だとは思うけどよ。

……しかし、自殺こいちまったとは。全然知らなかったぜ」

「ついこの冬のことよ」

「何処でだ」

「県警本部。生安のフロアの男子トイレで」

「するてえと首吊りか」

「まさしく」

「徹底して隠してやがったな、ハゲタコ山伝と監察官室の外道はよ。しかし、噂くらいにはなるもんだが……確かに俺は、噂や人事に興味のねえ、省かれ者だが」

「発見が早くて、関係者が少なくてすんだのよ。それに、拳銃自殺というなら不祥事だけれど、つまり報道発表しなければならないけれど、たまたま警察本部内で自殺があったところで、直ちに警察不祥事とはいえないものね」

「県警本部ならお膝元だ。捜査一課が死体見分したろう。神浜の未亡人が怒るようなことがあったのか？」

「依頼人への説明は、単純明快なものだったそうよ。偽装自殺の可能性はゼロ。写真も調書も提供するから、日本全国どの法医学教室の意見でも聴いてください——とのこと」

「ヤケに自信満々じゃねえか。まあ警察の常識としては、縊死と絞殺の識別ほど気を付けるものはねえし、写真まで見せるってんなら、誤認見分のおそれは微塵も感じてねえ――ってことになるがな。

するとまあ、常識的に考えれば、真っ当な自殺だ。未亡人、何に怒ってるんだ」

「依頼人の話を伝えると、こうなるわ」

中屋貞子は、未亡人の訴えを語り始めた――

警備公安のエース警部・神浜忍が、東京・警察庁勤務から帰県したのが七年前。誰もが警備部の枢要ポストに就くことを疑わなかったが、神浜は、それまで全く経験のなかった生安部に異動することになる。地元警察官＝ノンキャリアは、スペシャリスト型で育てられるから、これはめずらしい異動であった。交番を卒業し専務に登用された警察官は、時折、交番へ帰るほか、生涯をその部門で終えるのが常だからである。神浜もまた、交番と警備しか経験しておらず、かつ、それは県警では当然なのだ。まして、警察庁で公安警察を極めた男。

そんな神浜が他部門にレンタルされたのは――

「当時の本部長の、強い命令があったから」

「当時の本部長？　七年前っていえば」

「そう、今の宮道長官よ」

宮道警察庁長官が、B県警察本部長だったとき。最も効果的なのは、人事だ。硬直的な、じわり、じわりと派閥の解体に取り組んだ。

各派閥の既得権益をバラバラにして、オールB県で臨まなければ沈むような所属にしてゆく。そのため、人事交流、トレード、移籍、片道切符が盛んになった。もっとも、宮道が離任するや否や、地元組による必死の復旧が画策され、極端な措置はもう、なくなっているのだが……

いずれにせよ。

神浜忍警部は、改革の波に直撃された。

それは、組織の大義のためではあったが、個人のしあわせには直結しなかった。

慣例として、神浜警部が就くはずだったのは、警備部公安課企画補佐。

改革として、神浜警部が就くこととなったのは、生安部保安課企画補佐。

企画補佐、というのは、まあ総括警部。課内の筆頭補佐だから、栄誉ではある。

だが、警察組織を知る者なら誰もが、この異動はエグい、と考えるだろう。

公安課というのは、諜報部門。保安課というのは、風俗部門。

喩えるなら、こうだ。

――明治時代。三年間の欧州留学を終え、ドイツ憲法のプロとなって帰朝した若手法学者が、農学部の教授を命ぜられ、明日から畜産を教えることになった。これほどの違いがある。警察の専務部門は、恐ろしく細分化された専門化の巣窟。隣は何をする人ぞ、だ。まして保安課というのは、生安の花形のひとつ。風営法のプロになるにしろ、特別法犯のプロになるにしろ、一年二年の丁稚奉公では、まず使い物にならない。

そもそも、警備出身の神浜警部が、その警察人生で風営法を読んだことは、ないだろう。警察の専門性とは、それほどのものだ。

こうなると、筆頭補佐で迎えられる栄誉など、地獄の責め苦そのものである……

「針の筵、座敷牢状態って奴だな。

警察は専門バカが多いからよ、素人を見つけちゃあ、こんなことも知らねえのか、テメエ今まで何やってきたんだ――とイビリ倒すのさ。そうすりゃあ、自分が御立派で賢く思えるからな。

ケッ、くだらねえ。

テメエがいきなり他部門に放り出されてみろっての。俺はなんちゃって生安だが、そして自慢じゃねえが、そうさ、道交法なんざマトモに読んだことがねえ。共産党と中核派と革マル派の違いも解らねえ。当たり前だろうがよ、そんな仕事、やったことがねえんだから」

「神浜警部も、そう開き直ることができれば、また違ったのでしょうけれど」

「……お勉強のできる、真面目な奴が陥る罠だな。無理です、ってことが言えねえ」

「ちょうど、『新しいタイプの二号営業』とかいう問題が、花盛りだった時期らしいわ。風俗営業の新しい規制をどうにかしなきゃ、というんで、期待のエースとして投入されたのだけれど……」

（新しいタイプの二号営業？　そんなんあったっけか？　俺も離島暮らし、長かったか

らなあ。マア生安なんざ、始終、湧いて出る蛆虫をモグラ叩きして生きてるようなもんだが）

いずれにせよ、『大学三年生のカリキュラムに強制編入された小学一年生』の立ち位置となった神浜警部は、見る見る憔悴の度を濃くしてゆき、とうとう、着任後半年で、大学病院送りになってしまった。

「病気は何だ」

「鬱病」

「時代だな……警察は、身方も敵も殺さない。そういう組織だったはずだがな。

ただ解せねえのは、宮道本部長だ。あの人なら気付いただろう。何をしてたんだ」

「それがねえ、文ちゃん。宮道長官は、何度も何度も本部長室で面接しているのよ、神浜警部と。ところがね。どうしても頑晴る、異動させてくれるなと懇願したのは、神浜警部本人なの」

「それにしたって」

「そこなんだけどね。

依頼人の怨みとも、深く関係しているんだけど。そのときの保安課長がね、やっぱり異動に反対したの。まだ頑晴れるし、自分もできるかぎりのフォローをするから、本人の経歴のためにも、異動させないでほしいと」

「そりゃテメエのメンツのためだっての。宮道長官ともあろう者が、コロッと騙されるかねしかし」

「騙されたかどうかはともかく、保安課長が、実態を誤魔化し、上に入らないよう謀んだのは事実ね。ううん、そんな生やさしい話じゃないわ。何故なら、神浜警部を陰湿なかたちで攻撃し、嫌がらせをし、素人に無理難題を押し付け、課内のスケープゴートにし、とうとう鬱病にまで追い込んだのが、この保安課長だからよ」

「また暇な奴だなあ」

「文ちゃんに言われたら、本望でしょうねえ」

「イジメの理由は？」

「この保安課長、県南出身の美伊大出なのよ。そして、自分自身も管区警察局に出向した、将来の警視正候補でもある――七年が過ぎて、それはもう既定路線になっているけどね。

そして不幸なことに、神浜警部は、県外出身の他大出」

「そして生安と警備の伝統的対立……嫌な図式が出揃ったもんだ。芽は摘んでおけ、か」

「しかも、神浜警部は、本部長の特例人事の対象となったエース。これを潰せば、敵対派閥のダメージにもなるし、繞り繞って、本部長の人事刷新に冷や水を浴びせられるわね」

「……依頼人がその保安課長を怨む理由は解った。

他のマル対ふたりはどういう奴らだ？」

「保安課の次席と、保安課事件係の補佐ね。

要するに、保安課長の腰巾着。もちろん生安の生え抜きだし、県南出身者だし、美伊大出。やがて保安課長が総務部長になったとき、その旗本として栄達し、あらゆる忠誠の見返りとして、美味しい肉にありつく犬たち。

神浜警部殺しは、そうした忠誠心の表れよ」

「神浜の自殺ってのが、七年後っていうのは気になるな。

その七年間、どうしてたんだ？」

「休職と軽勤務の繰り返し。先の冬、自殺したときは、また休職に入っていたわ」

「俺は鬱病には詳しかねえが、背を押した何かがあるんじゃねえのか」

「それは依頼人にも解らない。そして警察絡みなら、むしろ解らないのが自然だわ」

「あらましは解った」

中村はカウンター席から下りた。残ったもなかをポケットに入れる。

「なら医局長。マル対三人で三、〇〇〇万円、着手金六〇〇万円。間違いありませんね？」

「確実に。着手金はもう入金されました」

「事案の筋次第では、マル対が増減しますが」

「もとよりのこと」

「医局の症例検討会は？」

「二週間後でお願いします」

「……やけに近いな」

「依頼人の怨みが強いので。市長と教授もそれでよいと」

「最後に訊きますが、マル対の職名は七年前のものですね？　その三人、現在は？」

「保安課の次席は、警視に昇任して、現在、『本部長秘書官』。

保安課事件係の補佐も、警視に昇任して、現在、『美伊中央署の副署長』」

「なるほど、確かに旗本として、御立派な人生を歩んでやがる……

それで、肝腎の保安課長は？」

「生安部の参事官等を経て、現在、『警務部参事官兼警務課長』」

「げっ」

中村は心底、吐き気を憶えた。

ハゲタコ山伝かよ。元締め、この瞬間を狙って、黙ってやがったな。

確かにあの黒キューピーなら、人ひとり、イビリ殺しかねないが……

「では厳正なる調査を、監殺班」

「……中村警視、了解」

美伊市広小路・バー『オフェリー』

カウンターに七席。ボックスがひとつ。

『オフェリー』は、それでいっぱいになる、隠れ家のような店だ。

路地裏の地下一階、しかも、看板ひとつ出していない。

そもそも、儲（もう）ける気はない。

オーナーは酒造（みき）という老政治家だが、隠居（いんきょ）の道楽のつもりか、あまり口出ししない。

バーテンダーはたったのひとり。

けれど――

この正統派（オーセンティック）のバーの売りは、ライムライトに煙（けぶ）る雰囲気でも、琥珀（こはく）が美しい酒の品揃（しなぞろ）えでも、マホガニーの艶（つや）やかな品格でもない――そう、まさにそのバーテンダーであった。

ひとりホストクラブ、といってもいい。

接待ができるレイアウトではないが、この店の九〇％以上の客は、バーテンダー目当ての女性であった。ひとりボーイズバー、が正確であろうか。

というわけで。

ＳＧ班がここを使用するときは、貸切、クローズドにしなければならなかった――

「しかしまあ、アレだな、後藤田。

お前はやっぱり黒ベストに黒蝶（ちょう）タイがいちばんだぜ。警察官にしておくのは惜（お）しいな。

何人の女が、ここで酒飲むために風俗に身を沈めたか、分かったもんじゃねえ」

「僕も分かりませんね――はい、十段仕込(じゅうだんじこみ)」

「SG班の稼ぎもあるしよ、巡査部長なんてやってるの、バカらしくねえか？」

「冗談キツいですよ班長。警察ほどいい職場はないじゃないですか。

倒産しない。減給されない。降格されない。リストラされない。ボーナスは絶対出る。共済年金は確実。健康保険も半分出してくれる。生命保険・医療保険には派手な団体割引がある。四十日ある有給休暇は一時間単位でとれる。融資の審査は超特急。確定申告は必要ない。おまけにTDRの割引パスに割引チケットまでくれる――

ねえ友梨ちゃん？　公務員の蜜(みつ)の味を知っちゃったら、水商売やってるの、恐くなるよね」

國松巡査はブラッディメアリのグラスを傾けた。

「そうね。まあキャバクラは時給制だけど、完全実力主義の競争社会、格差社会だしね。ヘルプだけだったら、時給一、五〇〇円、月に二〇万円未満って娘(こ)もいるわ。リストラもあるから、『水』から『風』に配転されちゃう娘だっている。厚生年金も健康保険も、もちろん退職金もないし。

やっぱり、将来のこと考えたら、社会保障のコストが断然おトクな公務員こそ、ベストチョイスよね。だって年金なんか、払ったって返ってくるかどうかすら、分からないんだもの」

中村は素直に感嘆した。

「ゆとり世代は堅実だっていうが、本当なんだな」

「そりゃそうですよ、中村班長。僕ら、銀行がバタバタ潰れて、親世代がじゃんじゃんリストラされるの、目撃した世代ですから。公務員はチートです。このゲームのバグです。なら、それを利用しない手はありませんよ――」

秦野補佐、オールドパー、シングルのストレートでしたね？」

「うむ」

「オイ秦野、うるせえ頑固オヤジとして何か一言、あるんじゃねえのか？」

「ハア？　何故だ」

「お前さんそういうキャラだからよ」

「ない」

「それこそ何でだ？」

「……中村、お前が知っているとおり、俺は警察署の刑事のときも、あるいは機動隊の中隊長のときも、若い奴らと日々、柔道をやってきた。そこで体感した。

俺たち氷河期世代もゆとり世代も、実は変わらん。この国には将来がないからだ。

バブル世代までが、やりたい放題やって、国の借金は一、〇五三兆円。これこそ不祥事そのものだ。だが、それだけじゃない。やりたい放題やったソイツ等へ、まさに追い銭、年金・医療・介護が年に一五〇兆円……

その結果、まだ産まれていない子供ひとりが、既に幾らの借金を背負わされているか、知ってるか？」

漆間警部が、ルイⅩⅢ世のブランデーグラスを微かに揺らした。悠然とした、縫いぐるみのような体格に、何故かよく似合っている。

「一億二、〇〇〇万以上」

「それマジですか漆間補佐。いきなりムリゲーじゃないですか」

「漆間の指摘は正確だ。フン、昔から数字に強い……」

「お酒も強いですよね補佐!! 今度、あたしのお店で入れて下さいルイⅩⅢ世、願います!!」

「ふむ。店舗の実態把握を兼ねて、検討してみよう」

「オイ漆間、確かにこの稼業、カネには困らねえが、あまり羽振りがいいと、壁に耳在りだぜ」

「もうフーミンたら、あいかわらず気が小さいんだからぁ」國松巡査は営業モードに入っている。「大丈夫、大丈夫。ユージ君にはSVPで、ゆ〜っくり飲んでもらうから、ねっ♡ あっ、そうそう、スードンのシャンパンタワー!! あたし、お誕生日にやってもらいたかったんだ〜」

「ど、どんだけだよ。身内から締りとるのは仁義にもとるぜ、友達なくすぜ……」

「だってえ。秦野のオジサマによればぁ、あたしの赤ちゃん、いきなり自己破産級の借金漬けじゃないですか〜」

「まだいねえだろ。仕込んでもねえだろ。ていうか産む気あるのかよ」

「そのためにも、将来世代に還元しましょうよ～。老兵は死なず、ただキャバゆくのみ。ねっ、秦野のオジサマも♡」

秦野警部はショットグラスをトン、と置いた。漆間警部が微かに苦笑する。

「ふむ、将来世代からの意見具申だが、どうだ秦野？」

「フン、機動隊の若い奴らに声を掛けておこう。まあ、ハウスボトルが関の山だろうが。確かに國松の世代には、何らかの還元をしなければならんだろうからな――」

「ヤケに殊勝じゃねえか」

「それはそうだ。中村、俺たち氷河期は、ネズミ講紛いのシステムに必死で恭順を示し、忠誠を尽くし、我武者羅になることで、どうにか生き残ろうとした。だがそれは、システムの不合理と延命に、力を貸すだけだった。改革などできたものではない。する気すらない。言ってみれば、『どうにかマルチの幹部に収まろうとした』だけだ。後の奴らにツケ回しをしただけだ。

氷河期世代など、そんなクズに過ぎん。

そんなクズが、システムのバグを効率的に利用し、スマートに生き残ろうとするゆとり世代を批判できるか？　そんな批判は、『お前たち小賢しく立ち回りやがって』なる愚痴にしかならんよ。しかも小賢しくさせたのは、システムの奴隷となって、その靴を舐めてきた、俺たち氷河期世代そのもの……

なるほど俺は、若い奴には、面倒臭いオヤジかも知れん。小言も説教も多い。

だが、『ゆとり世代論』にだけは、そうカンタンに組したくない。バカな奴隷が、賢い奴隷に嫉妬しているだけだからな」

「ふむ、システムの制度疲労が、その奴隷を生む――か」

「同感だ、漆間」

「警察組織の制度疲労、またしかり――だな」

「ああ」

「いわれてみりゃあ、秦野よ。俺たち氷河期もゆとりも」中村はいった。「バブル以前のツケを今、払わされてるってわけだ。そりゃそうだ――

昭和の頃は、裏金なんて当たり前だった。署長を二度やれば、異動の餞別で家が建ったなんてこたあ、誰だって知ってる。天下りの規制なんてねえから、退職金は二度三度もらい放題よ。だから『せめてなりたや警察署長』だったんだ。

たまに不祥事が爆ぜても、まだ諭旨免職制度があったからな。こっそり退職させてたんまり退職金くれてやって再就職先まで斡旋してから、御用マスコミに小さく報道させるだけ。そりゃあ実弾があれば、記者クラブだって飼い慣らせる。いや実弾でなくったって、交通違反の揉み消しをしてやればいいだけだ。これで議員とも懇ろになれる。

やりたくねえ仕事はやらなくていい。告訴も被害届ものらくらと逃げられた。市民が苦情を言う先もねえ。都合が悪くなりゃ、伝家の宝刀、民事不介入よ。ネットが発達してなかったのも大きいな。警察官実務六法取り出して、アブラカダブラ御託を捏ねりゃあ、まさか市民の側で警察が嘘吐いてるとは思わねえ。煙に巻かれて泣き寝入り。

また、許認可のあるところ潤滑油あり。行政手続法なんざ無かったから、許可申請書類なんて握り放題、ガン無視状態。難癖つけてバンバン突っ返す。さあ、許可してほしかったら……おっと、立入検査でもやっちゃおうかな……」

秦野警部は、ショットグラスをぐっと乾した。

「愚者の天国時代だ」

「ふむ、御代官様の時代、でもあろう」

「そうだ漆間。しかも極めつきの悪代官だぜ。ほら、山吹色のお菓子が大好きなタイプだ」

「その世代は無事、警察官を勤め上げ――」

「――それ以降の世代が、例えば万円単位でカンパしあって裏金、返すって寸法さ」

「今のあたしたちにしてみれば、誰得、って感じ？」

「ですよね～。なるほど、警察組織っていうのも、日本社会の縮図なんですね、中村班長」

「まあ、平成に入ってこれだけ過ぎてよ、さすがに古典的な御代官様はできなくなったし、新しい世代は、せめて上の世代みてえなバカにならねえよう、身を処しているはずなんだが……」

漆間警部がブランデーのお代わりをした。そしていった。

「ふむ、しかし水は低きに流れ、澱むものだ」

「フン、まさしくそうだ、漆間」と秦野警部。「とりわけ警察は自己完結した組織だ。外部とは交配せん。DNAは滅多に変異せん」

「ですよね～。そして血はますます濃くなる……ですか、秦野補佐？」

「うむ」

「より巧妙に、より悪質に、より陰湿になるってこともあらあな、秦野」

「……それが今度の依頼か、中村？」

「恐らくな」

「それこそ昭和の頃から、こうしたイジメというのはあった。機動隊でも、常軌を逸した風習があったさ。それは、御代官様時代なら当然であり、組織文化であり、耐えるのが当然だった――いや、耐えるという概念が無かった。そういうものだった、それだけだ」

「ふむ、セクハラと一緒だな、秦野」漆間警部の瞳はサングラスで見えない。「御代官様時代は、発見されてはいなかった。発見されていない病理に、名を付けることも、被害を感じることも、対策を講じることもできない。被害を感じる側こそ異常者とされるだろう。

だが。

発見が遅れたからといって、それまでの被害が軽微だったという事にはならない。むしろ発見が遅れたからこそ、大きな病理となって、症状が深刻化しているといえる。

そもそも、閉鎖的な実力組織において、権力関係を濫用した陵虐が行われがちなことは、戦前から理解できていたことだ。そうした、血とDNAの問題を等閑視してきた御代官様時代に問題がある。それは論じるまでもない。

だが、平成もここまで過ぎて、パワハラという概念が言語化され、定義され、共有されているのに、なおそれに手を染める上級幹部がいる。それは恥ずべきことと言えるだろう」

「きっと、殺されねば解らんクソだ」

後藤田巡査部長は、苦り切った秦野警部にオールドパーを出しながら、意外そうな顔をした。

「……秦野補佐は、今度の仕事、賛成なんですね」

「何故訊く？」

「ちょっと、予想外だったものですから。

柔道の猛者、機動隊の鬼神──秦野警部なら、たぶん、『弱い奴は組織から去れ!!』『警察にパワハラという言葉は無い!!』『不適格者の言い訳は聴けん!!』とかいって怒るんじゃないかなあと、最初は、そう思ってたんです」

「……そうか」

秦野は微かに肩を落とした。それは、中村にとっても意外な落とし方だった。だからいった。

「……オウ後藤田よ、お前、幾つだったっけか？」

「二十六歳ですが」

「警察官四年生だな。ところが俺たちゃまあ、二十五年生だ。

きっと、その違いだろうな。

お前もあと二十年生きたら解るさ。その歳で自殺しなきゃいけねえってのが、どういうことか。若えうちはいい。恐いもんがねえからな。守るもんもねえ。しがらみがねえのさ。生きたかったら生きて、死にたかったら死にゃあいい。いや、それでいいんだ。俺自身、二十五、六歳の頃はそう思ってたからな。そして、その頃の自由さを、懐かしがることもある……

だがな。

人間、四十歳も過ぎたら、そうカンタンに死ねやしねえ。死なしてくんねえ」

「死なせてくれない——何がですか、班長？」

「恐さが、だ」

「死ぬことの？」

「バカヤロ、あとはテメエで考えろ、宿題だ」

そこへ、漆間警部がぽつりと言った。

「泣いてくれる人の涙を想像する……これほど恐いことは無いらしいな。伝聞だが。

さて中村。

この仕事、俺は受ける。秦野もどうやら受けるだろう。あとは」

「あたしも受けます、願います班長!!　いい歳してイジメだなんて、激おこぷんぷん丸ですよ!!　しかもハゲタコ山伝――あの黒キューピー、マジゲロムカつきません？」

「ですよね～。もちろん僕も受けます。自分がやられる側になったら、堪らないですし」

「総員賛成だな」

中村は告げた。

「なら、非違調査開始だ。

例によって、後藤田はマル対の女関係。國松はマル対のカネ関係」

「了解です、けど……」國松巡査は小首を傾げた。「これ、パワハラ事案ですよね？」

「いや、俺の勘だがな、これ、突けばドロリとしたものが出てくるんじゃねえかと思うんだよ。事案はパワハラだが、組織的だってことと、保安課が舞台ってことが、どうにも気になる」

「警察で最も利権を有するのは」警備出身の漆間警部がいった。「生安と交通だからな」

「他の役所と比べれば、圧倒的にささやかだが」刑事出身の秦野警部が指を折る。「質屋営業、古物営業、探偵業、調査業、自動車運転代行業、放置車両確認機関、自動車教習所」

「そして、風俗営業だ。接待飲食、遊技場、性風俗……ぱちは二〇兆円産業だぜ？　トヨタ自動車級だぜ？　その風俗営業を持っているのが、保安課だ。そもそもが胡散臭い所属だろ？　だからまあ、ヤバいこともあるし、それをどうとでも切り盛りできる鵺が、管理職になる。

そこに、警備出身の素人が行った。

素人ってこたあ、目が汚れてねえってことだろ？

これへのパワハラってのが、ささtermination、派閥意識とかによるものか、どうか」

「ですよね〜。汚職的な観点からも攻めろ、ってことですね、中村班長」

「そうだ後藤田、國松。ガンガン攻めろ。

さて、俺たちロートル三羽烏だが、これも例によって例のごとし、足下を固めてゆく。

秦野。お前は依頼人に当たってくれ。事案が事案だ。依頼人の怨みが強いってことは、訴えの内に主観が多いってことになる。なら、事実をしっかり固めていかねえと、あの医局がとても頷かねえ」

「解った」

「漆間はデータの解析だ。警務、監察、厚生、保安、あと捜一。部内から盗めるだけ盗め。マル対の公用端末、公用ネット端末、所属のネット端末、公用・私用携帯電話端末もごっそりとだ」

「もとより。あと私物パソコンもだな——捜一というのは、自殺の見分関係か？」

「ああ、出前迅速で超特急処理したってアレだ。依頼人には死体見分資料を渡したっていうが、元データも確認する必要がある。それから部外は」

「神浜警部の入院していた大学病院。利用していた薬局。関係携帯電話端末にパソコン。市役所も必要だろう。休職が長期化すれば生計が維持できない。障害者支援関係課か」

「マル対の銀行口座も頼む。まあ、『所属の金庫に裸現金』がいちばん安全だから、バカな真似はしてねえだろうがな。スイス銀行より安全だ。なにせ警察にはガサ入れがねえ。ケッ」

「いや、口座の動きは、小細工がなくても面白いものだ。税務署の気持ちが、よく解る」

「ですよね～漆間補佐、それ僕、心底同感です」

「ああ、後藤田は、青色申告してるんだったな。警察官としては、貴重な経験だ」

「兼業禁止ですからね、あっは。
弥生の会計ソフトですが、改めて預金出納帳を見ると、通帳ってドラマチックです」

「適任だな。銀行関係は手に入り次第、後藤田巡査部長に渡そう」

「願います」

「ふむ、では中村、お前は？」

「俺は靴磨り減らすしか能がねえからな。出身元の生安を嗅ぎ回ってみらあ。別館五階といえば、神浜が死んだ生安のフロアでもある――

だが、その前に」

中村はワイングラスを突き出した。あまり酒を飲まない中村、B県警でも一、二を争う甘党にしては、めずらしい。

「いやあ、この十段仕込ってのか、美味えなあ!!　オウ後藤田、もう一杯だ」

「ですよねー、じゃあ、ボトルキープで!!」

「うぐっ」

中村は思わず、しゃっくりした。

(ゆとりは油断も隙もねえぜ……)

第3章　非違調査その1（被害者）

埼玉県秩父市・西武線秩父駅至近

B県から東京に出、東京から私鉄の特急に乗る。

池袋から九十分で、終点の秩父市だ。

そもそも、人口密度が低い。駅から五分も歩けば住宅地である。

（B県も田舎だが、埼玉の山奥というのも、負けてはいないな。だが空気は美味い）

監殺班一係補佐・秦野鉄警部は、すぐに目指す家を見つけた。

表札には、葉鳥、とある。

秦野警部が訪ねようとしているのは、葉鳥知子という、四十二歳の女性であった。

旧姓を、神浜、という。

そう、その女性こそ、あの神浜警部の未亡人であり、SG班元締め・中屋貞子に監殺を求めた依頼人であった。依頼人の調査は、たいてい、刑事出身の、秦野警部の仕事になる。窓際ではぐれているとはいえ、能力に問題があったわけではない。刑事としては王道の、捜査一課経験もある。調べ官としての経験と、機動隊員に懐かれてきた親父肌は、中村と漆間が、ひそかに尊敬しているものでもあった。中村は、軽佻浮薄なイメージが強いし、漆間は、人に慕われるタイプではない。

――昭和に建てられたであろう、二階建て住宅。秦野警部は、やはり年代物のチャイムを押した。

（かなり古い建物なのに、手入れが行き届いている。増築部分も、浮いた感じがない）

すぐにガラガラ、と引き戸が開かれ、写真で確認しておいた葉鳥知子が挨拶をした。

「神浜の妻でございます。この度は、どうも……」

「中屋刀自から、くれぐれもと命ぜられております。こちらこそ御面倒をお掛けします」

三和土を上がる。律儀な感じのリビングだ。グレーの絨毯に茶の和卓。塵ひとつ無い。

「どうぞ。今、お茶を淹れますので」

「それは助かります。空気が美味しくて、派手に吸いすぎてしまいました」

「あらまあ。そうしたら、温めで」

そのとき、リビングから通じている階段を、ひとりの老人が下りてきた。銀縁眼鏡に品がある、顔の引き締まった老人である。頭髪の薄れ方からして、資料に記載のあった、知子の父親であろう。秦野は威儀を正して、先に挨拶をした。

「B県警察本部で警務の仕事をしております、警部の秦野です。遅まきながら、御焼香に罷り越しました」

「これは遠い所、お疲れ様でした……どうでした列車は。席は、取れましたか」

「お陰様で。東京は不馴れですが、次第に自分の田舎と似てきまして、ホッとしました」

「ほう。御郷里はＢ県ですか？」

「いえ、群馬です。山と温泉以外、何も無い田舎で……だから実は、未だにＢ県と合いません」

「でしょうな。どうやら、人を人とも思わぬ土地柄のようですから……

娘が短大を出て、Ｂ県警の交通巡視員とやらになるとき、嫌な感じはしたのです。忍さんも長野の山村の出。やれ県外者だ、名大出だと、かなりの辛酸を嘗めたとか」

（やはり、激昂している。知子は、三人姉妹の末っ子だ。つまり、この父親には息子がいない……末娘の婿といえば、瞳に入れても痛くなかったろう。しかも、会社での栄達が約束されていた婿だ）

「こうして娘が秩父に帰って来たのも、むしろ、さいわいだったでしょう。Ｂ県に、Ｂ県警……特にこの七年間は、口惜しいことが積み重なった」

「御心痛、お察しいたします。私もＢ県警の者として、できるかぎりのことを――」

「お気持ちは疑いませんが、Ｂ県警と聴くと、どうにも」

「お父さん、お客様に失礼でしょう。忍さんの親友だということで、遠路わざわざ、お話を聴きに来てくださったのよ。こんなことをしてくれた人がいた？　秦野警部は、立派な方です」

「……秦野警部さん」

「はい」

「ありがとう。私は所用で外します。どうぞお気を付けて」

老父は飽くまで礼儀正しく、玄関の引き戸を開けて立ち去った。所用などないはずだ。かつては銀座で個展を開くほどの画家だったが、隠遁して読経の日々と資料にある。神浜警部の話を漏れ聴くことに、耐えられなかったのであろう。

（当然だ。俺でも耐え難い）

「どうぞ、粗茶ですが」

「頂戴します」

「申し訳ありませんでした。父は断じて偏屈な人間ではないのですが、怒りを殺し切れないようで……」

「お怒りは正当なものです。怒らん方がおかしい。ですが、今度のこと、御父上は？」

「まったく知りません。私の一存ですし、またそうでなければなりません」

「恐縮です。累が及ぶのは、避けるべきです」

「母もちょうど、浦和の長女の官舎を訪ねておりますし、こんなスカスカの田舎ですから、その、誰に話を聴かれるおそれもありません。B県と縁ある人間もおりません」

「官舎というと、それでは、お姉さんも公務員の」

「埼玉大学の教授の、妻をしております。もう二十年は、そこで暮らしていますわ」

――公務員、公務員といっても、職種によって千差万別だ。

生涯、住まいを変えずに退職できる者もいれば、二年ごとに引っ越しを繰り返す者もいる。国、県、市、独法。懐事情によって、高級マンションからオンボロ長屋まである。警察について言えば、劣悪だ。異動は頻繁、赴任手当――引っ越し代は雀の涙。必ず赤が出る。カーテン、照明どころか、網戸・換気扇・風呂釜・ガスコンロまで自腹だ。敷金がない代わりか、転居時には、修繕費をガッチリとられる。二十万円〜三十万円だ。管理人がいないのに、管理費もとられる。管理人がいないから、掃除・草刈り・ゴミ当番は自前だ。官舎の家賃が四万円だとしても、最初から最後まで精算してみれば、民間のアパートを借りた方が、遥かにおトクだろう。

……七年前、神浜警部はまだ若かった。保安課の補佐に着任したのが、三十五歳。

まだ、持ち家を検討してはいなかったはずだ。異動が多いという障害もある。

だが、四十五歳を過ぎる頃には、確実に警視だったろう。なら署長・課長も視野に入る。持ち家も視野に入る年齢、地位、給与。

それが鬱病になり、入院し、休職し――

すると二年半で、無給になる。あらゆる手当が打ち切られる。無収入になるのだ。

警察庁にまで出た、しかも警部が、二年半で無収入者に。働けないのだから当然だが。

（俺は、今度の仕事まで、よく知りもしなかった。

だが、誰にでも起こりうることなのだ）

無収入に転落すれば、持ち家どころの騒ぎではない。そもそも日々の生活費がない。葉鳥知子も、筆舌に尽くしがたい苦労を味わったろう。

しかも、神浜警部は死んだ。

当たり前だが、死ねば、警察官でも公務員でもなくなる。官舎に住むことはできない。もちろん本人は死んでいるから、被害の直撃を受けるのは、遺族だ。すなわち追い出される。何の事情も斟酌されずに。もちろん、例のぼったくり修繕費もガッチリ回収される。当然、死んでいるから公務員でなく、引っ越し代など出るはずもない。

神浜知子、現在の葉鳥知子が、遥か埼玉県の実家に帰ってきたというのは、つまりそういうことだ。結婚前は、B県警の交通巡視員だったというが、結婚後は、専業主婦。夫と一緒に生活基盤を築いてきたであろうB県に、家を借りることすら、できない。

(非道い話だ。死んだのもその妻も元職員。いわば家族ではないか。若者の独身寮離れで、無駄に宿舎が余っているのを皆、知っているのに。古い宿舎団地なら、むしろ空き部屋がない方が稀だ。公務員は、需要と供給をまったく考えない……)

しかも。

不正を働く輩は、のさばらせ放題だ。

例えば県警本部の部長が、参事官が、課長が、異動になる。上級ポストだ。年齢からして、中高生がいる世帯になる。さて、異動先が遠方の警察署だと、どうするか?単身赴任するのだ。

そして、上級ポストに見合った豪勢な官舎を、妻と子供たちに占拠させ続ける。妻は、県都を離れたくないからだ。受験だ学区だと、子に転校をさせたくないからだ。そしてこの我儘は、黙認される。例えば葉鳥知子を一週間で叩き出した会計課も、絶対に口出ししようとはしない。自分が可愛いからだ。人事権者に直言するバカはいない。かくて旦那は警察署の官舎に、家族は県都の官舎に――とうとう、退職まで県都の一等地に居座り続ける。破格の家賃で。

（要は、強い者に弱く、弱い者に強い。それが今の警察なのだ。

今度の依頼も、その腐った病巣が、神浜警部の死を借りて、吹き出したに過ぎない）

「そういえば、高校生と中学生の男の子が、おられると聴いておりますが」

「長男が高一、次男が中一になります。こちらの学校に、今も出ております」

「それは……言葉もありません」

神浜警部が自殺したのは、まさに先の冬。Ｂ県のことだから、中学受験など盛んではないが、いずれにせよ進学の直前であり、長男は高校受験の冬だ。そして、秦野警部は知っていた。長男はＢ県最高峰の公立高校に、推薦で合格していたのだ。東大合格者を三十人以上も出すような。父親が病魔に蝕まれた家族にとって、どれだけ嬉しいニュースだったことか。それがどうだ。その父親を失ったばかりか、Ｂ県にいられなくなり、母の田舎で地元密着型の学校に、転校せざるを得なくなった……高卒の秦野が考えても分かる。その推薦合格の長男は、内申素点が四五か、四四の英才だ。家族の無念、いかばかりであろう。次男にしてみても、多感な思春期に、あらゆる人間関係から切り離されて、山村に転校しなければならなかった。

（しかし、そこが引っ掛かる……漆間がいっていた、あのことも）

「ですが、秦野警部さん、私はB県を離れて、よかったと思っています」

「と、おっしゃいますと」

「あの官舎での暮らしは、正直、しあわせだったとは言えませんでしたから」

「……派閥と、ボスですな」

「あとは、主人の病気です」

県外者・他大出。マイノリティであり、攻撃されやすい。神浜警部自身もだが、留守を預かる妻は、陰湿なイジメに遭ったはずだ。仕掛け所は山ほどある。回覧、郵便受け、ゴミ出し、掃除当番、集金当番、そして奥様連中の集い。まして、出世街道に乗っていたエリートが病気で倒れ、休職して出勤もできなくなったとあらば――終日、連日、療養でぷらぷらしているとあらば、こんな美味しいイジメの肴はない。

「どこの会社でもあるんでしょうね。けれど、私も警察職員でした。だから言えます。職制、年次、階級のトリプルパンチは、警察ならではの悪習でしょう」

「官舎のボスは？」

「捜査一課の、検視官警視さん。もちろん昼間のうちは、その奥様ですけど」

「名前は？」

「望月警視」

（アイツか）

そこは刑事畑。秦野警部はすぐに人定を引き出せた。

実は、かつての柔道仲間というか、ライバルでもある。秦野ほどではないが、望月も、学校教官ができるほどの使い手ではあった。署が開く柔道教室でも、重宝されたはずだ。

（ただ、俺が言うのも何だが、性格がな……中学生に絞め技を勧めるだの、逆に絞められても絶対に畳を叩くなだの。時代錯誤が過ぎた男だ）

今は、五十九歳のヒラ警視。刑事としてはそこそこ優秀だったが、いかんせん、飲む打つ買うが好き過ぎた。警部補昇任試験に合格した後で、不倫がバレて、合格取消しになった輩でもある。

（まさに時代錯誤だ。あと二十年、前に生まれていればな）

警察は不倫には容赦ない。もちろん廉潔だからではなく、その逆で、上から下まで、冒険家が多すぎるからだ。いわゆるスケジュール摘発が必要になるほどに。そして、警部補未満など小物である。小物には徹底した調査がなされる。たちまちぱちんこ中毒、高級クラブ中毒がバレ、街金からの派手な借金がバレ、望月巡査部長は生涯、中小規模警察署の衛星運動をするはずだったのだが――

（ヒラとはいえ、アレがまさか警視にまでなるとはな。捜査一課に帰ったとは聴いていたが。しかも、検視官だ。殺人事件の先鋒大将。これだけ誤認検視が社会問題になっている今、あんな不適格者は登用できないはずだが？）

「定年間近の、所属長未満ですな。アレに、そこまでの権勢があるとは思えませんが」

「そこは、事情がありまして。秦野警部のお歳でしたら、御存知だと思いますが、刑事と警備の派閥闘争がとても激しくなったとき……」

「……ああ、風変わりな本部長の人事をきっかけに、刑事＝生安と、警備＝交通＝地域が大戦争をやった頃ですね」

「主人が言っておりましたが、この人はあのとき、刑事の鉄砲玉として、敵対派閥に、犯罪まがいのことを……帳簿を盗むとか、書類を隠すとか、もっと荒っぽいヤクザ紛いのことも……それがとても評価されて、当時の中堅幹部に認められて、どうにかルートにもどった人らしいんです。それでも、さすがに所属長警視には、なれずに退職するお歳ですけど。刑事＝生安閥の掃除屋というか、総会屋というか、要するに汚れ仕事を平然とする。そんな人材として、とても派閥では評価されている……そう主人は言っていました」

（なるほど。そして所属長未満の天下りは、厳しいもの。利に飢えている輩でもある）

部内の者どうしである。下卑た物語が理解できすぎるというのは、悲しいことだった。

「御主人はとても優秀な警察官でいらした。それも、望月には不愉快だったのでしょうな」

「あのひとは、傍で接していると、若い頃からどこかとぼけた人で。とても、優秀だなんて思えなかったのですが……ともかく警備の仕事が大好きでした。本当に生き生きとしていて。人事とか、出世とかに疎い、風変わりな人だったので、大丈夫かなあって思っていたんですけど。あんなに早く警部にまでしていただいて。それは素直に、嬉しかったんでしょう。

小規模署の警備課長と、中規模署の警備課長を務めさせて頂きましたが」

「いずれの時代も、署に、本部長賞をもたらしておられる。そうそうあることじゃない」

「情報収集実績優秀と、事件検挙功労ということでした。もちろん、仕事が仕事ですから、情報のことは何も話しません。ただ事件の方は、新聞にも載ることですから、時々、嬉しそうに話をしていました。その年で初めての警備事件をやれた、ガサも打てた、検事に起訴もしてもらえた……と」

「それで県警本部までもが、警察庁から、警備局長賞を授与された。本庁表彰は、実に大きい」

「それが、主人の将来を決定づけました……もちろん、複雑な意味で、ですが」

「警察庁出向ですね？」

「三年間、奴隷奉公してくるよと。ここで我慢すれば、将来、楽をさせてやれるぞと」

「そして御主人は、東京で三年間、単身赴任をされた。察するに、残された御家族の官舎暮らしは、厳しいものになったでしょう」

「地獄でした」

官舎のボスの望月は、所属長になれる希望のない、汚れ仕事の請負人。他方で、神浜警部は華麗な表彰歴、昇任スピード、警察庁出向と役札がそろっている。大過なければ、役員＝部長になれるのだ。もっと癪に障るのは、定年後の第二の人生もまた華麗になるという点だろう。県庁ポスト、銀行、証券、JR……

「支えてくれる御家族もありましたけど、官舎自体、刑事と生安の方が多くて。しかも、お友達にしても、やっぱりB県の出身……それに、言い難いのですが、息子たちも」

「神浜警部に似て、御優秀だった。狭い世界では、どうしても嫌らしい問題が生じる」

「それでも、三年の我慢だと思えば、どうにか、やり過ごすことができました」

「警察庁出向から帰られれば、絶対に異動になりますからね。かなりの確率で、県警本部に。そうしたら県警本部の宿舎に移れる」

「そのとおりです」

「しかし、その警察庁出向から帰ってから、不可思議なことが起こり始めた――

さて、いよいよ、御依頼に密接に関係することがらを、御一緒に確認してゆきたいのですが……もしおつらくなったら、いつでもおっしゃってください」

「ありがとうございます。しかしお気遣いは無用です。私も警察職員でした。それなりの覚悟を決めております。また、今は悲しみより怒りしか感じません」

「お察しします。
御主人が警察庁から帰って来たのは、七年前の春ですね？」

「はい、御存知のとおり、出向者は春に着任して春に帰ります。帰県は三月三一日です」

「異動の報せは、いつ」

「まず、警務部警務課付の内示が、三月二四日。これは警察庁で知らされたはずです」

「それは異動待ちの調整ですね。問題の、保安課への内示というのは？」

「帰県した翌日の四月一日、警務課から官舎に電話がありました。登庁には及ばないから、すぐに折り返し、人事調査官に電話をするようにと。内示を伝達するからと」

それも別段、不思議はない。三年間の単身赴任で、官舎は東京からの段ボールだらけ。東京暮らしの引っ越しの荷もあれば、警察庁で使っていた私物書籍・執務資料の類もあろう。勉強熱心な人間なら、部内資料が豊富にそろっている東京で、参考書籍を山ほど買っていてもおかしくない。要するに、帰県してすぐは、引っ越しのお祭り状態だ。内示のために、わざわざ県警本部に呼びつけることもない。そもそも内示は、役所に登庁していたとしても、電話で行われるものだから。

「御主人はすぐに折り返しを？」

「はい」

「その様子を御覧になりましたか？」

「いいえ。とにかく引っ越しのドタバタで。東京からの荷解きと、家族自身の荷造りと」

「すると御主人はひとりで電話を終えられた。その後、奥様に何か話をされましたか？」

「……とても不思議そうな顔をしながら、一言。保安課の補佐だよ、って」

「それ以外には？」

「しばらく黙ってしまったので、私も言葉が見つからず……だから結局、思ったままを口にしました。保安課って生安部よね、何かの間違いじゃない、って」

「すると御主人は」

「苦笑しました。悲観している様子も。今にして思うと、寂しげだったかも……けれど、弱々しくはありませんでした。嫌がってさえ、いなかったはずです。そしてゆっくりと、自分に言い聴かせるように、断言しました。警務課の人事に間違いなんかないよ、と」

「それから御主人は？」

「すぐに保安課の次席に電話を入れました」

内示が出れば、挨拶回りだ。引っ越しがあろうとなかろうと。そして、所属の庶務を総括しているのは、本部なら次席、署なら副署長である。いきなりトップである課長・署長に電話で挨拶というのは、民間企業でもそうだろうが、不躾だ。

「ですが、保安課の次席は、県警本部にいなかったのです。電話をとった庶務係がいうには、事件指導で、警察署に出ていて帰らない、ということでした。

ならばと、主人はすぐに登庁して、保安課長に御挨拶しようとしたのですが、保安課長は保安課長で、四月一日、四月二日と年次休暇をとっておられたのです。特に理由のない、春休みとのことでした。困ってしまって、庶務係と調整したのですが、『所属長と次席がいないのなら仕方がない』『四月三日に登庁して、おふたりと、生安参事官、生安部長、そして課の警部に挨拶をすれば十分ではないか』――ということになり、主人は結局、四月三日まで自宅待機したのです。

東京から帰ったばかりで、家のことも山積していましたし、古巣の警備部にも、お礼の電話と内示の報告をしなければなりません。官舎は官舎で挨拶回りをしないと、短い間とはいえ、また紛議になりますので。

それに、私は警察庁のことは分からないのですが、その自宅待機の間も、電話が嫌というほど架かってきました。警察庁からです。主人に訊いたら、後任の人だよ、県警からの警察庁一年生だと右も左も分からないし、最初の一箇月二箇月は仕事どころじゃないから、できるだけフォローする必要があるんだ――と言っていました。自分は十分に引き継ぎを受けられなかったから、新しい人には、できるだけソフトランディングしてほしいと。五〇頁ほどの引継資料を作っておいたけれど、まったく知らない会社の、いちばん下っ端に放り込まれると、人に物を訊くのも大変だからね――と」

「なるほど。するとその自宅待機の二日間も、バタバタしておられたのですね」

「実際、そうでしたし、バタバタしていたかった面もあると思います」

「それはやはり、保安課の勤務に不安があったから」

「はい」

「そして、アドバイスどおり、四月三日に登庁されたのですね？」

「はい。勤務時間よりかなり早朝に、県警本部に入っていたはずです」

「そこで当時の山本保安課長と、若狭次席に挨拶をされた」

「そう聴いています。ですが……」

「何か？」

「……その四月三日、官舎に帰ってきたのは、午前一時過ぎだったんです」

「えっ、午前一時というと、深夜の一時ですか？　ただの挨拶回りですよね？」

「そうなんです。ただの挨拶回りで、午前一時過ぎ……田舎のことですから、もちろんタクシーで帰ってきました。携帯で、帰りが遅くなるとは聴いていましたが、まさか夜の一時だなんて。私もびっくりして、主人に訊いたんです。何かあったの、と」

「御主人、何と言っておられましたか？」

「いきなりデスクを示されて、山積みになっている書類を処理しろと。処理しろというのは、もちろん捨てろということじゃありません。仕事として担当しろ、ということです。これには主人も、その、違和感を憶えたらしく」

それはそうだ。

内示は内示。まだ身分は動いていない。東京から帰ってきた神浜警部は、まだ警務課付。保安課とは縁も所縁もないのだ。だから、挨拶回りなのである。

それに、警察官としての、権限の問題がある。

もし保安課長なり次席なりが、職務上の命令を発することができるとしたら。そして、神浜警部がそれを違法不当のおそれなく執行することができるとしたら――

それは内示一週間後の発令日、すなわち四月八日からであり、四月八日からでしかない。

「主人はあまり自己主張をする方ではなかったのですが、さすがにおかしいと感じ、やんわりと保安課長に申し立てたそうです――まだ内示期間で、イザというとき職務上の責任を負えませんし、東京から帰県したばかりで、家のこともありますので、今週は御(ご)容赦(ようしゃ)願えませんか、と」

（壮絶(そうぜつ)な勇気が必要だったろうな。所属長警視に、若僧(わかぞう)警部が発言できる内容じゃない）

「すると、保安課長は淡々と命じたそうです――

これはもう、神浜さんが担当されるお仕事ですから。逃げていても後で困るだけですよ。それに、明日は参事官検討、明後日は部長検討と、急ぐお仕事もありますから。私は、神浜さんが何時(いつ)いらっしゃるのか、不思議に思っていたんですよ」

「……すごい言い草ですな」

「それだけじゃありません。反論できないまま、課長のデスクを離れた主人は、すぐさま次席のデスクに呼びつけられ、大声で罵倒(ばとう)されたそうです――どうして内示の日に顔を出さない。巡査だってそんな礼儀知ってるぞ。お前そんなに偉いのか。俺は夜一〇時には保安課に帰ってたのに。保安課の仕事なんてバカバカしくてできないのか。顔を出してりゃあ、デスクの上の引継資料も、緊急案件も読めたろうが。警察庁風、吹かしてるんじゃねえぞ。自分に与えられた仕事には、きちんと責任を持てよ。仮にも警部だろうがよ!!」

（生安の若狭か。インテリヤクザ若狭、クラッシャー若狭。下を徹底的にイビリ倒す狂犬だ。刑事部にすら、あれほどのMDはいない）

陰湿な黒縁眼鏡とギョロ眼で睨みつけ、椅子は蹴る机は叩く決裁は破る。所属じゅうに響き渡る怒鳴り声は、マル暴に天下りさせたいレベルの凶器——あんなのと被ること自体が公務災害だが、こういうのにかぎって上には男妾、男芸者……

（今ではとうとう、本部長秘書官。伊内本部長も辟易しているだろうが、山本参事官股肱の忠臣とあっては、そうそう切ることもできまい）

被害者にとっては、つくづく、やられ損の組織だ。これで士気が上がるはずもない）

「主人としては、警備畑ですが、警察官として、それなりの経歴を積んでいます。それに、四月三日に挨拶にゆく、というのは、保安課長の春休みの都合によるものですし、庶務係がアドバイスしたことでした。まして、まだ課員でもないのに、夜の一〇時に御機嫌伺いしないのがバカだの何だの……ちょっと、おかしいんじゃないかと」

「いえ、かなりおかしいですよ」

「それでも、その、警備畑の悲しさでしょうか、主人には変に紳士的な所があって」

「解ります。警備はスマートさを尊びますからね」秦野警部は、SG班の、漆間警部独特のスタイルを思い浮かべた。「親しい同期も、まあ、クールです」

「生安のことは何も解らない、組織文化も違うのだろう、今は巡査と一緒の一年生だから、波風立てずに頑晴るしかない——こう考えて、若狭次席に詫びて、急いで企画補佐のデスクに座り、書類をチェックしていったそうです。本来、四月八日から座るべきデスクです。

まずは、引継書類。

Ａ４たった四枚の、スカスカのものでした。書いてあることも、必要なファイルを読め、程度のもの。ファイルの在処すら書いてなかったそうですが。前任者は県庁に出向してしまっていたので、異動時期がずれ、顔合わせができなかったんです。それで紙だけ。しかも、出向先の電話番号も、携帯の番号も書いてなかったといいます。もちろん主人はすぐ調べましたが、架けてもまず出ません。これは、最後の最後までそうでした。主人は後々も、『せめて連絡だけは、つくようにしておいてくれれば……』『どう考えても居留守で、避けられている。理由が解らない。畑が違うからかなあ……』と、それは無念そうに申しておりました」

（確かに書類文化の役所で、引き継ぎがないのは致命的だ。怨みは解る。ひょっとしたら、その前任者につき、依頼人に追加依頼を求めることとなるかも知れん——

だが、それが過失によるものか故意によるものか、性格的なものか作為的なものかは、もっと詰めなければ、医局の審査を通らないだろう）

「そんな感じですから、山と積んである雑多な書類も、何をどうしていいのか、何から手を着ければいいのか、過去の経緯はどこにあるのか、誰の話を聴けばいいのか、誰のハンコが必要なのか……主人は途方に暮れてしまいました。

主人によれば、組織、定員、予算、議会対応、報道対応、条例プロジェクト、訓令・通達、さまざまな部内協議に警察署との調整。ありとあらゆる仕事が、まるでゴミ箱のように、企画補佐のデスクに放置されていたとか」

「それで四月三日から、午前一時ですか」

「いえ、それだけならまだ我慢もできます。四月四日は帰宅すらしませんでした。またそれ以降、三週間は……そう三週間はほとんどホテル住まい。土曜日曜は、どちらか休めればよい方だったはずです」

「帰宅しなかった？　ホテル住まい？」

「先にも申しましたが、主人は、中規模署の警備課長から、警察庁に出向しました。国府署です。県警本部からは、かなり離れた署です。例の官舎も当然、県警本部からは離れています。深夜ですから、終電も終バスもありません。タクシーで五十分、掛かります。このタクシー代が、当初は、出ませんでした」

「それは変ですね。命令で超過勤務をしている訳ですから。当然、チケットが使える」

「若狭次席が配分を拒否したそうです。内示期間で、保安課員の身分がないからと」

「バカな」

「遠くに住んでいるのも、仕事が遅いのも自己責任だと。帰りたいなら自腹で帰れと。だから二日目の四月四日は、保安課の若手係員に頼みこんで、係員の官舎に泊めてもらったそうです。私、そのとき主人が、急いでコンビニで買った『歯磨きセット』『タオル』『髭剃り』『洗顔料』のレシートを見たので、よく憶えています。

それ以降は、諦めて自腹で、タクシーで帰ることもありましたが……

今度は保安課長に呼び出されて。

いわく、神浜さんはエース級として、バリバリ生安のお仕事をしていただくためにお招きしたのですから、あんな遠い官舎と行き来していては、保安課の事務に支障があります。発令日以降は、タクシーチケットも出せますが、あんな金額を遣うのは、課内で神浜さんだけなんですよ。他の課員も、神浜さんほどではないですが、懸命にお仕事をしていますしね。あまり派手なことをして、保安課の和を乱すのは、神浜さんの今後のお立場を考えると、どうかと思いますよ……

それで結局、主人は、県警本部近くのビジネスホテルから、通勤することにしたんです。美伊市のことですから、一泊六、〇〇〇円程度でした。実際、タクシー代より安いんです。どうせ若狭次席は、発令日以降も、チケットを渡しはしなかったでしょうし、午前様で無理矢理帰宅して、また通勤ラッシュで県警本部までというのも、体力的には苦しいですから。それなら警察本部近くのホテルでしっかり休めて、通勤も楽な方がいい。主人も私も、そう考えたんです」

「ホテル代、すべてが自費ですか」

「すべてが自費です」

「……すみません、まだ、基本的な所が解っていません。

結局、異動になってからの引っ越し——国府署近くの官舎から県警本部近くの官舎に引っ越す話、これはどうなっていたんです？　というのも、発令日には新しい官舎に入れるはずですから、ホテルとかタクシーとか、そうした理不尽な問題はなくなると思うのですが……」

「そこが、先ほど申し上げた『三週間』なんです」

「というと？」

「主人は当然、内示が出た四月一日に、庶務係に官舎の手配を願い出ました。初登庁した四月三日にも、念押ししました。もちろん、主人からすれば、形式的なことです」

「それはそうですね」

内示が出るまでは、本人は、官舎を手配しようにも手配しようがない。どこに異動するか知らないからだ。そして官舎の手配は、受け入れ所属がするものだから、働き掛けようがない。だが、山本保安課長の発言が本当なら——エース級としてお招きした云々——山本課長は当然、神浜をくれと警務に働き掛けていたはず。それはもちろん、内示前だ。だとしたら、神浜警部が官舎を必要とすることは、山本自身が、内示前から知り尽くしていること。真っ当な所属長なら、次席に命じて、なるべく条件のよい官舎の確保に努めさせるものだ。それも、かなり早期に。だから本人からの願い出など、極めて形式的なものである。

「ところが、庶務係は、『保安課長が直接動いておられるから、庶務係としては何もできない』といったんです。なら主人としては、当然、保安課長に訊きますよね。すると、保安課長は、『確保できてはいるけれど、あと三週間は入居できない』と申し渡したんです」

「意味が解りませんな。

　そりゃあ、発令日に間に合わないことは多々ありますが、発令日から三週間だなんて、私は聴いたことがありません。じゃあどうしろっていうんだ、という話にもなる」

「そうなんです。そして、主人本人だけでなく、私たち家族に関わることだったからでしょう。主人も食い下がりまして。その三週間というのは何でしょうか、と訊いたんです。すると、ツカツカと若狭次席がやってきて……」

「……本当に申し訳ないが、胸が悪くなる展開ですな」

「公務員改革の時代に、そうそう官舎が確保できるか!!　課長が会計課長に頭を下げて、どうにか三週間後に入れるよう、必死に懇願して下さったんだぞ!!　官舎借りるにも手続とルールってもんがあるんだよ!!　警察法第二条しか知らない警備公安だから分からないんだろう!!　そもそも今、もう官舎借りてる御身分じゃないか!!　近い方がいいだの、新しい方がいいだの、何様のつもりだ!!　いいか、俺がどうにか鍵を手に入れてやるまで、一切御託をぬかすんじゃねえぞ!!」

「……だから、ホテル住まいなんですね」

「私たちも主人も、訳が解らず、荷造りも荷解きもできず、途方に暮れました」

「結局、三週間という数字は、何だったんでしょう？」

「主人があんなことになってしまってから、会計課に詰め寄りました──すると、そもそも当時の保安課から、官舎の要求があったことはないと」

「えっ」

「それに、三年の東京勤務を終えてきた者には、くれぐれも配慮するよう警察庁から指示されていると。だから、発令日以前にすべて整えておくし、実際、当時は幾らでも空きがあったと。会計課としては三週間も何も、寝耳に水だと」

「なら、嫌がらせそのものですな……三週間後には、新しい官舎が？」

「はい、主人の分だけ」

「えっ」

「県警本部から電車とバスで一時間半の所に、独身寮の一室が確保できたとかで。若狭次席がその鍵を、それは楽しそうに渡してくれたそうです。主人は、発症して倒れるまで、若い巡査が使うようなその独身寮に、単身赴任していました。私たち家族は、とうとう引っ越しの荷をまた解いて、元の官舎に居座りです。このドタバタも、御近所の噂の種でした。

しかも、この話はまだ終わりません。

極めつきは、山本保安課長の発言です。

主人が倒れる二箇月前のことですが、保安課長から、こんな指示があったとか——神浜さんは、これから風営のお仕事を総括していただくエースですから、新条例制定の話もありますし、通勤に一時間半では大変でしょう。もし御希望とあらば、私が会計課長に直談判して、もっと近い官舎を明け渡すよう頼みますよ。神浜さんの、御家族と一緒に、お引っ越しを検討されてはいかがですか。どうでしょう、神浜さんの、御決断と勤務意欲次第ですよ……」

「狂ってやがる……いやすみません、狂ってますな。

通勤に一時間半の単身赴任を強制したのは本人でしょうに。何という言い草だ」

「さすがに主人も怒って、言い捨てたそうです。山本課長と若狭次席で、転居費用を出していただけるなら検討だけはします——と。

そのあと二時間以上、立たされたまま、次席に罵倒されたと聴きますが」

「私だったら殴ってますな」

「私でも蹴り殺してますわ」

「しかも、仕事自体、激務だった」

「退庁時刻は午前三時、午前四時です。主人のダイアリー帳が残っています。出勤はもちろん、午前七時半より後ということがありませんでした」

勤め人は超過勤務時間の申告があるから、勤務時間の手控えは残っているものだ。また、始業時間の八時半ちょうどにノコノコ出勤する警察官はいない。

(通勤時間を考えれば、三時間、眠れたかどうかの日々だな……)

「課長・次席の脅しまがいの指導もあり、タクシーは自費です。だから独身寮に帰らず、保安課のデスクで夜を明かした日も少なくないはず。例えば午前四時になってしまったら、帰るの、バカバカしいですものね……」

「警察庁ではそれが常識と聴きますが、県警ではそんなこと、滅多にないはずです。大きな特捜本部が立ったり、大規模災害が起こったり、県議会が紛糾したりすれば別論ですが、それはいわば有事のこと。いかに県警本部の企画補佐とはいえ、平時でそれほど殺人的な勤務をするはずがない。

御主人がどのような仕事を担当しておられたか、具体的なことは御存知ですか?」

「主人は、警察官ですので——あっ御免なさい、秦野警部の方が先輩ですよね——その、つまり、家庭で仕事のことは語りません。ただ入院・休職となった後、ぽつり、ぽつりと漏らしたことはあります——

課のあらゆる仕事が下りてくるけれど、いちばん大変だったのは、『新しいタイプの二号営業の問題』だったと。プロジェクトチームの立ち上げから、条例制定の検討、営業規制の検討、事件化の検討、他部門との調整——などなどを一手に引き受けることになったので、本当に厳しかったと。

特に、課でいちばん古株警部の、事件係の補佐がまったく協力してくれなかったらしいんです。いえ、それどころか、他の補佐まで煽動して、それは露骨な『企画補佐外し』を……つまり主人を無視しようと働き掛けたとかで。他の補佐も、古株で実権のある事件補佐に逆らえません。山本課長も次席も黙認、というか奨励すらしていたと聴きました。主人は総括で、とりまとめの仕事をしなくてはならないのに、すべての係から蚊帳の外に置かれてしまったのです。先に申し上げた『二号営業』のプロジェクトも、主人ひとりでは、プロジェクトどころの騒ぎではありません。

何故、他部門からの未経験者に、そんな子供じみたイジメをしたのか……」

（それが監殺リストに『保安課事件係補佐』の入っていた理由か。確かに、課内を総括する警部が、他の警部からことごとく無視されては、ペーパー一枚満足に起案できなくなる。自分自身が課内の事務に精通していればまだしも、神浜警部はとことん素人だ）

そして、仕事のことを話さない神浜警部が、それでも漏らしたキーワード……

「……その、『二号営業』とかの関係ですが」未亡人は続けた。「例えば風邪の時などでも、三八度、三九度の熱を押して、偉い方の臨席する検討会に出なければなりません。そのとき、半日休の後で、検討会にだけ出席しようものなら、また山本課長から『さすがは神浜さんですねえ。部長検討にはちゃあんと出勤して来られる。いやあ、信頼できますよ』などと、心無いことを」

「『新しいタイプの二号営業』……その詳細について、何か聴いておられますか？」

「いえ、残念ですが。仕事のことは、倒れてから、極力触れないことにしておりました。保安課の半年間、県警本部内で何にどう取り組んでいたのか、それは私では御説明できません。申し訳ありません」

(俺も、神浜警部と何ら変わらん。二号営業といわれてもピンと来ない。警察など、いや組織などそんなものだ。縦割りの専門バカ集団だ。神浜警部の苦悶(くもん)は、よく解る。

それこそ、餅(もち)は餅屋――

神浜警部の勤務内容。まさに生安の中村が、飄々(ひょうひょう)と聴き出してくるに違いない。アイツなら風営法も少しは解ろうし、カネに汚い奴だ。手当分の働きはこなしてくる)

「いえ、御存知ないのも当然のことと考えます。そこはお気になさらず。

それでは、御主人がいよいよ発症された経緯と、その後の療養生活について、教えていただけますか」

「そうですね……倒れる直前、九月の第三週からお話しするのがいいと思います。

その週末、正確には金曜の夜からですが、主人はめずらしく私たちの官舎の方へ帰って来ました。先に申しましたとおり、実際には、独身寮に単身赴任をしていたようなものですから、私たちの官舎には、あまり帰って来ることができないのです。それでも、子供が小学生、幼稚園と可愛い盛りでしたから、一泊一日で、帰省をするようにはしていました」

「一泊一日?」

「土曜日と日曜日、両方とも休める状態ではなかったんです。だから、金曜の午後一時過ぎから土曜の夜までとか、土曜日いちにち過ごして日曜の朝に出てゆくとか……そんな感じで、一泊二日未満しか、家族とはいられませんでした。保安課にいたときは、ずっとです。いえ、その一泊一日の休みすら、呼び出しが掛かって、急いで県警本部に出てゆくこともありました」

「過酷ですな」

「ええ。ですから、九月の第三週は、めずらしかったんです。土曜の朝方に帰って来て、日曜日もずっといましたから。二泊二日です。主人の態度も、いつになく朗らかでした」

「普段は、やはり、悩んでいるようでしたか」

「あまり一緒にいられませんでしたが、一緒にいる時間だけでも、おかしい、というのは分かりました。

まず、体重がどんどん落ちているんです。警察庁から帰県したとき、六五キロ以上はあったんですが、五五キロまで激減していました。食事をすることが、苦痛らしいのです。単身赴任状態ですから、せめて家ではしっかりした料理を、と思ったのですが、食が細くなったというレベルではありませんでした。料理を眺めたまま、箸を動かしてはみるのですが、口に搬べないのです。口に入れると、嘔吐く感じで……食べたふりをするために、わざと料理を崩したり、隅にまとめて集めてみたり」

「お腹は空かないんでしょうか」

「まるで……そうですね、食べるという本能が、無くなっている感じ。いいえ、食べるだけの体力がない、そんな感じでした。

それは、睡眠も一緒です。

眠れないんです。布団には入りますが、起きています。

官舎に帰省しているときは、一緒に寝るのですが、夜、私がふと目を覚ますと、主人は起きているんです。これは、文字どおり起きているんです。布団から身を起こしていたり、布団の上に座っていたり……」

「それは、御心配されたでしょう」

「ええ、その、どういったらいいのか……もう空気が違う感じで。すごく緊張した感じなのに、すごくどんよりした感じでもあって。声を掛けるのも恐かったんですけど、思い切って何度か、訊きました。どうしたの、眠れないの、って。そうしたら主人は言うんです、眠るのが恐い。朝が来るのが恐い。考えることばかりで、頭が休まらない。懸命に考えるんだけど、頭のなかで言葉がまとまらない。頭がバカになってしまったみたいだ、と」

「考えることばかり……御主人は、何を考えておられたのでしょうか？」

「口にも出せないような態度でしたが、ぽつぽつと申すには、ペーパーのこと、決裁のこと、会議のこと、上司のこと……要するに、保安課の仕事のことです」

「どうしても睡眠不足になると思いますが、昼寝したりなどは」

「それが、全然ないんです。恐いほどに。食べることと一緒。寝るという本能がなくなってしまったか、睡眠に入るだけの体力がない感じでした」

「頭がバカになってしまった、というのは？　失礼ですが、私などに比べても、御主人はエース級のエリートでいらしたし」

「例えば、読書が大好きだったんですけど、そう、広小路の本屋めぐりをするのが趣味でしたし、電車でもバスでも、いいえお手洗いでも、本がなければ気が済まないというタイプだったんですけど……それが、一切、読書をしなくなったんです。いいえ、これも、読書できなくなったんです。頭が鉛みたいで、文字の列が頭に入ってこない、書いてある意味が解らない。だから、本を開くことも気乗りしないし、恐いと。読書の時間は、ボーッと、宙を眺めているだけの時間になりました。

　そうしたことが、だんだん酷くなって……

　私たちの官舎にいるときは、寝たきりの状態になっていました。躯が動かせないんです。身嗜みに気を遣う人でしたが、お風呂に入らなくなりました。入れない、が正確でしょう。独身寮でも、シャワーだけで済ませていたようです。もっともそちらはそちらで、古い宿舎の昭和の風呂釜ですから、お湯を沸かすのに信じられない時間が掛かりますし、午前三時、午前四時に入浴すれば、御近所に音が響きます。それで、出勤前に、バタバタとシャワーだけ浴びてゆく生活をしていたのですが……とうとう入浴すらできなくなってしまいました」

（午前三時に帰れたとして、通勤に一時間半掛かるということだから、朝の六時過ぎには、独身寮を出発しなければならない。そんな勤務実態で、風呂にすら入れないような生活を強いられるとは）

「変な話ですが、もっと私がビックリしたのは、お手洗いにもゆけないことです」

「トイレに？」

「食べませんし、飲みませんから、頻度は少ないのですが、それでもお手洗いに行かないのは無理ですよね？ でも、一日一度、二度しか行かないんです。というか行けないんです。寝たきりで、ギリギリまで動けないので。どうしてもというときは、そう、ズルズルと床を這って、本当に苦しそうにして、動くんです」

「それもやはり、排泄するという本能が消えたか、それだけの体力がないか」

「おっしゃるとおりです」

「そこまでの状態だと、もう……」

「そうですね。どんな病気なのかはともかく、病気だということは間違いありませんよね。でも、私たちの官舎から独身寮に帰るときは、それこそ死んでもゆく、絶対に休まない、という感じで、身形を整えて、出てゆくんです。

　私の考え方も、間違っていました。

　きっと乗り切れると思っていたんです。

　ほんの一時的な、仕事を憶えるまでの我慢だと。

まさか職場の課長・次席がとんでもないことをしているとは知りませんでしたし、主人にとって未知の分野だということも、本部長肝煎りの人事交流だということも解っていましたから。さぞかし厳しく、苦しいだろうとは思いましたが、ここで踏んばれば、また自分の専門分野にも帰れるし、それこそ昇任もできる……警察庁にまで出向した主人なら大丈夫だ、きっと乗り切ると。またあの潑剌とした、意気揚々とした、ちょっと自信家のきらいもある、元の主人になるはずだと……

そして、九月の第三週。

その週末、まさに主人は朗らかで、それまでよりは元気な印象を受けました。ああ、そろそろ壁を乗り越えたんだな、と思ったくらいです。実際、めずらしく子供を連れて公園へ行ったり、子供と一緒にゲームで遊んだり、食卓でも子供にいろいろ話し掛けたり。そんな主人を見るのは、保安課に行ってからほとんどなかったので、安心したというか、嬉しかったのを憶えています。子供も、解るんでしょうね、心からはしゃいでいました。

ですが。

その週明けから、主人の躯は、動かなくなってしまったのです」

「寝たきり、というのとは、違うのですか」

「躯も心も、エネルギーが尽きた感じでした。ゼンマイが切れてしまったというか……

その週明け、月曜日は、早朝五時に官舎を出て、そのまま県警本部に出勤する予定だったんです。もちろん生真面目な主人のことですから、スーツとかワイシャツとか、いえ下着一式まで日曜日に揃え終えていました。靴もピカピカに磨いて。いつものとおり、絶対に休まない、という感じだったんです。

けれど、私が五時前に起きると、主人はまだ布団で横になっていました。おかしいことです。主人は眠れていませんし、身嗜みにこだわる人でしたから、私より先に身支度を整えているはずでした。それが、布団に入ったきり、動こうとしないんです」

「起きてはおられたんですね？」

「もちろんです。目はしっかり開いていました。生気はありませんでしたが……」

「お声を掛けられましたか」

「ええ。どうしたの、今朝は五時に出るんじゃなかったの、と」

「すると御主人は」

「……もう駄目だ、と」

「何が、駄目だったんでしょう」

「それは解りません。それこそ、胸に詰まっているものが、噴出した言葉だと思います。ただ、今日出勤することは駄目だ、という意味は、当然解りました。実際、不思議なことですが、主人が絶対に起き上がれないということは、直感できましたし。

子供たちを学校に送り出して、私が年次休暇のお願いをしました。若狭次席にしました。直属上司ですし、主人は会話もできない状態だったので」

「若狭は何か言いましたか？」

「あれだけの失態をして、年次休暇で雲隠れかと。出勤できないほどの体調なら、病気休暇で診断書出せと」

あれだけの失態。秦野警部は首を捻（ひね）った。現時点で、それを特定できるデータはない。

「……個人的な感想はこらえますが、その意味は解りましたか？」

「全然。意味を考えるより、怒りが沸（わ）き起こりました。私も警察にいましたから。風邪でもインフルエンザでもノロウイルスでも、まずは年次休暇です。権利ですし、理由はいらないのですから。それをいきなり病気休暇だなんて……勤務成績にも影響しかねませんし、診断書だって三、〇〇〇円。診断そのものにも医療費が掛かります。

だから若狭次席にいいました。

あなたバカですかと。本当に管理職ですかと。

お医者にも掛かっていないのに、病気かどうかは分からない。まして診断書が出るかも分からない。病気休暇なんてあり得ません。とにかく主人は出勤できませんので、と」

（さすがに元警察職員。それに再雇用されている弱味もない。若狭は面喰（めんく）らったろうな）

「そうしたら若狭は」

「しばらく黙っていましたが、そんなに保安課が嫌なら出勤しなくてよい、休みたいだけ休め、と。そこまで言われて、私も興奮していたんでしょう。ええ休ませます、少なくとも今週は休ませます、これまでの休日出勤分を、少しでも取り返させてもらいます

──と言ってしまいました。

あの若狭という次席のことを十分知っていれば、そして、その上の山本という妖怪のことを理解していれば、後々、陰湿な報復をされるような発言は、慎んだかも知れませんが……いえ、きっと慎まなかったでしょうね。それだけ若狭次席は無礼千万でした」

「結局、御主人はそれから」

「二日間、布団のなかで過ごしました。身動きひとつ、できない在り様で。私と若狭の電話も、狭い官舎ですから、聴こえてしまい、それも大きな心労となってしまったのでしょう。神浜は補佐で、若狭は次席──あんなのでも、直属上司で勤務評定者ですから。

月曜日が過ぎ。

火曜日が過ぎ。

水曜日の朝でした。

私は夜が明けない内に、何故か目を覚ましました。物音に気付いたのかも知れません。気配を感じたのかも知れません。それとも、夫婦としての、何らかの作用が働いたのかも知れません。

隣の布団を見ると、主人がいない。

跳ね起きて官舎のなかを探しました。動き回るほどの広さはありません。灯りからも分かりました。お風呂場です。一畳もない、コンクリート打ちっ放しの洗い場に、主人は座っていました──

左手首に、台所の包丁を押し当てながら。

私は主人の右手と包丁を跳ね飛ばして……」

葉鳥知子の瞳が、見る見る潤んできた。それはそうだ。配偶者の自殺未遂シーンなど、目撃した人間の方が少ないだろう。生涯、忘れられまい。まして神浜警部は、その後、本当に自殺してしまったのだから。号泣しない葉鳥知子は、むしろ気丈といえた。

「……夜が明けて、どうにか子供たちを学校へ出すと、無理矢理主人を車に乗せて、美伊大学附属病院にゆきました。主人はもう、何も喋りません。受付をして、二時間待って、精神神経科の教授先生に診察してもらいました。慶應出で、テレビにもよく出ておられる、その分野の権威の先生。だから、美大附属病院を選んだのですが、予約がとれたのは、奇跡的といえます。

診断そのものは、五分で終わりました。

その五分で、主人が一言、一言、締り出すように語ってゆくその半年間の地獄……ダイジェストのダイジェストでしたが、私はそれをそれまで全然知らずに……」

葉鳥知子はここで、大粒の涙を落とした。その診療室でも、泣いたに違いない。

「教授先生は、五分で、医学的にいう『大うつ病』と断定しました。疑いの余地も、誤診の余地もないと。すぐに入院する必要があると。それはそうです、患者は『この半年、どこから飛び下りれば迷惑を掛けずに即死できるかと、高い所ばかり探していた』なんて語っているのですから!!

あとの十分は、入院のための段取りです。よほど緊急性があると認められたのでしょう。翌朝には入院手続、即入室。大部屋が塞がっていたので、個室を使うことになりましたが、よろこんで差額ベッド代を出しました。命の懸かっていることです。

その日から、主人の入院生活が、いえ鬱病者としての人生が、始まりました。

要はそれ以降、主人は県警の現業部門が入る別館から、追放されたことになります。古巣の警備からも、仕事に倒れた生安からも。とうとう七年。七年離れていれば、部外者より庁舎内に不案内だったでしょう。県警としても、主人としても、去る者日々に疎しです。

最初の入院は九箇月。もちろん、病気休職となります。

私は、とにかく衝撃を受けたというか、急いで火事を消そうとする気分というか……必死でした。主人にはもう、そうですね、警察でいうところの、責任能力も行為能力もありません。幼稚園児の方の息子より、判断能力がありません。

『まさかウチの主人が』『まさか鬱病とは』という悲しみはありましたが、一家四人を支えてゆかねばなりません。だから、絶望だの苦悩だのを感じる以前に、七年前のあの日から、無我夢中でひたすら駆けてきた……そんな感じです」

「本当に月並みですが、お察しします。そしてお強い。

神浜警部はよい奥さんに恵まれた」

「その月並みな言葉をくださったのは、B県警では、秦野警部が三人目ですわ」

「……B県警に二十五年、勤務する者として、改めてお詫びします」

「あの山本保安課長、今は山本警務部参事官ですか。アイツなんて、神浜がいよいよ入院するという連絡をしたとき、電話口で何と言ったと思います？」

「慇懃無礼なことだ、というのは断言できますが……」

「嘘でしょう、と言いました。私、その台詞だけは、死ぬまで忘れません。

しかも、入院前に連絡を受けておきながら――直属の補佐が鬱病にまでなったと知りながら、病院へ見舞いに現れたのは二週間後です。花一本、持ってはいませんでした。そして私が『神浜はお会いしたくないと申しております』『妻としても、課長さまの御責任を考えると、とてもお見舞いなど受け容れられません』と言うや否や、『そうですか、それが御希望ですか、ではお大事に』と一瞬で踵を返した恥知らずでもあります。

もちろんそれ以降、一度たりとも、山本は病院に来ませんでした。家にも来なかった」

「鬼畜に人道を説くのは無駄ですが、奥さんも神浜警部も、さぞ無念だったでしょう」

「……鬱病と決まって、入院も決まって、だから休職も決まったとき。

ほっとしたのと、絶望したのと。神浜もやり切れなかったと思います。

ほっとしたのは、強制的に、そんな山本保安課長だの若狭次席だのと隔離されたから。

絶望したのは、これでもう、警察幹部としての将来は無くなったから……」

メンタルヘルスがどうだの、パワハラがどうだの、リハビリプログラムがどうだの、綺麗事を言ったところで、神浜警部のような存在には空念仏だ。鬱病は、完治がない慢性病。症状ゼロ、にはできるが、発症スイッチは死ぬまでオン。他方で、警察官には拳銃までが貸与されるのだ。職務執行はさせられない。また、警察は無数の秘密を取り扱う。心神耗弱者には委ねられない。古巣の警備などには、絶対に帰れない。他部門でキャリアを積もうとしても、引き受け手がいない。それはそうだ。どこの所属も人手不足。精神障害者に貴重な定員を食われたくはない。休職そのものも、勤務評定に響く。実績を上げる機会もない。ならば今後は、昇任・昇進する余地がない――

そう、どれだけ綺麗事を並べても、精神障害を負った警察官は、最善で飼い殺しだ。

「神浜警部自身は、鬱病になったことを、どうとらえていましたか？」

「最初の三箇月は、恥じていました。自分は弱い、負け犬だ、死にたい、警察組織にも申し訳が立たないと。それは、実は、神浜自身の偏見によるものだった……とも思います。

私もこの七年で感じましたが、確かに、精神障害に対する偏見は世間に根強い。その家族になるまでは、全然気付かなかったし、私自身、『鬱病は気弱な人がなるものだ』なんて思っていた面もありますから。

そう、神浜自身にも偏見があった。だから恥じ、だから死にたかった。職場での哀れみや蔑みも、リアルに予想できた。そうした事例に、健常者として接したことがあったのかも知れませんね。だから、転落した、落ちぶれたという考え方になった――ですが。

入院して六箇月、九箇月ともなると、本来の自分がもどってきます。思考能力というか、普段どおりの冷静さ、常識が。あるいは自信、気の強さまでも。

そして、一緒の病に苦しむ患者さんとの交流が、世界を広げたのも大きかった。公立の中学校みたいなものです。本当にいろいろな方がいらっしゃる。ＩＴ企業の重役さん、大学教授さんから、女子大生さん、ドラマーさんに入れ墨の彫り師さんまで――

神浜は元々、情報畑の警察官ですから、人と接するのは大好きです。煙草もそこそこ嗜みますから、その機会に、いろいろな話も聴ける。公務員人生で、決して知り合えなかった方々と、起きてから寝るまでの合宿生活。ほら、アメリカのドラマで、薬物セラピーで、みんなで輪になって語り合うみたいなの、よくありますよね？　あんな感じだったんです。もっとフランクですけど。

結局、結婚前の、初診から九箇月、病棟生活を過ごしましたが、退院してきたときは、そうですね、結婚前の、二十三、四歳の顔にもどっていました。読書も異様なほどするし――元通りなんですが――復職への体力作りだと、ウォーキングとかジョギングに精を出したり。大きく変わったのは、若い頃みたく、音楽とか絵画とか映画とかに、また興味を持ち始めたことですね」

「表現が難しいですが、警察官として云々よりも、神浜忍としての人生を考え始めた」

「まさにそうです。ただ家族のこと、ひいては復職のことも、生真面目に考えていたのでしょう。病棟で読む本に混じって、生安部関係の法律書がどさりと積んでありましたから……仕方の無い人です、心の病人だというのに」

「そうしますと……七年前に倒れられたが、九箇月入院され、状態はかなりよくなっていた」

「ええ。私から見ても、保安課に勤務する前と、ほとんど変わらないほどに」

「それから確か、自宅療養期間がありますね？」

「退院してから、二年六箇月、自宅で過ごしました。これも休職になります。お医者先生の御指示ですわ」

「なるほど、確かに入院というのは、急性期を脱するためのものですからね。あとは体力の回復と、社会生活のリハビリ期間が、どうしても必要だ」

「自宅療養で一年六箇月が過ぎたとき、三箇月、『お試し勤務』がありました。無給で、休職のままで、実際に職場勤務するためのリハビリをするんです。秦野警部の今おられる、警務課でお世話になりました。さすがに保安課に帰るのは、本人としてもお医者先生としても、大いに問題があると結論を出したので」

「おや、警務課ですか。お恥ずかしながら、私は警務課に来て短く——お仕事は何を？」

「教養室で、機関誌『びいけい』編集のお手伝いをしていたと聴いています」

「リハビリは無事？」

「はい、無事に終えました。そして正式に復職が決まり、辞令も出、警務課教養室補佐に本配置となったんです。倒れてから、ああ、三年六箇月後のことになるんですね……

あの頃はとにかく必死で。これだけの期間、休職をしていると、とうとう傷病手当金も打ち切りになりますから。もちろん、給与はゼロです。『お試し勤務』のときでさえ。

　お恥ずかしい話、子供たちの給食費が払えず、市に免除していただいたほどですわ。ただ、県警に復職するというのが大前提ですから、生活保護という選択肢も、主人にとっては……」

「原因が原因だけに、御苦労もひとしおだったでしょう……

　神浜警部がその後、警務課教養室に復職してから、体調を崩されるようなことは」

「二度あります。まず、復職して一年後。また躯が動かなくなったので、やや長期の入院をしました。その後、また復職して一年少し後。強い薬のために肝臓が悪くなり、体力面が大きく衰えたので、比較的短い入院をしています。それが三度目の入院ですね。それを退院して、薬の調整をしながら自宅療養になり――

　それから……それからまた、そう、最後の自宅療養をしておりました」

「酷いことを、長々聴いております。これで最後です。単刀直入に――

　何故、神浜警部は、その最後の自宅療養中、自ら命を絶ったのでしょうか？」

「……それが、私にも、全然解らないのです」

「何らかの予兆、発言、出来事など」

「……先の冬から、そう、神浜が県警本部で自殺してから、懸命に考えました。最後の自宅療養中に何かあったか。

いえ、この七年の闘病生活中に何があったか。

私が思いつくかぎり全て――

でも、答えは出ません。出るはずがないんです」

「と、おっしゃると？」

「まず、神浜の病状は、最初の入院より遥かに良いものでした。三度目の、神浜最後の入院は、鬱病そのものというより、投薬の副作用と肝臓へのダメージを、コントロールするためのもの。確かに躯は苦しかったと思いますが、死にたいという願望があったり、人生に絶望していたり、そうした病気本来の気分の障害は、むしろ弱かったんです」

「生きたいと」

「まさしく。生きていたいと。そのために入院治療をしていたのですから当然ですわ。それに、この春は、進学の春です。

長男は、有難いことに、志望校の推薦入学を、早々と決めてくれました。神浜は、それはもう手放しで大喜びして……この子には、自分と違う王道を歩んでほしいと期待して。父を超えろよ、不条理に負けるなよといつも言っていました。その入学式には、自分が出ると言って聴かなかったんです。

次男だって、中学生になる。

この子は神浜が倒れたとき、まだ幼稚園児でした。神浜は自宅療養ちゅう、どうしても、この子と長く接することになります。習い事とか、友達の家への送り迎えもしました。一緒にスーパーへ買い物にもゆきました。運動会とか学芸会があれば、すごく早く出て場所とりしたり、親子競技に出たり。『自宅療養で、主夫みたいなものだから』というのが本人の弁ですが――楽天家でおっちょこちょいの次男坊が、とても可愛かったのは間違いありません。その子の制服姿が、冬が明ければ見られる。どこに自殺する理由があるのでしょうか？」

「神浜警部は、本当に、御家族を大事にしていらしたんですね」

「病気だからこそ、でしょう。自分が仕事に挫折して、家にいることになったのは――家族と過ごす時間が嫌でも増えたのは、何かの、大きな理由があるんだと言っていました」

「まとめますと、病状が悪くなく、家族の晴れ姿も見たかった。確かに、自殺する動機はありませんね」

「いえ、それだけではないんです。この、最後の自宅療養の期間ですが、神浜は保安課時代の資料を整理していまして」

「ほう？」

「理由は、ささいなことです。子供がそれぞれ進学しますし、上の子は受験勉強、下の子は思春期ということで、狭い官舎を整理する必要が出てきて。さすがに、警察官舎で、個室ふたつは無理ですが、主人が療養に使っていた四畳半を、まずは上の子に渡そうと決めたんです。それで、神浜は、四畳半の掃除を始めまして。自然な流れとして、その押し入れもです。

そうしましたら。

七年前に入院したとき、当時の保安課から送りつけられてきた段ボール、これが結構な大きさだったので、開けて処分しようという事になったんです」

「七年前に、保安課から……中身はいったい何でしょう？」

「主人が倒れるまで半年間、使っていたデスクの中身、洗いざらいです。

課内異動を発令して、新しい企画補佐にデスクを使わせるから、綺麗にしなければならないと。しかし主人は、もう病棟のなかですから、片付けには行けません。それで、当時の庶務係が、ドサドサと、抽斗なり書架なりキャビネなり卓上なりの一切合切を段ボールに投げ入れて、宅配便で送ってきたんです」

「それも、七年前のことですね？」

「はい、入院してすぐのことでしたから。随分と手際がいいのねと呆れたものです」

「私も二十五年選手なので、想像はできますが、半年間、しかも三時間睡眠の激務をされておられれば、デスクは私物から書類から、諸々でいっぱいになると思うのですが」

「はい、その半年間のそのデスク周り、恐らくすべてが雑多に放り入れられていました」

「なるほど。それでさっき言われた『保安課時代の資料』も入っていたんですね」

「そのとおりです。もう退職して長い私からしても、公文書をそんな風に扱うのはどうか、と不思議に思うのですが。主人いわく、『若狭次席の鶴の一声で、神浜の痕跡をぜんぶ消してしまえ、ということになったのだろう』『それに逆らえない庶務係が、意味も解らないまま、何でもかんでも段ボールに封印したのだろう』とのことでした」

（ありえないことではない。

独裁者はえてして詰めが甘い。部下は何も諫言できはしない）

「神浜としては、ずっと開けたくないものだったでしょう。トラウマ、というんですか、当時の過酷な記憶が甦ってしまいますから……だから七年間、手を着けずに押し入れに封印してしまっていた。それが、七年後になってガムテープの封を解き、中身を整理しようと決意できたのは、やはり第一に子供のこと、それから第二に、七年の歳月が神浜の心を癒した、古傷を思い出にした……ということも、あろうかと思います」

「よく解ります。御説明は、合理的です」

「私もちょっと心配で、時折、掃除の様子をのぞいていたのですが、大丈夫でした。『こんなこともあったよなあ』『あんなこともされたっけ』と、客観的に眺めることが、できていたようで。ところが」

「ところが？」

「途中までは、一定のリズムで、書類を細々と破いてはポリ袋に捨ててゆく、そんな感じだったんです。しかし、ある日……

どういえばいいのか。

『あっ』とも『うっ』とも、『ぐっ』とも聴こえる声がしたので、私は台所から、その四畳半をのぞきに行きました。そうしたら主人は、A4のペーパーを、それは恐ろしい顔で……怒りのような悔しさのような、絶望のような顔で……まるで誰かにひどく侮辱されたように、睨みつけ、凝視していたんです」

「A4のペーパー」

「公文書だと思います。少なくとも私物ではないはずです」

「そのとき御主人は何か、奥さんに話しましたか？」

「いえ。自分の世界に没頭してしまった感じで、とても声が掛けられる雰囲気ではなくって」

「一枚紙ですか？」

「そのときは」

「そのときは、とおっしゃると」

「それ以来、主人は、掃除をするというか、書類を処分するというよりは、一枚一枚、じっくりと確認するようになったんです。精査する、といってもいいでしょう。破って捨てなくなりましたから……そして、秘かに主人を観察してみますと、やはり時々、あの鬼のような形相で、幾枚かのペーパーを眺めては比較し、熟読してはクリアファイルに挿してゆく、という作業をしているのです。そのファイルを携えて『コンビニに行ってくる』と外出したこともありました。どう考えても、コピーをとりに行ったに違いありません」

「すると、御主人の感情を揺さぶる、御主人にとって重要な資料が、その段ボールから偶然、発掘されたことになりますか」

「そう思います」

「クリアファイルに挿す、というほどですから、一枚二枚ではありませんね？」

「私にすら見せてはくれませんでしたし、整理が終わる都度、隠しておりました。ですから、正確なところは分かりませんが……ぜんぶで十数枚はあったのではないかと。それでも、そもそも雑多な書類が山ほどありましたので、その五％にも全然満たないとは思います」

（警察の文書管理の実態は、個人任せのいい加減なものだ。例えば個人の検討メモなど、公文書なのか私文書なのかも考えないで作るからな。まして、公文書にしてはならない公文書などは……だからそうして、七年後にお宝が発掘されることになる。

そして、神浜警部は写しをとった。原本は確保できたのに、だ。こうなると、想定されるストーリーは、様々に分岐する。セキュリティのための手控えか、それとも……）

「私にも隠しておりましたし、私も敢えて訊きませんでしたが、むしろ神浜の方が時折、興奮して語ることがありました——今度、職場復帰がかなったら、県警とはじっくり話し合う必要がある。いや、どうしても話を聴かせなければならない。事によっては、本部長と直談判してでも、と」

「……これまで、神浜警部はそう、受動的だった感じを受けました。しかし、その言葉を聴くと、俄然、積極的に攻勢に出ようとしておられたようですね。

すなわち神浜警部には、是非とも県警でしたいことができた。だからこそ」

「自殺などするはずがありません」

「神浜警部は、何を、県警に聴かせようとしていたのか……それも気になりますな」

「よほど機微にわたる内容だと思います。一切、説明しようとはしませんでした。

ただし、これだけはしっかり憶えています――

そう、『また警務課でシンクロできたのは、むしろ天の配剤だ』と」

「それはつまり……」

「警務部参事官兼警務課長のことです。すなわち七年前の保安課長、山本伝」

「そうか、神浜警部の復職先は、警務課の教養室。奇しくも七年が過ぎてまた、山本と神浜警部は、ラインの上司部下としてシンクロしたことになる」

「子供部屋のための掃除をするまでは、複雑な顔をしておりました。

自宅療養が明け、教養室に復職すれば、中途に幾人か上司がいらっしゃるとはいえ、所属の長はまた山本伝ですから。復職を希望しない、などという事はありませんでしたが、『因果なものだね』とは申しておりました。それは、嫌なものですよね。自分を虐待し続けた上官が、しかも自分だけは栄達をして、大きな顔をしている。それが健康管理主管課長でもあるなんて、どういう皮肉なんでしょう。他方で自分は、被害者のつもりなのに、賠償なき落伍者で障害者、県警での将来はない……

　しかし。

　書類のことがあってからは、むしろ、積極的に会いたいと思っている節があって。『本当にいい機会だから、いろいろ決着をつけたい』とも申しておりました」

「……それが、あのようなことに」

「心外でなりません」

「そのことですが、御存知のことを、御無理のない範囲で、お聴かせ願えますか」

「最後の自宅療養中のことです。

神浜は、また『お試し出勤』の調整があるから、県警本部に行ってくると申しまして。

倒れた当初のような、監視と介助の必要があるわけではありません。いってらっしゃい、寒いから手袋でもしていってね、と独りで送り出しました」

「そのときは、復職状態でも、試行勤務の状態でもなく……」

「はい、まさに自宅療養中に、警務課の人事調査官と面談に行く、という形でした」

「面談は何時でしたか？」

「午後三時から、警務課のブースで、とのことでした」

「面談自体は、平穏に終わったのですね？」

「それは人事調査官さんに確認しました。事務手続がメインだったので、一時間掛からなかったと。主人もむしろ意気軒昂で、これならいきなり復職でもよいかと考えたほどだと」

「ところが、御主人は帰宅しなかった」

「夕食までには帰れる、とのことでしたが、待てども待てども帰ってきません。子供と食事を先に済ませて、午後一一時まで我慢したのですが、神浜は病人です。それも、精神の。万一のこともありますから、御迷惑とは思いましたが、県警本部に電話をしました」

「御主人、携帯は」

「持って出ました。もちろん何度も架けました。結局、私の着信履歴だけが、たくさん残っていました」

「県警本部は、どのような対応を？」

「さいわい、本部当直の方がとても親切で、すぐに退庁記録を調べて下さいました。今はICカードで、駅の改札口みたいに電子化されていますよね。主人は休職ちゅうでしたが、警務課教養室補佐のICカードを発行されていたので、退庁記録はすぐに分かります。

ところが……

ビックリしたことに、主人は退庁していませんでした。

午後二時四五分に自分の職員カードで入庁して、ずっとそのまま。

そこは県警本部ですから、抜け道があるはずもありません。管理部門の本館から退出しようと、別館に渡ってそちらから出ようと、必ずその事実は、機械に記録される。

すると、主人はまだ、県警本部にいることになります。

――事が事、人が人ですよね。

すぐに人事調査官に連絡がゆき、とにかく本部当直と警備員さんで、県警本部の本館・別館の捜索をすることになりました。捜索は、逆算すると、一時間ほどにわたったはずです。そして、その、とうとう……別館五階の男子トイレ個室で……」

葉鳥知子は言葉に詰まった。そして、膝頭のハンカチを強烈に握り締めた。

その喉は、痙攣するように、嗚咽を押し殺している。

「……絶命していると。首を吊っていると。秦野警部、主人は、主人は!!」

とうとう、悲しみと怒りが知子の堰を切った。ぽた、ぽたと涙の雫が膝に落ちる。何粒も、何粒も。いよいよ知子は、正座した脚にうずくまり、絶望そのものの号泣を始めた。そのあとの言葉は、ほとんどが意味を成さなかったが、秦野警部は一切、溢れ出る言葉を止めはしなかった。そのあいだ、自分のなかで噴き上がる憤怒と激情を、必死に堪えた。そう、これは弔問でも身の上相談でもない。秦野警部の仕事は、依頼人の取調べでもあるが、また、依頼人の素行・態度すべてを、冷厳な第三者として見極める事でもあった。これは、秦野警部にとっても、葉鳥知子にとっても、ビジネスなのである。そしてビジネスの基盤は、契約当事者双方が、互いを偽らないことだ――

秦野警部の心証は、もう、固まってはいたのだが。

それでも頭のなかで、知子の嗚咽に塗れた言葉を、すでに諳んじている既存の資料と突き合わせつつ、ゆっくりと解読していった。

（発見者は、警察本部の当直員。発見時刻は、午後一一時五〇分——

直ちに民間警備員複数も合流しているから、現場保存に不審点はない。すぐさま捜査一課の検視班も臨場している。フン——確かに検視班は三交替で泊まり勤務だから、事案がなければ、県警本部の庁舎で夜明かしをする。現業部門だから、まさに、別館で。

その別館五階の男子トイレに臨場するまで、まさか十五分は掛かるまいが、しかし……発見後、五分強で臨場しているというのは、手際がよいと言えなくもない。そして）

「すみません、非礼ながら続けてお訊きします。御主人は何故、別館五階で発見されたと思われますか？　自宅療養中とはいえ、所属は本館の、警務課ですから」

「……こちらこそ……取り乱しまして……その、すべてが落ち着いてから、人事調査官さんともお話をしたのですが、私としては、どうしても主人が死んだというのなら、それは……保安課への怨みがあったからではないか、と申し上げました。

別館五階は生安部。保安課もそこにあります。主人としては、遺恨の地でもあります。また、人事調査官さんも教えて下さいました。面談の際に、『生安部のことを考えると、悔やんでも悔やみ切れないし、忸怩たる思いが尽きない』旨のことを、何度も発言していたと。裏から言えば、まだ、わだかまり、こだわり、悲憤があった所だといえます。

敢えて想像するなら、それが別館五階の理由かと」

「捜査一課が、御主人の死体見分の資料を、お渡ししていると聴いたのですが」

「あ、はい、用意してあります、こちらが手渡された一式です」

秦野警部は、刑事のベテランである。しかも、強行畑だ。検視官とはゆかないが、これまでに見分してきた死体は、二〇〇、三〇〇どころの騒ぎではない。これは、秦野警部が特別なのではなく、警察署の強行係とあらば、当たり前のことだ。だから、秦野警部にとって、自縊の死体見分をチェックするなど、後藤田巡査部長、國松巡査がいうところの『テンプレ』に過ぎない。

（先の冬は寒かった。神浜警部も、コートと、それからマフラーを着用している。これらは、個室内で丁寧にたたまれている。背広の上着も、ネクタイもだ。所持品は財布、鍵、鉄道のICカード、手帳、筆記具、ハンカチ、ティッシュ、煙草にライター。これらの物品はすべて、葉鳥知子に返還されている――）

縊死に使用されたのは、ベルトでもネクタイでもなく、パソコンのケーブル。出所は、警務課教養室の、本人のパソコンだ。必要な分、取り外して使ったことになる。そしてこれは、縊溝とも矛盾はない。すなわち、他の索条を使ってからこれを掛けたということはない。

（――索条であるケーブルが架けられたのは、天井に近い換気口の鉄柵だ。バカな所に換気口を開けるものだな。自殺に使ってくれと言っているようなものだ……裏から言えば、神浜警部の身長・体重を理想的に支えてくれる位置にある。また、蓋を閉じた便器を使えば、それが踏み台になって容易にケーブルを回せる。その足跡も採取できている。

ケーブルを回したときの、埃をこすった痕跡もある――つまり、これらにも矛盾はない）

重力の作用。死斑は、前腕と下腿以下、特に手脚の先に発現しており、まさに教科書的だ。ケーブルによる外力は確実に上へ向かってもいる。水平に首を締めがちな、絞殺とはとても思われない。ケーブルの縊溝は前首が最も深く、鉄柵側に行くにつれて浅くなってゆく。誰かが締め上げれば、当然、逆になるものだ。これにも矛盾はない。

ケーブルによって擦られた首には、皮下出血がある。つまり、生きている内にできた創。死んでから巻き付けられたわけではない。眼球・眼瞼結膜はきれいなものだ。溢血点は見られない。他殺ではまず、こうはならない。鼻水、涎、小便に精液は真下に流れており、他の現場から搬んできたというには無理がある。写真を信頼するかぎり、殴られたただの、格闘したただの形跡もない。爪も綺麗。第三者の介在を疑う理由がない。

これらを要するに。

あざやかなまでの縊死、自殺ということになるが……

（フン。

ここまで教科書どおりにするから、襤褸が出る。

検視官、詰めを誤ったな。いや、山本も若狭もだ。

警察官たるもの、煙草くらいは吸えた方がいい。

あと仕事をする対象のことは、もう少し緻密に調べ上げておくものだ）

――秦野は仕上げに入った。

「神浜警部の遺品は、奥さんに返還されたと聴きましたが」

「はい、すべて返してもらいました」

「煙草のパケがありましたね。封は開いていましたか？」

「それはもう。

あの人は煙草好きでしたし、久々の県警本部でしたから。残り三、四本でした」

「防寒具は、ありましたか」

「はい、コート一着とマフラー一本ですけど」

「ありがとうございました。

しかし、この男が検視官と知って、驚愕されたのではないですか？」

「……どういう因果だろう、と思いました。ただ、山本だの若狭だのとは、そうですね、加害の質が違うと考えましたので、その、御依頼まではしませんでした」

「最後にひとつ。

お亡くなりになる直前の神浜警部ですが、奥さんの助言は、素直に聴く方でしたか？」

「助言、ですか。はい、そう申し上げていいと思います。

倒れる前はよく喧嘩もしました……いえ、倒れてからも喧嘩をしました。家計のこと、療養のこと、子供のこと。でもそれで、夫婦の絆は、むしろ強まりました。

駅のホームで目眩でもしたら危ないから、いちばん後ろに下がってなさいとか、睡眠薬は一度に二錠飲まないで、一錠で駄目なときに次を飲みなさいとか、そうですね、下にスーパーのワカメは国産品を買うようにしてねとか……そんなことまでよく聴いてくれましたら過ぎてお笑いになるかも知れませんけど、

主人の最期の一箇月でしたら、私の頼みを聴かなかったのは、そうですね……唯一、『底が抜けそうな古い靴を買い換えて』ということくらいです。あの人は、倒れてから、お金のことについては本当に臆病になったので、買わなくちゃいけないものも、買わずに我慢するようになっていて。でも、もう雨で浸水するような靴なんですよ？　頼むからデパートで買ってくれと怒ったんですけど、まだ使えるからいいと。これは大喧嘩になりました」

「……その家計のことですが、賠償などを求めるお気持ちはなかったのでしょうか？」

「申し訳ありません、そのことだけは、未だに口にもしたくありません。御容赦くださ い」

（ふむ。金銭面での困窮と、それに対する警察組織の対応。どうやら腹に据えかねる事があるようだ。それも怨みの培地だというなら、漆間と中村に詰めてもらわねば）

「解りました、そのことについては触れずにおきます。

――すると、その靴の買い換えが、最期の一箇月、唯一の反抗だった」

「おっしゃるとおりです。間違いありません」

秦野警部は、すっかり冷え切った緑茶をごくりと飲み乾した。

「ありがとうございました。御主人に御焼香をさせていただき、B県に帰ります」

「ひとつだけ、お訊きしていいですか？」

「幾つでも。それが任務です」

「神浜は本当に、自殺だったのでしょうか？」

「我々に、個人的な判断は許されていません……しかし」

「しかし」

「断言します。我々はすべての真実を解明し、必要なすべての贖罪を実現させると。ただの一人も無辜を罰しませんし、ただの一人も外道を見逃しません。警察にも正義にもできないことを、私どもはビジネスとしてお約束しました。命に懸けて違えません」

「どうか……どうか然るべき報いを!!」

「それが、我々の意地です」

——東京へ駆ける私鉄特急のなかで、秦野警部はもう一度、死体見分報告書を眺めた。

見分官。

捜一　警視　望月英

第4章　非違調査その2（参考人）

B県警察本部別館五階・生安部フロア

警務部警務課SG班班長・中村文人警視は、警視とは思えぬ貧相な風采で、県警本館の警務課を離れた。別館の階段を上る。退職真際の乾涸らびた警部補、といったら、警部補に申し訳ないほどの存在感のなさ。

要するに、誰も気にしないし、誰も気にとめない。

裏から言えば、それこそ中村の強みであった。影が薄い、というのは長所にもなる。

もっともこのトボけた殺し屋は、長年の演技で、それに磨きを掛けてもいるのだが――

（チクショウ、建て換え前は、生安なんざ一階の地べたにあったんだが。偉そうに五階を手に入れやがった。本館から延々歩かされると、マアひと仕事だぜ）

五階フロアには、生安部の各所属が入っていた。

すなわち、生活安全企画課、子ども女性安全対策課、少年課、保安課、サイバー犯罪対策課だ。もちろん、それらの所属の上にいる生安参事官、その上の生安部長もここにいる。

（そういえば、山伝のハゲタコも昔、生安参事官だったっけか。シナリオどおりの御出世だ。じき生安部長で帰って来て、筆頭署・美伊中央署長になり、地元筆頭・総務部長で上がる。是非とも邪魔してやりてえところだが、調査だけは厳正中立にしねえと医局が五月蠅え）

普段の中村ならば、誰が煩くてもいいのだが、医局はこのビジネスを仕切っている。カネに汚い中村としては、医局を怒らせ、この巨額のアルバイトから追放されるのは、死んでも避けたいところであった。

要するに、地道な調査で真実を、求めなければならない——

（生安企画課か。久しぶりだぜ）

中村は庶務担課にするすると入った。管理部門の中村だけが制服姿だ。どうしても目立つはずなのだが、誰も気にする者はいない。そもそも、何でも屋の生安は始終、忙しいということもある。また警備部あたりと違い、出入りがオープンだということもある。保険屋のおばちゃんでも、所属長室にすんなり入れるであろう。というわけで、中村は、デスクに埋もれた鰻の寝床みたいな通路を少し歩き、目指す『質古探偵』係の島を確認した。

課長補佐席は、無人である。

（ありがてえ。予想どおりだ）

もう用は無い。

中村は生安企画課を出、フロアの果てにある五階喫煙所に入った。もちろん、狙いの課長補佐が、もうもうと紫煙を焚いているのを確認してからである。排煙テーブルと、駅のホームにあるような腰掛けバーがうら寂しい。六畳未満の、ニコチン中毒者の砦だ。椅子など置けば、煙草のダマで爆撃されるのがオチ。また長居されては仕事の能率が落ちる――そう考えた会計と人事の主導で、警察部内においても、喫煙者は確実に弾圧され、駆逐されつつあった。喫煙所そのものが駆逐されるのも、遠くはあるまい。

（ま、人が少ねえってのは、有難えことだがな）

現に五階喫煙所にはその補佐しかいない。中村に背を向け、メビウス片手に缶コーヒーを満喫している。中村は飄々と機先を制した。

「オウ、誰かと思えば児玉じゃねえか」

「ん？　ああ、中村か。そんな格好してるから、どこの誰様かと思ったぜ」

「ちょっと生企に野暮用があってな。テメエのツラ、拝んでから帰ろうかと思ったがいやしねえ。案の定サボってやがったか」

「バカヤロウ、俺は警務のお偉い警視ドノと違ってな、地べた這って生きてんだっての。五分くらい煙草吸って何が悪いんだよ。まさか、警務課は喫煙所の常連までチェックしてんじゃねえだろうな。え？　チート昇任のチート警視さんよ」

「そう言うなよ。同期じゃねえか。蕨浜署の生安課では、お互い、美味しい思いしたろ」

「バカ、でかい声で言うな!!」

「オメエは昔っから、営業規制の神様だったからなあ。業者も行政書士も手懐けてよ」

「今はそんな時代じゃねえよ。旨味どころか透明性、適正手続、説明責任……増えるのは書類と面倒事だけだ」

「そうはいっても、今更オメエ、行政畑以外じゃあ仕事、できねえだろうがよ」

「言ってくれるぜ、窓際警視さん。だがしかし、これしか能がないのも事実だ、ハハ」

中村の親愛なる同期、児玉警部は、もちろん生安畑で、行政畑・営業畑のプロであった。すなわち生安が持っている業界の許認可・行政指導・行政処分の達人だ。

そしてこれは、役人の独擅場でもある。

例えば、弁護士と警察官では、一般論として勝負にならない。法律バトルをすれば、弁護士に軍配が上がるだろう。だが、業法の世界ではまるで違う。特に警察の業法は。法令というハードも、実務というソフトも、弁護士が駆使できるものではない。警察の業法マターとなると、弁護士が菓子折持って、腰を低くしてコンサルティングを求めに来るのも、めずらしいことではないのだ。

「テメエ自身に売りがあるってのも、有難いもんだぜ、スペシャリストさんよ？

——それで今は、質屋・古物か」

「探偵業もだがな」

「確か警備業も警部補時代、やってやがったろう」

「ああ、あと風営もだ」

中村は秘かに北叟笑んだ。

「そうか、テメエ風営もやってやがったか。全階級制覇だな。何時のことだったっけか」

「あれはそれこそ、お前と組んだ蕨浜署の次だから、もう十年ひと昔だぜ」

「七、八年前じゃなかったか？　風営っていったら保安課だろう。テメエが保安課にいたのも、確かその頃——」

「——ああ、それは違う。確かに七年前、保安課にいたが、風営じゃない。俺がいたのは保安課の、生経室だからな」

「生活経済か。だったら保安課本体とは縁が薄いな」

「ああ。知ってのとおり、保安課本体とは、ロッカーと書架でガッチリ分かれてるしな。仕事の内容も、保安課とは毛並みが違うし」

生活経済部門は、その名のとおり、国民の生活の安全を脅かすような、経済犯罪の対策を行う部門だ。悪質商法、ヤミ金、キャッチ、マルチ、食品偽装、不法投棄、医薬品の無許可販売、偽ブランド品販売、著作権法違反の自炊——これらは『生活の安全』という観点から、そして『刑事は刑法犯しかやらない』という観点から、生安部の仕事とされている。

「だったらオメエ、当時の所属長、山伝だったろう」

「ああ、保安課長は山本伝さんだったな。まあ生安の重鎮だからな」

「オメエさん当時のこと、詳しいか？」

「……七年前のことか？　そうだなあ、詳しいってほどじゃないが、まあ分かるよ。一緒の所属で、しかも所属長だからな。当然、決裁にもチョコチョコ行くし。

　だが中村、いきなり何だ、そんな昔話を。お前、まさか他人のことに興味なんてない奴だろう」

「ほらよ、ハゲタコ山伝、今、俺の上司なんだぜ」

「ああ!!　警務の参事官だよな。ハハ、こりゃあいい」

　児玉警部はザマアミロと思い、中村はしゃあしゃあとした嘘を吐き始めた。

「その山伝がよ、最近、吹いてやがるんだよ。七年前の二号営業を蹴散らしたのは、自分の手柄だってな。

　中村さんもどうぞそれくらいの仕事をしてくださいよ、私にだってできるんですから、中村さんの実力をもってすれば、そうやって鼻毛抜いているよりカンタンですよ――」

「ぷっ、山伝さん、変わってないなあ」

「俺としてはよ、どうせバカがバカなこと吹いてやがるだけだとは思うんだが、中身が解らねえことには話にならねえ。小莫迦にするにしろ、べんちゃら使うにしろだ。それで、業法の神様のオメエさんに、山伝の偉業って奴、レクチャーしてもらおうと思ったってわけだ。解ったか」

「なるほどな。ただ老婆心から言うが、べんちゃら使う方に精力傾けた方がいいぜ」

「まさかテメエそりゃ、『総務部長サマ候補・山伝には媚売っとけ』みてえな、解りゃすいアドバイスじゃねえだろうな」

「そりゃあもちろんそうさ。

お前だって、チートとはいえ警視にまでしてもらったろうが」

「俺ぁ山伝に警視にしてもらった憶えはねえぜ!!」

「それでも生安の出身だろうが。生涯、管理部門で処遇してくれる訳じゃあるまい。定年まで養ってくれるのは、生安だろ？　そして、山伝さんはどうせ生安部長で帰って来るんだから、そのとき交番だの離島だのに追放されても詰まらんだろうが——

それに。

七年前の山伝課長の業績、いやそれが気に喰わんなら保安課の業績でもいいが、ありゃ自慢するだけのことはあるものだった。それは、営業畑のロートルとして保証するぜ」

「いったい、山伝は何をやったんだ」

「メイドカフェの駆逐だ」

「め、メイドカフェ」

ここまで、話題の展開が思いどおりで、内心にんまりとしていた中村はしかし、話題の内容にズッこけた。なんだそりゃ。予想の斜め上で来やがったぜ。

「ハゲタコ山伝は、『新しいタイプの二号営業』とか吹いてやがったが……」

「ああ、そのとおりだ。そうそう、七年前。思い出してきたぞ。

ちょうど、東京・秋葉原でも、メイドカフェが猖獗を極めていた頃でな。それが伝染して、大阪だの福岡だのに拡散していったんだよ。残念ながら、政令市の美伊市にもだ。山伝さんが討ち入るまでは、そうだな、主として広小路(ひろこうじ)だが、美伊市内に三、四〇店舗は濫立(らんりつ)していたんじゃないかな。今現在では、三、四店舗しか生き残っていないが。

　その清浄化作戦の指揮をとったのが、当時の保安課長山伝さんと、保安課次席の若狭(わかさ)さんだ」

「警察のやることだ。見せしめ検挙と、徹底した立入り、やりやがったな。国税通報(こくぜいつうほう)も」

「定石(じょうせき)だろ。それで効果がなかったなら無駄弾(むだだま)だったが、今じゃあ違法営業をする店舗なんて、ひとつたりとも存在しないからな。まあ、華々(はなばな)しい戦果だ。保安課も警察庁生安局長賞、もらったはずだぜ。山伝さんが武勇伝(ぶゆうでん)、語りたがるわけだ」

「ちょっと待て。メイドカフェは喫茶店だから、『二号営業』じゃないだろう」

「喫茶店だろうがスタバだろうが、接待(せったい)をすれば二号営業だ。お前ホントに生安か？」

「じゃあ二号営業の無許可で挙げたのか」

「そうなるな。もっとも近々に法改正があるから、この呼び方もじき変わるが」

　風営法の第二条は、風営法が規制する営業を列挙している。

　だから、一般に、そうした営業は、第二条の第何号で規制されているかによって、俗称が決まる。二号営業とは、この会話の時点では風営法第二条第二号に定められている営業ゆえ、そう呼ばれるのだ。ちなみに解りやすい例を挙げれば、ぱちんこ、回胴式(パチスロ)、まあじゃんは『七号営業』とされ、ラブホテルは伝統的に『関連四号』とされる。

問題の『二号営業』とは、重ねてこの会話の時点では、接待飲食営業だ。

例えば、飲酒をさせる上、『接待』までするとなれば、この『二号営業』に当たる。解りやすい例だと、古典的には料亭、踊らない方のクラブ。近時ではキャバクラ、ホストクラブ、おかまバー――接待して飲酒させるならば、それこそ場末の『今時ボディコン、カラオケはレーザーディスク』といった寄合所でも、それこそ銀座の『座って三万、飲んで一〇万』といった高級クラブでも、すべて該当する。

裏から言えば、接待しないのなら、飲酒させようとさせまいと該当しない。

そして二号営業に該当するならば、公安委員会の――実態は警察本部だが――許可がいる。許可をとらないのは無許可営業だ。無免許運転と一緒のイメージでいい。そして、風営法の無許可営業罪は、二年以下の懲役か二〇〇万円以下の罰金、又はそのダブルパンチで処罰される重罪――シンプルにいえば、例えばゲリラキャバクラは、それだけで犯罪なのである。

「児玉よ、俺ぁよく解らねえんだが、メイドカフェってなあ、接待するのか？」

「理論的にはしないさ。特に今はな。だが実態として、当時はしていた」

「そもそもが、どういうシステムなんだ。全然知らねえんだ」

「まあその歳で詳しい方が問題だがな。

基本的には、喫茶店兼居酒屋だ。店員は、フリフリメイドだな。キャバ嬢よろしく、それぞれのキャラがあるが、まあアニメ声がキュンキュンするハイテンションな感じだ。

入店したらチャージが発生する。時間制だ」

「キャバっぽいな」

「そこまでの金額じゃないんだが、ハマれば大きいだろうな。それでまあ、喫茶店だから飲むなり食うなりする訳だが、まあ割高だ。メイドが給仕してくれる訳だから。で、ソフトドリンクなりアルコールなりメシなりが搬ばれてくると、それに付随したサービスが展開されることになる」

「何だ、それに付随したサービスってのは」

「愛込めだ。魔法のラテアートをしてくれるとか、魔法のカクテルをシャカシャカしてくれるとか、魔法でパスタを混ぜ混ぜしてくれるとか、魔法でオムライスに熊たんを描いてくれるとか」

「勘弁してくれよ……」

「気持ちは解るが、訊いたのはお前だぞ。

まあ、そうした魔法については、客参加型になる。呪文を一緒に唱えたり、合いの手を入れたり、ポーズを決めたり拍手をしたり。ささやかだが、テーマパーク型といえるかも知れん。

そして飲食するんだが、そのあいだ、メイドたちは店内を動いているから、つかまえてお喋りする事もできる。追加料金でミニゲームをする事もできる。実質的には、メイドを一定時間、独占するためのツールだな。また追加料金で、チェキをする事もできる」

「何だチェキって。じゃんけんか？」

「あっは、我々の世代でいうポラロイドだよ。進化型だがな。プリクラのようなことができ、かつスピーディで、しかもデータ管理のリスクが少ないからだろう。基本的にメイドは撮影禁止なんだが、チェキを頼めば、記念写真を撮ってくれるというわけだ。これで時間が来て退店。恐らく初入りの客は眼を疑うレシートが出て来て、ハイさようなら」

「メシとドリンクだけで、幾らくらいだ」

「まあ二人で入って五、〇〇〇円とか六、〇〇〇円じゃないか。ぼったくりとは言えん。払えない額じゃないし、気に入らなければ社会勉強代。気に入ればむしろ安いと感じる」

そこは中村も生安出身である。すぐにその絡繰りと問題点を、概略だが、理解した。

「ふうん、そういうことか……なるほどな、ギリギリ営業だ」

「警察からすればツッコミ所満載だが、この基本メニューを遵守しているというのなら、直ちにどうこうできるもんじゃない。精々、深酒への立入りか、深夜飲食店への立入りで行政指導をするだけだ。それさえ、必要性に乏しければ嫌がらせとされかねん。逆に、むしろ違法性があるのなら藪蛇。罪証隠滅のきっかけにしかならんからな」

深酒、とは警察用語で、深夜酒類提供飲食店営業のことである。これと、深夜に営業しているあらゆる飲食店には、実は、風営法の網が掛かっている。立入検査すらされる。すぐにでも。警察として、立入検査はコストもハードルも低い。だが、立入検査は健全化のためにするもの。もちろん捜索差押えなどできない。しかもターゲットを警戒させることになる。だから、悪い奴を最初から事件にしたいなら、まずガサだ。ただガサのためには、それなりの内偵コストが掛かる。裁判所の令状審査コストもある――このあたり、ゲームにしたら面白いかも知れない戦術なり駆け引きなりがある。

「どうせ接待をしていやがるが、それなりに内偵しねえと断言できねえ、まさか謳わねえ――か」

「そういうことだ中村。あくまでもカフェなんだからな。しかも、だ。仮に、風俗営業の許可なんて取らされる破目になったら、そりゃイメージが悪くなる」

「メイドカフェが、フーゾク営業じゃあなあ。まあ警察用語では、性風俗とは関係ねえんだが、そんなこたあ素人が知ったことじゃねえしな」

「おまけに営業規制が厳しくなる。営業時間も短くなるし、十八歳未満者をメイドにできなくなるし、何より客だ、十八歳未満者立入禁止店舗になってしまう――到底、許可なんて取りたくないだろう？」

「しかし、『男と女の歓楽的雰囲気』をウリにしていることは間違いねえ」

「おっと腐っても生安だな。すなわち風営でいう『接待』の本質的要素。

なるほど、メイドの追っかけだの推しだの、メールでの営業だの、果てはストーカー事案だのまである。嫉妬心を煽ったり演じたりもするからな。擬似恋愛、という点では、キャバクラとそう変わらん――圧倒的にニッチで薄めだが。

しかしだ。そうはいっても、歓楽的雰囲気だけでは『接待』にならないだろ？」

「メイドってのは、横に座るのか？」

「それはない。客は座り、メイドは立ったままだ」

「立ったまま魔法だの談笑だのする時間は」

「そこは考えている。まさか一〇分は超えない。『継続して』要件は厳しいな」

「ステージとか無(ね)えのか？」

「一般的にはある。だが客のすべてに歌だのダンスだのを見せるだけだ。例えば『フラガール』っての、あったろ？　あのフラダンスが接待とはいえまいよ」

「ＶＩＰルームとか」

「特定の客をセパレートする構造設備はない。個室もな。『特定少数』要件も無理だ」

「注文客と一緒に歌うとか拍手するとか言ってなかったか？」

「おっ、ロートル生安畑の意地、鋭いな――これは実は結構クリティカルなんだ。というのも客が特定少数になるからな、必然的に。そうはいっても、これまた一〇分は超えない。継続性が厳しい。おまけに男女の歓楽性も厳しい。『鉄人自らお取り分け』とか、『仕上げはテーブルでさせていただきます』なんて高級フレンチとどう違うんですか――なんて逆ギレされかねないからな。もっとも『萌(も)え』は確実に恋慕(れんぼ)の感情に働き掛けているわけで、お好み焼きの仕上げをテーブルでするのとは、次元そのものが違うと思うが」

「でもよ、風営法の解釈じゃあよ、ゲームやってりゃあアウトのはずだろ？」

『歌う』、『拍手する』のと隘路は一緒さ。ミニゲームだから対戦時間は短い。じゃんけんとか、ミニオセロとかスピードとか、ワニの口を使った黒髭系とか、まあ可愛いもんだ。男女の歓楽性も、うーん、客の側がハアハア言ってるだけで、メイド側は性的な――女性であることそのもの、という意味だが――働き掛けはしていないしなあ。まさか野球拳じゃあるまいし」

「手ぇ握ったりは」

「常態としてはしていないな。まして許可のいらない、スナックでもよくあることだろ」

「そういえばTVで、『あーん』させてるのを視たことがあるぜ？　ありゃアウトだろ」

「それは俺もそう思う。かなりクリティカルだ。だからもう、やってないはずだ」

「――するてえと、児玉。

一般的には、メイドカフェを接待で引っ掛けることはできねえ。

したがって、二号営業の無許可営業でパクることもできねえ」

「一般的にはな」

「だが、山伝時代の保安課はやってのけた」

「だから警察庁局長賞、武勇伝だといったんだ」

「だったら当時のB県のメイドカフェは、接待、やってやがったんだな？」

「でなきゃ検挙できないだろ。

聖地・秋葉原でも昔は非道かったらしいが、そこはしかし、警視庁のお膝元だからな。俺も行ったことがあるが、メイド通りだのJK通りだのは、それこそ万世橋警察署の真ん前だぜ。大警視庁がメンツに懸けて清浄化しないはずがない――

だから、というわけでもなかろうが、違法営業者が地方に逃げてきてな。秋葉原のスレスレ営業もビックリの、まあ、メイドキャバクラみたいなものをやり始めたんだ。もちろん無許可でだ。お前も知ってのとおり、水は当たれば上がりがデカい。風もやりますとくりゃあ、大箱一月三、〇〇〇万なんて稀じゃない。それこそ雨後の筍みたいに、ウジャウジャ濫立しやがった」

「どんなこと、してやがったんだ」

「一般的なメイドカフェがやらないこと、全部さ。

同伴あり、指名あり。隣にはべって談笑。密着するし手は握る。あーんする。唇を拭く。ハグする。デュエットする。ゲームの延長は無制限。ああ、ゲスかったのはお散歩だな」

「お散歩？」

「店外デートだよ。メイドお散歩。いや、客の好みでJKお散歩にもなるんだが。まあ一時間一万円のチャージで、女の子とお散歩できるのさ。『観光案内』って建前でな」

「知らねえ野郎とツーショットかよ。俺はカネに汚えが、とても恐くてできねえや」

「安心しろ中村。ジジ専お散歩って業態は、まだ報告されていないから」

「……もちろん散歩だけじゃ終わらねえだろうがよ」

「女の子からすれば、制限時間ありのタケノコ剝ぎだな。いわゆるオプションがある。

プリクラを撮る、チェキを撮る、客のスマホで写メさせる、頭を撫でさせる、髪型を変えてやる、コスプレしてやる、ウインクしてやる、手をつないでやる、腕を組んでやる、カラオケする、デュエットする――五〇〇円から一、〇〇〇円のオプションが、やればやるほど貯まる。女の子へのバックももちろんある。

当然、男からすれば、裏オプ狙いだ。

パンツ見る、胸を揉む、キスする、あとはどろぐちょ。もちろん投資が必要だが」

「さっき、風もやってたって言ってたな？　その裏オプって奴のことか？」

「それもある。だが、お散歩は店外デートだ。店舗での風じゃねえ。

だが、とうとう店舗での関連営業にまで手を出しやがった。二号の無許可なら、まだお目零しも期待できるのにな。いったん関連営業に手を出したら、実刑あるのみだ」

世代が上の警察官が『関連営業』というのは、『性風俗』のことである。性風俗関連特殊営業、というのが正式な用語だ。そして現在、新規に性風俗店舗を開業することはできない。開業することそのものが犯罪となる。

まさに今、児玉警部が吐き捨てるように喋ったのは、関連営業の新規開業ほど、警察を舐め腐った挑発行為はないからだ。

メイドカフェが接待したかしないか、などというスレスレ話ではない。『存在禁止』

『営業禁止』『広告禁止』という風営法最大級の違法行為を、警察のショバで敢行する宣戦布告。仮に、『二号営業の無許可』は泣き落としで許されても、『関連営業の開業』が許されることは、絶対にない。警察のメンツに懸けて、徹底的に壊滅させられる。そして、ぱちんこの違法改造もそうだが、そんなものを増殖させていると、県警そのものが、警察庁から、どんな業務上の拷問を加えられるか分かったものではない……ありとあらゆる査問と懲罰とが待っている。

「その店舗ってのは、メイドカフェの店舗か。そこで風、やったのか。

そりゃもう関連営業の営業所じゃねえか。何、やらかしてやがったんだ？」

「メイドリフレだ。これまたＪＫリフレにもなるが」

「そりゃヘルスだろうがよ。

さっき、メイドカフェには個室がねえって言ってなかったか？」

「そりゃ作るんだよ。何を今更だ。バックヤードだの、隠し部屋だの。ラブホと連携って荒事もあるがな」

「どんな個室だ」

「そりゃ、やることができるだけの個室さ。パーテとカーテンで、一畳あるかないか。それが何室かだ」

「そりゃ当然、またオプションになる訳だな？」

「ああ、これも『リフレクソロジー』が建前なんだが、要するに一時間一万円からのチャージで、女の子と個室にいられる権利を買う。女の子のスタイルまで変わってな。メイドのままでも、ケツだの何だのが丸見えなコスチュームになるし、ＪＫスタイルなら、パンツ丸見えの短いスカートにブラジャーくっきりのスケスケブラウスだ。体操着、スク水、ナースあたりも定番だな。ああ、最初から上が裸なトップレスコースだと、チャージ料金がまた上がる。それで取り敢えずは、マッサージだ。まあ、所詮ガキの技倆だから、肩たたき券レベルの揉みほぐしだがな。そういえば、プロレスもレクチャーしてくれるとか」

「バカ言ってやがら。で、やっちゃってんのか？」

「それもあるが、基本は手コキだ。だが追加料金の関係があるから、そうだな――ハグ、ほっぺにチュー、パンツ見せ、パンツ撮影、四つん這い撮影、添い寝、頭クンクン、全身クンクン、パンツ販売、胸揉み、胸舐め、キスなんかで満足する客も多かったらしい。さらに払ってオナニー凝視、手コキ。アブノーマルなオプションは交渉次第」

「やっぱり手コキか……フェラもガチもねえから、ガキが平気でやりやがる」

「裏から言えば、フェラもガチも嫌だから、売りはせずにキレイに稼ぐ――ってのが、若い娘の流儀らしいがな」

「どのみち、もう『禁止区域等営業』じゃねえか。いや、『無許可二号営業』でもある」

性風俗の店舗を開業できるエリアは日本に存在しない。したがって、新たに営業をすれば、禁止区域等営業という罪が成立する。いや、そればかりか、『性的接触』もまた、接待なのだ。よって、メイドカフェで性的接触を行わせれば、今度は、議論の余地がない接待となる。無許可で接待をした二号営業となり、すなわち無許可営業の罪が成立する――

「そんな店舗がウジャウジャあったのが、七年前か」

「そうだ。

そしてこの問題を、保安課は『新しいタイプの二号営業』と呼んでいたはずだ」

「そのメイドカフェを、山伝保安課長サマが蹴散（けち）らした」

「検挙あり、立入検査あり、指示処分ありでな。あれは一大プロジェクトだったろう」

「山伝、山伝ったって当時は課長で管理職だろうが。テメエひとりで実績挙げたわけじゃあるめえ。プロジェクト（PT）があったんなら、誰がそれ仕切ってたんだ？」

「いや、山伝さん自身もかなり気合い、入っていたが……実働としては、当時の若狭次席と、あとは……ああ、事件係の鎌屋（かまや）補佐が、中核だったんじゃないかな」

「うげえ。あの鎌屋のジジイが、事件補佐だったのか」

中村は先刻承知のことを喋った。そろそろ、本題に入ってもいい頃だ。

「あのジジイも生安の曲者（くせもの）だな。

すっかり白髪になりやがったが、引き続き脂（あぶら）ギッシュなツラぁ、しやがって。俺はよ、あのジジイ見ると、ガキん頃しこたまカネ巻き上げられた、縁日（えんにち）のテキ屋のオヤジ、思い出すぜ。ケチくせえ、ズル賢そうな日焼け顔でよ。

今は……あっ、確か、美伊中央署の副署長サマじゃねえか。悪い奴ほど世にはばかるなあ」

「筆頭署の副署長というのは、さすがに意外な人事だったけどな。まあ、それだって、まさにこの話と関係するぜ。メイドカフェPTの中心警部、とりまとめ補佐として、山伝課長が実績を上げるのに貢献したんだからな。

そりゃ山伝さんも、次席の若狭さんも可愛がるだろう。それに、山伝さん自身の評価が上がった。当然、論功行賞がある。だから今、若狭さんは本部長秘書官だし、鎌屋さんだって、美伊中央の副なんだろう。いやはや、時代は山伝派だな」

「でもよ、児玉」

中村は何気なく、新しいハイライトをパケから出した。自然に火を着ける。

「事件補佐がとりまとめってのは、奇妙じゃねえか。保安課には、企画補佐のポストがあるはずだ。筆頭補佐のな。それに事件だって行政だって施策だって絡むってんなら、事件補佐だけじゃあ何もできねえじゃねえか。山伝と若狭の旗本は、企画補佐のはずだろ？

あれ？

ちょっと思い出せねえんだが、そのよ、七年前の企画補佐ってのの、誰だったっけか？」

——児玉警部は、煙草の煙が目に入ったかのように、挟み煙草のまま顔の前を払った。飲み会で放置されたビールを舐めるように、缶コーヒーを飲み乾す。その顔は苦々しかった。だがそれは攻撃的なものではなかった。いってみればそれは、悔いと恥だった。

「企画の補佐は、まあ、病気で倒れてな……だから警部クラスは、鎌屋さんが仕切った」

「へえ病気かい。けど倒れるって、そんなに非道い病気だったのか？」

「何箇月も入院するような、まあ、大病だ」

「そうだったのかい……けどよ、確かに俺ははぐれ生安だけどよ、生安部で大病したっていやあ、脳の血管切っちまった吉田参事官と、肺ガンやっちまった近藤生企課長くらいしか、憶えがねえが……」

「ああ、生安部の人間じゃないんだ」

「生安部の人間じゃねえのに、いくら現業の原課とはいえ、企画補佐には座れねえだろ？」

「あれだよ中村、七年前の、ほら本部長主導の人事交流。あれで警備からレンタルされたんだ。エース級でな、トップスピードで警部になった奴だよ。わざわざ山伝さんが警務に根回しして、御指名で獲得してきた期待の星、だったんだが……」

中村は、今度は素直に驚愕した。あの人事を希望したのは山伝？　わざわざ自分で呼んできた？　そんな与太話、すっかり山伝のイヤミで大法螺だと確信していたのだが。

「生安閥のボスキャラのひとり、山伝が、わざわざ警備の奴を御指名？」

「ああ、間違いない。そのために警務だけじゃなく、大嫌いな警備にも腰低く頼んでいた。それに、山本保安課長も、若狭次席も言ってたからな……せっかく苦心して招聘した将来のB県警エースだというのに、こうもカンタンに倒れられては、と。自分たちの目利きまで疑われると。そりゃもうデカい声で吹聴していたから、仕切りを越えて、俺がいた生経室まで聴こえてきたくらいだ」

「その大病した企画補佐、誰だ」

「知らないと思うが……神浜って警部だ、神浜忍」

「神浜ってオメエ!! まさかそりゃ、つい先の冬に、この生安部五階フロアで」

「……ああ、そうだ」

「ひょっとしたらよ、そりゃあよ、ハゲタコ山伝と関係あるんじゃねえだろうな？」

「どういう意味だよ？」

「神浜っての、大病したんだろ？　どんな病気だよ」

「……鬱病だ」

「ホラみろ、予想どおりだ。それが七年前なら七年前でいいが、何箇月も入院したんだろ？　てえことは病気休職だよな？　復職したのか？　七年間、アレやっちまうまでに、また復職できたのかよ？」

「復職には、失敗続きだったらしい。というのも、その……先の冬の、アレやっちまったときも、自宅療養で休職だったらしいからな」

「結局、警察官の職には、もどれてねえと」

「結論的には、そうなるな」

「じゃあ俺も結論的にいうが、そりゃ、山伝に殺されたようなもんだろうがよ。七年前にブスリと刺されて、闘病虚しく、とうとう七年後に力、尽きちまったわけだ」

「そんなことは本人にしか解らんだろう」

「テメエ保安課にいたんだろ？　七年前のが致命傷かどうか、それくらい見てたろう」

「くどいようだが中村、生経室は、保安課本室とは離れているから……」

「生経室の人間だって決裁には当然、行くだろ。保安課長に保安課次席。所属長ラインのハンコがなきゃ仕事できねえからな。で、そいつらの旗本が、企画補佐だ。デスクも当然、近い。だったらそのときに見聞きできたことくらい、幾らでもあるはずじゃねえんかい」

「……解らんな、中村」

「何がだよ」

「どうも神浜警部に興味があるようだが……何でそんなに根掘り葉掘り訊く？　お前に何の関係があるってんだ？」

「そ、そりゃ大ありだっての。

　言ったろうが。山伝警務参事官は今、俺の所属長であらせられるんだぜ？　しかも、俺が窓際部署で茶ぁ啜ってるの、オメエさんだって知ってんだろうがよ。そりゃあ連日、イジメの嵐さ。流行りのパワハラって奴だ。

　俺だってよ、ふと魔が差して、こう、クイっと、アレやっちまうかも知れねえぜ？」

「冗談キツいぜ中村。お前は殺したって死ぬタマじゃないだろ」

「だからこそよ。ハゲタコ山伝は、俺が死ぬまで仕掛けてくるかも知れねえだろうが。俺としては、自衛する必要があらあな。だから山伝がどこまでやる野郎か、知っておきてえし、それになあ……」

「それに？」

「『山本伝被害者の会』の同志として、とても、他人事には思えないんだよなあ……児玉よ、オメエさんだって、袖振り合った同僚がよ、イジメ殺されたってなあ、さっきからの様子を見てると、寝覚めのいいことじゃねえだろ？　な？」

「まあ、山伝さんは癖が強いし、あの人に仕えているお前の、まあ、義憤みたいなのは解るがな……」

「安心しろって。蕨浜署で、監察にゃ言えねえ袖の下、たんまり分け合った仲じゃねえか。テメエから聴いただなんて、死んでも喋りゃしねえよ。もっとも、山伝に殺されたら、神浜警部と一緒になって、テメエんとこ真っ先に化けて出るがな」

「何で俺なんだよ、俺は何にもしてないぜ⁉」

「じゃあ誰が、何をしやがったんだ？」

「……チクショウ、思い出すまい、思い出すまいとしてきたが、まざまざと頭に甦ってきたぜ。なんてこったい。

あれは、七年前の春のことだ。正確には、七年前の、三月末から始まる。

保安課本室にも、生経室にも、若狭次席から奇妙な指示が下りてきた。長期未処理案件。他部門との調整がつかない案件。極めて急ぎの案件。処理に時間が掛かる案件。部内で対立している行き詰まり案件——そうしたものを抽出して、書類一式をそのまま、企画補佐のデスクに置いてゆけ、というんだ」

「神浜警部が座ることになるデスクだな？」

「そうだ、三月だから当然、未着任だった。だからデスクは無人だった。前任者は県庁に出向となり、三月の頭には異動しちまってたからな。企画補佐は、だから、一箇月程度、欠員だったんだ」

「そこにドサドサ、言ってみりゃあ、誰もが捨てたがっているクソ雑務を積んでゆけと」

「言葉を選ばなければ、そうだ——若狭次席が示した案件ってのは、お前も警察官だから知っているとおり、労多くして実績のない、誰もが人に押し付けたがる婆抜きのババ」

「他に、そんなこと仕掛けられた奴、いるのか？」

「いない。それは異動期だから、神浜警部以外の配属者はいる。署から上がって来た警部もいたし、他課から動いてきた警部補もいた。要するに、他にも新顔はいた。だがその誰ひとり、こんな嫌がらせを仕掛けられた奴は、いなかった」

「そりゃ神浜警部、初出勤してきたとき、仰天したろう」

「閉じたパソコンの上に、三〇センチ、四〇センチの書類の山が、できているわけだからな。俺だったらコピー用紙の箱に詰め直して、溶解処分日にまるごと始末する所だが。

ふざけてやがるからな」

「神浜警部の初出勤ってのは？」

「確か、四月の頭だ。内示を受けたから挨拶に来てな。それもまた、おかしいんだわ」

「っていうと？」

「挨拶は、まあ、内示の日か翌日にはするわな」

「俺はしねえけどな」

「それはよく知ってる。だが、神浜警部は真面目な奴だった。すぐに県警本部に来ようとしたんだ。ところが。

若狭次席は突然、何の急ぎでもなかった、警察署への巡回指導に出てしまう。山本課長に至っては、子供の入学準備とか、よく解らん理由で年次休暇をとる。所属長と次席がいないんじゃあ、挨拶に来ても、仕方がないよなあ？

それで神浜警部は、ふたりが出揃う最短の日程で、挨拶に来たんだが……これが若狭次席の逆鱗に触れてな。巡回指導でも深夜には帰って来るんだから、自分を待ち受けて挨拶するのが当然だろうと。それでガンガンに気合いを入れた」

「あのバカサのことだ、例の調子で――」

「――ああ、机は叩く椅子は蹴る。書架とロッカー越しの生経室まで響き渡る大声で怒鳴る。卓上の筆記具は投げる。決裁書類がもしあったなら、書類はビリビリに破った上、決裁挟みを顔目掛けて投げつけたろう。このあたりは、若狭次席のお決まりコンボだからな——こんな待遇が、鬱病で倒れるまで続く。その最初の空爆が、内示の挨拶だったわけだ」

「山伝がわざと年次休暇とったって言ってたな？　だったら山伝も仕掛けたろう」

「ああ、保安課じゅうの噂になった。何しろ開口一番、『自宅に来ていただくか、自宅に電話を下さればよかったのに』——だ。内示の挨拶で、人生初顔合わせのときにだ」

「バカじゃねえか。所属長警視が休暇だってのに、新入りの余所者がそんなことできるか」

「いや話は続くんだわ。さらに山伝さんは波状攻撃を始めてな——

まあ神浜さんは警備のエリートでエース級、将来の警視正候補でいらっしゃるから、生安の私になど、バカバカしくて挨拶もできないのは解ります。その御自信は解りますが、これから私も神浜さんから、しっかり勉強させていただく身の上。どうぞ即戦力として、頼りない所属長を盛り立てて下さるようお願いしますよ。この無礼、私は気にしませんから、神浜さんもどうかお気になさらず、ぜひ即戦力として保安課に貢献してください」

「来たっ、山伝の必殺技、慇懃無礼の褒め殺しがため」

「しかも、ネチネチと長い——それもまた、山本課長のお決まりコードだから、そんな調子が、倒れるまで続いたわけだ」

「針の筵だな」

「しかも企画補佐ときた。課長と次席の旗本で、デスクの位置もいちばん近い。地獄だ」

「挨拶の後はどうだったんだ」

「どうだったもこうだったも。神浜警部はそのまま帰宅する予定だったが——そりゃそうだ、正式な発令前だったからな——例の、クソ案件が四〇センチ貯まっているのを示されて、すぐに処理しろと下命された。その日なんて、古参の俺の方が退庁時間、先だったくらいだぜ？　翌日すぐ、保安課じゅうに話が広まったよ。いきなり零時まで働かされたとな」

「例えば児玉、オメエさんは何時に上がった？」

「昔の話だが……確か午後八時頃だ。それほど多忙な時期じゃなかったから、それ位だ」

「他の保安課員なり、生経室員は？」

「似たり寄ったりだよ。県議会もないし、大きな事件もなかったし」

「保安課の本室は、さっきのメイドカフェ以外に、バタバタしてたようなことは」

「無いな。俺はこれでも業法のプロだ。そんな動きがあったら嗅ぎつける。それに、あれ以外の問題がなかったから、あれが喫緊の、最大の問題として浮上していたんだ」

「だったらよ、午前零時なんて、絵に描いたような嫌がらせだな。しかも発令前に」

「とにかく零時前には上がらせない、できれば三時四時まで働かせる——それも結局、神浜警部が入院するまで続いた、暗黙のルールだ。何せ、それを軌道に乗せるために、官舎入居の妨害までしたんだからな」

「官舎入居の妨害？」

「当時の保安課は、いい庶務係長を持ってたんだ。御案内のとおり、所属の動きってのは、実は一般職の、庶務係にかなり左右されるからな。まあそれも、山伝課長の権力のなせる業だったんだが。

するとまあ、優秀な庶務係長だから、なるべく急いで神浜家の官舎を確保しようとするわな。何度も何度も、若狭次席と山本課長に直訴したんだ。異動期は官舎の奪い合いになりますし、警察庁からの帰任者とあらば邪険にするのは県の恥ですから、大至急、見切り発車でも会計課にお願いしないと――と」

「それを、山伝‐若狭ラインが無視した。いや妨害した」

「全然動かなかったらしい。いや、むしろ会計課が心配して逆に問い合わせてきているのに、すべて断ったらしいんだな。そこらへんのやりとりは俺には分からんが、客観的な事実としては、神浜警部の官舎は用意されず、本人は自腹でビジネスホテル住まい。家族は遠方署の官舎から動けず。やっと三週間後に若狭が手配したのは、何故か神浜警部ひとり用の、しかも巡査・巡査部長用の独身寮……

そりゃあ、俺たちは警察官だからさ。

特捜本部が立ち、大震災に襲われ――ってんなら、どんな待遇でも働くさ。それが給与の内だ。だが県警本部の企画補佐だろ？　ほとんどが役人仕事だぜ？　そんな課長補佐が、係員用の小部屋をあてがわれて、家族に会えるのは週末に帰省するときだけ。しかもそれすら妨害されるっていうんじゃあ、幾ら何でも、やりきれんだろう」

「何だその、週末の帰省を妨害するってのは？」

「若狭次席が、金曜日になると『緊急案件』をあてがうのさ。週末に出勤しなけりゃ、処理できないような奴を選んでな。もちろん次席自身は出勤なんてしない。ただ、神浜警部にこう言い渡すだけだ――月曜日の朝イチで、山本課長に上げられるペーパーができていないときは、お前どうなるか解ってるんだろうな」

中村はハイライトを深く吸いながら、ある程度、満足した。

SG班の秦野警部が送り続けてくる葉鳥知子の証言。その信頼性が大きく上がり、ほぼ確実であるとの心証が獲られたからである。児玉警部は期待以上の情報を提供してくれた。やはり持つべきものは、ともに悪事を働いた悪友である。単なる同期、単なる生安仲間では、とてもこうはゆかなかったろう。

しかも、この情報源はタダ。経費ゼロ。それも中村の機嫌をよくした。

もう少し締り出してやるか、と――

「まあしかし、もう腹一杯、ゲップが出てくるパワハラ話だが――

俺が知っている山伝なら、もっとエゲツねえこと、仕掛けてた気もするなあ」

「まだ聴きたいのか。奇特な奴だな。喋ってる俺の側で、虫酸が走って仕方ないんだが。しかし、俺自身残念なことに、お望みのエゲツないことなら、二泊三日で合宿しても語り尽くせないぜ。あの頃の山本課長‐若狭次席のラインは異常だった。神浜警部に対してだけだが。だから、耳を疑うようなエピソードには事欠かんよ」

「例えば？」

「これはもう、出勤初日からなんだが――」

四〇センチの書類のいちばん上は、山本課長がいうところの『緊急案件』でな。若狭次席もその言葉をガンガン、ガンガン怒鳴ってたから嫌でも憶えているんだが。内示期間ちゅうの、挨拶に来ただけの神浜警部は、まずそれを処理せざるを得なくなった。超特急で」

「中身は？」

「大きく言えばメイドカフェ問題なんだが、それが、まあ具体的に噴出した案件なんだ。端的には、県議からの質問書でな」

「議員か。誰だ」

「福元黎一」

「アイツか。参議院議員の二世。県議会自由党で、飛ぶ鳥落とす勢いの若僧」

「まだ三十五歳なんだが、そろそろ親父の地盤を継いで、国政に出るらしい」

「そりゃ総務課も気を遣うだろう」

「ヨイショして靴舐めてりゃあ上機嫌のバカ殿だが、それだけの県議様とあっては、委員会でも本会議でも、本部長を立ち往生させることができるからな」

「その福元県議が何でまた、メイドカフェに興味を持ったんだ？」

「本人に興味なんて無かっただろうさ。圧力団体からの突き上げ、って奴だ。つまりな、繁華街の広小路から、その先の山崎神社まであたりが、福元家の地盤なんだわ。しかも親父の代からの後援会が強い。ということは、古くからの商店主なり地主なりが支持基盤になる。そんな地区に、秋葉原産の、まあ、風紀が乱れるような怪しげな店舗が濫立すれば、そりゃあ皆さん、愉快じゃなかろうさ」

「じゃあ後援会が、福元ジュニアを突き上げて――」

「――突き上げられた福元ジュニアも、まあ、地元の風紀なんざ知ったこっちゃないが、そこは政治屋さ。ポーズだけでも取っておかないと支援者が怒るし、また、自分が警察を動かしたとなればデカい顔もできる。

そこでまあ、実態把握状況と、県警の認識でも訊いておこうか――ってなノリで、二〇問ほどの質問書を、県警本部に投げてきたんだ。もちろん、返答によっては次の県議会で徹底追及する、っていうポーズ付きでな。まあブラフと解っちゃいるが、本当にやられたら本部長が恥を掻かされる。押し戴いた総務課は、すぐさま担当の保安課に投げたと、確かこういう話だった」

「俺ぁ頭が悪いから、そんなもん任されちゃあ途方に暮れるだろうが、しかし神浜警部はエース級だろうがよ。しかも、二〇問って、少なかねえが常軌を逸してる訳でもねえ」

「そりゃ神浜警部は警察庁帰りのエリートだったから、そうだな、国会議員の、しかも野党議員の五〇問級質問主意書でも萎まず、段取りよく処理することができたろう。

だが、この案件に限っては無理だ、絶対に」

「そりゃまた何でだ」

「締切が三月一五日だったからさ。その処理を四月の初登庁日からやってどうなる？」

「さ、最初からムリゲーじゃねえか‼　どうしてそんなことになったんだよ‼」

「保安課は三月の頭に受け取ったんだ、聴くところじゃあな。しかしなあ――」

「――それこそ虫酸が走ってきた。握りやがったんだな、山伝が」

「……山伝さんは、性格に著しく難があるが、優秀なのは間違いない。世渡りだの派閥力学だのだけで、警務の参事官になることはできない。実力はある。

だから、この締切問題が爆ぜたとき、少なくとも俺は、何で山伝さんともあろう者が、立身出世に重要な議会対応を疎かにしたのか、心底、不思議に思った。生経室の俺がそう思うほどだから、保安課本室の奴らは、もっと不審に感じたろう」

「だが現実に、処理が始まったのは、神浜警部が初登庁した四月」

「だから現実に、山本課長も若狭次席も、わざわざ温めていたんだろうな」

「神浜警部は結局どうしたんだ。もう締切は過ぎてる。内容は全然知らねえ」

「もちろん、若狭次席の拷問が始まった。三月のうちに前任者と引き継ぎをしていれば、こんな大失態にはならなかったはずだ、警備のくせに議会対応も知らないのか、どう責任をとるつもりだ――」

「てやんでえ。責任をとるとしたらテメエと山伝じゃねえか。派手な給与もらいやがって」

「神浜警部はお前じゃないからな。そこまで言えれば楽だったろうが……初めての生安で、しかも初出勤。それこそ訳の解らないまま怒鳴られるだけだったろうよ」

　そこへ山本課長が出てきて、いわく、神浜さん、経緯はともかくとして、もうこれは神浜さんのお仕事なんですから、警部としての責任感を持っていただかないと。私や若狭次席が恥を掻くのはかまいませんが、それで神浜さんがよいなら些末なことですが、与党県議を激怒させたとあっては、本部長も警務部長も総務部長も、それはお悲しみになり、お怒りになるのではないでしょうか。神浜さんの御立派な将来だけの問題ではないのですよ。こうしてようやく御出勤されたのですから、急いでお仕事を始めましょうよ。大人ですよね――」

「それで神浜警部は、内示期間から馬車馬みたいに働かされたのか」

「もちろん、これだけじゃないんだがな、仕事は。四〇センチの書類もあるから」

「責任だのお仕事ってんなら、それこそ前任者はどうなったんだよ？」

「それがな……これは後々、保安課本室の奴から聴いたんだが、どうも若狭次席が、裏で手を回したらしいんだ。神浜は相手にするな、何を訊いてきても無視しろと。だから、そもそも引継書類も、Ａ４三枚だか四枚だか……保安課の事務の広さ深さを考えると、その十倍あっても寂しいくらいなんだが……

　いや、それだけじゃない。

前任者は若狭次席の命令をガッチリ遵守して、とうとう、神浜警部と対面の引き継ぎもしなかったし、神浜警部がどれだけ県庁、携帯に電話をしても、徹底して躱し続けた。知ってのとおり、役人が異動したときのインストールで、いちばん重要なのは前任者からの引き継ぎなり、引継書だろ。それが最初の一箇月、二箇月の生命線だ——俺の聴いた話が本当なら、これは本当に酷い。いきなり大動脈を切断されたんだからな」

「その前任者、何て奴だ」

「鬼丘だ。県庁の後は少年課の次席などをやり、今は、警察庁保安課に出向。神浜警部が存命なら、ライバルになったろうが」

（これも裏が取れた）

だが、何故その鬼丘がそこまでの忠誠心を発揮したかは、また詰めておく必要がある。

「その有難いライバル鬼丘のせいで、お仕事も処理もへったくれも無えじゃねえか」

「だがな、そこは俺、神浜警部は偉いと思ったよ。すぐ総務課に話をつけて、議会対応の総務課員ひとり借りて、議会棟へ土下座しに行ったんだ。どうやって謝ったんだろうな。二週間以上、遅れた経緯も解らないし、そもそも内容が解らないのに……

山本課長と若狭次席は、神浜警部が出てゆくのを笑って見てた。もちろん、土下座どころか、足蹴にされて灰皿投げつけられた神浜警部が帰ってきたときも、笑って見てたんだが……日本人って、パワハラが好きなのかも知れんな。すまじきものは宮仕え、か」

「すると、福元県議も狂犬タイプか」

「そうだな。弱い犬ほどよく吠えるタイプでもあるが……ただ」

「ただ？」

「どのみちポーズ質問、アリバイ質問だ。しかも、真剣に考えていたのなら、役所に二週間も猶予、与えないだろ。それこそ激昂して総務課あたりを締め上げればいいはずだ。ということは、『どうでもいい質問の回答が遅れた』から、『どうでもよくないほどの激怒をした』って奇妙なことになる。

　しかも、県議からすれば警部なんて使いっ走り。激昂したなら山本課長にでも直接電話すればいい。山本課長も山本課長だ。自分でも若狭次席でも課員でも、二週間の内に謝罪にゆかせるチャンスは幾らでもあった。どうして新任者が来るまで、わざわざ謝罪を先延ばしにする必要があるんだ？　人は幾らでもいるじゃないか。

　わざわざ問題をこじらせたり、いきなり不自然な激怒をしたり。どうも胡散臭い話だ。まあ、これすべて、山本課長の描いたイジメシナリオだとしたら、その段取りと調整能力には、もう脱帽するしかないが」

（福元黎一県議か。漆間と國松に洗わせる価値は、あるかも知れねえな）

　無論、監殺マル対がふえれば、中村の懐もよりポカポカする――

「それで児玉よ、結局、県議ドノへの回答そのものは仕上がったのか？」

「ああ、一週間の猶予をもらってな。だがそれも、やっぱり神浜警部イジメだった。そりゃそうだ――

さっき俺たちは、メイドカフェ議論をしたな？　性風俗の話をした。何でそれができる？二号営業の話をした。接待の話をした。特に風営法なんて、専門家の牙城(がじょう)だろ？生安としての経験があるからだろう。

……俺は最初から、この人事そのものが奇妙だと思っていた。

人事交流なら人事交流でいい。警備から人を呼ぶなら呼ぶでいい。だが、俺たちが情報部門を全然知らないように、他部門の警察官は風営なんて知らないよ。それが当たり前なんだ。それなのに、保安課長がわざわざ希望して、保安課の企画補佐に素人を呼んでくる。断言するよ。神浜警部が東大出の天才だとしても、二、三箇月は仕事にならないね。何で断言できるかって？　俺が交通企画課の企画補佐に回されて、道交法(どうこうほう)のスペシャリストをよろしくお務め下さいって言われたら、まず何もできないからさ。飛び交う言葉の意味さえ解らんだろう。いきなり初日に、『自転車の規制の現状と今後の方針をまとめろ、今すぐに』なんて言われた日には、辞めるか首を括(くく)るか、『二箇月は自分の勉強に専念します、悪しからず』と開き直るしかないさ。

ただ、神浜警部はどれも選択しなかった。それが地獄の始まりだな。

懸命に専門書と過去のドッチファイルを当たりながら、そう、玄人(くろうと)の五倍も十倍も時間を掛けてペーパーを作りながら、ようやく若狭次席の決裁をもらいにゆけば――『遅い!!』『なってない!!』『意味が解らん!!』『センスがない!!』『これ日本語か!!』『本当に警察官か!!』『法律知ってんのか!!』と執拗(しつよう)に攻撃される。

保安課本室だけで三十人以上はいるんだが、そのギャラリーの面前でだ。

だから、破られたペーパーを見ながら、また何度も何度も作り直し、アタックする。若狭次席は、どこが悪いとも言わないし、自分で赤を入れもしない。拷問とやり直しは延々続く。そうだな、十回目、十一回目でようやく赤を入れてもらえればいい方だったろう。次席のハンコがもらえるのは、さらにその先だ。

次は、山本課長。

山本課長は、神浜警部の決裁には、絶対にハンコを押さなかった。代わりに言うんだ、『私ごときがエース神浜さんの書類に口出しするのは僭越ですから』『御自信がおありになるなら、どうぞ他所属との調整をしちゃってください』『ああ、御自分のお仕事は、最後まで責任を持ってやってくださいね』『遅いお仕事なら、私にだってできるんですよ』」

「非道えな。素人が、他部門との調整なんてできるか」

「だな。内容をとことん理解した上で、課の利益を確保するため、熾烈なバトルをするんだからな。素人がしどろもどろ喋ったところで、舐められるか脅されるかだ」

「さぞかし廊下、走り回ったろうな」

「そして、調整しきれなければ、『最後まで責任を持ってできないんですか』『警察庁まで行った神浜さんの事務処理能力、期待していたんですがねえ……』。

もし万一、調整し終われば、『私は課内の最終プラン、決裁していませんが』『こんな内容じゃ保安課はお仕事できませんよ』『部内で協議するってことの意味、解ってます？』『そもそも私の言っていること、解りますか？』」

「……ひとつ、大きな疑問があるんだがな、児玉」

「何だ？」

「山伝は、自分で望んで素人をスカウトしたはずだ」

「俺の知っているかぎり、そうだ」

「そうなることは、最初から、解り切ってたはずだろうが」

「そうだな。生経室の俺にだって、すぐ解ったくらいだからな」

「所属の売り上げにだって響くじゃねえか。何故そんなことをした。サディストか？」

「サディストか……ううむ……そうかも知れん。

そういえば、こんなこともあった。

たまたま四月の第三週に、俺の当時の上司、生活経済対策室長が異動になったんだよ。生経室長。それで送別会があって。生経室も保安課だから、山本課長も若狭次席も出たんだ。その宴席で俺、山本課長と席が近くてな。また気の毒なことに、神浜警部も席が近かった。今にして思えば、そう仕組んだのかも知れん。

何と言っても、その日は、神浜警部の誕生日だったからな」

「何だって？」

「いや、これについても、怒鳴る蹴る投げるの若狭コンボがあったから間違いない――

そもそも、生経室長の内示が出た日、つまり送別会の日程が決まった日でもあるんだが、神浜警部は、律儀にも、あんまり縁の無かった生経室長のところに来たんだよ。そして、謝った。当日は自分の誕生日で、自分自身は今更何も感じないが、家族が楽しみに待っているので、出席できないがどうか許してほしい、御栄転先での御活躍を――と、仁義を切っていったんだ。切られた生経室長の方が恐縮してたほどだ。そりゃそうだ。三週間しか接点がない、しかも直接の上司部下でもないんだからな。所詮、飲み会に過ぎんし。

　ところが。

　これを聴きつけた若狭が仕掛けた。『山本課長も御出席されるんだぞ!!』『家族と仕事とどっちが大事なんだ!!』『そもそも自分の歓迎会だろうが!!』

「……いちばん最後、意味が解らねえんだが？」

「四月の頭に着任した神浜警部だが、ガン無視されて、歓迎会もやってもらってなかったんだ。他の新規配属者は、若狭がさんざん課のカネで、飲み食いさせてたんだがな。若狭はそれをいいことに、この生経室長の送別会に、『神浜警部歓迎会』をぶつけた。もちろん、その日が神浜警部の誕生日だということも、なるべく早く退庁できるよう仕事を段取りしていることも、粘着的に察知していたからだ」

「結局、神浜は、その送別会だか歓迎会だかに出たのか」

「次席の命令、実際上は課長の命令だからな。そして一時間ほど、独りで所在なげに飲んでたかなあ。その時点で、もう、着任後三週間が過ぎて、神浜警部の立ち位置ってのが、課員みんなに知れ渡っていたからな……それは寂しそうでな……

やがてタイミングを見て、神浜警部は、山本課長に言ったよ。家族の野暮用がありますので、中途で申し訳ありませんが退席しますと。そうしたら山本課長、何て言ったと思う？『いえ、私もささやかですが、神浜さんのお誕生日のために、二次会の席を用意しておりますので』」

「……なるほどサディストだ。性格破綻者だ」

「いや中村、まだ感激するのは早いぞ。

それで結局、神浜警部は帰れず、無理矢理二次会の席なるものに連れて行かれた。参加者は山本課長、若狭次席、庶務係長だ。俺はその庶務係長から聴いたんだが、何とクラブでもスナックでもなく、場末のカラオケボックスだったらしい。美伊大の学生が乳繰り合ってるような、陳腐な所だ。

そこで行われたのは、まあ、査問会だな。

山本課長がネチネチ口調で『神浜さん、今度のメイドカフェ規制条例の柱は何がありますか？』『ネットカフェは、あれ、どういう規制が掛かっているんでしたっけ？』『風俗案内所の店舗型としての規制はどう在るべきでしょう？』『当然、聡明な神浜さんなら御把握のとおりだと思いますが』『どうしてもっと積極的に、本来のお力を発揮して、保安課の仕事に口出しなさらないんです？』『私などに御遠慮なさらないで、神浜さん限りで、どんどん仕事を片付けてしまってよいんですよ』『今、やっておられるお仕事、本当に大事な大事なものですねえ、やたら書類が上がってくるのは遅いですけど』『謝りにゆくのが警部の仕事、上にさせるのは恥って、習いませんでした？』『そんなに時間外したいなら朝、やりましょうよ』『神浜さんは側聞する所、これまで警備でそれはそれは御活躍のようだったので、わざわざ生安部内他課と、エース神浜の争奪バトルまでやったのですがねえ』……そして決め技『私の言っていること、本当に解ってます？』ときて無限ループ」

「およそ専門バカはクソだ。だが、それをネタに他人を見下す奴ぁクソの中のクソだ」

「結局、午後一一時近くまで査問会は続き、神浜警部はとうとう家族の所へ帰れなかった。そして最後に、カラオケボックスを出た山本課長がいった言葉——

ああ、お誕生日でしたねえ、可愛いお子さんも待ってらしたでしょうに。こんな時間まで、こんな所にいてはいけないじゃないですか。急いで帰っておあげなさい」

（性格破綻者の上に、故意犯だな。反吐が出らあ。

依頼人の訴えそのものに、もう疑問はねえ。

問題は、その故意を形成したもの——すなわち動機だ。山伝はバカじゃねえ。常軌を逸したイジメをするには、山伝なりの合理的な理由があるはずだ。それを解明しなきゃ、医局は納得しねえだろう。

なら、なるべくタマぁ集めて、公約数ってのを見つけるべきだな）

「オイ児玉、俺ぁそろそろ満腹だが、それでも神浜警部は半年、耐えたろう。そのカラオケボックス査問会にしたって、最初の一箇月目じゃねえか。まだまだあるんだろ」

「そうだな、それ以降の五箇月となると……

あと保安課で有名になったのは、『全国連続出張事件』『生安部長謝罪事件』『警察病院激怒事件』がある。もちろん、日常的に、若狭コンボと山本ネチネチは継続していた――というのが大前提なわけだが」

「どれもまあ、陰湿な響きがするもんだ。所属長の性格がもろに出てらあ」

「まあ、引き金を引いたのはすべて山伝さんだからな。

すべて連動しているが、発端は、いよいよ県議会も騒ぎ出したっていうんで、保安課にメイドカフェPTを正式に起ち上げたんだよ。そのPTのリーダーは、もちろん山本課長の御指名で、神浜警部だ。まあ、企画補佐・総括警部だから、一般論としては誰も文句は言えないんだが、もう解るとおり、実力的にはとても無理だ。業界の実態把握をし、有識者会議をセッティングし、繁華街の連絡協議会結成を働き掛け、規制条例案を検討し、事件検挙の段取りをつけ……課題は山ほどあるし、人手は幾らあっても足りん。それを実質、神浜警部に丸投げしたんだ」

「神浜警部としては、保安課内で、人手を集めるより他にねえだろう」

「最初はPTの名簿さえ作れなかった。それはそうだ。神浜警部みたいな生け贄と仕事したい奴はいないからな。神浜警部は各係に頭を下げて下げまくって――本来、そんな段取りをするのは次席、課長の仕事なんだが」

「神浜警部がオタオタするのを、笑って見てやがったんだな」

「それに神浜警部がオタオタすればするほど、保安課員は企画補佐を小莫迦にするようになる。それでもPTの体制表はどうにか名前だけ埋まったんだが、その頃には、神浜警部の言うことを聴く保安課員は、誰もいなくなっていた」

「それじゃあ課の筆頭補佐の仕事ができねえだろ……」

「それに乗じたのが、当時の事件補佐、鎌屋警部だ。課内でいちばんの古株警部で先任警部。神浜警部とは十歳も年が違う。しかも、風営一徹の、まあ頑固な生安バカだ。ただ。

　こういうのが専門家の世界では受けるんだなあ。

　そりゃ二十年以上やってりゃあ、かく言うこの俺もそうだが、誰だって専門家になれるんだ。自分が偉いわけじゃない。組織に、そういう育てられ方をしたってだけの事だ。だがまあ、それが解らないから無闇に自信満々だし、それなりの武勇伝はあるし、生き字引だから上のウケもいい。となれば下も着いてくる。どんどん自信喪失になって、どんどん巡査扱いになってくる神浜警部と比べれば、俄然、頼れる警部に見えてきたろうよ。

　で、結局、PTは鎌屋補佐が、裏から仕切ることになった。

　もちろん、山本課長と若狭次席の公然の了解あってのことだ」

「それもまた、神浜警部の株を下げ、課内総出でイジメる謀てのひとつってことだな」

「まさしくそのとおりだ。鎌屋補佐にも恐らく、何らかの密命が下っていただろう。お前も知っているだろうが、これまた声のデカい猛獣系でな。いくら年次が上、昇任が先だからって、神浜警部は仮にも企画補佐、課内筆頭補佐の位置付けだぜ？　それをまあ、署長が巡査を叱り飛ばすみたいに、すさまじい剣幕で上から被せるんだよ。いくら先輩とはいえ、俺だったら拳銃で脳漿、ブチ撒けさせてやると思ったくらいだ――

　まあ、ワザとだろうけどな。徹底的に生け贄を作って、課員総員、共犯者にするのが目的だったはずだ。俺も保安課本室に座っていたら、踏み絵を迫られたかも知れん」

「山伝と若狭からすれば、戦功、抜群だな」

「そうなる。神浜警部を殺す、という態度をとり続けたのはその二人だが、さすがに管理職だ、パワハラしなさいと課員に働き掛ける事まではできない。リスクが大きい。

　そこで、斬り込み隊長の鎌屋補佐が、警部以下、課員総員を煽動し結束させる――

　ただ孤立させるだけでは弱い。

　周囲すべてから敵対的に扱われる。実働員すべてがその共犯になる。これが理想だ。

　そして事実、ＰＴが起ち上がった頃から、保安課員たちの姿勢も、過激になっていった」

「例えば？」

「それが第一に『全国連続出張事件』なんだが、ＰＴとして、まずメイドカフェの実態把握をしなければという話になった。そりゃそうだ、定石だ。それはPTメンバーで分担してやることになったんだが、ところがB県だけでなく、日本全国のメイドカフェを実態把握しなければならない――なんて話にもなってしまった」

「指定県のケツっぺた、B県警にしてはまた、気宇壮大だな。もちろん嫌味だが」

「ああ解ってるさ。新しい業態の規制ってのは、まず地元の条例でやる。これが定石だ。言ってみればDNAの突然変異なんだから、感染国が実情に合った対処をする。全国に感染が広がったとき、ようやく風営法の出番。だから、幾ら何でも全国調査はやり過ぎだ。せめて東京、秋葉原だろう。

ところが、秋葉原どころか、七年前当時メイドカフェが確認されていた、そうだな、大阪、名古屋、北海道、千葉、京都、新潟、栃木はすべて調査しなければならない――なんて、会計課もビックリするような、耳を疑う出張計画が通ってしまってな。起案したのは、PTの実権を奪っていた鎌屋補佐。嬉々として決裁したのは課長・次席だ。というのも」

「いや解る。神浜警部に行かせるためだ」

「御明察。それも、三週間で七道府県、すべて調査を終わらせろとの命令つきでだ」

「何だってぇ!?」

「もちろん誰も同行しない。土地鑑などない。夜の営業も確認しないといけないから、泊を付けなければならない。受け入れ先の道府県にとっては心底迷惑だから、とても勤務時間中なんかに、出張段取りの警電(けいでん)なんか受けてはくれない。調整はいつも深夜だ、相手方が残業してくれればな。また不幸にして、大阪‐京都以外、隣り合っている県もない。出張旅費はさすがに出るが、調査費・活動費は自腹だ」

「普通、次席が気ぃ利かせて握らせるもんだがな」

「東京へ出した鎌屋警部には、たっぷり握らせたらしいぞ」

「はあ？　するてえと、花の東京出張だけは、鎌屋のジジイが持ってったのか」

「それもこの調査で唯一、三泊四日を認められてな。それに随行(ずいこう)三人付きだ」

「そりゃ物見遊山(ものみゆさん)だろ実際。二十年前の感覚から抜け切れてねえんじゃねえのか」

「それも御明察。古いタイプのオヤジ警部だからな。俺だったらそんな大名出張、仮に原資が裏金だったとしても、恐くてできんがね。しかも、それはそれは豪遊してきたらしい……」

だが、神浜警部はそうもゆかない。

若狭次席と鎌屋補佐から、出張報告書は写真付きで、出張から帰県したその日の勤務時間内に、提出するよう命令されていたからだ」

「ムリゲー」

「まさしく。七年前の当県では、公用端末の庁舎外持ち出し禁止。また、私物端末で公用文を作成することも禁止。なら出張先でできることがあるとすれば、手書きのメモを整理することだけだ。だから、帰県してすぐ出張報告書を打ち始めるとしても、まさか、朝の八時半に県警本部にいられるはずがない。泊付きの出張なら、どう考えても帰りは午後だろ。そして勤務時間内とはすなわち、午後五時一五分……まさにムリゲーだ。

　いや、それだけじゃない。

　そもそも神浜警部は企画補佐だ。メイドカフェPTだけが仕事じゃない。予算、定員、組織、法令、課長次席の秘書役……日常の役所業務が腐るほどある。そうしたものには締切がある。おまけに、最初から積まれていた四〇センチのクソ雑務もある。

　それだけの業務を携（かか）えながら、七道府県の出張報告書をまとめるなんて無理だ。

　すると当然、出張報告書は、作成できないままどんどん積み残されてゆく。

　またそのタイミングで、山本課長が出てくるわけだ――

神浜さん、今どんな高尚（こうしょう）なお仕事をなさっておられるんですか？　はあ、出張報告書。なるほど、メイドカフェのですか。いや随分とお時間を掛け、精巧なものをお作りのようですね。まさか、遊びで御出張されていた訳ではないんでしょう？　最近は会計検査も厳しいですし、調査したのは遊興（ゆうきょう）の場ですよね？　きちんとした成果物が残っていないと、神浜さんの御将来も当然ですが、保安課すべての責任になってしまいます。警備の神浜さんには、御関心がないかも知れませんが。ああ、通常業務もたくさんお貯めになっているようですねえ。メイドカフェめぐりで若い娘（こ）と遊んで、保安課の事務が滞（とどこお）るなんて、他の課に知られたらそれこそ退職願ものですよ。あまり高尚なものでなくてもよいですから、私たちのレベルに合わせたものを、締切どおりにやって下さればよいんです。エース級だ、エース級だというから、わざわざお呼び寄せしたんですから、そろそろ実力、出して下さいよ。難しいこと私、言ってますか？　私の言っていること、解りますか？」

「山伝が獲物（えもの）をいびる顔、すげえからな。怒りもせず笑いもせず、あの魚の腐ったような眼で瞬（まばた）きもせず。タコ顔タコ口をジィ――っと固定してな。決め台詞（ゼリフ）が『私の言ってること、解りますか？』だ。人様の全人格、全職歴を否定する言葉だよな」

「お前は人としてのコミュニケーションができない、って死刑判決だからな……

まあ精神的にもそうだが、このひとり全国出張で、午前様続きの神浜警部は相当、体力を奪われた」

「ところがところが、鎌屋のジジィの東京観光には、出張報告書なんて無（ね）えんだろ？」

「それはそれで、第二の『生安部長謝罪事件』があって、有耶無耶（うやむや）になってしまってな」

「生安部長までが保安課にどう絡（から）んで来るんだよ。それに、誰が誰に謝罪したんだ？」

「神浜警部が、生安部長に土下座したんだよ。まあ、させられたんだが」

「また何で」

「鎌屋補佐の東京出張がすべての原因さ。こちらは四人で豪遊、日程にも旅費にも余裕がある。ただまあ、ジジィの鎌屋補佐のことだ。端（はな）っからメイドカフェなんぞに興味はない。それでもさすがに、神浜警部の手前――いや、神浜警部に出張報告書云々（うんぬん）とプレッシャーを掛けている手前、アリバイづくりは必要だと思ったんだろう。

鎌屋補佐にとってはさいわい、当時の秋葉原には、二号営業スレスレどころか、もろ無許可営業になるメイドキャバクラがそこそこあった。そんな違法営業に、遊びに行ったんだが、まあ派手に飲んだらしくてな。それこそ、古いタイプの警察官だから」

「あの警視庁管内でか。しかも違法営業で。風営の専門家が聴いて呆れらあ」

「愚者の王国時代が忘れられない、ジジイ世代が破目を外す。まあ、よくある話だ。よくある話で終わらなかったのは、泥酔した挙げ句、警察官だってのがバレちまった事だな。県外だというのもあって、気が緩む。隠語だって、ネット時代の今は誰でも検索できちまう。厳ついジジイが厳つい若い衆連れて、あの若狭次席に匹敵するダミ声で怒鳴ってりゃあ、そりゃマル暴か警察官だろ？

で、黒服に気付かれて、行政書士、こっそり呼ばれてな」

「風営だったら弁護士より行政書士だからな。そして違法営業とくりゃあ、警察が手懐けてねえ、ハゲタカみたいな野郎が知恵袋でいるだろう」

「まさにそれだ。そして結論から言うと、その行政書士に正体、見極められてな」

「抗議でもされたのか？　東京都公安委員会と関係ない奴の立入りは、違法だとか」

「まさか。違法営業者だぞ。犯罪者だぞ。騒ぎ立てるだけ損ってもんだ。実際のところ、警察官がバカな客を演じてるんじゃなくって、バカな客そのものが、たまたま警察官だっただけだしな。全然笑えないが。

その代わり、翌日以降、すぐに業態を変えやがった。二号の許可がいらないメイドカフェ、ガールズバーの線まで撤退しちまった」

「東京都としては、違法営業が消えたんだから、いいことだろうがよ」

「警視庁としては、違法営業として討ち入り直前の店舗を荒らされて、さてどう思う？」

「なんてこった、内偵店舗だったのか」

「しかも、ガチで接待してた無許可営業だからな。そこを突破口に、一気呵成に他のメイドキャバクラも一網打尽にする大捕物の直前だったんだよ。これは堅いし、デカいだろ？」

「そりゃあ俺でも激怒するな」

「激怒なんてもんじゃなかった。すぐ警視庁の保安課長から山本課長のところに警電があってな。厳重抗議だ。最近の言葉でいえば激おこだ。

で、誰が担当なんだ、何でこんなバカなことになったんだって話になり――」

「――すぐにゲロって、神浜警部です、って言ってのけた」

「そのとおりだ。B県警メイドカフェPTの総括責任者は神浜という警部だと。その体制表もあると。PTが起案した全国実態調査を仕切っているのも、実際に出張で動いているのも、その神浜警部だと」

「だがよ、警視庁の調査能力からすりゃあ、防犯カメラもあるし、それなりの部隊もあるし、実行犯はすぐ特定できたろうに。あそこが本気で怒ったら、B県警なんて丸裸だ」

「鎌屋補佐はすぐ特定されたよ。ただ、その所属長も次席も、口をそろえて『指揮官は神浜警部です』って、生け贄、差し出してるんだからな。

警視庁の方も、別段、B県警の内情なんかはどうでもいい。おバカ県警がケジメをつけてくれれば、それでいい。もちろんB県警としては、急いで鎮火したい。四万人警視庁と喧嘩して勝てる道理がない。おまけに警視庁はすべて一階級上。おなじ保安課長といったところで、警視庁は警視正、山本課長は警視――

そこでまあ、B県警として、正式に詫びを入れないといけなくなった。

ただそんなわけで、まさか神浜警部にも、山本課長にもその資格がない。

警視正には警視正を。すると生安部では、生安部長しかいない。

生安部長としては、寝耳に水だわな。

そして生安部長を御説得しろ、謝罪していただけ――と命令された神浜警部も、寝耳に水だったろう」

「鎌屋のジジイが泣いて詫びりゃあいいじゃねえか」

「それを山本課長と若狭次席が許すと思うか？　それに山本課長は、部内各課長と参事官まで、すなわち生安部長以外の外堀をすべて埋めてしまった。部内会議の席を使って、いかに神浜が杜撰な指揮をしたか、いかに神浜が杜撰な出張を起案したか、いかに神浜が全国遊山を楽しんだか、いかに神浜が最も重要な東京出張を丸投げしたか、いかに神浜が出張報告書の作成をネグっているか、いかに神浜が鎌屋と比べて人望力量ともに無いか――」

「所属長級の部内会議となると、欠席裁判だな」

「警部クラスでは出られないからな」

「保安課も固められ、生安部も固められ、とうとう戦犯だと確定したわけだ」

「もともと警備の人間で、部内他課にも身方はいないしな」

「それで、自分に全然責任のないことで、しかも自分が謝るんじゃなく、部のトップに謝ってもらうことになったと――」

「謝って下さい、と御説得する大任まで委ねられてだ。『ここできちんと決着をつけておかないと、警部としての神浜さんの御将来にまで、影響があると思いますよ』」

「『私の言ってること、解りますか？』」

「所属長は、勤務評定権者だからなあ。時間外も査定できるし、人事だって要望を出せる。勤評でEなんか着けられちゃあ、警部としては死刑そのものだ……」

最終的に、生安部長に、土下座して願い出たわけだが」

「抵抗、しなかったのかよ？」

「俺が見るに、もう憔悴しきって、まともな精神状態じゃなかったな……」

「結局、生安部長は？」

「それがな、中村。当時の生安部長は、もうじき上がりでな。達観した人だった。話そのものは不可解だが、担当警部に土下座して号泣されちゃあ、反対する理由もない。警視庁に頭下げることに反対はしなかったし、事実、しっかり謝罪してくれたわけだが」

「わけだが？」

「ちょっと説教好きな人でな。いやパワハラ系じゃないんだ。在るべき警察官像を諭(さと)す、ってタイプだ。それでどうやら、神浜警部に、『若くして警部になった者の心得』『他部門に勤務することとなった者の心得』『課内の信望を得るための心得』みたいなことを、延々やったらしい。

　神浜警部がノーマルな状態だったら、どうってことのない茶飲み話だが、あれだけ悪(あく)虐(ぎゃく)の限りを尽くされていたときだから、違う意味でキツかったろうな」

「……問題はそんなところにゃ無(ね)えのに、って訳か」

「ピラニアの大群に襲われてる奴に、理想的な泳ぎ方を諭したらどう感じるか――って話だ」

「身方になってくれりゃあ、って奴でもあるな。そうすると部長以下、身方無しで確定」

「いや、それでも、当時の生安参事官は違った。

県北の、高卒の人でな。もともと山本保安課長とは、一線を画していたこともある」

「なるほど、山伝は県南出身の美伊大出だからな。地理閥も学閥も正反対だと」

「だから、この謝罪事件のときも、山本課長のやり方には、異論があったんだよ。それで、これをきっかけに、むしろ神浜警部のことを気に懸けるようになってな。もちろん神浜警部は企画の補佐だから、参事官決裁も山ほどある。

聴いた話では、謝罪事件以降、決裁を口実にソファで身上の話をしたり、煙草を吸って世間話をしたり、警備部門時代や警察庁時代の話を聴いてやったりしていたらしい。贔屓にする、というほどじゃないが、そうだな、極めて好意的な中立、ってところだった。どこか危ない、と感じたのかも知れないし、そうじゃなくて、性格的に、波長が合ったのかも知れないな」

「……だがそうなると、山伝が愉快には思わないだろう」

「それはそうだ。理由はともかく、保安課は神浜排除で一致団結している。生安部内もそれで説得できている。生安部長はじき上がる。だが、部内ナンバー・ツーの生安参事官が、もし神浜警部をテコに、そう神浜警部へのパワハラ問題をテコに、派閥闘争を仕掛けてきたら？　もちろん山伝さんには勢いも実力もある。参事官、参事官とはいったって、生安だとまだ警視だ。階級的には山伝さんと対等だ。しかし、職制上は、自分の上にいる――」

「――極論をいえば、参事官のハンコがなけりゃ、さすがの山伝も干上がる」

「実は参事官としては、そんな深謀遠慮は全然、無かったらしいがな。純粋に、人情家だったんだろう」

「俺が知ってる山伝なら、何か仕掛けるがな」

「もちろん。それが『警察病院事件』だ。

ちょうどPT内で、美伊市のメイドカフェにどう臨むか、意見が分かれていた頃の話

になる。かなり実態把握が進んでいたからな——その実態把握段階の結果としては、

・キャバ級、すなわち真っ黒な店舗はない
・カフェ止まり、すなわち真っ白な店舗が四割
・スレスレ型、すなわちグレーな店舗が六割
　スレスレ型のうち、限りなくキャバ級に近い濃厚なグレーが二割

確かこんな話だった。まあ、こういうのは日々、激しく流動するがな。

そこで、単純化すると、『取締り派』と『行政派』が対立することになったんだ。

取締り派は、壊滅・駆逐・根絶論者だ。二割の濃厚なグレーを徹底摘発して、グレー六割をつぶし、最終的には真っ白四割も廃業へ誘導するという強硬論。

行政派は、立入り・指導・健全化論者だ。二割の濃厚なグレーを徹底指導して、グレー六割を真っ白にし、最終的には真っ白一〇割を透明化して地下に潜らせないという宥和論。

山本課長－若狭次席－鎌屋補佐が取締り派だったから、趨勢はあきらかだと思ったんだが、強硬に反対する者もいた。例えば神浜警部だ」

（それは意外だ。もう課内で、意見なんか言える状態じゃねえだろうに）

「そしてウチの生経室長も、若狭次席から意見を求められたので、宥和論を主張した」

「生経室は、風営に関係ねえだろうがよ」

「まあ大きなプロジェクトだし、警視だし、経験からの意見を求められたんだよ。若狭次席としては、藪蛇で、かなり意外だったみたいだけどな。とにかく派手に事件やって、全国と警察庁に花火を打ち上げたい、ってのがホンネだったから」

「それは山伝もそうなんだな？」

「ああ、山本課長も強硬論だった。定着する前に徹底して叩く、絶対に駆逐する――という意見だった。当然、実績を上げて次へのステップにしたかったろう。事実、そうなった」

「神浜警部が反対したってのは？」

「独自に実態把握をして、壊滅は現実的じゃないし、警察がそこまでする必要はない、という考え方に至ったらしい。特に山本課長以下三羽烏が強硬に討ち入りを主張していた大箱、そうB県一の大箱があったんだが、それについては『とても討ち入りできるだけの接待がない』と反対した。自分は何度も何度も秘匿で実態把握してきたと。仮に令状が出たとしても、有罪、いや起訴すら疑わしいレベルだと――ああ、そういえば、この話のときは、あの精神状態にしてはめずらしく、断乎として主張をしていたっけ」

「その大箱、何ていう店舗だ？」

『うぇるめいど』だ。

そして実はまだある。広小路で、つまりB県でいちばんの大箱になるな」

「そして神浜警部の意見に、オメエんとこの生経室長も、乗った」

「そうだな。まあ、『うぇるめいど』だけの問題じゃないんだが。生経室長は、まあ、こんな風に考えていた――

所詮は若い奴らの、それも一定の集団の、変わり種喫茶店なんでしょう。真っ黒というなら、現行犯でもやらなきゃいけないけれども、グレー、スレスレっていうのなら別論です。『まず灰色なことは止めなさい』『接待をするなら許可をとりなさい』『問題をなくして健全な営業をしなさい』と、段階を踏んでクリーンにしてゆくのが役所の務めで、フェアプレイでしょう。いきなり横っ面を張り倒して縄で括って犯罪者ばかりを量産してゆくのは、本当に警察の仕事なんでしょうかね」

「オイ、めずらしく常識人じゃねえか。保安課の警視とは思えねえな」

「だから生経室は、かぎりなく保安課とは縁薄いんだっての。メンタリティもDNAも違う。

そこへ来て、援軍だ。生安参事官だ。

これまた、ウチの生経室長に大賛成してな。

蹴散らすのは警察ならではの特効薬だが、違法だ、根絶だと怒鳴り続けていれば、本当に悪質な奴が地下に潜ることになる。それくらいなら、白いものはより白く、灰色のものはより薄くし、地上に置いて管理し、適正化すべきだろうと。

……はてさて、これで山本課長らは、困った」

「参事官の決裁が通らねえと、部長まで上げられねえからな。まして本部長には報告できねえ。なら、事件化なんてとてもできねえ」

「そこで仕掛けたのが、『警察病院事件』だ……

　ちょうど運悪く、その生安参事官が入院されてな」

「山伝の毒気に当てられたんだろ」

「盲腸（もうちょう）まで誘発する毒気なら、それはそれですごいが」

「いい歳して盲腸か」

「そりゃ人それぞれだろ。いずれにせよ突発事案。すぐさまB県警察病院に入院することになった。手術だ。だが大病じゃない。復帰までの時間も読める。そこで警務は、『事務取扱（じむとりあつかい）』者の指定までは、しなかったんだ」

「じゃあ生安参事官のまま入院したのか。それじゃあ通常決裁が回らねえだろ」

「さいわい、B県警察病院は、県警本部から徒歩十五分だ。したがって参事官の入院以降、B県警察病院の参事官の病室前には、やたら県警関係者が、書類持ってウロチョロするようになった。まあ、警察病院だからって甘えもあったんだろうが。

　生安参事官は、それでもニコニコしながら、点滴の台車転がしては、面会所のソファで決裁をしていたよ」

「……解らねえな。それじゃあ行政派・宥和論は切り崩せねえ。参事官は依然、健在だ」

「そこが山伝さんの山伝さんたる由縁（ゆえん）さ。

例の四〇センチの書類の山、憶えてるだろ？」

「クソ案件を掻き集めて神浜警部のデスクにくれてやったアレだろ？」

「突然、その処理を急がせたんだわ。まったく、よく考えるもんだ。メイドカフェＰＴが佳境に入っている神浜警部としては、何を今更だったろうな。

だが所属長の命令だ。しかも、誰も解決できなかったものや、部内の利害が激しく対立しているものばかり急がされる。めずらしく若狭次席、山本課長の決裁がするする終わったと思うと、これだ――

『大変重要なものですから、参事官の御意見をすぐ、拝聴した方がよろしいですよ』

「病院に行け、っていうのか」

「それは誰もがやっていたから、嫌がらせでも何でもない。ポイントは、書類の中身だ。若狭次席と山本課長が、決裁の過程で、およそ生安参事官の考え方とは違う処理案に仕立て上げてしまったことだ。それも、神浜警部の起案を真逆にしたり、神浜警部が知らない経緯だの専門知識だのを盛り込んだり。

そして、それを持たせて病院に行かせる。間髪を容れず行かせる。いったん帰って来ても、難癖をつけてすぐまた行かせる。もともと参事官が気を悪くするペーパーばかりだ。最初のうちはニコニコ平常運転だった参事官も、やたら回数は来るわ、何度言っても方針の違うものが上がってくるわ、神浜警部の説明はしどろもどろだわ――」

「そりゃそうなるわな。自分の意見でもねえ、山伝のゴリ押しした紙、説明させられてるんだからよ」

「もし生安参事官が県警本部にいれば、山本課長に警電するか、山本課長を呼び出して直談判するかして、厳しく指導しただろう。だが、警察病院からではな……それを逆手にとって、こんな非道いこともあった。山本課長は、とうとう、神浜警部にこんなことを命令したんだ。『参事官の御意見が変わらないようなら、私を始め、部内の課長と電話会議をしていただくしかないですね。どうぞ病院から御電話して下さるよう、お気に入りの神浜さんからお願いして下さいませんか』」

「ハア……嘆息、嘆息、また嘆息。入院している上司に、県警本部へ電話入れさせろって？　そんなことができたら、警察官だの中間管理職だのなんか、やってねえっての。第一、テメエで言えよ。嫌なことほどテメエで上げるんだよ。それも管理職手当のうちだっての」

「もちろん神浜警部は、そんな『お願い』はできなかったようで、板挟みに苦しんだ。だが必然的に、参事官のストレスも貯まる。ぶつける奴は、神浜警部しかいない。入院一週間で、とうとうブチ切れたそうだ。『君は上司が入院している時くらい、書類を少なくできんのか‼』『何でも参事官に判断させればいいと思っているのか‼』『こんなことをしてくるのは保安課だけ、それも君だけだ、非常識だぞ‼』」

「……山伝の思惑、大当たり」

「とうとう、生安参事官の復帰後も、神浜警部は参事官室に入ることが禁じられた。そこへ山伝さんが取り入った。見事だ。四〇センチ書類の嫌たらしい案件を、綺麗に片付けていったんだ――もちろん、神浜警部に振り付けたのとは違う、参事官好みの方針でな」

「それで生安参事官は、ころっと誑された」

「いい人だったんだがなあ……まあ山伝さんは確かに、とてつもなくスマートに仕事をするからな」

「あとは生経室長が、行政派・宥和論として残ってるが？」

「参事官まで折れたとあっては、所属長未満の警視ひとりじゃあ、どうにもならないさ」

「すると、メイドカフェPTは七年前、討ち入りを決めたんだな？」

「そうだ。討ち入り当時、四〇弱の店舗がB県にはあった。うち内偵で、確実に二号の無許可でいけると判断されたのが六店舗。これが強制捜査の対象になった。間髪を容れず、グレーの一五店舗にも立入検査をし、少なくとも指示処分はする。要するに、真っ白以外はすべて、違法行為を摘発するシフト。

結果的に、大戦果を上げた。

五店舗の営業者は通常逮捕、起訴。既に実刑判決も下りている。もちろん廃業だ。国税に課税通報をして、違法収益の剝奪にも成功した。

その他、一五店舗の営業者に指示処分をし、これらはすべて自主廃業させた。

警察の厳しい摘発指向に、真っ白な店舗も自主廃業が続き……

そして今、はや七年が過ぎ、メイドカフェ全盛期なんざ誰も憶(おぼ)えちゃいない。

本当に真っ白な、二号営業と評価する余地などない、文字どおりのカフェが三、四店舗、残っているだけさ。まあ、健全な営業が、地元の反対もなく根付くのは、まさか悪い事じゃない」

「その事件検挙功労が本部長賞、警察庁生安局長賞になり――」

「――山伝さんの立身出世コースを、より盤石(ばんじゃく)なものとしたわけだ。

神浜警部の立身出世コースを、最終的に瓦礫(がれき)の山にしたわけでもあるが」

「えっ何でだよ、仮初(かりそ)めにもPTの指揮官だろ？　取締り派・強硬論に反対したからか？」

「それもあるが……」

「何だよ、今更口ごもる事、あるのかよ」

「これぱっかりは、神浜警部を擁護(ようご)できないんだ。だから苦しい」

「擁護？　何か、やっちまったのか？」

「無罪事件だ」

「無罪事件……その、討ち入りの時かよ？」

「そのときだ。正確に言えば、無罪事件というのは表現がおかしい……まあ、誤認ガサだな。

詰まる所、神浜警部が突入班を指揮してガサに入った店舗な。

接待なし、真っ白だったんだ。その一店舗だけが、立件できなかったんだ」

（あっ、それで討ち入り対象が六店舗だったのに、摘発店舗は五だったわけだ）

「そこはもちろん神浜警部も必死でな。

メニューから伝票から帳簿から従業者名簿から、マニュアル、ポイント表、実績表の類まで。いや防犯カメラ動画までだ。あらかたガサって来たんだが、接待のせの字も立証できないほど真っ白でな……営業者も従業者も謡わない。謡うはずがない。防カメの映像を一回観りゃあ、謡わせる気すらなくなるぜ。

裁判所の令状とって、ガサにまで入って、完全にゴメンナサイ事案……

だから、捜査段階でのあざやかな敗北、という意味での無罪事件だ。

検事は激怒する。だがこれはまだ、身内だ。問題はもちろん――」

「――営業者が激怒する」

「公安委員会を被告に国賠訴訟まですると息巻く。御約束どおり、警察ファンクラブの弁護士がついて、神浜警部に抗議抗議、また抗議」

「おかしいじゃねえか。そんなの庁舎管理で総務課か、訟務事案で警務課の仕事だろ。何で神浜個人の所に弁護士が来る？」

「そりゃ総務と警務に、山伝さんが言ったからさ。ウチのエース級が対応しますと。なら、誰だって面倒からはトンズラしたいわな」

「で結局、どう始末ついたんだよ？

本庁表彰まで出てるから、上手く丸めたとは思うが」

「営業者も弁護士も、矛を収めた。巨悪だ横暴だと攻め立てていた警察官が、何と自殺未遂の上、鬱病で入院までしたとあらば、気勢も削がれるだろうよ。弁護士にしてみれば、敵がそれこそ大好きな『弱者』に変わってしまったわけだし、裁判官の令状審査手続さえ適正なら、国賠訴訟の旨味はほとんどない。弁護費用なんてとてもとても。

また営業者にしてみれば、営業は妨害されたとしても、競合他店はバタバタ潰れてゆくわけだし、それよりも何よりも、店舗の治外法権を獲得したわけだからな。こんな派手な失態を犯した警察は、その営業者の店舗に、二度と討ち入りを掛けることができない。検事だって裁判官だって、そんな警察の片棒を担ぐのは、もう真っ平御免だろう」

「じゃあ七年前、神浜警部がとうとう倒れたっていうのは」

「その『無罪事件』を出した直後になる。数日後だったか、一週間後だったか」

「せっかく、警視正までの当確キップ、手に入れてたのにな……」

「嫌疑なし事案の、誤認ガサ。むしろ懲戒処分当確だ。いや、処分するとかしないとかいう話はあったが……結末は知らんし、知っても仕方がない」

「心労の余り、って奴か」

「四月からの心労に、最後の痛撃、ともいえるだろう」

「……その、神浜警部が突入した店舗な、何て店だ」

「ああ、さっきも喋ったが、『うぇるめいど』だ。治外法権のお陰で、今も絶讃営業中」

「オイちょっと待てよ児玉。

テメエさっき、こう言ってたろうが。神浜警部は行政派・宥和論だったと。しかも特に、こう主張してたそうだな。その『うぇるめいど』には手を出しちゃならねえと。警察として勝負にならねえと。その神浜警部が、何で選りに選って、『うぇるめいど』の突入班になる？」

「俺が知る範囲では、神浜警部は最後まで反対していた。

だが、常識的に考えろ。

裁判官の令状が出たってことは、客観的に、第三者でも、理解でき納得できる疎明資料があった、そういうことだろうが。本当に、神浜警部が主張していたように真っ白だったなら、とても裁判官がウンと言わなかったはずだ。だから容疑はあった。そうなるだろ？」

「そ、そりゃあ、そうだがよ……」

「そして令状が出れば、誰かが突入班を指揮しなきゃならんだろ？　何故それが神浜警部だったか。そのあたりの経緯は知らんよ、俺はPTじゃなかったからな。だが、誰が突入しても結果は一緒だったろう。犯罪事実は何ひとつ立証できなかったんだから。そういう意味で、これはパワハラとは言い難いし、指揮官の捜査指揮にミスがあったのも、まさかパワハラとは言えないぜ」

「そうするとよ、児玉。令請段階では強制捜査の必要性がつらつら書ける素材があった。執行段階では強制捜査までやらかして何ひとつ証拠が出て来なかった。こうなら――令状請求からガサ入れまでの間に、その『うぇるめいど』は激変した。こうならねえか？」

「気付かれたのかも知れんな」

「PTの内偵、仕切ってたの誰だ。令状請求したのも」

「いや、それは知らん。本当に知らん。そんな秘密をPT外に喋るはず、ないだろう」

（以上を整理すると、だ）

――中村はハイライトをじんわりと吹かした。

（秦野が依頼人から聴取したパワハラは、裏付けられ、補強された。山伝、若狭、鎌屋の有罪は確実だな。あと警察庁に出てるっていう鬼丘については、更に動機と悪質性を詰めると。

そして、山伝、若狭、鎌屋の陰謀。

ただのパワハラじゃねえと思ってはいたが、それも補強された。

『うぇるめいど』事件。

これで神浜は殺され、山伝、若狭、鎌屋、鬼丘は美味い汁を吸った。

いや、そうじゃねえ。

『うぇるめいど』自身もボロ儲けだ。無害なガサを我慢して、とうとうB県一の大箱。商売敵は警察が殺してくれた。

……これで、すべては単純なパワハラでしたなんて脚本だったら、俺ぁ窓際警察官辞めてやってもいいぜ。

そう、時系列を逆算すれば、すべてあきらかだ。

『うぇるめいど』を残し、生かし、金の卵を産ませる。それがゴール。

そのために必要だったもの。

第一に、メイドカフェの一大強制捜査。第二に、『うぇるめいど』強制捜査の大失敗。

誰かに泥を被らせ、警察官生命を諦めてもらう必要がある。

それには外様がいい。生安部内で怨みを買わないからな。しかも、風営の素人がいい。騙せる。誘導できる。評価を落とせる。さらに、若いエリートがいい。自負を利用できる。反感を買いやすい。課員に強く出られない。経験が足りない。

だから、孤立させられる。精神状態を狂わすことも、できる。

すなわち、生け贄にできる……大失敗を被ってもらう、ただそれだけの為に。

そのために、神浜は執拗なパワハラに遭い。

そのために、神浜は保安課に配属され。

そのために、山伝は神浜をくれと求めた……

……サア埋まってきたな。

イケメン後藤田に『うぇるめいど』直当たりさせるか。漆間には、店を丸裸にさせて。

だがもうひとつ、俺の宿題が、残っちまったなあ……

児玉の話からして、どうしても不可解な点が、ひとつ残る。

そしてそれは、秦野の聴いてきた話とも絡む。

コインの両面だ。

すなわち、『素人の神浜が、どうやって、自信満々なほど、店舗の内偵ができたか？』

『病人の神浜は、七年後、どんな資料を発掘して、そのコピーをどうしたのか？』——

この疑問から浮かび上がるのは、ひとつの確実な事実……ちっ、時間外労働になるな）

中村はハイライトを吸い終えた。児玉警部もメビウスをちょうど揉み消した。

「長ぇこと、すまなかったな児玉。嫌なこと、思い出させちまってよ」

「いや……不思議だな。今日の今日まで、すっかり忘れた事だと思っていたんだが。こうもまざまざと記憶が甦る。ひょっとしたら、当時の保安課員、皆、そうかも知れんな。人があゝまでイジメられるってのは、目撃しているだけで、それこそ心の傷になるまして。

俺は何もしてやれなかった傍観者だ。その罪の意識もあって、忘れよう、忘れようとするんだろう。そのドロドロ、ジクジクしたマグマが、こうして噴き出してくる。本当に苦い味をした、何かが。

かといって。

神か悪魔の悪戯で、またあの頃に帰っても、きっと俺は傍観者だろう。絶対に手は差し延べはしない」

「ケッ、似合わねえぜ、懺悔なんてよ。

家族持ってて、いい大人でよ。死んだら終わりだってこと、それが最優先だってこと、解らねえ方にも問題はあるだろ。まして警察官なんて、最後はひとり。組織だって仲間だって、絶対に救っちゃくれねえ。そんなこたぁ、巡査二年目で理解できるこった。

警察官の心得はな、蕨浜署で身に染みたじゃねえか。一に逃げ足、二に保身、三、四がなくて五に体捌きよ。死ぬは負け。周囲にゃ何の責任もねえ。そういう組織なんだ」

「なら警察の正義は、山伝さんにある、か」

「バカぬかせ。俺は正義なんて信じねえぜ」

「……ちなみに何を信じてるんだ？」

「下種に対して反吐が出る、その直感だ――ってヘヘッ。

所詮は組織で先の無え、はぐれゴンゾウの戯言さ、忘れてくれよ。

それからな。

――神浜警部は嬉しかったと思うぜ」

「何がだ？」

「児玉、オメエさんがよ、神浜の思い出を語ってくれた事がさ。そりゃそうだろ？

人が本当に死ぬときってのは、誰の記憶からも無くなるときだからな。児玉、テメエは実はいい奴だ——あばよ」

B県警察本部至近・地下鉄『谷太町』駅前

県警本部への通勤は、バスか、地下鉄になる。

もっとも、御立派な官舎が用意される部長級以上ともなれば、黒塗りのお車だが。

中村自身は、地下鉄組であった。これでJR駅に出、郊外へ帰るのだ。

——そしてそれは、ターゲットについても同様である。

中村は、地下鉄谷太町駅への経路を、飄々と歩いていた。前後に通行人はない。

「あのう、ちょっと、すみませんが」

「……私ですか？」

「いや御退勤のところ、いきなりスミマセン。

公安課の、裕川補佐でいらっしゃいますな」

「そうですが、あなたは？」

「申し遅れました。私、警務課巡回教養担当の、中村と申します」

「……ああ、あなたが」

警備部筆頭課、公安課の情報第一係・裕川警部は、怪訝な顔をしつつ、警戒を解いた。

「噂の中村警視。本部長肝煎りの、警務課SG班の班長」

「おや、御存知でしたか。マア私は、悪名ばかりのゴンゾウですからなあ」

「いえ、警務課でも、御苦労が絶えないと聴いています」

（さすがに警備だ。生安に喰われているとはいえ、県警内の力関係はよく知ってらあ）

「何か私に？」

中村と裕川は、五分強の道程を、微妙な空気のまま、ゆっくり歩き始める。

「実は、以前から裕川補佐とは、一度お話をしてみたいと思っていまして」

「また何故です」

「私は、そうですなあ、もう十年以上も前、国府署で勤務したことがありましてね」

「はあ」

「私、出が生安なもので。当時も署の生安課におりまして。薬対の係長、やってました」

「すると、薬銃が組対に移管される前ですね。あの頃も、内ゲバがすごかった」

「そうなんです。マア、私なんざ生安でも広く浅くなもんですから、業法やってる同期なんかには、小莫迦にされてるんですが。それでも薬銃がいちばん長かったですなあ」

「組対ができる前は、生安の花形だったのでは？」

「そのぶん、ノルマも厳しくて」

「そうでしょうね」

「もっとデキる警察官だったらよかったのでしょうが、それはもう、署長に叱られ副署長に蹴られ、あっぷあっぷしてました。警備の仕事もそうでしょうが、薬銃も情報が命です。ところがどうも、私にはセンスがなくて。協力者を上手く管理するどころか、協力者をどう確保するか、ここからもう、全然ダメ。

そりゃ困りました。

それを当時の警備課長、国府署の警備課長さんですが、部門の壁を越えて、そりゃもう懇切丁寧に教えてくれましてね。それだけじゃないんです。署で事件やるとなったら、最大の難関は人出しじゃないですか。胴元の生安課なんて実働十人未満。ところがまあ、イザ人出しとなると、刑事も交通も冷たいこと冷たいこと」

「それぞれの売り上げ確保も大変ですからね。

まあ、特に刑事は人足出しを極端に嫌いますが」

「そこを救ってくれたのが、当時の警備課長さんなんです。

私ぁ情報部門のことは全然解りませんが、それこそ警備だって、売り上げの問題があるでしょうに。でも薬物のガサなんか、全面協力してくれて。課員ごっそり、貸してくれて。お若い警部さんでしたが、もう頭が上がりませんでした。それでも謙虚な人でして。私がお礼の慰労会をしなきゃいけなかったのに、私ら生安課の慰労会までやってくれる人で。

それからまあ、私、ただの係長だったんですけど、その警備課長さんとは、垣根を越えて、親しくさせていただきました。それから、ずっとです」

もちろん、中村が喋々と物語っていることは、文字どおりの嘘八百である。裕川警部を釣るために、それなりの脚本を練ってきたという訳だ。

情報のプロがどう判断するか、という懸念はあった。

だが、やがて沸き起こる激情のうねりが、情報のプロの眼を曇らせるだろう──という勝算は、もちろんある。さもなければそもそも接触などしない。

「いや、つらつらとスミマセン。申し上げたかったのは、実は、その警備課長さんと裕川補佐が同期で、しかも親友だと、国府署時代に耳に挟んだことがありまして。ですから一度、裕川補佐ともお話をと思っておりまして。

失礼ながら、路上でお声を掛けさせていただいた次第です」

「……その、かつての国府署の警備課長とは」

「まったく間違っていたら恐縮ですが、神浜補佐、神浜忍警部さんです」

「神浜と、中村警視が？」

「はい、それはもう」

「確かに……私と神浜が親友づきあいをしていた、これは事実です。いえ今も親友だと思っています。ただ、その……すみません、中村警視のことは、寡聞にして聴いたことがなくて。それに、神浜は警備部門のプロです。中村警視は生安の御出身とか……」

（警戒してやがる。まあ、派閥闘争もありゃあ、パワハラの遺恨もある。当然のことだ）

「……警備と生安とは全然違いますし、国府署のことも、私は存じ上げないのです」

「ああ、神浜警部としては、ちょっと、話し難かったんだと思います。私の側の事情もあって……」

「というと？」

「……マア、警備の方ですから、SG班のことも御存知でしょう？　窓際のリストラ部署です。集められている人間も、脛に傷もつ身——かくいう班長の私も、警視なんて偉そうな階級、頂戴していますが、何の事ぁない、離島の小鹿野署へ島流しに遭っていた身の上。自慢じゃございませんが、いえ真実自慢にゃなりませんが、退職願を書く気になるまで、捨て扶持もらって嫌がらせされている様なゴンゾウでして。

これは想像ですが、むしろ私を哀れんで、気の毒なロートルの話はなさらなかったんじゃないか——そう思います。神浜警部は、それは心根の優しい人でしたから」

「そういうことも、ありますかね」

「しかも、島流ししてしたから、神浜警部ともトンと御無沙汰してしまって。

そうしたら、ですよ。

そうしたら、あのようなことに……

埼玉の奥様、秩父の奥様には、どうか気を強く持つよう、私にできることは何でもするからと申し上げ、御霊前でもそう誓ってきたのですが。そう最近も」

「秩父に墓参を？　知子さんとはお知り合いで？」

（掛かった）

もちろん情報源は秦野警部だし、神浜未亡人・葉鳥知子には因果を含めてある。

「ええ、御無沙汰はしていましたが。警察というのもエゲツない組織ですなあ。しかしマア、何ですなあ、警察というのもエゲツない組織ですなあ。

私みたいなクズ、煮て食われようと焼いて食われようと、そりゃ宮仕え。ブラック役所を選んだ自己責任で我慢もできますが、その家族まで苦しめて路頭に投げ出す……私ぁ警務だ警務だって言っても、何の権限もない巡回教養担当ですからなあ。今度ばかりは、せめて知子さんと子供さんを救えるだけの力があったら、そのために出世していたら――と思わざるを得ませんや」

「知子さん、お元気でしたか？」

「気丈にしておられました。高校生の息子さん、中学生の息子さんも、転校のショックを乗り越えて、健気に頑晴っておられます――上の息子さんは、最難関の公立校に、推薦入学が決まっていたというじゃありませんか。田舎が悪いなんて言うつもりはないが、東大を狙えるお子さんが……」

「神浜も、それはそれは大喜びでしてね。鳶が鷹を生んだと。アイツは自慢をしないことで有名な奴でしたが、わざわざ電話してきましたよ」

「そうすると、先の冬の、あの……」

「ええ自殺前にです。本当に自殺なのか、怪しいもんですが」

ほほう。中村は思わず舌舐めずりした。

「神浜警部とは、何というか、連絡をとりあっておられたのですか？」

「はい、県警本部では、私くらいのものだと思いますが。七年前に鬱病にさせられて。闘病生活、入院生活を強いられて。生活はどん底に墜ちて。どうにか復職しても、病気は生涯癒えはしない。再発リスクも一生。また入院。また休職……

さすがに古巣の警備部門は、同情論であふれていましたが、といって、軽勤務者にまで指定された……そう精神障害者を、定員として迎え入れる余裕はありません。それに人事上の処遇をするのはすべて警務で、今、その警務の主要ポストを押さえているのは事実上、生安です。警備部門の影響力はガタ落ち。何の支援砲撃もできはしない。また、去る者日々に疎し。

鬱病にさせられたのは七年前。一年二年は、誰もが気に懸けます。ただもう三年以上となると、噂、伝聞以上のことを知る者が、県警本部にいなくなる。警察官の異動サイクルが、平均二年ですからね。警視正クラスなど、くるくる代わる。ならもう知りもしません。そして七年ともなれば、新しい世代も台頭してくる。そんな雰囲気だと、もう神浜の居場所なんてありませんよ。仕事仲間というのは、仕事の話題で人間関係を作ってゆく戦友で、それ以上でもそれ以下でもありませんよね。七年の空白があれば、もう『かつての戦友』ですらない。『他人』といっていいでしょう。

神浜自身にも、本当に悔しく情けなく、忸怩たる思いがありました。もともとエース級。エリート街道に乗っていた順風満帆の男。それでプライドなり自負なりが無いはず、ありません。それが出勤すらできない。仕事もせずに自宅療養。ぷらぷらするしかない。プライドも自負もガタガタです。そんな状態で、県警本部であろうと、古巣の警備部門であろうと、積極的にコンタクトしたいはずがありません。

仕事関係の絆が、すべて断たれて。それをすべて断って……

最後に残されたのが、腐れ縁の同期で親友である、私との細い糸だった――そういうことです」

「お察しします」

「ありがとうございます」

「いや裕川補佐、御帰宅の途上、いきなりつかまえてしまって、すみませんでした。これを機会に、また、その……神浜警部の話、お聴かせ願えませんか。私、本当に大きな恩義があるもので」

「もちろん、よろこんで。県警本部でアイツの話をしたがるのは、もはや、中村警視と私くらいでしょう」

「裕川補佐、ではこれで」

「失礼します」

中村は軽く会釈すると、予定どおり歩調を速めた。

そして予定どおり、裕川警部の歩調は重くなった。

だから予定どおり、感情のタメが十分なタイミングで、中村はいきなり顧った。

「ああ裕川補佐、そういえば」

「何か？」

「ひとつ、意味が解らないことがあって……知子さんの御発言なんですがね。ひょっとしたら裕川補佐、意味、御存知じゃないかと」

「……何でしょう」

「信頼できる方に、大切な資料を渡した」

「え？」

「いえ知子さんが言うには、神浜警部が亡くなる直前、何やら重要な書類をコピーして、どこかに発送した形跡があると。残念ながら、知子さんは、それが何なのかも、どこへ発送したのかも知らず仕舞いなんですが……」

「知子さんは、中村警視に、そのことを」

「ハイこの耳で聴きました。私、窓際でヒマですから、ちょっと調べてみようと思ったんですが……」

「中村警視」

「はい」

「確かあなたの所属長は、山本伝・警務部参事官でしたね？」

「よく御存知で。マア、私がイビり殺されるか、私がキレて殺すか、それまでの短い期間でしょうが」

なまじ嘘じゃねえな。中村は喋り過ぎをちょっと悔いたが、裕川補佐は大きく頷（うなず）いた。

「今晩の、御予定は？」

「……いえ別段」

「飯（メシ）でも、食いましょう」


地下鉄『連雀町（れんじゃくちょう）』駅至近・小料理屋『うめぼし』

「あら裕川さん、今夜は突然ね」

「ちょっと奥、いいかな」

「いいわよ。予約入ってないし。階段上がって、座ってて」

裕川警部が中村を案内したのは、地下鉄で北へ三駅の、連雀町（れんじゃくちょう）駅からすぐ、ちょっとした路地裏にある小料理屋だった。おかみだけで切り盛りしている、それこそ二号営業になる余地のない飲み屋だ。美伊市は政令指定都市ではあるが、まだまだ地方色が強い。このような、昭和の香りがする、演歌に出てきそうな小料理屋は、幾らでもあった。

裕川警部はカウンターもテーブルも無視して、二階への階段を上がってゆく。

（この店は、私が仕事で使う店です。おかみも信頼できます）

（いいえ、そこは公安課の補佐がなさること。最初から心配してませんよ）

階段を上ってゆく中村は、半分、嘘を吐いた。

この店のことは、既に、漆間警部に洗わせている。裕川警部をターゲットにしているのだから、当然のことだ。おっとりしたおかみは、裕川警部の小学校の同級生。裕川警部がここを訪れるのは、公的なスケジュールとしては、月に二度。要するに、消毒済みの無菌地帯として、協力者と接触しているのだ。おかみにも、それなりの還元がある。横浜のホステスだったおかみには、売掛金が爆ぜたためかなり借財があり、そこへ手を差し延べたのが裕川補佐というわけだ。もちろん裕川は、ここを私的にも活用している。つまり太い客であり、ある意味での固定客であり、ある意味での間借り人――おかみには裏切る理由がない。

（まあ、警備の奴らは酒のリスクを絶対に回避するからな。もちろん、それなりのカネが出るから回避できるんだが。いずれにせよ、裕川の行きつけってだけで、安全性はお墨付き――酔ってベラベラおもらしのクソ鎌屋に、爪の垢でも飲ませてやりてえもんだ）

――ふたりが二階座敷の座卓につくと、とんとんとん、と小気味よい階段の音がして、おかみがビールとお通しを搬んできた。中村は渡されたおしぼりで、オヤジの必殺技、顔から首からゴシゴシ拭き始める。もっとも、この男のやることには、九九％演技が入っているが。

「どうも初めまして。『うめぼし』のおかみでございます」

「裕川さんの友達の、中村です。

イヤア、お店も味がありますが、その、何ですか、おかみさんもお綺麗ですなあ。私もあと十年若かったら、もう、その切れ上がったうなじにコロッといっちまいますな。またB県の人とは思えない。垢抜けているっていうか、品があるっていうか」

「あら嬉しい。これを機会に、どうぞ御贔屓に。うちは、倒れるまで飲んでいただいても大丈夫ですから。ねえ裕川さん？」

「倒れるまで飲んでいる身としては、返答に困るなあ。しょっちゅう迷惑、掛けてるし」

（警備は警備で、お客さんとは、とことん深酒するのが仕事みてえな所がある……下戸に近い俺にゃあ、裕川の真似はできねえな。どこにも、楽な宮仕えはねえってこった）

「どうします？　適当に見繕っちゃっていい？」

「ああ、今夜のオススメを、様子見ながらで。あと、ちょっと静かに話したいかな」

「解りました。例の感じでね」

　おかみは万事、承知した風で階段をとんとん下りてゆく。

「……ささ、中村警視、取り敢えずビールを」

「こりゃスミマセン、お注ぎしなきゃならんのに、どうもども……サア補佐もどうぞ」

　ふたりはビールで軽く乾杯をする。中村は箸を割った。裕川がコップを乾した。

「中村警視、いきなりですが、神浜事案のこと、どう思われますか」

「というと、神浜警部が七年前倒れたこと」

「そして、とうとう七年後に自殺したという。その一連の流れです」

「私は県警本部どころか離島におりました。ですから、私の知っていることは、すべてさい。

葉鳥知子さんからの伝聞です。だから限界があります。それは、言い訳させておいて下さい。

ですが。

私は幸か不幸か、直属の部下として、山本伝という妖怪の実態を知っています。そう、今この時点なら、誰よりも知っている被害者といっていい。警察官の遣う言葉じゃあ、ありませんがね。恥を忍んで申し上げます」

「いえ、解りますよ、そして恥でもない」

「そんな言葉を掛けてくれるのは、裕川さんくらいのものですよ。そりゃ裕川さんも筆頭課の補佐までなさる御方だ、我が社の流儀は御存知でしょう――

狂犬には噛まれた方が悪い」

「フフ、いや不謹慎ですが、確かに。潰される方が悪い。それが警察の風潮です」

「山伝はまさに狂犬です。

その実態、実情を踏まえていえば、葉鳥知子さんの訴えには、著しい信用性がありますな。パワハラ遺族としてのバイアスが入っていたとしても、そりゃ被害者なら誰でもあること。しかも知子さん、元警察職員じゃないですか。組織の実情も知らずにガアガア騒ぎ立ててるクレーマー、当たり屋とは訳が違う。神浜警部が仕事のできない問題職員だった、非情の手段で組織から排除するべきだった――とも考え難い。到底考え難い。

ですから。

私はそう、裕川さんがいう『神浜事案』について、こう考えますな――組織的なパワハラによる、実質的殺害」

「……中村警視、私は今夜まで、もう神浜の話を他人にしようとは思わなかった。いや、もう神浜の話ができる他人がいるとは思わなかった。そして、すべてが終わったことにされた今、私みたいな警部風情が、どれだけ騒ぎ立てたところで、結果は見えています。

それはそうです。監察官室は機能していないし、どのみち人事・監察を束ねる警務部参事官は、主犯の山本伝警視正なのですから。

しかし、中村警視。

あなたは山本伝の直属の部下。

この問題に限らず、あの男を刺せる可能性がある人です。もちろん、職業的にですが。

・――正直に言いましょう。

私は、あのような人物を、警視正にしてはいけなかったと思う。

そして既に、警視正にしてしまったのなら、組織はこれを排除すべきだと思う。

孤軍奮闘では、討ち死に確実ですが……」

「解ります……ひとりより、ふたり」

「神浜事案が突破口になれば最上ですが、そうでなくても、イザ山本伝を他の危機が襲ったとき、神浜事案は再び意味を持ってきます」

「合わせ技一本、ですな」

「私は、親友の仇を討ちたい。

だからつい先刻まで、無力感にばかり苛まれていました。神浜の無念が、知子さんと子供さんたちの無念が、夜な夜な私を苦しめます」

「お察しします。被害者を思う。それが本当の、警察官ってもんです」

「……ここまで喋ったからには。

もし中村警視。

あなたが私の秘密を知る、山本参事官一派のスパイであれば。

私の秘密を強奪し、私の口を塞いだ上、神浜のように組織からパージするでしょう。

……いえ、あなたを信頼していない訳ではありません。

ですが、事が事です。一〇〇％、信頼させていただきたいのです」

「もとより私はハゲタコ山伝のスパイなんかじゃありませんが、私にできることなら何でもしましょう。あなたのような真っ当な警察官に疑われたままとあっては、『山伝被害者の会会長』としての、意地が立ちませんからな」

「……葉鳥知子さんからお聴きになったこと。そして、中村警視が御存知のこと。

すべてお教え願えませんか？

疑いから出た願い立て、本当に失礼なのは承知しています」

「いえ大賛成です。なら裕川補佐、こうしてみちゃあ、どうでしょう？

私は私が知っている神浜事案について、これから語ります。

裕川さんは、補足したければすればいい。反論したければすればいい。

ふたりで、神浜事案を再構成してみるんです。

いってみりゃあ、内偵事案の事件検討会、あるいは事実認定って奴ですな」

「それはいい。ひとりより、ふたり」

「さて、神浜事案。

そもそもの発端は、七年前、当時の山伝保安課長が、神浜警部をリクルートしてきたことでした――」

中村は、これまでに非違調査をしてきた結果を、七〇％運転で語り始めた。あの業法のプロ、児玉補佐しか知りえない情報は、注意して伏せながら。それでも、ふたりの『事件検討会』『事実認定』は、実に一時間に及んだのだった。

「――そしてとうとう、先の冬、県警本部別館五階のトイレで、神浜警部は自殺をしてしまった」

「中村警視」

「はい」

「間違いありません。神浜事案の詳細についても。そして、あなたがそれに義憤を感じている、絶滅寸前の警察官であることも」

「信頼して、いただけましたか」

「私が知り及んでいること、そのものですから。いえ、それ以上の内容もあった。例えば、まさか山本伝のスパイであれば、絶対に暴露しないような破廉恥までも。

さすがは生安の御出身でおられる。我々警備はどうしても閉鎖的になりますから、他部門のドロドロについては、激しく疎いところがありまして」

「そうしますと、数々のパワハラ言動については、疑いの余地、ありませんな？」

「証人出廷して、法廷で証言してもよいくらいです。疑いの余地、ありません」

（よっしゃ、人証は三人分。嫁さん、児玉、裕川）

中村は座卓の下で拳を握った。

監殺マル対三本三、〇〇〇万。グッと現実味を帯びてきた。あとは、客観証拠――

「それでは裕川補佐、私の方からも、ひとつ」

「どうぞ、なんなりと」

「裕川補佐。あなたが決意をしてくれたとき、こう言われましたな。『私の秘密』と」

「申しました」

「それは、山伝のスパイなら、強奪しかねない秘密だとも」

「申しました」

「ならそれは、私、もう確信していますが、神浜警部があなたに――」

「――中村警視、ちょっとだけ、お時間を下さい。

神浜事案の詳細。

実は私にも、まだ語らなければならぬこと、追加しなければならぬことがあるのです」

「私は徹夜でも結構です。じっくり、やりましょうや。語り合いましょう」

『うぇるめいど』という店舗の話が、出てきたと思いますが」

「B県一の大箱メイドカフェ。神浜警部の職歴にトドメを刺した店舗」

「――神浜は、ハメられたんです。

そもそも、神浜には風俗店を内偵した経験もなければ、頼りにできる同僚すらいませんでした。ひとりで勝手にやれ、という状態だったんです。もちろんそれは表向きのことで、実際は、若狭次席なり鎌屋補佐なりが、ベテランにやらせていたのですがね……そうはいっても、神浜の性格からして、命令を無視することができません。困り果てて、実は、警備の仲間に救いを求めたのです」

（やはりな。素人の神浜が、内偵結果なり実態把握に自信を持っていたってのは、古巣の警備を動員したからだ。そしてノウハウは違うが、秘匿の実態把握に関しちゃあ、警備の執拗さに敵う部門なんざ、そうはない。これまた、ノーズロ鎌屋のジジイに耳の垢、煎じて飲ませてえ話だ）

「さいわい、私の班員も気持ちよく引き受けてくれました。そこで、非番か週末か時間外にはなりますが、本来業務がオフのとき、内偵捜査を実行したのです。我々もプロですし、傲慢ではありますが、我々の対象勢力と、その、風俗店だのカフェだのとでは、困難性が全然違います――

二週間あれば、充分すぎるほどでした」

（うわ、早え!!　どう考えても月単位だろうがよ……底が知れねえな警備は。ウチの漆間なんかも、確かに警備だ、ソツがねえ。まあ、絶対に警察官にゃ見えねえツラ、特に刑事にゃ見えねえツラ、してやがるんだけどな。内偵にはうってつけだ。部門のDNAってなあ、顔にまで出る。不思議なもんだぜ）

「結果、我々は、グレーの店舗を抽出し終え、また、嫌疑のない店舗を分離したのです。特に『うぇるめいど』は真っ白でした。キャバクラ紛いどころか、カフェそのもの」

「なるほどですな。だから神浜警部は確信を持って、『うぇるめいど』への討ち入りに断乎、反対した……」

しかし、私自身、話を整理していてまだ解らんのですが。

その神浜警部が、最終的に『うぇるめいど』突入班の指揮官になった。解せない。もっと解せないのは、そもそも突入ができたのだから、裁判所の令状が出たということです。つまり、捜索をする必要性を、裁判所に納得してもらえるだけの疎明資料があった。なら本当に容疑店舗だった——こういう話にもなる」

「第一の御疑問に答えると、神浜をその指揮官に任命したのは若狭次席です」

「マア当然、山伝が発案者で、鎌屋のジジイもそれを強硬に推したんでしょうな」

「まさしく。神浜自身がそう言っていましたから確実です」

「ゴリ押しできたのは、容疑があって、ガサ状も出たから」

「それが第二の疑問への答えになりますが……

容疑はでっち上げです。裁判所に出した疎明資料、すべて捏造（ねつぞう）」

「何だって？」

「疎明資料としては、主なものを挙げれば、協力者の参考人調書、使える客（アシ）の参考人調書、元従業者の参考人調書、警察官自身の内偵捜査報告書……」

「……サービスを受けた側の、調書の類（たぐい）ですな」

「そればかりか、物証もあったのです。正確には、『物証に仕立て上げられたデタラメ』ですが。メニュー表、店舗のマニュアル、レシート等々の写しです。それらは、調書の類（たぐい）を確実に裏付けている形のものでした。そのコピーを分析すれば、いや一読すれば、接待行為が行われていると断言せざるを得なかった──

所謂（いわゆる）あーん、所謂ふーふーあーん、砂糖やミルクの掻き混ぜ。着席しての談笑、鏡張りの床、デュエット。膝（ひざ）に乗る、手をつなぐ、ハグする、ラブレターを書いてもらう。ストローを二本挿して顔を近づけてちゅーちゅーゴックン。おにぎりにぎにぎ、ほっぺにチュー。ゲームも店内ポイントを賭（か）けた派手なもので、時間延長し放題。所謂人生ゲームすらできたとか。メイドが着ている服のオークションまでありました。

正直、警備の私からすれば、どうでもいいような話だと思ったのですが……

風営法（ふうえいほう）で規制されているとなれば、犯罪は犯罪です。あと、従業者名簿の写しによれば、十八歳未満のメイドが確認されたので、『無許可』に加えて『十八歳未満者使用』も立つとか。これは、風営法の世界では、かなりクリティカルらしいですね」

（ふーふーあーんだの、ちゅーちゅーゴックンだの、情報部門サマとしては真実、辟易したろうな。マア、いい経験だろ。性風俗の世界になったら、もっとしみじみ悲しくなってくるぜ。『こんな安手のエロ本みたいな言葉を公用文に書かなきゃいけないのか』ってな）

「すなわち生安の戦果としては大きい――もちろん、その証拠が真実のものであれば、ですが」

「補佐、それが捏造だというのは？」

「我々の班は、我々の内偵に自信を持っています。一箇月未満、いや二週間未満で、そうそう業態が激変するはず、ありません」

「お言葉ですが、風営の世界では、DNAの突然変異はめずらしくありませんよ」

「そうかも知れません。ですが私は、それが捏造だということを立証できるのです」

「というと、客観的な……」

「すみません中村警視、それは後々の論点とも絡みますので、先に神浜事案の『事実認定』を終わらせて下さい。

この証拠の捏造に加え、もうひとつ、私が追加したいことがあります。

それは、神浜が受けた、違法不当な処遇です」

「パワハラをされた、というだけではなくて？」

「パワハラの一部を構成する事実もあれば、パワハラが終わった後に生じた事実もあります。すなわち――

第一に超過勤務手当。

第二に公務災害請求。

第三に障害年金申請。

このすべてについて、神浜は組織から……正確には山本伝保安課長から、違法不当な取扱いを受けていました」

「それは、葉鳥知子さんの御証言ですか？」

「それもあります」

（そういやあ、補償関係については、頑として口を割らなかったと秦野が言ってたな）

「その知子さんも、あまりに屈辱的で破廉恥なことなので、なかなか私にも、教えてはくれなかったのですが。しかしもちろん、証言だけではありません。私は知子さんの供述を、客観的に支えることができます。だから断言しているのです。

まず、超過勤務手当、いわゆる時間外ですが――

既に御案内のとおり、神浜は深夜三時、四時までの勤務を余儀なくされ、土曜日曜の少なくともどちらかは確実に出勤していた。もちろん朝は定時の八時半以前です。すると、一日当たり一〇時間は、超過勤務をしていたことになる。もちろん超過勤務については、エクセルシートで自己申告して、次席、課長の査定を受けるわけですが――

例えばです、中村警視。

所属で中心的な業務をするのは警部。組織は、中間管理職の、課長補佐が回している。生安で事件捜査を担当している警部であれば、月、幾ら程度の時間外を査定されますか?」

「所属の力関係と予算事情によりますが、マア、一五万以上は堅いでしょうな」

「それは警備も同様です。ベテランの優秀な警部であれば、二五万でもおかしくはない」

「県の財政事情の悪化で、本俸(ほんぽう)の凍結が行われてますからな。事実上、ほとんど昇給がない。それを補完する意味合いもマア、あるのでしょうが」

「おっしゃるとおり。経済がどん底の今、警察官の本俸はまず上がりません。県民は下げろというし、その気持ちは解ります。我々だって納税者ですからね。凍結され、カットされても仕方がない。ですから、この時代、時間外の査定は、特に重要な意味を持ちます」

「各所属、奪い合いでもありますな。おまけに、どっかがインチキしてるんじゃないかって、会計も警務も、警視クラスがわざとブラブラ、別館各部門を巡回臨検(りんけん)するくらいだ。本当に残って仕事してるのか、本当にこの額の分忙しいのか――と睨(にら)みながら」

「実際、残って仕事しているし、県議会が荒れるだの特捜本部が立つだのすれば、完全に持ち出し。査定が実績の五〇%以下――なんて、警察ではめずらしくもないのですがね。しかし、平時の態勢であれば、実績と乖離(かいり)しない範囲で、階級・年功序列の配分となる」

「叛乱が起きますからな。誰が幾らもらった、なんてのは、翌日には課内じゅうの噂。所属長としては、課内宥和のため、階級・年功で配分するしかない。特に警部級が怒れば、県警本部の仕事はできない」

「ところが神浜は、保安課時代の半年間、月五万円以上、査定されたことが無いのです」

「ゲッ」

そこまでかよ。カネに汚い中村は、山伝への殺意を強くした……質のいい殺し屋ではない。

「そしてどの民間企業でもそうですが、終身雇用システムの下では、年齢に比例して昇給させますよね。警察は、凍結によって、昇給そのものが形骸化していますが。いずれにせよ、若い内は、本俸そのものが少なくなる。そして神浜は、極めて若くして警部になりました。詰まる所、所属の中心的な中間管理職に抜擢されながら、三十歳代半ばゆえ、どう足掻いても労働に見合った所得は獲られない――」

「――せめて時間外で補塡されないかぎりは」

「御国のため、子供もキッチリふたり、育てています。まあ三人でなければ、人口減少を止めたというだけではありますが。それでも将来世代のための貢献は、したといえる」

「ぶっちゃけ、お子さんにはカネが掛かりますからなあ」

「あとは控除です。所得税、住民税は当然として、年金、健保、各種保険、個人年金、親睦団体費。大変失礼ですが、中村警視は月々の控除額、お幾らほどですか？」

「私ぁ四万円ちょっとです」

「神浜は八万円弱でした」

「そりゃまた大きいですな」

「知子さんが専業主婦でしたし、二人の子供がいる。特に各種保険と個人年金の積み立てを大きくしていたのです。唯一の働き手である自分が、万一、車にでも撥ねられたらと」

「それじゃあ、控除だけで、時間外手当、飛んでいきますな」

「子供の塾もあります。また現場警察官は、私物の車が無ければ仕事になりませんから、その維持費に税金もある。おまけに警察は、飲み会が多いですね。それも純粋な、遊びのためのものではなく、歓送迎会に事案の打ち上げ、忘年会に新年会、協力者とのつなぎ、公的な会議の後の意見交換会、やたらある入校でのやたらある懇親会――事実上、強制されるものです。一次会だけなら四、〇〇〇円、五、〇〇〇円とはいえ、週二、三回飲めば」

「これまた、それだけで五万の時間外、飛んでゆきますな」

「そもそも、将来を嘱望された警部の手取りが、締めて二五万……

あと、思い出してください。神浜は保安課の前、三年間、警察庁出向だったんですよ」

「単身赴任でしたな。すると警察の名言そのもの――『警察庁出向の刑に処す』」

「『懲役三年、罰金六〇〇万円の併科』」

「警視正への切符とはいえ、借財確実……

　優秀すぎるっていうのも、厳しいもんですなあ」

「こんなわけで、神浜は恐ろしく苦労しました。

　もちろん知子さんの困惑、いかばかりか」

「諸悪の根元は、すべて山伝の査定ですな、申告された実績時間をことごとく無視して。

　もちろん直近上司のバカサも、嬉々としてこのイジメを主導していたと」

「そしてもちろん、神浜には一切の異議を申し立てることができません。超過勤務の査定は、若狭次席・山本課長の専権事項ですし、一般論としても、そんな抵抗は警察のタブーですから」

「とうとう保安課の六箇月間、奴隷みたいな労働をしながら、我慢なすった……」

「いえ後日譚もあります。

　神浜が入院したのは、九月の終わりでした。九月は勤務日の方が多いわけで、その超過勤務手当は、もちろん十月に反映されます。

　そこへ、当時の生安参事官が、強硬に介入されまして。

　この生安参事官は、生安部では、神浜に温かく……というかノーマルに接してくれた、数少ない人ですね。終盤は、山本保安課長の策謀で、神浜を出入禁止にした人でもありますが。というか、むしろ、そのことがあったので、より激しく悔いておられたようです。入院していた警察病院で、激昂して神浜を叱責してしまった事件も、まさに痛恨の極みだと、反省しておられたとか」

「それは、神浜警部から聴かれたのですか？」

「この生安参事官と面談した、知子さんから聴きました」

「面談ですか。すると知子さんは、県警本部に、その、入院の後、いらしたのですか？」

「諸々の事務手続がありましたし、神浜はその頃人事不省の上、病棟ですから……

その事務手続でも、また様々な問題があったのですが、先に時間外の論点を終えておきましょう。九月の時間外がまだ査定されていなかった、ということは申し上げましたね。そのままゆけば、九月も五万、いや欠勤しただの入院しただの難癖をつけられてゼロ査定、という可能性もありました」

「九九・九九％の可能性がね」

「私もそう思います。

ですが、そうはなりませんでした。

生安参事官が保安課にわざわざ赴いて、神浜の勤務時間の実績を出せ、と怒ったんです。それまでの実績と査定をも調べられて、それこそ猛然と激怒されて。あの山本保安課長を、課員総員の前で叱り飛ばしたそうです――

九月の査定がこの調子だったら、自分にも考えがあると。必ず実態どおりにやれ、と。

そして十月、給与明細の超過勤務手当の欄には『二四万円』とあった。

もちろん神浜は病棟です。知子さんも、神浜の感情に障るものは、見せられません。

だから知子さんは私に言ったのです……『出そうと思えば、幾らでも出せたんだ』と」

「……悔しかったでしょうな」

「屈辱的だったでしょう。

しかし、さらに屈辱的だったのは、先ほど申し上げた、諸々の事務手続でした」

「知子さんが、県警本部にいらしたという、入院にともなう事務手続ですな？」

「そうです。公務員が鬱病になって入院した。当然、出勤は禁じられる。医師の命令がありますし、『療養が仕事』になりますから。すると有給消化〜病休消化〜休職といった身分上の手続がありますし、休んでいる間のポストをどうするかという問題もありますし、それこそ医療保険の請求も、警察共済にしなければなりません。

神浜が倒れて、バタバタして、そうですね、十月の半ばほどではなかったかと」

「しかしそうなると、残念極まることに、保安課で手続しなければなりませんな」

「まさしく。神浜の庶務的事項は、その所属する保安課の庶務係にしかできませんから。

ただ、神浜は、それこそ有給を三七日のほぼマックスで残していましたし、病気休暇も九〇日と期間が定められている。これらに小細工の余地はない。また、とうとう休職となれば警務課の出番で、当時の警務課には小細工する動機がない。医療保険も、客観的で誤魔化(ごまか)せない。

このあたりは、言ってみればテンプレ。

山本保安課長、若狭次席と面談した知子さんも、だから、さしたる被害には遭(あ)わなかったのですが……」

「ただあの鵺と狂犬が、黙って神浜警部のためになることをするはず、ありませんな」

「そもそも山本課長など、神浜の見舞いすら、本気でしようとはしませんでしたからね」

「知子さん、確か美伊大附属病院で、山伝を追い返したとか」

「数分ですんなり追い返される方も、まあ御立派な心掛けですがね。どうしても患者と妻が面談を拒否するというのなら、直ちに医師と面談するのが、所属長の最低限の仁義でしょうに」

「故意犯ですからなあ。つまり心配も心労もない。むしろ死んでくれたら――くらいは思ってやがっても不思議じゃない。死人に口なし」

「そのようなわけで、知子さんとしては、そもそも山本課長を全然、信頼していなかったのです。激怒し、軽蔑していたといっていい。ですからこう主張したのです――保安課での主人の勤務には、不可解な点が幾つもある。主人を精神障害者にまでさせられた妻としては、その徹底解明を求めるより他に無い」

「知子さん、元警察職員ですからなあ。泣き寝入りはしないし、警察の攻め方も御存知だ」

「いわば被害者として、事案の徹底解明を求めるが、いずれにせよ、公務災害の認定と、補償の請求をする決意がある。警察庁で立派な勤務をしてきた以上、発症の原因が保安課にあることは確実。鬱病との因果関係があることも確実。すぐに認定を請求してもよいのだが、調査時間も必要だろうから、誠意ある事案の解明と報告をお願いしたい――

まあ、こんな堅い言葉ではありませんが、断乎として主張したのはこういうことです」

公務災害というのは、民間でいう労災のことだ。公務員が、公務において労働災害に遭えば、これが認められる。これが認められれば、災害に見合った補償であるとか、医療の現物給付が行われる。厳密さを措けば、それは要は、賠償と医療費の肩代わりだ。

だが。

もちろん、民間における労災と一緒の問題がある。

すなわち……

「しかしながら、知子さんには結局、その請求ができなかったのです」

「それはそうでしょう」

「やはり、解りますか」

「御主人のため、ですよね」

「……神浜は、警視正の切符まで手に入れた男。そして精神障害の治療クールというのは、実は三箇月単位なんです。これは、インフォームド・コンセントで必ず説明されること。だから、神浜もそれを知っていた。すると、神浜としては」

「途方もない挫折ではあるが、三箇月で復帰できるなら。三箇月でチャラにできるなら」

「これまでのように順風満帆、特急列車――とまではゆかないでしょう。しかし、組織で生き残るチャンスはある。それ以降の働きによっては、正規の路線に復帰することすら」

「そして知子さんは当然、病室で神浜警部から、そんな希望を漏れ聴く」

「山本伝という人は、そのあたりの機微をとらえ、他人の心を動揺させることに、真実、長けた妖怪です。憤激する知子さんに、悪びれもせず、こう言ってのけた――

ですが奥さん、本当にそれでよろしいのですか？　御主人はまさか一年、二年を病院で過ごされる訳ではないでしょう？　ひょっとしたら、九〇日の、病気休暇の範囲で収まるかも知れませんよね？　ならば、休職ほどダメージはありませんよ。考えても御覧なさい。車に轢かれて三箇月入院するなんて、よくある話でしょう？　それで組織が、三箇月入院した方の評価を下げると、本当にお考えですか？

御主人は、県警のエース級。エリート街道を驀進してこられた逸材。

その復帰こそが、県警の利益なんです。私は県警の幹部として、心からそう思いますよ。

私と保安課に思う所がおありなら、それはそれで結構です。

けれど生安とは、生涯の御縁では、ないでしょう？

御主人は警備に帰って、大きく活躍する御方でしょう？

御主人が完全復帰すれば、警備で、引く手数多なのではないですか？

――しかし。

もし、公務災害などを主張されるなら、すべての事情は狂ってきませんか？

公務災害というのは、公務における災害。今度のことなら、公務における疾病。なるほど、御入院されたときの所属は、我が保安課です。そこに疑問はありません。ですが、主張先は、私どもではありませんよ？

御存知のとおり、第三者機関の基金になります。さらに御存知のとおり、そこへ請求するのは県警そのものです。請求書を審査し、診断書を審査し、書類を作成し、事情を聴取し、決裁を終えて第三者機関に送付するまでの全ての事務手続は、県警でやるんです。そう、事務局は県警――警務部給与厚生課」

（おかしな話だぜ。

テメエのせいで入院に追い込まれた、責任とりやがれ――その訴えを、まさにそのテメエにしなくちゃならねえなんてよ。ヤクザにボコられたら警察に行く。当たり前だ。手続もへったくれも無え。だが、こと公務災害となると、『ヤクザに警察への取り次ぎを頼まなきゃならねえ』。そんなバカな仕組みがあるかっての。どこのヤクザが『それはお気の毒でした、迅速に処理致しますんで』なんて言うか。『ふざけんなテメエ、警察にチクる気かよ、月夜の晩だけじゃねえんだぜ』って、カマされるのがオチだろうがよ）

「山本課長は続けました――

もちろん、警察でのお仕事が原因だと主張されるのなら、警務部警務課も出てきます。人事管理に関係しますからね。さらに、御主張が警察と真正面から対立するとなれば、警務部監察官室も、そして訟務係も出てきますよ。それはそうでしょう？　残念ながら、利害関係が対立してしまったのなら、被害者‐加害者の図式のなかで、行政手続で争い、司法手続で争って決着をつけるしかないのですから。

要するに。

公務災害を請求されるということは、管理部門の警務を敵に回すということ。

いえ最終決裁権者は警察本部長ですから、我が社の社長を敵に回すということ。

……ようくお考えください。

やがて確実に復帰される御主人が、そのようなことを望まれますかね？

やがて確実に復帰される御主人が、そのような請求を起こして、B県警察官を続けてゆけるとお思いですか？　県警を訴える警察官を、誰が仲間と認めます？　私の言っていること、解りますか？」

「……忌々しいが、山伝は嘘は言っちゃいませんな」

「警察は、第三者機関の介入を認めませんからね。まあ民間でも、他の役所でも似たり寄ったりでしょうが……だから、公務災害でも労災でも、それを主張するときは、組織と切れる決断、組織を切る決断をしたとき。そうでなければ、とてもとても」

「神浜警部としては、復帰してバリバリ仕事したいとは思えど、まさか県警すべてを敵に回したいとは、思わなかったでしょうからね」

「鬱病という病の、難しい点でもあります。それこそ山本課長ではありませんが、三箇月で平然と復帰できるケースも少なくないので」

「しかし神浜警部は、とうとう、七年が過ぎても完全復帰はできなかった」

「言っても詮(せん)ない事ですが、最初からその残酷(ざんこく)な結論が分かっていれば、断乎(だんこ)として、公務災害を請求すべきだったのです。しかしそれは、神の眼でもなければ分かりません」

「やられ損ですなあ」

「神浜の家族が療養でさらに困窮(こんきゅう)した、その理由の大きなひとつです。これがひとつ」

「うげえ、いや失礼、まだあるんですか」

「チラリと申し上げましたが、障害年金です。これも認められていれば、まだ救われたのですが」

「スミマセン、私それは不勉強で、聴いたこともありませんや」

「無理もない。必要に迫られなければ、誰も勉強しませんから。もちろん組織は教えませんしね。無駄な支出はカットすればするほどよい、原資は税金だから——というわけです」

「年金ってのは、六十五歳から出るってアレとは違うんですか」

「年金をきちんと納めていれば、障害年金の受給資格は、何歳でも発生しますよ。神浜の歳であっても、請求して審査が通れば支給が開始されます。極めて厳しい審査ですが」

「それじゃあ知子さんは、それも申請しようと」

「それは苦労されてましたからね。いろいろ調べて、これはどうも該当するんじゃないか——ということで、公務災害の話と一緒に、山本課長にぶつけたんです。手続をしろと」

「当然、しないでしょうな、フン」

「もちろん。第一に、障害年金についても、公務災害と一緒の脅しを掛けました。御主人の将来を棒に振る気か、と。第二に、障害年金は、警察官として在職しているうちは受給権がないから、どのみちもらえない、と」

「……どうやら山伝の野郎も、それなりの理論武装を終えていたようですな」

「まさしくそうです。これだけ尤もらしい嘘を、ヌケヌケと吐くわけですから」

「するとデタラメ？」

「事実を巧妙にバラ撒いたデタラメです。実に悪辣です。

知子さんも、もう少し調べるべきだった。相談を受けた私も、もっと考えるべきだった。だから我々にも責任はあります。騙された責任が。しかしそれは」

「詐欺の被害者はみんなバカ、という論理」

「まず騙した側の責任が、厳しく追及されるべきです。その上で、我々の過失と相殺すればいい。ですが役所、特に警察では、そのような寝言は一蹴されます」

「山伝の言葉のどこがデタラメなんです？」

「第一に、障害年金は、公務性を立証しなくてもいいんです。『公務外』でも申請できる。もちろん警務は愉快ではないでしょう。でも、『公務外』ということなら、むしろ、警察に責任はないという意思表示になる。すなわち、組織を敵に回すとか、神浜の将来が吹き飛ぶとか、そんな結果にはならないはずなのです」

「なるほど、わざわざ公務外ということを確定してくれれば、組織としてもメンツが立つ」

「まさしくそのとおり。請求者としては、『公務中』より額がガタ落ちしますんで、そこはどう我慢をするか、どう諦めるか、ですが。神浜のケースだと、本当に『公務中』なのだから、その主張をしないというのは、踏み絵で屈辱ですからね」

「示談みたいなものですな。落とし所のため、妥協を強いられることもあると。

ただそれでも、もし支給されていたら知子さん、本当に嬉しかったでしょうなあ――一円も惜しいなか、年金を払い続けていてよかった、と。

ところが山伝いわく、在職中はそもそも受給権すらないと」

「それも非道い説明です。五〇％の真実です。それを、知子さんに誤解させるため濫用しているのだから、一〇〇％の詐欺、といっていい」

「というと？」

「警察官の身分があるうちは、確かに、障害年金の受給権が発生しません。ですがそれは、共済年金についてだけなんです!! 国民年金については、ちゃんと受給権が発生します。遠からず法改正があるようですが、問題の七年前においてはそうです」

「また不勉強なんですが、するてえと、共済年金ってのは……」

「共済が公務員、厚生が民間企業、国民がその他。そして国民年金はベースラインですから、公務員で言えば、国民＋共済の年金に加入し、必要額を納付していることになります」

「ああ、いわゆる一階二階って奴ですな。土台が国民年金で、公務員としての積み上げが共済年金」

「詰まる所、警察官だと、国民年金と警察共済、この両方の分を払って、これらに加入している形になります。すると、障害年金の取扱いも、『共済年金の障害年金』『国民年金の障害年金』が、それぞれ発生することになる。そして警察官であるうちは受給権がない、もらえない、将来も返ってこないというのは、この『共済年金の障害年金』だけなんです!!」

「じゃあ、警察官でいる間も、『国民年金の障害年金』は、もらえる」

「満額。共済分が消えるので、権利としては半分になりますが。それでも大きいですよ。少なくとも、知子さんが『お子さんの給食費が払えない』なんて窮状に陥ることは、避けられたはずです」

「よくもまあ、あのハゲタコ。息をするように嘘を吐きやがる。いや、猛毒をか」

「しかし、知子さんとしては、その障害年金の半分の請求も、断念せざるを得なかった。もちろん、御自身で仕組みを徹底的に調べなかった、という落ち度はあります。しかし、やはり最大の理由は……」

「……警察とケンカになると信じた。神浜警部のため、それだけは避けたいと考えた」

「そこを嫌らしく突いてくる山本警視正は、嘘吐きどころか、卑劣な脅迫者そのものです」

「それでとうとう、警察からはビタ一文、失礼、何の補償も年金も無かったんですか」

「いえ結構です、その言葉どおりですから。七年間、補償も年金もビタ一文、職場で倒れた鬱病者にくれてやりませんでした。ああ、あれは本当ですねえ、あの名言を改めて思い出しますよ――

狂犬に嚙まれた方が悪い」

「知子さん、さぞお怒りでしょう」

「それはもう、本当に悔しいと。本当に怨むと。

当時の嘘を、知ってしまいましたからね」

「制度を調べられたんですか？」

「調べざるを得なかったんです。

神浜が、あんなことで他界して……もう警察組織を恐れたり、気兼ねしたりする必要がなくなったので、まず障害年金の申請から始めたんです。ここで、もし、警察共済に申請していたら。給与厚生課は警務部、今や山本参事官のお膝元ですから、またネチネチと妨害があったでしょう。ところがさいわいなことに、知子さんは、まず遺族年金の相談にゆきました。これは知子さん自身の話ですから、社会保険庁の扱いになります。警察共済じゃありません。

そこで、まあ、当時の山本課長のヌケヌケとした嘘が分かりました。しかも、『障害年金は障害者御本人が死亡しても請求できますから、お手続きをしましょうか』――なんて勧められもしたんです」

「あまり、いい噂を聴かない役所ですが、山伝に比べれば天使か聖人なみですなあ」

「そこで先のとおり、初診日を特定して、主治医先生に診断書を書いてもらって、申請書類一式を整えて、審査を受けました。かなり時間の掛かった、厳しいものだったようですが、さいわい、せめてもの結果が出まして――

国民年金機構は『神浜は精神の障害認定基準に該当し、等級は二級』と認定しました。国民年金と共済年金は連動していますから、こうなると警察共済も文句は言えません。警察共済としても『神浜は精神の障害認定基準に該当し、等級は二級』となります。

知子さんは、安堵を憶えました。ようやく、公的機関が、夫の病気を認めたと」

「いってみれば七年もの間、復職させてやる、元のように使ってやる、昇任だってさせてやる――何て夢ぇ見させられて、その代償として、病気の口封じをさせられてきた訳ですからなあ」

「もう昇任など、天地が引っ繰り返ってもありえなかったのですがね。それが警察です」

「しかし、そうしたら、認定以降の分は、いよいよ年金の方もまとめて出るんでしょう？」

「……まず、当時の制度として、共済年金は警察官であるうちは発生しません。そして神浜は、警察官のまま死にました。だから権利が発生しないし、したがって遡及もない。そもそも発生しないものを、まとめて受給できません。

それはいい。

それが制度ですから、知子さんも怒りはしません。

問題は、認定以降の分をまとめてもらえるはずの、国民年金です。

これは、実は、五年の消滅時効に掛かる。だから急いで申請すべきだったんです」

「ケッ、財政事情か何か知りませんが、吝いですなあ……そもそも原資は年金。神浜夫婦が学生の頃からなけなしのカネ払って、貢献してきたもんじゃないですか。タダで生活の面倒みろってんなら、オイふざけろって話もできましょうが、いってみれば、疾病保険と一緒でしょう？　お恵みじゃねえ、権利だ、納付してきた者の。年金機構ってなあ、とんでもねえ保険商品、扱ってやがる」

「請求できなかった理由はあるのですが——組織を敵に回さないという奴です——国民年金機構としては、まさかそれを『正当な事由』と認められるはずもなし。事実、権利行使をしてこなかったのは、それを選択したのは、させられたとはいえ、最終的には神浜です。

ただ、知子さんの請求が、神浜の葬儀とか御家族の引っ越しとか、諸々で遅れまして。累積している年金総額のうち、請求日時点で、少なからぬ額が時効で消えました」

「ゲスい話ですが、それはつまり」

「我々のボーナスの四、五回分」

「そりゃあ……しかし……そりゃねえぜ……踏んだり蹴ったりだ」

「もちろん、残りの分は律儀に入金してくれたわけで、知子さんも年金機構に怨みはありません。五年の消滅時効というのも、法令で定められていること。知子さんも元公務員、そこはキチンと割り切る人です。

しかし、こうなると怨んでも怨み切れないのは」

「タコ面獣心の警務部参事官ドノ」

「そもそも、障害年金は、もらえたはずのものなんです。おっしゃるとおり、実際には疾病保険なんですから、引け目を感じることもない。等級を一方的に決めるのは役所だから、しかもほとんど低く決めますから、不正受給だの詐病だのというレッテルもない。しかも、神浜は療養ちゅう。入院費だって薬代だって、先進治療の費用だって背負う。お子さんだって、修学旅行にも行くし、部活の遠征だってあるでしょう。食べ盛り育ち盛りでもある。

休職となれば収入が断たれる。それもいいです。それが勤め人ですから。しかしです。そのとき、たとえ、月にすればほんの幾許かでも、家計に入れられる金があれば……しかし、当然受けられる疾病保険が受けられない。しかも受けられないと騙された。一刻を惜しんで手続きすべきだったのに、妨害までされた。挙げ句、日々の暮らしさえギリギリのなか、ひたすら復職を希望していた神浜が死んでしまう……喪が明けて、それではと精算金を請求すれば、五年で時効だという……」

（秦野の話、裏付けられたな。葉鳥知子の憤慨。カネの怨みだけは、まだ俺たちにも話せねえほど激おこ骨髄、怒り心頭ってわけだ）

「中村警視、これで追加は終わりです。そしてどうやら、『事件検討会』も終わったようです」

「そうすると裕川さん、最後に……『事実認定』を仕上げないといけませんな」

「もとよりです」

「裕川補佐が確保している『秘密』、私にも教えていただけますか」

「もちろん。そうでなければ、ここまでベラベラと喋りはしません」

裕川警部は、通勤用の、何の特徴もない鞄を開けた。クリアケースを複数、取り出す。

「知子さんが中村警視に語った資料、『大切な資料』というのは、恐らくこれです」

「では、知子さんが察知したように、神浜警部から」

「死の直前に、私の官舎へ、宅配便で送ってきたものです」

「……しかし、いつも、こうして持っていらっしゃるのですか？」

「肌身離さず。まあ鞄のなかですが。ああ、御安心を――公安課の拠点のいくつかに、写しを保管してあります。絶対に他課、いえ他係にすら手は着けられません」

（辻褄は合う。

神浜は自分の官舎でお宝を見つけた。自宅にコピー機はないだろう。コンビニに行くはずだ。とすれば、切手を買って投函するより、そのまま宅配便にしちまった方がいい。追跡サービスがあるし、安いし、事故が圧倒的に少ないからな。まさか県警本部なんかにゃ送らねえ。送るなら警察官舎だ。何のセキュリティもなく、団地と変わらず、誰の妨害も監視もありゃしねえし、宅配便が確実に世帯、把握してるからな――

そしてこれは、もちろん、自殺する奴の思考経路じゃねえ）

中村は、乾ききったおしぼりで、もう一度両手を拭いた。

「拝見して、よろしいか」

「是非とも願います。警視の先輩に失礼ですが、確実に仰天されると思います」

「では御無礼して」

中村は、ひとつひとつ、クリアケースに挟まれた書類束を、検めてゆく。

書類束は、主要なものだけで四つあった。

エクセルシート。

一太郎の行政文書。

一太郎の想定問答。

手書きの帳簿用紙。

「これは……!!」

「少なくとも、今夜私が申し上げたことを立証できる、客観的証拠です」

エクセルシートは、超過勤務実績。

様式が二種類あり、丁寧に分離されている。

二種類の様式それぞれのファイルとセルを見れば、補佐が庶務に上げる『元実績』と、課長査定後の『調整実績』と解る。

「しかし、こりゃマア……また派手に減らしたもんですナア」

「処分しておけばよいものを。そうしたら全て七年前のこと。保存期間が切れていて、どうしようもなかった」

「神浜警部は、どうしてこれを入手できたんでしょうな？」

「電話をして確認しました。

恐らく、自分の空席のデスクを、ゴミ書類集積所にしていたのだろうと。庶務がシュレッダーなり溶解処分なりにすべきところ、手違いが生じたに違いないと」

（バカサが掃除を急がせた。神浜の痕跡は全部消せと怒鳴った。庶務は焦ってミソもクソも段ボールに詰めた――

だがこれでいいんかね、警察官のセキュリティ意識ってのはよ）

「警備部門では、ありえんでしょうな」

「極力、紙にはしない文化ですしね」

「生安出身としては、お恥ずかしい……しかしお陰様で、超過勤務手当のデタラメは、確実に事実認定できる。それが継続していた期間、またしかり」

「あと、決裁印があります」

「山伝と若狭。言い逃れはできんでしょうな」

「そして、こちら」

一太郎の行政文書。

警察は伝統的に『一太郎＋Excel』をオフィシャルにしているから、パソコンで作成する書面には、一太郎を使う。Word と一太郎は、字面を眺めただけで違いが分かる。あとは、警察公用文の癖――

それが識別できれば、ガセか真物かはすぐ分かる。

だが、問題の行政文書には、御丁寧にクレジットまで入っていた。クレジットとは、右肩の、年月日と作成者である。作成者は、主として三人だった。

「保安課長。保安課次席。保安課事件補佐――わざわざ、有難いですなあ」

「これはメイドカフェPTの、取締方針。

またその作成年月日から、とても興味深いことが分かります」

「まさしく」

取締方針は、A4一枚紙が多かった。警察の起案文書には、この型が多い。あとは、お決まりの事件チャート。店舗ごと、あるいはグループごと、関係人物相関図が描かれ、違法行為の内容、資金の流れ、今後の重点解明事項などが、パワポ的にプレゼンされるものだ。これも、伝統的に一枚紙である。他に、事件をやるなら、時系列だの実態把握結果だの、客関係の供述内容だのが、もちろん捜査書類以外に、カッチリとまとめられるわけだが——

「問題の『うぇるめいど』、これに関する文書がＰＴ発足前からある」

「すなわち当然、神浜と我々の内偵以前になりますが——書かれている内容は、我々の内偵結果とは似ても似つかない。いえそればかりか」

「裁判官に見せた捜査書類の内容——無許可と十八歳未満者使用やってますって内容を、春の段階で書いてやがる。ＰＴは当然、内偵もありえねえ段階で。討ち入りは九月だったってのに、チャートも時系列も取締方針も、春から腐るほどある」

「そして、春の段階で、これほどの文書が作成されていた店舗は、他にひとつもありません。

と、いうことは」

「『うぇるめいど』に討ち入ることは、春の段階から決まってたシナリオだってことだ」

「しかも捏造の元となる書類を、これだけ作成しています。これで、山本課長らが、実態はどうあろうと『うぇるめいど』にガサを掛ける、これを既定路線にしていたことが、確実に立証される」

「その脚本にしたがって、神浜警部も裁判官も、騙した。そして、誤認ガサをさせた。結果。

『うぇるめいど』さんを悪党だと決めつけてましたが、実は善玉でした誤解してましたスミマセン——

なら最初から善玉でしたスミマセン、ともなっちまう」

「そしてこれからも善玉ですスミマセン、としたかった」

「なら、カンタンな理屈だぜ。『うぇるめいど』は悪党だ。この窓際首、賭けたっていい。けどよ、裕川さん。

ハゲタコ山伝どもが『うぇるめいど』と組み、『うぇるめいど』のケツ持ちになった理由。それが解明されねえと、事実認定は終われねえぜ」

「そこで、こちらの想定問答です」

想定問答は、要するに、Q&Aの台本である。基本、A4一枚紙だ。それが問いの数だけ綴られる。

「ひとつは、『うぇるめいど』問題基本想定、という文書」

「……へヘッ、これも非道えな。誤認ガサ、無罪事件の言い訳。何とガサ入れ前に作成してやがる。失敗することが確実に解ってた、って証拠だ」

「しかし、それだけではない」

「ああ、こっちのバージョンだな」

『うぇるめいど』問題基本想定。

中村が別途、摘まみ出したワンセット。問答自体は今、確認したものと一緒だった。

しかし、大きな違いがある。

最初の第一問の罫線、今度はその左肩に、ゴシックで律儀な宛先が書かれていた——

「福元議員お手持ち用」

「本部長お手持ち用、部長お手持ち用――役人ならよく書き入れますが、しかしまあ」

「おバカ極まるな。癖や惰性で仕事しちゃあ、いけねえってことだ」

「関連して、こちらの想定問答も見てください。正確には想定問答としてセットされてはいません。いってみれば、想定問答用の『質問リスト』です。これもまた」

「福元議員、お手持ち用……

俺ぁ福元センセが可哀想になってきたな。ツルんだ共犯者がおバカでよ。まあ、こんな文書残させる時点で、福元自身もセンスが無ぇがな。

日付と内容。

これはまさに、神浜警部が初登庁早々、泣かされたっていう質問書じゃねえか」

「しかも、卑劣極まることに、その質問リストの日付は四月です」

「確か三月十五日が、公称の締切日だったよなあ。それに遅れたってんで、神浜警部は、保安課でも議会棟でも、非道えパワハラ、受けたはずだ」

「その質問そのものは、議員から送られたどころか、何と保安課で作成され、何と四月に入ってから、福元議員に手渡された。するとそれは――もちろん神浜に理不尽なパワハラの洗礼を受けさせる意味があったのでしょうが――しかし到底、それだけではないはず」

「保安課の言い分じゃあ、議会も騒ぎ出したんで、本格的にＰＴまで作って、メイドカフェ対策しなきゃならねえって事だったはずだ。ところが議会、特に与党中枢で五月蝿え福元議員を焚きつけたのは、実は保安課自身」

「県議会対応、市議会対応では、『何を質問すればいいか分からない』議員に、役所側がいそいそとヤラセの振り付けにゆく——なんてこと、日常茶飯事ではあります。だから、日付の問題さえなければ、それほどには疑惑を掻き立てませんが、しかし……」

「……どう考えても、山伝らと一緒になって神浜を生け贄にしようとした。少なくとも、山伝のシナリオに乗った。こうなりゃ疑惑どころじゃねえ、真っ黒黒だぜコイツ」

「与党有力県議の福元黎一と、県警で登り詰めるであろう山本保安課長——人を騙すような計略をともにしている以上、それなりのつながりがある。こう考えざるを得ませんね」

「そして、質問書を手渡した事実。その質問書の内容。その後の山伝一派の動き……そのつながりってのは、メイドカフェ利権。それもかなりの確率で『うぇるめいど』利権だろうな」

「それがこの、最後の資料で立証されます」

裕川補佐は、これまでとは毛並みの違う、ルーズリーフを複数枚、取り出した。ボールペンで、手書きされているルーズリーフ。

正確には、帳簿用紙だ。

バインダ用の穴はあるが、綴じられもせず、一枚一枚独立している。

しかも、記載量は極端に少ない。ルーズリーフの半分にも達してはいない。

それは、月ごとの帳簿であった。

費目は、アルファベットだけ。あとは数字のみ。支出内容を書く摘要すら無記載。
Ｆ、Ｙ、Ｗ、Ｋ、Ｏ――
（山伝三羽烏はともかく、Ｏは鬼丘か。今は警察庁に出てる、神浜の前任者）

そしてＦ、というのがまさに。

「しっかしまあ、いつの時代だと思ってんだか。また派手にやってるもんだ」

「捜査費だの旅費だのではないと考えます。これだけの金額は、保安課の規模では、最初から確保できませんから――公安課でも無理でしょう。確保できないカネのロンダリングは、できません」

――月による数字のバラつきは無い。

Ｙが五〇、Ｗが五〇、Ｋが二五、Ｏも二五。

そしてＦが、五〇〇――

「捜査費が流入してるって可能性は捨て切れねえ。特に山伝一派、ＹＷＫＯの規模なら、やる気になりゃあ、やれねえこともない……だがしかし、福元の五〇〇万円は裕川さん、あんたの言うとおり絶対に無理だ。そんなに配分がねえ。警視庁じゃあるまいし。あるはずがねえ」

「しかし単位に誤りはないでしょう。警部クラスが二万五、〇〇〇円を有り難がるとは思えませんから。それこそ時間外の十分の一。悪謀に加担して、汚れたカネに手を染める——無理がある金額です」

「それにゃ賛成だ。

さてそうすると、この御立派な献金の原資は……」

「……『うぇるめいど』しかない」

「福元議員‐山伝保安課長‐うぇるめいど」

「その利権構造のために、神浜は殺された」

「訊こう訊こうとは、思っていたが……

裕川サン、あんた、神浜警部は自殺じゃねえと思ってるかい？」

「い、いや、もちろん」

「何故だ」

「別館五階、生安部フロアで自殺だなんて。それだけで迂闊、極まりませんか？」

第5章　非違調査その3（被疑者）

広小路至近メイドカフェ『うぇるめいど』

「お帰りなさいませ御主人様!!　おひとりですか？」

「うん、ひとりだよ、疲れたなあ」

「今日もお仕事お疲れ様でしたぁ♡　ただいまお席の方、整えさせていただきますね」

——うぇるめいど、店舗内。

美伊市最大の繁華街、広小路から一分も歩かないエリア。

再開発が進み、旧来の雑居ビルが、ショッピングモールに変わりつつある。

若い女性好みのショップが入る、どこかスカスカした華やかさが特徴だ。

また、用地が確保できるようになったからか、ヨドバシカメラ、ドンキホーテも巨大なビルを建てている。閑静な住宅街にいる保守的な人々が、蛇蝎のように嫌うタイプのビルだ。にもかかわらず、今後は、『商店街の巨大なもの』でしかない広小路に代わって、再開発エリアこそが、美伊市の中心となるであろう。そのことは、保守的な人々も認めざるを得なかった。要するに、新興の、活気ある、若者中心の土地柄である。

(こないだまで、このビルは、確か銀行だったと思うけど――)

警務部警務課SG班、後藤田秀巡査部長二十六歳は、かつての街の姿を思い出そうとした。後藤田は県外者だが、バー『オフェリー』を広小路で仕切る身。中心市街地なら、監殺班でも詳しい方だ。

(――そうだ。二階建ての、三菱UFJがあった。それがいつしかユニクロビルになってしまった。量販店、量販店――嫌いじゃないけど、デフレを実感させるよなあ)

七階建ての、白とガラスを基調とした上品なビル。

もし看板がなくて、銀座にでも移植すれば、外資のブランドショップでも通用するだろう。とても上品な感じである。

うぇるめいどは、その地下一階にあった。

地下一階といっても、アングラな感じはまるでない。

地下への階段も壁も、ビルそのものと一緒。看板も落ち着いた、シックなものだ。

(そうはいっても)

一歩、店舗内へ入れば、そこは異次元といえた。いきなり基調色がピンクに変わる。

広さは、平均的なファミレスほど。

客の入りは、三分の一ほど。午後二時という時間を考えれば、少なくはないだろう。

「お待たせしました御主人様、ただいまお席の方、御案内させていただきますね～♡」

「うん、ありがとう、彩ちゃん♡」

「ありがとうございます御主人様、名前を憶えていただいて!!」

「初めてで、よく解らないんだ。いろいろ教えてくれるかな？」

「もちろんでございます御主人様♡」

既に日本の伝統芸能ともいえる、独特のハイテンションなアニメ声。

何の照れもないという意味で、プロ意識があるメイドコスとメイドプレイ。

初体験の客は、まずその異世界ぶりに圧倒されてしまうものだが……

後藤田は女を圧倒するのが仕事であって、女に圧倒されるタマではない。

うぇるめいどの彩ちゃんの萌え萌え攻撃は、したがって、後藤田のキラキラウィルスにすぐさま無力化され、その感染を許した。SG班班長の中村が『イケメン後藤田』『タラシ主任』『ポリスの王子様』……云々と、やっかみ半分で呼ぶゆえんである。

確かに、後藤田巡査部長はイケてる若者であった。

それは努力と関係ない、天賦のものである。しかし、自分の躯のあらゆる部品にメンテを怠らないこと、自分を飾るあらゆるツールに投資を惜しまないこと、自分が駆使するあらゆるテクに磨きを掛けること――それに懸ける後藤田の情熱は、中村さえも舌を巻くものであった。そう、後藤田はプロだ。『二四時間三六五日、必ず美しく在る』というプロなのだ。二十六歳ながら童顔、このように永遠の大学三年生を演出することもできる。もちろんそれは自己満足ではない。そう在ることが、SG班の班員でいることの絶対条件だからである――後藤田は、自分の売りと限界とを知っていた。

（動いているメイドさんは、四、五人か。まだバックヤードにいるのかも知れないけど。まあ、漆間さんのアドバイスどおり、ターゲットには接触できた）

——席にはすぐ案内された。ちょうど彩ちゃんが空いており、最初に接触してから、そのまま後藤田を担当している。これまた漆間の時間指定つき脚本どおり……後藤田の席は、店舗のいちばん奥に設置されているステージの正面、止まり木のようなカウンター式のものだった。なるほど、テーブル式にしてしまうとステージが見えない。

「本日は魔法の国『うぇるめいど』に御帰宅ありがとうございまぁす。御主人様は、長い、長ぁい旅に出て、ようやくお戻りになりました。お疲れ様でしたー♡」

「ありがとう、彩ちゃん」

「はい、あの、ええと」

後藤田は細く閉じられていた瞳を開け、ロールキャベツ・ビームを発射しはじめた。すなわち、さわやか草食系のうちに、肉食系フェロモンを感じさせる、僕は君が好き好きビームである。これは運命の出会いだビーム、でもある。そこらの男がやっても、ただの視姦でしかないが……

彩ちゃんは思わず絶句し、セリフと段取りを忘れた。急いで態勢を立て直す。

「あっ、長い旅、長い旅。というわけで、御主人様は、きっと、お家のこと、すーっかり忘れてしまったんですね」

（すごい理屈だなあ）

「そこで、御主人様のメイドが、魔法の国ぅぇるめいどの仕組み、御説明いたしまぁす」

「魔法の国かあ……

思い切って、来て、よかった」

「は、はい……こ、こちら魔法の国ですが、御主人様はとぉーってもお忙しい方です。ですので、しくしくぅ、残念ながら、まず一時間、六〇分しか御休息いただくことができませーん。その入国料が、こちらのメニューのですね……きゃあっ!!」

メニューを開き差し出す手に、後藤田の華奢な指が触れた。もちろん故意にだが、神経の伝達を知り尽くした撫で方をする。時間にして、わずか〇・八秒。なお、後藤田がその十指に投資している額は、中村の年間の衣料費より多い。

「あっ、ごめんね」

「い、いえ……こちら、あの、入国料が六〇〇円。それで、あの、御主人様が、もっとお休みしたいなあって思ったら、お家の混みようにもよりますが、またまた、お家賃が掛かりますので、よろしくお願いしまぁす」

（一時間のチャージ制か。ただコスプレ系カフェとしては全然、ぼったくりではない）

「あとはこちら、メニューになっております御主人様。単品でお申し付けくださっても大丈夫ですが、セットメニュー、四種類ございます。お飲物お食事はもちろんですが、御主人様のメイドとの記念チェキとか、ミニゲームとかが一緒に入ってます。ぜひ御利用ください♡」

「チェキは指名ができるの？」

「できますよ〜♡」

（なるほど、バックがあると）

「あちらの名簿でぇ、本日、御奉仕しているメイドを……」

「いや見なくていい。今から予約」

「えっ」

「一緒に撮らない？　迷惑？」

「うわ、ありがとうございまぁす御主人様‼」

「ゲームも指名ね」

「あたしで？」

「せっかくの思い出だもの。それにぶっちゃけ、僕、悪い奴だから面食いなんだ」

「あ、ありがとうございます御主人様……そ、それでは御主人様、御注文が決まりましたら、こ、このベルであたしを、いえメイドをお呼びくださいませ」

失礼します。

パニエで広がったスカートを持ち上げながら、ちょこん、と膝を折った彩ちゃんは、むしろバタバタと後藤田の席から逃げていった。大した会話はしていない。だが、手は口ほどに物を言う。後藤田の手もまた、キラキラと、これが恋なんだビームを発射し続けていた。人は見た目が九九％——そのうち顔、特に瞳と、あとは手の挙措が大部分を占める。計算された手の動きは、原稿用紙四枚から八枚の情報量を伝達することができるのだ。

つまり、細工は流々である。

取り敢えず戦闘態勢を解いた後藤田巡査部長は、メニューを眺めた。もちろん、分析的にだ。

（なるほど、居酒屋とファミレスを合体させたようなもんだな。

ソフトドリンクにカフェの類。やけに紅茶が充実しているな。他方で、アルコールも多い。とても多い。ビール、チューハイ、サワー、カクテル――うわドンペリ？　白ドンからスードンまでかよ。けどキープできないじゃん。誰が頼むんだ？　まあ、キャバクラ価額よりは微妙に良心的だが。

フードはまあ、デニーズとかジョナサンのノリだな。パスタもの、ライスものが多いけど、肉に和食もある。アルコールがあるから、おつまみは別途、ページがあるな。枝豆にポテトに唐揚げにたこ焼きに――原価率を考えれば、そんなもんか。

スイーツはカフェのおやつみたいなもの。ケーキにパフェに、ああなるほど、手作りクッキーね。そりゃ業務用でも、どこかの段階でヒトの手は介在するわな）

要するに全部載せの、三、五〇〇円のセットである。

後藤田はベルを鳴らし、バタバタと駆けてきた彩ちゃんに『王子様セット』を頼んだ。ドリンク、フード、デザートがコースになって、チェキとゲームがついてくる――既に指名までした以上、チェキとゲームは必要だし、それらをセパレートで頼めば、それぞれ七〇〇円の合計一、四〇〇円。そして一、二〇〇円以下のフードはないし、六〇〇円以下のドリンクも八〇〇円以下のデザートもないから、メインと飲料と甘味だけでも最低二、六〇〇円——

(なるほど、セットがお得というのに嘘はないなあ。ただ、ファミレスでコースっぽいもの頼んでも、まさか二、六〇〇円はしないよ。カフェとして使うにはかなり割高。要するに、『特定のコスプレをした女の子』の『特定のコードに従ったロールプレイ』にお金を払っているわけだ。ただ、基本一時間なら、まさかタケノコ剥ぎをするわけじゃない。そもそも、アミューズメント系のオプションは、チェキとミニゲームしかないし)

「あっ、あと、明太子すぱげっていも、ひとつね」

「御主人様、お腹、ぺこぺこりんですね～♡」

「違う意味でもね」

「えっ」

「食後に紅茶も……ダージリンにしようかな」

後藤田巡査部長はさりげなく椅子をずらし、カウンター席から店舗内を見遣った。

漆間警部が店を洗った後とはいえ、実査をするのは初めて。メイドカフェ初体験というのは、本当だ。だから、意外に感じ、また自分の偏見を恥じた。先入観はこの仕事、最大の慢心である。

(オタク系の聖地という訳ではないんだ)

確かに、いかにもそれらしいのは幾人かいる。だが多数派ではなかった。四十歳絡みの自営業っぽい男に、三十歳強の勤め人。テニスサークルに入ってそうな、まあ、リアルでもそれなりであろう若者は、きっと大学生だろう。さすがにカップルは見当たらないが、いても違和感のない雰囲気。それよりも何よりも、女の子の二人連れ三人連れがめずらしくない。『お帰りなさいませお嬢様』『いってらっしゃいませお嬢様』というコールが、頻繁なのである。

（内装はピンク、ピンクで萌え〜だけど、そしてメイドさんの声は一様に今風のアニメ声だけど、じゃあキモヲタなりフェチなりがギラギラ集まる所かというと、まったくそんな事はない。ちょっと趣味に偏りすぎている学園祭の模擬店。そんなところか――）

メイドたちは、そんな御主人様、お嬢様たちに、まさしくウェイトレスの仕事をしている。テーブル席はあるが、隣に座ることは絶対にない。御主人様たちに指名で呼ばれれば、塞がりでないかぎり飛んでくる。談笑する。それもやはり、立ったままだ。そしてどれだけ会話が盛り上がっていたとしても、頃合いを見、タイミングをとらえて離脱する。後藤田巡査部長が実測したところ、なるほど綺麗なものだ、一〇分を超えた談笑は、確認できなかった。

時折、ステージに御主人様たちが上がる。

歌でも歌うのかと思いきや、そこがチェキの撮影場だ。

メイドが撮影をするが、それが法に触れるわけでなし。一緒に写る方のメイドは必ず一人。それすらポーズを決めたり表情を作ったりするだけで、まさか身体接触があるわけでなし。ゲームはミニオセロと、どうやらトランプのスピードらしいが、これまたゲーム用テーブルで、普通に座って、淡々と――まあ和気藹々（わきあいあい）とだが――一〇分以内に勝負を決める。いや、クロックがあるから、元々、時間制限制なのだ。ゲームでも身体接触はないし、ありがちな、罰ゲームで見せるだの脱ぐだのがあるわけでもない。第一、女性客がいる。とてもそんな雰囲気ではない――

（ふーふーあーんだの、ちゅーちゅーゴックンだのというのも、雰囲気的に無理だ。教育がしっかりしている。さすがはB県一の大箱、ひとり勝ち店舗といったところか）

――やがて、後藤田の注文が搬（はこ）ばれてきた。

「おまたせしましたぁ御主人様!!

メイドのラブラブカクテルに、ふわふわトロトロおむらいちゅ、明太子すぱげっていに、もふもふ熊さんホットケーキでございます～!!

こちらのすぱげっていなんですがぁ、これからメイドが愛の呪文を唱えて、もっともーっと、美味（おい）しくしちゃいま～す♡　あたしが呪文を唱えたら、御主人様、それを繰り返してくださいね!!　じゃあ手拍子お願いしま～す♡

まぜ、まぜ、まぜ!!」

「まぜ、まぜ!!」

「萌え、萌え!!」

「萌え、萌え!!」

……ほとんど野球の応援のノリである。圧倒的にキーが高いが。様々なセリフと呼び掛けが、そう二、三分、続いたであろうか。そればかりか、メニューの組み合わせが絶妙で（それを狙って頼んだのだが）、カクテルについてもこの『愛込め』の儀式が行われた。これまたメイドさんが、すなわちターゲットの彩ちゃんなのだが、シェーカーを使いながら、美味しくなる秘密の呪文を唱えてくれるのだ。もちろん、後藤田巡査部長も動員される。復唱に、手拍子に、『今日いちばんのイケメン顔づくり』まで……もっとも、それこそ渡りに船。まじまじと後藤田の顔に見入ってしまった彩ちゃんこそ、この儀式、最大の犠牲者といえよう。

（パスタを混ぜる。正面に立ったまま。客との距離は一切、変わらない。まさか性的な会話はない。はたまたカクテルを作る。カクテル……いや、バーテンダーの端くれとしては、ちょっと抵抗がある言葉だけれど……それはそれとして、これまた正面に立ったままで、だ。そこにいかがわしい要素は微塵もない。

要するに、これらのメニューを頼んだ客が獲る利益は——

ほんの二、三分、メイドさんを独占して、一緒に歓声のやりとりをするだけだ。そんなことは、客参加型のレストランであれば、もっと派手にやっていることだ）

「お疲れ様でしたぁ。最後に、御主人様のふわトロおむらいちゅに、ケチャップで、御主人様お好みの絵を描かせていただきま～す♡　どうぞリクエストしてください!!」

「ぐんまちゃんがいいな」

「ハイぐんまちゃん――えっ!!」

「ゴメン、マニアック過ぎたかな……」

「い、いえ、全然大丈夫です、描けます」

「……ひょっとして、群馬の人？」

「はい、大きな声では、言えないんですけど」

「僕もなんだ。高崎？」

「はい、箕郷町なんですけど」

「えっホントに？」

「お客様、いえ御主人様は、どちらですか？」

「浜川町。榛名神社とか、長野小学校のあたり」

「ええっ、全然近いですよ!!」

彩ちゃんは素に帰っていた。すなわち、浜口未緒十八歳、美伊大附属病院看護学校生である。もちろん、これは漆間が洗ったことだが。

「あたし、龍宮神社とか、万福寺のあたりですもん!!」

「ホントだね!!　どっちにしても、北陸新幹線の近くだね」

「あたしのぐんまちゃん愛、激ヤバですよ」

「あっ、言ったね、じゃあ勝負する？」

「オムライスひとつしかないじゃん」

「それもそうか」

「どのみちあたしの勝ちですけどね――じゃあ、行きますよ」

浜口未緒は、確かに名人芸ともいえるぐんまちゃんを、オムライスの上に描ききった。

「すごい!!　マジやばい!!　これじゃあたぶん、僕の負けだ……」

「B県に身を売っていても、心は鶴舞う群馬にありますから」

「ならオセロでは、負けないからね？」

「返り討ちですよ」

（よし、確保）

あざやかな嘘を吐きまくった、そう、群馬とは縁も所縁もない後藤田巡査部長は、ようやく食事にありついた。ちょっと冷めてしまったことを除けば、なるほど、パスタは誰かに混ぜてもらうと食べやすい。というか本来、パスタはフライパンで混ぜて仕上げるのだが。

（最後に確認したオムライス。メイドカフェの名物といえば、このケチャップアートだ。けれど、これについても難癖の付けようがない。風月のようなお好み焼き屋で、店員が、ソースとマヨネーズを碁盤の目にしてゆく、それと法律的には全然違わないからなあ。アートがいけないということもない。そんなことを言い始めたら、ラテアートしてるバリスタは片端から御用だ。バカバカしい――

もっとも、価額には、アミューズメント代がちゃんと上乗せされてはいるけどね。業務用でこの値段なら、まあ、かなり合理的なビジネススタイルといえるな）

躯というか、自分そのものが資本の後藤田である。炭水化物過多の食事を、しかも二人分したくはなかった。ジムのペースも、トレーニングのメニューも変えなくてはならない。だがこれも仕事。疑いを呼ぶ振る舞いも、浜口未緒の印象を悪くするのも、ともに避けなければならない。後藤田は淡々と、メイドの呪文で価額が高騰する魔法の食事を味わった。ただカクテルだけは、どうしても飲み残してしまった。

（実査はほぼ、終わった。結論――

『うぇるめいど』は、風営法に触れる余地のない、健全なメイドカフェです）

……などということを中村に報告すれば、それこそ後藤田が監殺の対象となろう。

後藤田は席を立つと、『お花畑』とある看板を目指して店内を横切った。要はトイレだ。ピンクと、アクセントの赤からなる異次元空間の奥に、お花畑への通路がある。この種のカフェにしては、極めて広い。しかも、姿見、衣装直しのつもりなのか、絨毯以外は鏡張り。にわかにクラブを思わせる、黒、銀、紅のカラーリングが目を染めた。もう少しシックに落ち着いていたら、外資系ホテルのパウダールームとその通路、といっていいくらいである。

後藤田は、そのままストレートに男性用お花畑に入り、しかるべきことをし、手を洗って出た。帰り道は、気持ち、ゆっくりしていたが――仮にそれを監視している者がいても、気付けないほどの違いだったろう。むろん、後藤田にとっては意味のある差異だ。

（やはり……

漆間警部のくれた図面から、解ることではあったけれど。

お花畑とその通路。

そこが店舗の果てならば、二メートル弱、図面と合わない。供用部分の方が、少ない。

だが個室にしては、狭い。

ならば、考えられるのは階段……

……鏡面仕様というのも、また古典的な手口だなあ）

そして、後藤田は彩ちゃんとチェキを撮り。

彩ちゃんとミニオセロで引き分けて。

彩ちゃんとじゃんけんして辛勝し。

『御主人様の御出発』で彩ちゃんにお勘定をしてもらい。

そのレシートをもらうとき――

彩ちゃんならぬ浜口未緒に、小さく折った紙片を、渡した。

美伊市円泉町・ホテル『ラ・プルメリア』

どちらかといえば、中村の専門だが——性風俗は、新規開業ができない。

ラブホテルも、性風俗である。

したがって、ラブホテルは、既得権者が営むものだ。

また、学校だの、病院だの、名所旧跡だのといった保護対象施設の近くからは、徹底的に駆逐される。法令でそうなっている。

だから、都市部では、既得権者が密集して、ラブホテル街を形成することになる。営業者が死亡すれば、既得権は消滅するが、営業者が法人なら死なない。永遠だ。その密集区から出ないかぎり。特定のエリアにラブホテルが濫立し、それが固定化し、支店を出す訳でもなくやたら改装、改装で生き延びている理由が、ここにある。

美伊市でいえば、円泉町が、そうしたラブホテル街区であった。

後藤田巡査部長の御用達は、高台の上にある『ラ・プルメリア』である。

アジアンリゾート・テーマパーク、というのが売りだ。なかでも、一室しかないVIPルームはステイ六万五、〇〇〇円と、一流シティホテルもビックリのお値段。セピアと白を基調にしたハイエンドな空間で、あざやかな天蓋附きベッドと、つややかな猫足バスタブ、そしてヴィラ風のプライベートプールが楽しめる。

だが。

そんなものは、後藤田にとってはどうでもよかった。後藤田にとって、セックスをするというのは仕事であって、それ以上でも以下でもない。というか仕事のやり過ぎで、達観してしまった所もある……所詮、自分は耳掻きの棒だと。耳掻きの棒自身は、何も気持ちよくはない。耳を掻かれる方が気持ちいいだけ――

後藤田が『ラ・プルメリア』を愛用するのは、VIPルームには立派なバーカウンターがあり、意外なほど酒類が充実しており、それが仕事上、都合がいいからだ。それだけ。セックスが仕事なら、その仕事の本質は排泄そのもの。トイレでもお花畑でもいいが、そこに天蓋附きベッドも猫足バスタブもプライベートプールも必要ない。むしろ滑稽だろう。いや、トイレにカラオケだのプレステ4だのVODだのルームサービスだの、どういう意味があるんだろうか？　後藤田巡査部長は仕事をするたび、ある意味、哲学的な悩みに襲われるのであった。

――いずれにせよ。

群馬人として、群馬ネタで意気投合した看護学生メイド・浜口未緒と、美伊大三年・バーテンダー見習い『菊丸周助』くんは、まず、いってみればアフターで、お決まりの寿司屋に行った。

海なし県出身の未緒に時価のマグロ、特にネギトロをふるまうのが主目的だが、SG班國松巡査の売り上げに貢献するためでもある。というのも、キャバ嬢が同伴・アフターで使う店は、キャバクラと女食複合体を形成する、互恵関係にあるからだ。また『寿司』だと、菊丸くんの美しい指の挙措を最大限アピールできる。十八歳の女の子を圧倒するような、粋で鯔背な振る舞いも――

したがって。

その寿司屋を出、『ラ・プルメリア』の自動ドアを開けるまで一分。ホテルが高台の上になければ、確実に五、六分の勝負だったろう。いずれにせよ、純粋な歩行時間しか掛かってはいない。

菊丸くんとしては、がっつく必要はないわけで――

すごいねえ。ひろいねえ。こんなのもあるよ。

――無邪気に、たっぷり、VIPルームに驚嘆してから、バーカウンターで、今度は昼間のお礼とばかり、菊丸くんがバーテンダーの魔法をお見舞いした。これこそSG班中村警視も漆間警部も一目置く、伝統作法の極致である。そう、剣術のキレに茶道のカタ。未緒が瞬きをしているうちに、コーラルピーチが何とも優しいベリーニが出来上がる。談笑したあとで、アレキサンダーも。どちらも飲み口のよいものだ。ここで、菊丸こと後藤田巡査部長は若干、躊躇したが、いつもどおり保険は掛けておくことにした。だから、ベリーニもアレキサンダーも、ちょっとしたおくすり風味である。ちょっとしたおくすりとアルコールのコンボは、仕事としては最上だが、さすがに十八歳の看護学生に仕掛けるには、しのびない……といいつつ、やるのだが。

したがって。

シャワーもそこそこに、未緒と菊丸くんはお魚になり、おすもうをとり。

三度、会戦したあと、猫足バスタブで躯を重ねているのであった……

（女の子は、羨ましいな。男の快感も、ゆるやかなグラフで下降すればいいのに）

後藤田巡査部長は、躯の上に乗せている未緒をしかるべく撫でながら、しみじみした。

そりゃ仕事だから、頭は冷静な方がいいけれど、耳掻き棒のあとは、マッサージチェアだからなあ。しかも、特殊な。

「痛くなかった？」

「ううん……大丈夫。あんなに血が出るなんて、ビックリしたけど」

未緒はもう、あの演出としてのアニメ声を止めている。

そこにいるのは、他県に出て、慎ましい独り暮らしをしている、ひとりの少女だった。

もちろん、後藤田は罪悪感など感じない。しかし負債は感じた。この娘も、あと半年はアフターケア・リストに入れておかなくちゃ。一般協力者とキレイに切れること。それはＳＧ班の仕事としても必然だったが、後藤田の貸し借り勘定からも重要であった。

後藤田は、女を仕事の踏み台にする。ならせめて、すべてが終わった後でこそ、美しい脚本を演じてゆく。借りた分だけ、美しい思い出を生む。それはこの女の敵が、自分に課した鎖であり返済計画であった。

「でも、嬉しかった」

「……何が？」

「いろいろ」

「いろいろ、か」

「いきなりこうなるとは、思わなかったけど」

「僕もだよ」

「うそ」

「ほんとだって。未緒には絶対に恋人、いると思ってたから」

「……ずっと、ひとり」

「彼氏とか」

「周助さんみたいな人……周助さんみたいなこと、初めて」

「高校も、地元？」

「うん、農三（のうさん）」

これもまた、当然、漆間警部が洗っていることである。

「私立だね。いい学校じゃない。どうしてB県に？」

「母子家庭だったの。でもお母さん死んじゃって、地元との縁、切れたから」

「それは……」

「いいの、もう消化してるから。でも大学進学の時期、ずっと悩んでて。もっとお母さんにできたこと、あったんじゃないかなって」

「だから、看護学校なのか」

「美伊大附属だと、その、学閥関係でも、スキルを積むにも、有利だから」

「噂（うわさ）は聴くよ、僕も美伊大だから。でも、学費もあるし、生活とか、大変だろうね」

「あんなキチンとした御寿司なんて、小学生の頃以来かなあ、びっくりした。

今は、回転寿司にも行きにくいから」

「バイトしなきゃ、だね」

「……看護学校の子の、紹介だったの」

「メイドカフェ？」

「うん」

「未緒は、可愛いから」

「東京とか大阪だと、ありふれてる顔だと思うけど。でも、B県だと、あたしみたいなレベルでも、結構、雇ってくれる」

「頑張（がんば）ってるみたいだね、お店での様子、見ると」

「時給、ホントは九〇〇円なんだけど、特別だよって、二〇〇円、積んでくれたの」

「採用のとき？」

「うん、ルックスでちょっとだけ、上げてくれた」

「でも、どんどん上がるんじゃないかな。未緒、優しそうだし、お客、つきそうだし」

「……正直、厳しいって思うこと、あるんだ」

「っていうと」

「やっぱりポイント制だから、チェキとゲーム、つけてもらわないと駄目なの」

「それでポイントが上がるの？」

「うん、あと、バックもある」

「幾ら？」

「それぞれ一〇〇円。でも大きい。だって十枚撮れば、一時間働いたのと一緒だもの」

「でも大変だね。ポイントはチェキとゲームだけなの？」

「グッズの販売があるかな。ブロマイドとか、ストラップとか、メイドドールとか……お店のメイド服、着てるの。ああ、メイド服そのものも、ある」

「それ、ひょっとして、例えば未緒が着てた奴とか？」

「バカ、もう、周助さん、変なこと言わないで。あたしそんなことしないし、お店でも全然ないよ」

（なるほど、そっちの線でもないか。まあ、利益は大きいが顧客数に限界があるしなあ）

「ついでに言っとくけど、パンツもニーソも売ってないよ」

「ゴメンゴメン。すごく健全なお店だったね。初めてでもよく解ったよ」

「変なことしなくても、新品でも売れるし。しかもこれ、バックが一〇％なんだ」

「へえ、例えばメイド服なんて幾らするの？」

「四万二、八〇〇円。あたしが売ったら、半日分の労働と一緒だよ」

「売ったことある？」

「ううん、あたし、自分の育ちが、さっき言った感じだから。あんまりガッガツして、御主人様たちにお金を遣わせるの、好きじゃない。だからチェキとか、ゲームなの」

「……さっき、厳しいって言ってたの、そういう事情？」

「お店で順位、ついちゃうから。それで時給が上がったり……もちろん、下がったり」

「あのメモにも書いたけどさ、同郷の未緒のこと、応援したいんだ。だから訊くんだけど、その、つまり、未緒はどれくらいなの？」

「六位だよ、今」

「小さなポイントの積み上げで、すごいじゃん!!　なら僕が通って、グッズを買えば」

「……厳しいって言ったのは、実は、違う意味もあるの」

「違う意味？」

「……五位以内に入らないと、もう時給は上がらないし、ずっとそのままなら、店長に怒られたり、シフトいじられたりしちゃうし……お給料、下げられた子もいる。罰金もある。遅刻一〇分五〇〇円なのに、急に一、〇〇〇円にされちゃったり」

（マル暴の店舗の管理システム、まんまじゃないか。悪いノウハウ盗んでるなあ）

「だから、六位のままだと、かなり……」

「解らないなあ。五位と六位とじゃあ、そう変わらないじゃん。怒られること、全然ないよね」

「やっぱり、五位以内ってなると、すごく可愛いんだ」

「六位でも可愛いだろ？　顔まで変わってくるの？」

「そういう意味じゃなくって、その、ステイタス？　ウチのお店はB県一だし、確かにレベルやばい子が揃ってる。そのなかで五位以内、っていうのが、すごく売りになるわけ」

「御主人様たちに？」

「それも、あるけど……」

「まさか、お嬢様たちに？」

「違うよ、もう!!　VIPのお客様への売りになるの!!」

ちょっとしたおくすりには即効性があり、三時間は効く。そうでなくても、後藤田には、もう未緒を撃墜した自負があった。だからこの殺所、言葉を返さずにいた。どのみち未緒は、もう橋を渡ってしまったのだから。

「ご、五位以内になると、違う仕事、しなきゃならないの!!　あたし、それだけは……周助さん、解るよね？　あたしは自分の好きな人と……だから、絶対に嫌」

「未緒、僕さ、バーテンダー見習いやってるから。いろんな人と、知り合えてる。もし未緒が悩んでいるんなら、たぶん、力になれるよ、きっと」

「……お花畑、行った？」

「うん、鏡ギンギラの」

「……VIPルームへの、階段が、あるらしいの」

「らしい」

「開け方も行き方も、店長と、その、五位以内に入った子しか、知らないから」

「なら、ＶＩＰルームってのは……隠し部屋」

「元々、倉庫だったんだと思う」

「未緒が、そこまで嫌がるっていうのは、つまり……」

「そう、ウリ」

「メイドの娘が？」

「ＶＩＰルームだと、もうメイドじゃないけどね。ううん、メイド御希望の客もいるけど、ＪＫ御希望の客も、他のコスプレ御希望の客もいるらしいし。どのみち、オモテのメイドカフェと、全然関係ないっていうか、全然違うよ」

「それじゃあ、鏡の通路の先には」

「地下二階だか、半地下だか、よく知らないけど、個室がいっぱいあるはず」

「……お客さんは、オモテのお店の御主人様なの？」

「ほとんど違うと思う。ＶＩＰルームを一時間借りるだけで、一〇万掛かるし」

（いよいよ違法キャバじみてきた）

「裏オプは当然、別料金だし。だけど、推しメイドが抱けるなら、それだけ払うオモテの客もいると思う」

「裏オプ……その、ウリだけじゃないの？」

「VIPルームは、場所代だけだから。まず女の子のランクで指名代が掛かるし、それだけじゃ、女の子とお酒、飲めるだけだし。そこからはオプション。ただの添い寝から、キス、ハグ、胸を見る、パンツ見る、触る、舐める……あと、手でする。他にもいろいろあるの。

で、最終的には、その、やっちゃう」

「すごくお金、掛かりそうだけど」

「女の子のレベルがすごいし、ヤバいほど高級感、出してるらしいから」

「だからVIPルームね。

それで、まあ、商売繁盛してるんだ」

「お金があって、まだ枯れてなくて、どうしても若い子がいい——って客、たくさんいるんだって。だから月に五三万、稼げた子がいるんだって」

(ご、五三万。警察官の手取りより稼ぐのか……)

「メイドカフェって、十八禁の仕事じゃないし、実際、現役高校生、多いし。あとは女子大生がほとんどだけど、キャバクラとかより断然、若いし。だから、社長にしてみれば、メイドカフェの仕事もおいしいけど、どっちかっていえば、メイドカフェは、牧場くらいに思ってる。高校生とか大学生を飼って育てて、篩に掛けて、競りに出す牧場」

「五位入賞の娘を、VIPに、競り落とさせるわけか」

「あたしは嫌。知ってたら、この店にだけは入らなかった。絶対」

「単純に考えて、五位以内の女の子は、五人しかいないわけだけど、ハードじゃない？」

「この業界、離職率っていうの？　離バイト率が高いから。一位、二位の子が卒業しても、特におかしくないわけ。で、卒業したといいながら、第二部でバンバン稼ぐ」

「第二部」

「ウチのお店、オモテの方は、夜一一時までなの。そこでは、ケツ持ちさんの厳しい指導があるから、ヤバいこと全然しない。ていうか、オモテだけ見たら、ウチの店、日本一健全なメイドカフェじゃないかな。それが、第一部。

　そして、午前零時から、第二部。

　現役の五位までの子と、卒業した五位入賞のＯＧが、ＶＩＰルームで夜のメイドするの。それこそ本当の御奉仕（ごほうし）って奴？」

「月給五三万ってのは、すごいね……」

「それは伝説的な記録だけどね。でも、月に三〇万は堅いはずだよ。女の子の手取り、売り上げの五〇％～六〇％だから。友達なんて、最初は『お小遣いが増えて嬉しい!!』とか言ってたんだけど、最近は『お金があり過ぎて困る……』って言ってる。欲しかったもの、一通り買っちゃって、あと何に遣ったらいいのか分からなくなって、ブランド品、買いまくったんだけど、結局ぜんぶ売っちゃったとか」

「……そうすると、ＶＩＰルームのこと、未緒に教えてくれたのは」

「その友達。あたしを誘ってくれたのもそう」

「でも、嫌なんだ」

「あたし、古いのかな……

友達は、あたしがぶっちゃけ貧しいってこと知ってるから、時給一、〇〇〇円で働いてるのが可哀想で、親切で言ってくれたの。五位に入れば切符が手に入るし、それは目前だし、落ちていったらもうチャンスはないし。

だから、絶対に秘密だって、誰にも喋ったら駄目だって、絶対にバレちゃいけないことだって、バレたらオモテの第一部ごと警察に潰されちゃうって——何度も何度も口止めしながら、教えてくれた。あたしが心の準備をする時間、くれたのかも知れない」

「でも、こうして教えてくれたね」

「決心したから。周助さんに嫌われるようなこと、したくない。

それに、あのメモ。

あたしを応援したいって言ってくれた。どうすればポイントになるのか、教えてほしいって。あたし、解ったの。周助さん本気だって。それこそピンドン、入れちゃうかもって。そんなことしたら、あたし、五位以内になっちゃう。そうしたら、きっと、あのケツ持ちの人に、ガンガン説得されて脅される。絶対に断れない。逃げられない。お金がほしい気持ちにも負けちゃう。

だから、逆に、周助さん止めないと、絶対に止めないとって、思ったの」

「……ありがとう、未緒」

猫足バスタブに熱い湯を足しながら、後藤田巡査部長は浜口未緒の首を自分に向けさせ、キスを重ねながら舌を絡めた。そんな自分を冷静に見下げながら、頭のまったく違う区画で考える――

口座の動きどおりだ。漆間警部が既に解析している。

『うぇるめいど』がどれだけ小細工をしても、高校生だの大学生だのの口座の動きまでは、コントロールできない。『うぇるめいど』で勤務するメイドのリストなど、ほとんど公開されている。その個人情報は、漆間警部なら丸裸にできる。カネの動きをたどれば、それが著しく派手なメイドと、著しく陳腐なメイドを分離するのもたやすい。後者のなかでは、浜口未緒が最も稼いでいた。出身地を割り出せば、群馬県。排他的なＢ県では、それなりの寂しさと苦労がある。母子家庭で母を亡くし、天涯孤独となればなおのこと。駄目押しで、メール解析とＳＮＳから、彼氏が（なお彼女も）いなかったと知れる――

こうして抽出された浜口未緒は、見事に一般協力者としての役割を果たしてくれた。

後藤田には自負がある。女に真実を語らせる自負が。

しかし、仮にそれを措くとしても、カネの動きと、浜口未緒の証言は綺麗に一致した。

「でもね、絶対に内緒。内緒だからね。殺されちゃう」

「お店の人に？」

「もちろん」

「店長さん？」

「店長は雇われだよ。まだ三十歳にもなってないし、気が利くだけのお飾り。どっちかっていうと、よくできる黒服みたい。本当に恐いのは、社長とケツ持ち」

「パパってどんな人？」

「嫌な奴。そっち系の人と銀行員を掛け合わせたみたいな、変な感じ。ギョロ眼がギラギラしてて、黒縁眼鏡がやらしいの」

「いつもいるの？」

「いたらみんな、死んじゃうよ。

月に二、三回、第一部が終わる頃、ぷらぷら来るかな。それで、店長を怒鳴るの」

「怒鳴る？」

「そりゃもう。バックヤードのテーブルは叩くし、椅子は蹴り飛ばすし」

（外貌と言動から、若狭警視以外にはありえない。若狭本部長秘書官だ）

「絶対にそっち系の人だよ。顔つきが違うもん」

「じゃあ、ケツ持ちさんっていうのも、やっぱりそっち系の人なの？」

「それはガチだよ。夜限定だけど、どんなクレーマーも出禁客も黙らせるもん。

もちろん、VIPたちが絶対に秘密を守るのも、この人が無茶苦茶、恐いからだよ」

「パパさんだけでもかなり、恐い人みたいだけど……」

「社長がインテリヤクザだとしたら、ケツ持ちはもう若頭とか、そんな感じだよ。白髪なんだけど脂ギッシュで、顔ギラギラ日焼けしてて、ほら、『この犬絶対に噛みそう〜』って感じ、あるじゃん？　まさにそれ。噛み付くチャンス、心待ちにしてる感じで。ううん、まさに匕首ブスリかなあ」

（こっちも確定。鎌屋警視だ。

七年前の保安課事件補佐にして、現在の美伊中央署副署長）

「やっぱりメイドカフェだから、勘違いした御主人様のセクハラとか、お店でのつきまといとか、無断撮影とか、あと仕事の後の出待ちストーカーとか――気持ち悪かったり恐かったりする人もいる。となると、ケツ持ちの出番。

ケツ持ち、昼のうちは動かないんだけど、夜なんかあったら、まず飛んでくるかな。それでバックヤードに軟禁して、ボコって、何か見せる。恐い名刺だと思うんだけど」

（あるいは、警察手帳かもね。鎌屋副署長は、警戒心の薄い人らしいから）

「そうすると、店長が何を言っても駄目だった問題客、二度と来なくなるんだよね。そして、可哀想だけど店長も、そのあとボコられるの。騒ぎになるような店にするな、って」

「メイドカフェってのも大変というか、恐いんだね」

「ううん、オモテの方はまともだし、まさかケツ持ちも普通の御主人様、いきなりボコにしないから。あれでいて、社長のことは、結構恐いみたいだし」

「パパとケツ持ちがシンクロすること、あるの？」

「あたしが見たのは二、三度だけだけど。社長そんなに来ないし。でも社長がいると、ケツ持ち、人が変わったみたいにペコペコしてるかな。きっと組の偉い人なんだよ」

(ある意味では、正解だなあ)

「でも、暴力団さんが経営してるんじゃ、ないからね。だったらあたし、辞めてるから」

「それはそうだ。でもその若狭、いやパパさんが経営してるんじゃないの？」

「違うと思う。

これも、さっきの友達から聴いたんだけど、社長のバックには、政治家がいるんだって。だから警察も、税務署も、絶対に手出しできないんだって」

「へえ、誰？」

「知らない。その子も知らない。もちろんあたしも。

けれど、あんなVIPルームみたいなこと、平然としてるし、オモテのお店だって、B県でいちばん大きなメイドカフェだし。あたしはお給料さえくれたらどうでもいいけど、確かに政治家とか、そんなこともあるかなあ、とは思うな」

「……のぼせてない？　そろそろ上がろうか。

今度はノンアルコール・カクテル、作るよ」

「やっぱり本業さんね。ウチの『カクテル』とは大違いだもん」

「そんなことないさ、気持ちの問題だから。それに、あのダージリンは絶品だった」

「ホントに!?　紅茶はできるだけ、あたしが淹れてるの。すごく嬉しい」

「難しくない？　かなり本格的な茶葉、使ってるよね？　たぶん手順も正確だし」

「紅茶はウチの売りだから、かなりこだわってるの。慣れない子だと、たぶん無理……っていうか、殺されちゃう」

「こ、殺される？」

「紅茶にこだわれ、っていうのは、社長の命令だから。これまたギョロ眼で、うるさいの」

「またどうして」

「社長のお仕事なのかなあ。茶葉、外国から輸入した奴なの。東京だと、専門店で量り売りするような感じの奴」

「パパさんが輸入してるの？」

「そうかも。ウチのお店が仕入れてるのは、広小路のブティックさんからだけどね」

「お店に行ったことある？」

「うんある。淹れ方の、まあ、講習会があったから。時給、出なかったけど」

（つながった）

後藤田は未緒を抱きかかえ、猫足バスタブから出した。

浜口未緒への借りの返済計画を、若干修正する。

（中屋の元締めに、この娘の新しいバイト先、頼もう。

このままじゃあ人生ゲーム、ソープで働くシングルマザーで上がりだからな……）

広小路アーケード・紅茶専門店『ペルル・ド・テ』

「いらっしゃいませ」

「こんにちは」

――浜口未緒との夜明けの緑茶が終わったあと。

チェックアウトは午前一一時。ちょうどよい時間である。どうせ繁華街に出てもいる。合理的な性格の後藤田巡査部長は、ホテル『ラ・プルメリア』の自動ドアを出、浜口未緒を地下鉄駅まで見送ってから、中心市街地に帰ってきた。広小路は、メインのアーケードを軸として、パサージュが縦横へ延びている。

目指す紅茶のブティックとやらは、メインのアーケードに、瀟洒な姿を誇っていた。もちろん、所詮はお茶屋さん。店舗は一階部分だけ。ちょっとした雑貨屋ほどの規模だ。それでも、洒脱な赤がわずかな金で飾られた店舗は、無数の紅茶缶とあいまって、いかにも欧州風の、日本人がコロッと騙される『オサレ』感に充ち満ちている。

「茶葉を、探しています」

「当店なら、お手伝いできると思います。どのような？」

プラダのスーツを着こなした、五十歳絡みのマダムは、大学生にしか見えない後藤田を値踏みしつつ、試すように訊いた――一〇〇グラム一、六八〇円の客としか思わなかったのだろう。だから、その瞳が妖(あや)しく光ったのは、ビジネスへの期待からではない。

純粋に、肉食獣として、眼の前のオスがあまりに美味しそうだったから。それだけだ。

「実は最近、あの、UFJの跡にあるメイドカフェで、すごい紅茶を飲みまして」

「うぇるめいど？」

「ああ、それです。離島からの友達が来たんで、観光で行ってみたんですけど」

「どうして当店に？」

「すごく美味しかったんで、メイドさんに聴いたんですよ。そしたら、こちらのお店で淹れ方とか、教えてもらってるっていうから。それでサイト見て、たぶん買えるだろうなって」

「産地とかは」

「ダージリンのオリジナルブレンドだと思うんですが。ちょっと大陸的なフレーバーがとても個性的な。あれは、なかなか飲めるものじゃない」

「ありがとうございます。うぇるめいどは、いささか趣味的な喫茶店ですけれど、だからこそお客様を騙(だま)すようなことはしたくない――というのがオーナーさんの御意向なんですの。そこで私に声が掛かりまして。こう申し上げては僭越(せんえつ)ですが、珈琲(コーヒー)とは雲泥(うんでい)の差だと思いますわ」

「僭越どころか、真実ですよ。珈琲も飲みましたが、ありゃ非道(ひど)い。適当な量販店の奴ですね」

「それが解る方は、残念ながら、B県あたりでは少ないのですけどね、オホホホ」

「そうしますと、うぇるめいどの茶葉は、こちらのブティックから？」

「ええ、すべて卸させていただいてますわ」

「どうりで……もう、お店の紅茶缶を拝見すれば解るなあ。ルピシア、ティピオどころの騒ぎじゃない。マリアージュでもこうはゆかないんじゃないですか。感動モノです」

「……お紅茶に、こだわりがあるようね？」

「ああ、申し遅れました。僕、こういう者です」

後藤田巡査部長は名刺を切った。美伊大丸ロイヤルコペンハーゲンティーサロン主任、酒造鉄也、とある。

「しがないウェイターですが」

「あのロイコペにお勤めなの」

「じき独立しますが」

「ならお店を？」

「ええ。こんな時代ながらさいわい、祖父が援助してくれることになりまして」

「御祖父様……まさか、この酒造というのは、あの、元草万市長の」

「あは、バレちゃいましたか臑齧り。そうです。地元の極悪利権政治屋、酒造欣也です」

「み、酒造先生のお孫さん」

「所謂妾腹ですけど。

だから所詮、しがないウェイターです。しがないバリスタ見習い、でもある」

後藤田巡査部長が店を離れた刹那、マダムはロイコペに確認を入れるだろう。まったく結構。後藤田のデタラメ素性が真実として裏書きされるだけだ。隠居の身とはいえ、ことB県下なら、酒造のオヤジにできないことなど、そうはない。

（それくらいの支援砲撃は、してくれなくっちゃ。『オフェリー』も繁盛させてるしね）

「じゃあ、いよいよティーサロンを、美伊市で？」

「まさしく。喫茶店でもカフェでもない、ティーサロンです。正統派は、B県にはありませんから」

「バリスタ見習い、というのは？」

「英国で五年、修業してきました。ただ水が違いますからね」

「あちらは硬水ですものねえ」

「軟水の水色に慣れるのと、日本の接客のノウハウが知りたくて、ロイコペにいました」

「そうすると、当店で茶葉を探しているというのは、つまり……」

「継続的に、お取り引きするパートナーさんを、探しているんです」

「当店から茶葉を仕入れると？」

「他に、僕の望みに適う店舗は、近隣県をあわせても存在しません」

「……仮にお取り引きをするとすれば、どれほど」

「量としては、うぇるめいどに卸されている程度ですが——」

後藤田はしれっと言った。翻訳すれば、ビジネスを倍にしてやるということだ。

「――僕もバリスタ見習いの端くれです。質にも、更にこだわりたい」

「グレード？」

「グレードも当然ですが、農園その他も」

「具体的には」

「夏摘みダージリンだったら、『ブルーム・ディマラヤ』『キャッスルトン』『ジュンパナ』。アッサムだったら、『ニュマリグール』『ナプック』。ヌワラエリヤの『ラヴァーズリープ』。キーマンの『ロワ・デ・キームン』――」

「――考えられる最高級のものを、というお取り引きね」

「あとは時節によって、春摘みの『シンブーリ』『トゥルザム』なんかも」

マダムは思った。こいつは途方もないバカか、永遠に金の卵を産むニワトリだ。例えば夏摘みの『ブルーム・ディマラヤ』。マグロではないが時価販売だ。どう足掻いても、一〇〇グラム一万五、〇〇〇円で売れる品である。紅茶一杯には、茶葉をケチっても二グラム必要。卸であることを差し引くとしても、茶葉だけで原価が二〇〇円以上。なら一杯の売値は、どう考えても二、〇〇〇円以上……

（業務用茶葉で原価六円。レモン、ミルクその他が一四円――それを六〇〇円で販売しているのが、普通の喫茶店よ。ダロワイヨだの、トゥール・ダルジャンだの、おバカな小娘が騙せるブランド力があれば別論、英国帰りのイケメン道楽というだけではねえ。

三箇月保たずに沈むでしょう。その意味では、徹底したおバカね……

けれど。

どれだけ赤字を出しても、酒造元市長の財布から補塡されるというのなら。

ビジネスとしては大失敗でも、店舗は永遠に続く。金蔓が切れるまで。そしてあの酒造欣也の金蔓は、まさか二年三年で切れるものではないはず……）

そのあいだに売りつけるだけ売りつけて、あとは溺れるに任せればいい。

自分は茶葉を売るだけ。カネをもらうだけ。先様の赤字が自分の黒字。

たとえ五年、いや三年だとしても、今のビジネスが倍の規模になるというのなら……

（あのバカ亭主に貢がせているカネも、到底、充分とはいえない）

マダムは眼前の若者に、大きく魅せられ始めていた。

元々、カネに汚い女である。

そもそも自分自身、とうとう軌道に乗らない道楽店を、趣味とプライドと所謂『セレブ意識』で、七年近く延命させている女だ。正確に言えば、延命治療に駆け回っているのは、その『バカ亭主』だけなのだが。

ちなみに、元々、男にも汚い女であることはいうまでもない。

だからこそ、眼前の若者に、さらに魅せられ始めている。

カネとセックス。

その意地汚さこそが、警務課SG班にとっては、最上のテコであった。

まして後藤田巡査部長の、僕を躾けて下さいビームは、入店当初から炸裂している。

「わ、悪い話じゃないわ」

「もちろんです。ここで、言わずもがなですが――

高級紅茶はマニアックな商品ですから、仮に僕が詐欺師だとして、騙し獲った商品を売り捌く段階で、すぐ御用になるでしょうね。というか、そもそもこのお店くらいしか買い手がつかない。もちろん僕は詐欺師じゃありませんし、それはすぐにお調べいただけます。

すなわち、リスクを負うのは僕だけ――いつもニコニコ現金精算しますしね」

――マダムの心は、既に決まっていた。

だが、自分でも説明できない警戒心が湧き起こってきたのも、また事実だった。

それは、『他人にはとても言えないカネ』で店を維持してきた女特有の、同類を感じる嗅覚といえた。それは正しかった。だが、それは飽くまで無意識の直感。ここで、もし彼女が虚飾を生み出せる女だったなら、それを言語化する事もできたはずだ。だが彼女は所詮、三流。生み出す側ではない。虚飾を望むが、それを他人に生み出させるだけの、そう陳腐なハリボテであった。それも、既に漆間警部が読み尽くしていたことだ。

「……ひとつ、試させて頂戴」

「なんなりと、マダム」

――そのまま女は店舗裏に消えた。

やがてティーカップに紅茶を一杯、用意して帰ってくる。

「これ、私の店の売れ筋ナンバーワン、オリジナル商品なんだけれど」

「なるほど、マダムの目利きで最上級のブレンドをした訳ですね。

そしてそれが、たぶん」

「あなたが感動したものでもある……

どの茶葉が使われているか、何がブレンドされているか、当てて」

「かしこまりました、マダム」

後藤田巡査部長は、まずカップからのスメルをたっぷり味わうと、あの優美な手の動きでハンドルを採り、紅茶をすっと口に含んだ。その唇の動きが、計算し尽くされた雄弁なものであったことは、いうまでもない。そのまま舌に転がし、残り香のフレーバーを楽しむ。だが、その白い喉（のど）を見て、ごくりと音を鳴らしたのは、見ているマダムの方であった。

――後藤田は、何とひと口でカップを置き。

「基本はダージリンのブレンドです。

夏摘みをベースに、アンペリアルかな、白茶を入れている。フレーバーは微（かす）かなジャスミン。これは誰にでも分かる。ベルガモットも。ダージリンとベルガモットは、アールグレイというほど合いますからね……

ただ、ラベンダーは意地悪ですよ。ベルガモットと合わせると、ほとんど気付けませんから」

「そんな!!」

「そんな？」

「……き、気に入ったわ……合格よ」

うやうやしくキスをしたとき、既に、若狭晴子の今夜の予定は、決まった。

「お褒めに与かり」後藤田はナチュラルに女の手を採った。「光栄です、マダム」

美伊市網浜町『ホテルメトロポリタン美伊ベイ』最上階タワースイート

「さあ、もう一度よ」

「かしこまりました、マダム」

後藤田巡査部長は、犬のように、舐め始めた。

重ねて、セックスは仕事だ。

後藤田は、十六歳以上であれば、どのような女性も仕事の対象とするし、どのような要望にも平然と応じる。警務課SG班発足以来では、還暦も過ぎた六十四歳の刀自を、御満足させたこともある。後藤田は、舐めろと言われれば舐めるし、飲めと言われれば飲むし、縛られろと言われれば縛られる。もし、食べろと言われたなら、躊躇なく食べるだろう。むしろそれが、真剣師としてのルールであり、プライドだった。要するに、愛が介在していればできない、あらゆることが後藤田にはできた。

（それにしても、これだけ征服欲の強い人は、そうはいない）

漆間警部の電子諜報力を駆使すれば、若狭晴子の私生活などすぐ割れる。

防犯カメラ映像の顔認識システム、歩容認識システム。NシステムにGPS。銀行口座にクレカ。ICカード。電子決済。シティホテルの宿泊者はすぐさま特定できるし、ラブホテルならもっと児戯だ。

それらから、導かれること――

（若狭夫婦は、円満とはほど遠い。若狭晴子の男漁りの、まあ派手なこと派手なこと）

……ただ、無理もない。

若狭の生活パターンを解析するに、既に枯れてしまったらしい。まあ五十歳も過ぎれば、どうということはない話だ。どうということがあるのは、若狭晴子の性欲である。まるで夫に当てつけるように、若い男を取っ換え引っ換えするサマは、孤閨の寂しさだけでは説明できない。警務課SG班としては、『敢えて若狭の不能を強調することによって、夫婦の主導権争いに完勝している』――と読んでいた。また、そうでなければ、既に解明されているカネの流れが説明できない。

「もっと、もっとよ――奥まで使いなさい」

「はいマダム、駄目な犬を、もっと躾けて下さい」

なかなか、加減が難しいひとだ……

後藤田からすれば、所詮、手段としての、プレイとしての御奉仕である。晴子が御希望とあらば、舌ひとつで、本当に天国へ旅立ってもらうこともできる。そうはゆかなくとも、三分で片付けることはできる。だがこれは、プレイだ。若い男を屈服させ、屈辱的な姿勢のまま躾ける――それを三分で終わらせてしまっては、『百戦錬磨』のマダムに恥を掻かせてしまうだろう。もっとも、ろくな百戦錬磨ではない。人数だけだ。これまでの若い男は、よほど未熟な素人だったのだろう。まあ、カネだけが目当てならそうもなる。

（そうはいっても、そろそろ、頃合いだ）

ルームサービスのワインは、今度は、かなりキテるおくすり風味にしておいた。間違っても浜口未緒には使いたくないコンボだ。だが、このBBBA――ビッチばばあにはピッタリだろう。一般協力者との位置付けではあるが、山伝一派、福元一派の密接交友者であり、既に周辺者といえる。依頼がないうちは仕方がないが、監殺のターゲットにしてもいいほどのビッチなのだ。

「マダム、こうですか？　こうですか？　僕はいい犬ですか？」

「あうっ、そうよぉうっ、ごうっ!!　うほふあっ!!」

（こりゃケダモノだよ……）

若狭晴子は、恐らく気付かなかったであろうが、急ピッチで片付けられ。後藤田巡査部長は、その命令でお花畑を務めると、お掃除役も謹んでお受けした。

――おすもうで大暴れに暴れた晴子は、上下関係を確定するつもりか、煙草をくわえる。もちろん後藤田は、すぐさま國松巡査直伝のワザで火を着けた。『人様の煙草に火を着ける道』があったなら、國松友梨は免許皆伝、後藤田秀は四段くらいであろう。

「……晴子さん」後藤田はナチュラルに二人称を変えた。「素敵でした。初めてです、こんなの」

「どうせ若い娘、食っちゃあ捨てちゃあしてるんでしょうけど、本当のセックスっていうのは、そんなもんじゃあないのよ」

「勉強になります」

「あら勉強なの？」

「いえ、そんな、晴子さん!!　意地悪いわないで下さい……僕は、その、晴子さんが、晴子さんと会えて、本当に……

でも」

「でも？」

「晴子さん、こ、恋人、いますよね!?」

「そりゃあいるわよ」

「嫌です、そんなの!!　僕だけじゃ、駄目ですか？　犬の僕だけじゃ駄目ですか!?」

「そうねえ、鉄也ちゃんねえ。もう少し男を磨いたら、考えてもいいわねえ」

後藤田巡査部長の自尊心は、この上なく傷付いた。もちろん、その理由は、ＢＢＢＡ

の本命になれていない事ではない。僕ほど男を磨いている奴はいない、という、プロ意識が傷付いたのである。ゆとりは心の打撲に弱いのだ。しかし、重ねて、これは仕事だ。BBAの戯言など、気にしている時間が惜しい。

「……恋人、たくさんいらっしゃるんでしょうね。まさか結婚とか、しませんよね」

「あらあらボク、まだ一度寝ただけだっていうのに、可愛い子。でも安心しなさいな。結婚なら、もうしてるから」

「えっ」

「ウフフフ……バカねえ、仮面夫婦って奴よ。ううん、ただの銀行ね」

(よしよし、かなり効いてきたな。そういう薬とはいえ、気が大きくなるっていうのは恐いものだ)

「無期限無利子、催促なしの、便利な銀行さん」

「その、今の御主人が、ですか?」

「もう七年前から、インポ野郎なのよ、アハハ」

「離婚したらいいのに……」

「鉄也ちゃん、若いわねえ。妻を満足させられない。その理由は絶対にバレてほしくない。そんな男が主人だったら、どうして手放す必要があるの？　脅して叱って詰って、尻の下に敷き放題じゃないの」

「金蔓なんですね、愛してないんですね、ただの銀行屋なんですね!?」

「そうよボク。だから鉄也ちゃんにも、まだまだチャンスはあるの。解った？」

「本当の銀行員さんなんですか？　そんなにお金があるなんて」

「まさか。しがない公務員よ。

　まあ、若い頃から散々尻を蹴飛ばしてきたから、それなりに出世コースには乗れたんだけどね。だからこそ、インポだなんてバレたらいい物笑いよ」

「晴子さん、やり手だからなあ……きっと、晴子さんの内助の功がなかったら、鳴かず飛ばずな人なんでしょうね」

「随分嫌うわねえ」

「そりゃ、形だけっていっても、御主人ですから」

「嫉いてるの」

「いけませんか？」

「嫉妬する価値もありゃしないわ……あるのは利用する価値だけよ。あなたもね鉄也ちゃん、ティーサロン経営するなんて言ってるけど、この御時世、あの酒造先生のお力あっての事でしょ？　まして、紅茶専門店だなんて……私がどれだけ苦労したか」

「でも、晴子さん、成功してる。広小路の一等地で、お店、頑晴ってるじゃないですか」

「だから、私にも、酒造先生に当たる人がいるってわけ。そうでなかったら、あれだけお金、掛けてるんだもの。開業して半年で自己破産してたでしょうね」

「まさかあ」

「鉄也ちゃん。ビジネスって、厳しいのよ」

「なら、その、酒造の祖父ちゃんに当たるのが、今の御主人なの？」

「あれは財布。お金、出すだけ」

「でも、確か公務員なんでしょ？　あんな立派なブティックの、パトロンだなんて」

「まあ、本当なら無理ね。とてもとても。けれど、私のためにお金が必要でしょう？　公務員のお仲間と組んで、サイドビジネスをやってくれているの」

（ですよね〜。有り難うございました。うぇるめいど‐若狭‐若狭妻。若狭がそこまでカネに困窮している理由。人の命に代えても執着している理由――

どうしても証言を取れって、中村班長が厳しくて）

「それで私のお財布役が、どうにか務まるってわけ」

「えっ、じゃあ優秀じゃないですか。商才、ありますね」

「全然。まあ、雇われ店長みたいなものよ。ぜんぶ御膳立てしてくれたのは、それこそ優秀な上司の人と、あと、本当のパトロンの人」

「上司の人？　恋人？」

「バカ。どこまでバカなの。もう、可愛いわね……その上司の人とやりとりするのは主人だから、私としては年に数回、御挨拶するだけの人よ。禿げた茹で蛸みたいで、陰険そうで、好きじゃない……むしろ恐いわ」

「恐い？」

「その人怒らせたら、私も主人も終わりだから。正直主人はどうでもいいけど、お財布が消えたら、私にとっても悲劇だしね」

「偉い人なんだ」

「主人の役所で、今は、人事も給与も握ってる役員級なの」

（うぇるめいど‐山伝‐若狭‐若狭妻）

「まあ、だから、主人のサイドビジネスも順風満帆なんだけどね」

「なら、晴子さんのブティックも順風満帆だね……

あれ？　さっき、その上司の人に加えて、『本当のパトロンの人』がいるとか言ってなかった？」

「もう。鉄也ちゃんの心配を先取りすると、そっちも、私の好みのタイプじゃないから」

「どんな人？」

「三十五歳の、こっちもまあ、公務員ね。ちょっと背丈があって、顔つきに険があるタイプ。ヌボーっとしてるけど、やっぱり怒らせると恐いの、とても」

「えっ若いね、僕が言うのもアレだけどさ。だって、さっきのハゲタコの上司って人、公務員で役員クラスなんでしょ？　そっちの方が偉くない？」

「ううん、パトロンの人はね、別格、特別なの。ウチの主人の役所の、そうね、トップより偉いのよ」

「イメージが湧かないなあ」

「その人のことは言えないけど、そうねえ……例えば私のブティックだと、インドとか中国とかスリランカとか、いろいろな所から茶葉を買い付けるでしょ？　その輸出入とか、検疫とか税関とかが問題になるわね。それに、ブレンドしたりパックにしたりするから、保健所の許可も絡んでくる。そうしたことまで、綺麗に片付けてくれる人」

「片付ける？」

「まあ、睨みを利かせて、黙らせてくれるって感じね」

「それはすごいや。だったら例えば、僕がティーサロンをやるときも」

「あたしのパートナーだって本決まりになれば、飲食店関係の許可は、どうとでもなる。それだけじゃないわ。

鉄也ちゃんは、最初から私のブティックを選んだから問題ないけれど、過去にはね、似たような紅茶専門店を出すとか、東京の大手から高級茶葉を仕入れるとか、そうしたふざけた奴もいたのよ。よりによって私の広小路でね。さあ、どうなると思う？」

「パトロンの人が、さっきと反対のことをしてくれる。邪魔してくれる」

「言葉を選ばなければ、そのとおりよ。お陰様で、私は競合他社を気にせずビジネスができるし、広小路の喫茶業であれば、私のブティックから茶葉を仕入れていない所はないわ。たとえ業務用であってもね。だから鉄也ちゃんは、最初の第一歩から、成功しているの」

「あれ？　でも、そうしたら、そのパトロンの人にお世話になるわけだから、むしろ、お金を払わないといけないんじゃない？　ボランティアでそこまで、してくれないよね？」

「そこは持ちつ持たれつよ。

主人の、というか主人の上司の、そう例の人事役員の蛸の人のビジネスが、とても大きいのよ。それで人事役員の人は利益を上げているんだけど、そこから、まあ、顧問料というか、相談料がガバッと出てるらしいわ。詳しいことは知らないし、聴きたくないから訊かないけどね」

（うぇるめいど－福元－山伝－若狭－若狭妻、っと。

まあ福元議員は、顧問料どころか、売り上げの五〇％以上を回収しているからなあ。若狭晴子のための口利きなんて安いもんだ）

「その顧問料で、もう充分なんだと思うわ。

いずれにしても、私へのお金が滞ったことはないし。関係者、みんな満足しているはずよ。でなかったら、関係者内で縁談なんて話、ありえないしね」

「縁談ですか？」

「ほら、パトロンの人、三十五歳でしょ？　それでまだ、独身だったのよ。まあ、名士とか権力者っていうのは、惚れた腫れたで結婚はしないしね。酒造家だってそうでしょ？」

「いや、僕、妾腹なんで、そこらへんは……まあ名士で名家だったら、厳しいでしょうけどね」

「そう、やっぱり厳しかったらしいんだけど、父親の許可がようやく出たとかで、結婚するの」

「誰とです？」

「その人事役員の娘と」

「公務員の娘さんとですか。ちょっと意外ですね」

「そうね。これも訊かないけど、持参金がバカにならないんじゃない？ 血統がないならお金しかないでしょ？ 人事役員、それだけのこと、できるんじゃない？」

（漆間警部が洗った、福元議員の東京での動き。ベイエリアに新築マンションを買った、とは解っていたけれど、国政進出のためのインフラだ、という可能性が残っていた――

そこへ、山本警務部参事官の娘。

長女が東京の大学四年生であることも、これまた解っていた。だがまさか、この長女と福元議員が……そこはさすがの漆間警部も、突合（とつごう）してはいなかった。与党県議、将来の与党国会議員との縁談だ。政治的中立性の問題がある。部内には、当然、極秘にしておくだろう……少なくとも、福元が県議でなく、国会議員になるまでは。県警として、県議は生々しすぎるからなあ。ところが国会議員となれば、そしてそれが育ってくれるなら、警察庁は笑いが止まらないだろう。なら県警としてもハッピーだ。そして山本警務部参事官は、いよいよ総務部長への道を確実にする。

――以上を、まとめれば。

若狭本部長秘書官の動機は、妻の道楽商売の補塡。

山本警務部参事官の動機は、カネを基盤にした権力と閨閥づくり――

もう、いいだろう。

あとは友梨ちゃんが自白を獲れば、非違調査は終了。いよいよ医局の、症例検討会だ）

「どうしたの鉄也ちゃん、急に黙っちゃって？」

「晴子さんそろそろ喉、渇いたかなあって――ルームサービス、頼んじゃいますね」

「そこのお水でいいわ。鉄也ちゃんは、喉が渇いたんなら……

さ、お舐めなさい」

（どんだけだよ!!）

後藤田巡査部長は、すかさず用意した水に、砕いてある眠剤をそっと投じた。

どのみち、一週間以内には黙る女だ。

美伊市中立町・美伊市役所市長室

政令指定都市の市長、ともなれば、そこらの県知事より権勢がある。

たとえ美伊市が人口八〇万弱の、ケツっぺた指定都市であっても、だ。

しかし、現在、その美伊市長より権勢のある者がいる。

正確には、その美伊市長にだけ、極めて特権的な権勢をふるう人物がいる。

――美伊市長は、決裁、報告その他をすべて禁じて、市長室にしばし、籠城していた。

指令のメールが、スマホに入ったからである。架電するから、待機せよと。

その内容を読んだ後、美伊市長は、いっさいの公務を拒否した。心が激しく動揺した。

そのメールに背くことは、市長の死を意味した。少なくとも市長はそれを疑わなかった。

――メールを確認してから、待機すること三〇分。

市長のスマホはぶるぶる震えた。それでも、市長の手そのものよりは大人しかった。

すべりやすいスマホを鰻のように扱いながら、今度はメールではない、音声着信に出る。相手方の携帯番号は、墓場に入っても忘れないほど暗記していた。情弱爺さんそのものの市長が唯一設定した、特色ある着信画像も、相手方が誰かを、衝撃的な顔とともに教えている。そう、八〇万人を統べる美伊市長は、この顔の前には無力だった。幼児より、いやゾウリムシより無力だ。

「もしもし土屋です」

『土屋市長さん？』

「はいはい、そうですそうです!!」

『やだ～もう大作チャンったらぁ♡　モシモシッチヤです、なんて恐い声、出しちゃってコイツぅ～。またイジメちゃうぞっ、このバーコードハゲチャビン♡』

「いやいや、ハッハッ、勘弁してくれよ由香里ちゃん、さすがに真っ昼間だからさあ」

『あれ？　忙しいんだ。じゃあ切るねバイバイ』

「ま、待ってくれ由香里ちゃん、頼む、お願い、切らないで……」

『由香里とお話しする？』

「するする、すぐする、いっぱいする!!」

『最近、御無沙汰じゃな～い？』

「そ、それはだね、市議会とか、もういろいろ」

『もう一週間も来てくれてないんだけどー』

「ま、まだ七日しか……」

『皆勤賞、するんでしょ？』

「由香里ちゃん、絶対行くから、必ず行くから!!　せめてあと一週間の猶予を!!」

『くすんくすん……大作チャン、由香里のこと嫌いになったんだあ……しくしく』

「嫌いなもんか!!　ここに青酸があれば、妻をブチ殺して由香里ちゃんと結婚するよ!!」

（それは困るわね）

「ほら、欲しがってたピコタンのローズ、プレゼントするから!!」

『大作チャン……まだ、解らないのね……愛はお金では、買えないのよ』

「同伴するから!!」

『あたし、牡蠣大好き♡』

「こ、この季節にですか……」

『愛は時空をも超える』

「アフターもするし!!」

『それ、当たり前じゃね？　あたしの善意じゃね？』

「ピンドン入れる!!」

『サロンでしょ？』

「入れる入れる、挿れたい挿れたい」

『なら堪忍してあげてもいいけどぉ、た〜ったひとつだけ、条件があるの♡』

「何でも言ってくれたまえよ、ハッハッ。

美伊市長、男・土屋大作にできんことはないッ」

『実はね、あたし今、とっても困ってるんだけどぉ……

ほら、大作チャンの大のお友達の、あの福チャン。あたしまたあいたいな、ねっ』

広小路・キャバクラ『マッダレーナ』

マッダレーナ。

言わずと知れた、B県ナンバーワンのキャバクラである。

そのたたずまいは、むしろ高級クラブといってよい。緋の絨毯に大理石。グランドピアノの生演奏。きらめくシャンデリアにシャンパングラス。鏡面に咲き誇る蘭。嬢のレベルは、少なくとも歌舞伎町で恥ひとつ掻かず勤め上げることのできるもの。六本木で勝負できる超一流も稀ではなかった。ただこうなると、とてもサラリーマンの遊びに使えるものではない。B県では、鉄板の接待用クラブ、ビジネスの切り札として、善くも悪くも評判があった。ただ八〇万都市といえば、埼玉・千葉クラスより遥かにうら寂しいわけで、何故このような都心のノリが再現できているのか、正確なところは誰も知らない。いずれにせよ、一時間五、〇〇〇円という相場感覚の客は、まず来ないのだ。

そこに連日、通うとなると、まず真っ当な勤め人ではない。

そして既に、五連チャンで通っているとなれば、よほどの粋人かバカである。

さらに必ず、VIPルームを使っているとくれば、もう狂気の沙汰といえよう。

その狂気を誘発しているのは、もちろん『マッダレーナ』ナンバーワン、由香里。言わずと知れた警務課SG班・國松友梨巡査である。

そして、その狂気を誘発されているのは……

「いらっしゃいませ福元様」

「うむ、由香里はいるかね？」

「はい。今夜もインペリアルVRでよろしいですか？」

「無論だ。他の指名客は邪魔でたまらん」

「すぐに御案内いたします」

左右両翼でびしりと礼をする黒服の列を、県会議員・福元黎一は意気揚々と抜けた。

そのまま、ヨーロッパの宮殿を思わせる大階段を上り、インペリアルVIPルームへ。一時間三〇万円のこの王侯(おうこう)の間は、眼下の超エリート客たちすら見下ろせる、人がまるでゴミの様な別天地(べってんち)ちゅうの別天地であった。県議ごときでは座り慣れないソファに腰を落とし、福元は由香里を待つ。本指名も場内指名も絶えることがないナンバーワン嬢だが、インペリアルVR客ならば、誰にも邪魔されない。

(由香里を独占できるのなら、安いものだ。

しかし、土屋(つちや)市長も見る眼がない。あの由香里を、おバカ女子大生ビッチだなどと。まあ、あのテラテラバーコードハゲなんぞには、由香里もまさか本当の姿を見せようとは思うまいがな。フフフフ……)

「……失礼します」

「おお、由香里、遅かったじゃないか」

「みなさん、由香里を大切にしてくれる、大事なお客様ですから……でも、これからはもっと、福元さんの為に、お時間作るよう頑晴(がんば)ります。どうか……どうか怒らないで下さいね。福元さん、怒らないでね」

福元は熱いおしぼりを受け取った。手を拭(ふ)いた勢いで首回りを拭く。ここにいるのが由香里でなかったら、ワイシャツの下まで拭きかねなかった。そのあたり、氏素性(うじすじょう)の限界、育ちの限界が出ている。

福元は、二世県議として、なに不自由ない人生を歩んできた。

東京の三流大学しか出られなかったが、利権屋・口利き業に必要なのは権力であって学歴ではない。かつてはまさに高卒の父親が、B県県議として、その役割を担ってきた。その父親は、参議院議員にまで成り上がったが、当選三回の入閣適齢期にあっても、とうとう政務官止まりだった二流。参議院という弱味もあり、とうとうその利権構造は、B県と、せいぜい隣接県内にとどまっていた。だから福元も、まずは県議として、政治屋を叩き上げて来るしかなかったのだ。要するに、地盤も鞄も、極めてローカルである。

　このたび、三十五歳の福元が父の地盤を継承し、参議院議員選挙に打って出るというのは、父の実現できなかった夢をも継承するためである。父親は、そのために、B県内利権システムで可能な、ありとあらゆる投資を行ってきた。そこには、血のにじむような渇望と辛酸と苦労とがあった。

　だが、二世議員である福元黎一にはそれが解らない。頭で理解していても、体感できない。なに不自由ない人生は、議員の息子として当然のものだと考えていたし、B県で誰はばかる事なく肩で風切っていられるのも、自分の魅力と実力ゆえと確信していた。すなわち、遠い将来になるだろうが、福元家の三代目が、確実に家を潰すパターンに入っている。

　でなければ、連日連夜、一五〇万二〇〇〇万の御大尽様など、到底できないだろう——

「私が由香里を怒るものか。それより見ていて御覧、今夜はプレゼントがあるぞ」

「プレゼント、ですか……福元さん、あまり、無理しないで……

福元さん、お偉い方、なんですよね？　議員先生、なんですよね？

あたしは、福元さんに、お仕事のお疲れ、癒していただければ、それだけで嬉しいから……お金は、お仕事とか、大事なことのために、遣ってほしいの……」

「フフフ、由香里は可愛い奴だ。だが心配することはない。苦学生の由香里を応援してやれずに、何が県議だ。お父さん、肺ガンで大変なんだろう？　抗がん剤も陽子線も、バカにならんからなあ」

「福元さん……あたし、そんな」

そのとき、階下のフロアにアナウンスが響き渡った。下々を眺める福元は、御満悦だ。

「今夜もマッダレーナにお越しのお客様、お引き立て誠に有り難うございます。キャストを代表しまして、当店の由香里さんより、すべてのテーブルにプレゼントがございます――

ドンペリゴールド『ラベイ』のシャンパンタワーと、フルーツ盛り合わせ!!

全席のお客様、由香里さんの心尽くしでございます。どうぞ御賞味くださいませ」

さすがのマッダレーナも、思わぬ喧騒につつまれる。遊びとカネ、ここに極まれりだ。

（ふーん、白ドンあたりで誤魔化すかと思ったけれど。まあ、見栄っぱりだしね～。フルーツ盛り合わせは店長もよろこぶ、秀くんもよろこぶ）

水商売で、フルーツほど美味しい商品はない。価額、乗せ放題だ。キャストもばくばく消化できるから、追加させやすい。そしてフルーツの扱いといえば、水の世界ならバーテンダーである。目利き、カット、時価設定――ゆえにマッダレーナは、國松友梨のオススメとあって、フルーツをすべて後藤田巡査部長の『オフェリー』からの直輸入としているのである。泣くのは客だけで、みんながハッピーというわけだ。

「ウッフフフ、どうだ由香里？　これで今月も、ナンバーワンだろう？」

「でも福元さん、私、こんなことまで……そんな……」

「……ウン？　どうした。顔色が悪いぞ？」

スワロとレースがお姫様的な、白いベアトップドレスが翻った。『Gと呼ばれた女』の主砲が、ハイウエストの上でたぷんと揺れる。福元はもうたまらず、ソファの上で由香里に躙り寄った。だが今夜の由香里は、触れようとすればするほど、抱こうとすればするほど、するり、するりと福元の制空圏から逃げてゆく。まるで処女のようなその挙措は、しかしかえって、福元の嗜虐心に火を着けた。もちろん、火を着けさせているのは國松巡査であり、福元好みの『清楚でウブな女子大生』の『免疫の無さ』を徹底して演じているのだが。そう、バーコード土屋には土屋用の顔、ボンボン福元には福元用の顔。まして福元の好みなど、漆間警部が山本参事官令嬢を――そう福元の婚約者を洗えば、すぐに分かることだった。

「な、何でも、ないんです」

へえ、顔色に気付くだけの眼は、あるのね――

「そんなことないだろう。様子もおかしいし。さあ、こっちへおいで」

「いやっ!!」

福元が手を引いた刹那、何故か大きくバランスを崩した由香里は大理石の上に倒れ、クラッチバッグがするすると転がった。もうひとつの持ち物も。

「ん？　何だい、この箱は……リボンが掛かっているが」

「ふ、福元さん」由香里は毅然として起ち上がった。「お、お帰り下さい」

「何だって？」

由香里は動揺の体を隠さぬまま、威儀を正して凛と立つと、断乎としたお辞儀をした。

「どうか、お帰り下さい」

「……どういうことだ、意味が解らんぞ。由香里、怒っているのか？」

「違います」

「なあ由香里……」

「違いますっ!!」

表面張力いっぱいに涙がうるうる貯まった瞳。そこから、びっくりするほど大粒の雫が、等比数列的にあふれ出す――艦砲射撃が始まったのだ。いつでも泣ける。たくさん泣ける。キャバ嬢職務執行法第二条である。第三条以下は、いつでも生理になれるのと、いつでも実家の親が泊まりに来ることと、いつでも謎の借金が抱えられる事だ。

（それでは、と）

思わず正対させられている福元に、國松巡査は、先刻の箱を思いっ切り押し当てた。

どう見ても、ラッピングされたプレゼントである。

「あたし、もう、福元さんと会えない……会っちゃいけないんです!!」

「そりゃまた突然どうして」

「誤魔化さないで!!」

國松巡査は我ながら、この涙腺はどこから水分を引いているんだろうかと訝しんだ。

「これ……安物ですけど、本当に、福元さんみたいな人に恥ずかしいんですけど、大学のあと、マルイシティ美伊で……福元さんのために……

だってお別れだから!!」

「別れるものか!!　私が由香里を捨てるとでも思っているのか!?　この私が!?」

（どの私なのかしら？　それに、いつからそういう関係になったのかしら？）

福元は荒々しく、プレゼントのラッピングを破り始めた。そういう仕草のひとつひとつが、國松巡査に値踏みされていると解らない。

「ね、ネクタイじゃないか」

「変じゃ、ないですか。そんなの、駄目ですか。あたし、男の人のネクタイって、買ったことなくて……だって初めてだったから……」

「い、いや、素晴らしいよ。私はこういうピンドットが好きなんだ」

「よかった……本当に……」

（議員へのプレゼントにマルイか。ナンバーワンとはいえ、所詮は貧乏女子大生だな）

（無印良品だとさすがにあざといもんね。経費は三倍になっちゃったけどね）

ちなみに國松巡査は、何の色恋沙汰もない、班長の中村フーミンにさえ、『警視なんだから恥ずかしいですよ』と、ルイージ・ボッレッリをプレゼントする女である。

「今まで、本当に有り難うございました。今夜も……さようなら、福元さん。あたしの」

「何故そうなる⁉」

「だって福元さん結婚するじゃないですか‼」

絶叫芝居はいよいよクライマックスに入ってきた。インペリアルVRならではである。

「ど、どうしてそれを……」

「……友達の娘が、着換えてるときに。やっぱり、本当だったんですね。あたし‼」

「ち、違う由香里、話を聴いてくれ頼む」

「あたし、本当に、お客様で初めて、福元さんのこと……そうですよね。キャバクラは擬似恋愛ですもんね。あたしがどれだけ……ううん、ちょっとだけでも夢を見た私がバカでした‼　だって貧乏女子大生キャバ嬢と議員先生なんですもん‼　そんなの絶対無理だって‼」

「だから違う‼」

「結婚しないんですか⁉」

「け、結婚は、する」

「ほらやっぱり」

「けれど違うんだ、全然違うんだ由香里。この結婚は、私の、そう議員としての政治活動を支えるために……これから国会議員となればもっとカネが要る。そうだ。だからだ。それだけなんだ。愛してなんかいない。解るかい由香里。こういう世界では、ビジネスパートナーが必要なんだよ。それがたまたま結婚の形をとるだけなんだ。それだけだ」

「……愛していない？」

「あ、ああ」

「お金のため？」

「そ、そうなんだよ」

「じゃあ誰を愛してるの？」

「由香里に決まってるじゃないか!!」

「でも由香里、愛人？」

「……不自由はさせない。何でも望みどおりにする。国会議員の正妻なんて、気苦労と泥仕事ばかりだからね。由香里には、ボロ雑巾みたいになってほしくないんだ」

「結婚しても、由香里が大事？」

「もちろんさ!!　証明するよ!!　だから、今夜、アフターで……」

（寝るためなら何でもするのが男とはいえ、ここまでゲスいと、かえって感動するわ～。ま、取り敢えず自白第一弾。山本参事官の娘さんとはカネ狙い。山本参事官の側の願出でもあるんだろうけど、娘さん、やりきれないわね。すっかり騙されてるもんね）

「……な？　そろそろ、いいだろう？」

「あたしが、福元さんの、いちばんなんですね？」

「生涯そうだ、ここで誓おう」

「……あたしも、本当は、福元さんのこと、すごく……こんな気持ち、初めて」

うっ。

由香里は突然、お腹を強く押さえ、さすった。何度も何度も繰り返して。もともと蒼白だった顔が、いよいよドレスのように白くなる。

「どうしたんだ由香里、病気か、大丈夫か、今夜は」

「……やっぱり、駄目、です」

「そんなあ」

「違うの」このゲス野郎。「やっぱりあたし、福元さんには、ふさわしくない」

「そんなことあるもんか」

「福元さん、あたしのこと、知らないから」

「これからたっぷり知ることができるさ」

「……彼氏が、いるんです」

「いやまあ、それはまあ、キャバクラだからなあ。キャバ嬢の六五％以上は彼氏持ちだ、という法則があるくらいだし。でも、由香里の気持ちは、今」

「あたしはもう、決めています……あたしのいちばん、大切な人。もう、お客様じゃない」誰とは言っていない。「でも駄目。今の彼氏からは、絶対に逃げられない。別れてくれない……うっ」

「まさか、そのお腹は」

「殴られてるんです……顔だけは許して、って言ったら、見えない所、ボコボコに」

「それはまさに流行りのDVじゃないか。警察に告訴しよう。もちろん力になる」

「無理です。だってカレ」ここは舞台の照明を落としたいわね。「警察官だもの」

「何だって？」

「それも、かなり偉いの。だから告訴とかって、解らないけどきっと無理」

「由香里と私の仲じゃないか。隠し事は無しにしよう。詳しく話してくれ」

「人に喋ったら、絶対、殺されちゃう……」

「県会議員・福元黎一を信用してくれ。すぐ国会議員にもなるんだ」

「それ、偉い？」

「もちろんだとも、だから、さあ」

「美伊中央署って、ありますよね？」

「ああ、B県でいちばん大きな警察署だ」

「生活安全課って、解ります？」

「よく知っているよ、防犯対策とか、ふうぞ、いや悪徳商法対策をやっている所だ」

「……カレ、そこの課長代理さんなんです」

「ほう、すると警部か」

「お詳しいんですね!!」

「力になれると言ったろう?」

「歳は、福元さんと変わらないんです。自分は若くして管理職になったんだって、すごく偉そうで」

「そういう勘違い野郎は、どこにでもいるな、ウム」

「やっぱりお店で出会って、その、そういうことになったんですけど、一緒に暮らすようになってから、すっかり態度が変わって」

「寝たら冷める男は、最低だな、ウム」

「私のお店のお給料、ぜんぶ、取り上げるんです。それで、派手にぱちんこを……警察官なのに、もう中毒で……すごい借金、背負ってて。あたし全然知らなくて!!」

「フン、公僕の片隅にも置けん輩だ。成敗してくれるわ」

「駄目。もしカレに叛ったら、ちょうど管轄だから、美伊中央署を動かして『マッダレーナ』を営業停止にしてやるって。俺にはそれだけの力があるんだって。あたし、お世話になってる店長や、可愛い後輩の娘たちのこと、考えると……だから、せめて借金をキレイにしてあげれば、あたしのこと、諦めてくれる、許してくれるんじゃないかって」

「ソイツの借金は、幾らあるんだ」

「四〇〇〇万から五〇〇〇万円」

「ぱ、ぱちんこでか？　また頑晴ったなあ」

「ガチなヘビーユーザーなんです。年に一〇〇万くらい、すぐ負けちゃうんです」

（小銭ではないが、生き死にに関わる大金でもない……『うぇるめいど』からもう一度、臨時金を出させれば終わりだ。

　しかし五〇〇万円でここまで悩むというのが、また可愛くはある）

（ちょっと吹っ掛けすぎたかな。一五〇万あたりが、リアリティのある数字なんだけどな──そうはいっても、中村フーミンが『カネ、じゃんじゃん遣わせろ』っていうから仕方ないわね）

「それを清算すればいいんだな？」

「そうすればかなりカレの気持ち、動くと思います……けれど」

「けれど？」

「カレ、出世頭なんです。だから、生活安全部長っていう人？　その県警本部の偉い人に、すごく、可愛がられているんです。だから、素行が悪くても、誰も手が着けられないらしくて。だから、もし、福元さんが動いてるって、あたしを救おうとしてるってバレたら、かえって、すごい迷惑が掛かったり……」

「アッハッハッハ、由香里、由香里は優しい娘だ。私のことを心配してくれるのか。

　だが安心しろ。

　すぐ国会議員となる県会議員の私だ。警察署の警部などゴミクズに過ぎんよ、カスだ」

「本当に、本当ですか、大丈夫ですか？」

「ならば言おう。そういう跳ね返りの若僧警部は結構いる。あれは……そうだな、七年前もいた、愚かな警部が。東京帰りのエリート風を吹かせてな。その癖に大した仕事もできず、とうとう私にまで迷惑を掛けた……どうなったと思う？」

「わ、解りません、とても」

「病院送りにしてやったよ。まあ半年も粘られたが」

「それって、い、イジメとかですか？」

「不適格者を排除するための措置だよ、フフフ」

「……殺しちゃった？」

「まさか私は殺しはしないが、フフフ。そうだね、殺されたとしても不思議ではないねえ」

「でも、その人は、県警本部の部長さんみたいなバック、なかったんでしょ？」

「七年前の奴は、確かにそうだ。だが、由香里のそのゴロツキについても、全く問題はない。

まず、その美伊中央署の副署長は、私の言うことなら何でも聴いてくれる。

そして、県警本部で人事を担当する警視正は、ええと、私の親類といってもいい。

あるいは、生安部長が五月蠅いというのなら、私の方は警察本部長だって動かせるんだ。警察本部長の秘書をやっているのは、私の、いってみればビジネスパートナーだからね、フッフフフ」

（自白第二弾。神浜警部パワハラシフトをとったのは福元－山伝－若狭－鎌屋。ごちそうさまでした～♡

　かちん）

「これで解ったかい、私の力が？」

「すごい……福元さん、やっぱり頼れる人……」

「そうと決まれば、すぐにでもカネを叩き付けて、黙らせてやろうじゃないか」

「ううん、ちょっとだけ、お時間を下さい」

「由香里、お前まさか、まだそのゴロツキに未練が」

「違います!!　私はもう、決めていますから。信じて、もらえませんか？」

「いや、そ、それは、もちろん信じるともさ……」

「これは、私の身から出た錆……確かに、お金のことは、どうにもなりません。本当に恥ずかしくて申し訳ないんですけど、福元さんに、お願いするしかありません。けれど、できるだけ、変なトラブルで、福元さんに御迷惑、掛けたくない……

　だから、あと一週間、時間を下さい。

　どうにかしてカレを説得してみます。

　誰も傷付かない方法、トラブルが公にならない方法があるのなら、それを優先させるべきだと思うんです。だから私、最後の説得をしてみます。それまでは、どうか、動かないで下さい。カレの話も、絶対に、絶対に秘密です、お願いします!!」

「しかしだな」

「福元さんだって、お金、用意して下さるのに、時間が掛からないですか?」

(おっ、考えてみれば、それもそうだ。取り敢えず山本参事官に連絡をとる。それが明日の朝。カネは若狭秘書官が管理しているはずだから、急がせるにしろ、それなりの段取りはあるだろう……

由香里を墜とすのに、もう、臨時金を出させてしまっている直後だからな)

(美伊中央PSの生安課長代理は正真正銘の無実なんだから、今、騒がれると厄介なのよね。山伝一派に喋られても面倒)

「まあ、できるだけ急いで用立てるが、明日すぐというのも、確かにバタバタした話だ」

「だからもし、一週間後、説得が失敗に終わったら、そのときは福元さんにお願いします。どうか福元さんのお力で、その七年前の人みたいに、廃人にしちゃって下さい」

「由香里が望むなら、自殺ということで、美伊湾でヒラメの餌になってもらってもいいよ」

「ありがとう、福元さん……嬉しい」

「なら今夜は、何を食べようか?」

「あたし、これからお店、早退して、カレ、説得に行ってきま～す!!」

「え、ええっ⁉」

「一分一秒が惜しいんです。だってあたし、もう、今のカレのものじゃないから。今は汚れた女だけど、一分一秒を惜しんでキレイになって、福元さんにふさわしい女性になってみせます。あたし、福元さんのいちばんの恋人だって、誰に恥じることなく、言えるように。

　絶対に頑晴って、絶対に別れてきます‼

　そしたら、あたし……

　あたし一週間、耐えます‼　そのときは、きっと」

　國松巡査は、でこぴんしたくなる衝動を堪えつつ、プロの職務倫理から、福元議員の頬にキスをした。

　そして威儀を正して、優美なお辞儀をすると、脱兎のごとく大階段を駆け下りる。

（個人的には、監殺、追加依頼があったらいいな。コイツ、どう考えてもおしおきでしょ。

　けれど、おしおきできないなら——

　非違調査で集めたネタ使って、生かさず殺さず触らせず、太客になってもらうのも、いいかな♡）

B県警察本部警務課・SG班パーテ内

警務課というのは、意外に多忙だ。

人事関係も、県警すべてに関係する企画立案も。

ヒトが欲しい、係が欲しい、政策を打ちたい。あるいはシンプルに、本部長通達を出したい。こうしたとき、警務課のハンコがなければ何も動かない。そこに管理部門の強味と、もちろん多大な労苦があった。したがって、警務課は、その人事機能をフル活用して、まずは警務課自身に、最優秀の逸材を集めるのである——

（その、はずなのですがねえ）

遥か遠くの、警務部参事官室から出撃してきたハゲタコ、山本伝警視正は、今朝もSG班のパーテ内を見遣っては、嘆息を吐いた。SG班の五人は、やれ巡回教養の素材捜しだの、やれ警察学校の図書館で調べ物だの、ああだこうだと理由を付けては、県警本部の席から逃亡してゆく。今朝など、自席に座っているのは、漆間警部と國松巡査のふたりだけ。

（班長も一係もいない。どうせサボりでしょうが、調べる手数、叱る手数すら惜しい）

山本自身も、極めて多忙であった。警務課長としては、本室、教養室、監察官室、SG班の管理運営。警務部参事官としては、給与課、厚生課、健康管理センターの統括。おまけに、副社長である警務部長の第一の家臣であるから、現業各部から、ありとあらゆる相談・報告・決裁が襲い掛かってくる。警視正クラスでは、最も多忙な警察官といえよう。

その山本からすれば。

現・伊内本部長の肝煎りで設置されたＳＧ班など、次の本部長が着任するまでの命と読み切っていたし、それも早ければあと半年の話。どうせスクラップされ、定員の財源となるしかないＳＧ班。それを立て直したり、指導したり、まして有効活用するなど、思慮の外も外、大外であった。

したがって、山本警務部参事官は、今朝もＳＧ班を叱責しはしなかったし――あろうことか、友好的なコミュニケーションまでとろうとした。

「おはようございます漆間補佐。中村さんと一係は、また警察署回りですか」

「ふむ、そう聴いています」

「日々、靴を磨り減らして御苦労様ですねえ。是非その成果物を一度、拝見したいものですがねえ」

「ふむ、それが御命令ならば、上官の中村警視に御下命ください」

「……漆間補佐は漆間補佐で、日々、御熱心にパソコンと格闘しておられますねえ」

「ふむ、それは評価でしょうか、指導でしょうか」

「いえいえそういう難しい話ではありませんよ。ただ余りに御熱心なので、私の頼み事、お忘れなのではないかと、ふと心配になりましてねえ」

「ふむ、どの頼み事でしょう」

「意地悪おっしゃらないで下さいよ漆間補佐、いえ漆間宗雄先生。先生の茶事ですよ」

――警務課SG班。

柔道と機動隊の猛者、秦野警部。イケメンバーテンダー、後藤田巡査部長。ナンバーワンキャバ嬢、國松巡査。いずれも七癖ある芸達者だが、漆間雄二警部のもうひとつの顔は、それこそ茶道の専任講師であった。『講師』といっても、インストラクターではない。裏千家のヒエラルキーのひとつである。もちろん、『正引次の許状』すら有する高弟だ。警察で喩えるなら、警察本部長クラスであろう。千利休以来の、茶名すら名乗ることが許されるほどだ。

それが漆間『宗雄』である。

そして、警備部門出身の漆間が、凡庸とされながらも生き延びてきたのは、まさにこの『宗雄』としての働きによるものであった。端的には、ハイクラスの一般協力者運営である。

B県で茶事をするとなれば、まず漆間。これはブランドのようなものだ。裏から言えば、漆間の茶事に招かれるということが、B県でのステイタスなのである。政、財、官、メディア、地主――墨の案内状が手に入るなら、幾ら積んでも惜しくないという層に、B県は事欠かない。もっとも、漆間は私情を挟まないので、相場も市場も成立しないのだが。漆間が挟むとすれば、公情といえようか。漆間は案内状と茶事をコントロールすることで、B県内のあらゆる名士に浸透することができた。まさか、それらは警備部門の対象勢力でも対象者でもないが、格言どおり、価値ある情報の九九％は公然情報なのである。また、地元名士の情報は、総務課がよろこぶ。議会対策にも使えれば、警察のフロント団体を起ち上げることにも、そのカネを集めることにも、あるいは、天下り先を開拓することにも使えるからだ。そして警察庁もよろこぶ。漆間が茶の湯を指南している衆院議員が漏らす一言一言など、垂涎の的だからだ。

だから、山本警視正が漆間に働き掛けているのも、極めて解りやすい理由によるものであった。すなわち――

「先生の茶事には、美伊銀行特別顧問の坂久さんと、B県弁護士会会長の八女兼さんも、お弟子さんとしていらっしゃるんでしょう？」

「ふむ、来ますが、それが」

「それがじゃありませんよ。以前も申し上げたじゃありませんか。来年は、五人の公安委員の内おふたりが、改選される年なんです。候補者リストからして坂久さん八女兼さん、このおふたりが新たに任命されるのは確実。そうしますと、じき生安部長になる、いえ、県警の重要な職責をお委ねいただいている私としては、できるだけ早期に、その御識見を拝聴して、すぐさま警察行政に反映してゆかなければならないのです。私の言っていること、解りますよね？」

「ふむ、新公安委員と、誼を通じたいと」

「そのような下世話な話ではありませんが、早急に、御意見など確認させていただく必要が、警視正クラスにはあるんですよ」

「ふむ、しかし、お茶は仕事に使うものではありません」

「あなたはB県警の将来というものを――」

山本が考えていたのは、警務部参事官→生安部長→美伊中央署長→総務部長→ウハウハ、という自分の将来であったが――いずれにせよ、思わぬ所から助け船が出た。この助け船は今、フーミン公認の、ユトリーヌ系キャバ嬢モード炸裂ちゅうである。

「もうユージくんったらぁ、意地悪しちゃって。あの話、してあげればいいじゃないのぉ」

「國松巡査、よしたまえ」

「……國松さん、あの話、とは何なのです？」

「それがね参事官、ユージくんね、今度昇任するんですよ～」

「はあ？　私は聴いていませんが？」

「違う違う、茶道の話ですぅ、今度、助教授ってランクに昇任するんですぅ」

「警察のお仕事もさぞお忙しいのに、それは大変結構なことながら、しかし何の関係が」

「例えばキャバクラですけどぉ、誕生日ってぇ、それはもう人生を懸けたイベントじゃないですか～。すごいんですよぉ、だってお店の売り上げ年間トップ記録はね、大抵、ナンバーワンの誕生日が作るんですから～てへぺろ♡」

「どうも話が……何がてへぺろなのか……」

「で・す・か・ら、ユージくん昇任しますよね？　ぶっちゃけ誕生日なんですよ、お披露目なんですよぉ。ぱぁーっとこぅ、『リシャール一〇本行くぜっ』みたいな派手なティーパーティ、どうしても必要なんですぅ。そうでしょユージくん？」

「ふむ、ティーパーティは如何かと思うが、盛大な披露の茶会が必要なのは正確だ」

「ホントはね、お弟子さんから巻き上げればいいんですよぉ、パーティ費用なんて。あたしだったらそうするなあ。けどね参事官、ユージくんったら、ほらシャイで口下手でサングラスデブでお人好しでしょ～？　ぜんぶ自分で賄うって、すっごく頑固なんですよぉ。でもね、ユージくん、ヒラ警部で部下はあたし一人……みたいな甲斐性なしだからぁ、このままじゃあお披露目ティーパーティ、諦めなきゃいけないいなあって、いっつも嘆息吐いてるんですぅ」

　ユトリーヌおバカ國松の真骨頂は、聴き手をゲンナリさせることによって、合理的な判断能力を熔解させることにある。『B県警の鵺』と悪名の轟いた山伝警務部参事官も、まさか、こんな小娘に騙されているとは思わなかった。そして合理的な判断が後退した結果、最も欲望に素直なストーリーを、勝手に描いてしまった。

「ははあ、それはそれは……なるほどですねえ」

「あたしとしてはぁ、参事官にもユージくんにも恩義があるからぁ、ふたりが一緒にしあわせになればぁ、それ超良くねって感じ？」

「そうしますとですね漆間先生。例えばその、披露のお茶会の案内状ですが、敢えて、曲げて市場価格を付けるとすれば、いかほど？　それをお茶会の原資にすれば？」

「ふむ、私はその茶会を断念するつも」

「参事官だったら五〇〇万円かな!!　それでも御祝儀としては最低ラインだけど!!　ねっユージくん、もう遠慮屋さんなんだから〜」

「ご、五〇〇万円」

「そりゃ〜家元さんから大宗匠さんからズラリ揃い踏みですもん。ウチの会社だったらぁ、警視総監とか警察庁長官とか呼んじゃったらそりゃもう大騒ぎじゃね？」

「な、ならですよ漆間先生、仮にその五〇〇万円で、私が案内状を買ったなら」

「ふむ、案内状は商品ではありません」

「いえ失礼。
仮にその五〇〇万円を、B県内の茶道の普及のために御寄付するとすれば」

「今月ちゅうよ〜♡」

「……ええ今月ちゅうに」

「ふむ、その場合。
その御寄付と直接の因果関係はありませんが。
私がお礼状を認めることになるでしょう。それが案内状であることも、あるでしょう」

「ウフフ……

漆間警部、私はね。

ＳＧ班が仮に解散しても、あなたは私、いえＢ県警を支える重要な支柱だと評価しているのですよ。

御指摘のお礼状が案内状であって、かつ、公安委員候補の先生方と御一緒できるのだとしたら。ならば私も警視正の端くれ、茶道会に名の轟く漆間宗雄先生のお披露目に、よろこんで御支援をさせていただきますよ。私の言っていること、解りますよね？」

「ふむ、私に対する評価は初耳ですが、にわかに茶道に御熱意をいだかれたのは理解しました」

「それでは、その大切なお仕事、そう先刻からずっとキーと格闘しておられる高尚なＳＧ班のお仕事、そう何箇月も続かないとは思いますが、どうぞ頑晴ってください」

「ふむ、御激励ならば感謝します」

そのとき、庶務係の一般職嬢が、山本を呼びに来た。

「山本参事官、美伊地検からお電話です。卓上で保留です」

「おや美伊地検。めずらしい。何でしょうかね」

「用件までは。三席検事の琴吹玲さまとか」

山本が急ぎ足で参事官室へ帰ってゆく――

（ユージくん、じゃなかった漆間補佐。これでよかった？）

（ふむ、サングラスデブというのは如何かと思うが、結果がすべてだろう）

（もう、細かいこと気にするんだから）

（これで一、〇〇〇万円。國松巡査の恋愛営業が半分、茶会の案内状が半分――

『うぇるめいど』の営業規模なら出せない額ではない。しかし突然、意味不明なカネを、

しかも現金で支出しなければならないとなれば）

（それなりの謀議と、決裁と、決断が必要になっちゃう）

（すると山本警視正のあの性格ならば、直ちに主犯たちを呼び集めるだろう）

（ぜんぶ、煮詰まってきましたね、漆間補佐）

（ふむ、今の寸劇に割く時間がなかったら、私自身の作業も、既に終わっていたのだが）

漆間警部は、ずっと継続していた電子課報作業の仕上げに入った。

しかし――

SG班のパーテの先、参事官室の壁のなか。

警電を置いた山伝警視正が、戦慄すべき情報で蒼白になっていた事までは……漆間も

國松も、知る由がなかった。

B県警察本部警務課・SG班漆間補佐卓上

警務課SG班二係補佐・漆間警部のいまひとつの顔は、不正アクセスの専門家である。

これは、高弟どころか家元レベルであろう。

したがって、SG班が動くとき、接触諜報(ヒューミント)は他の四人が担当するが、それをバックアップし、あるいはガイドする電子諜報(シギント)、画像諜報(イミント)は漆間の独擅場(どくせんじょう)となる。漆間警部は、SG班創設以来、『医局』の支援を受けて、必要な諜報態勢を整えた。そこは警備部門出身、やはりこういう仕事に肌が合うのだろう。

まず、警察部内のネットワーク。これは完全に、オープンネット＝インターネットから隔離(かくり)されている。全国規模ではP‐WAN、B県警ではBKネットと呼ばれるイントラネットが、それだ。OSはウィンドウズだから、一太郎だのExcelだのが使えるほか、警察独自のメーラー、掲示板が使用可能となっており、汎用性(はんようせい)は極めて高い。

そして、部内ネットという安心感からか、警察官のセキュリティ意識は極めて低い。機微にわたるドキュメント、シートを作るのに、バックアップシステムは止めない。機微にわたるメールをやりとりするのに、四、五年前の送受信分を残していたりする。だが何より有難いのは——特に上位の警察官だが——BKネットの端末が窃視(せっし)されるなどとは、夢にも思っていないことだ。無論、バックドアの常連客である漆間警部にとって有難いのであるが。これにより、部内連絡、部内意思決定のほぼすべては、公然情報と化す。

加えて、漆間警部自身のBKネット端末は、外貌(がいぼう)こそ中村、山伝(やまでん)のものと変わらないが、ハコ以外、まったく別物といってよかった。

まず、警察の各種データベースに触手(しょくしゅ)を伸ばしているのだ。警察行政がヒトを扱うものである以上、脅威的な個人情報が収集され、また蓄積される。捜査の顔役である刑事部門、防犯と営業に強い生安部門、お客さんの絶える日がない交通部門、そして隠微な警備部門。交番を管理する地域部門でさえ、恐ろしいほどの個人情報を携えている。また、防犯の生安といえば防犯カメラ。刑事の常道ともなったＮシステム。最近は、捜査支援システム、という言葉が大流行であり、顔認識、歩容認識、画像処理、声紋認識、ＧＰＳ、秘聴といった用語も、既に陳腐なものとなりつつあるほどだ。

もちろん、警察が収集し管理する個人情報のデータベースは、厳格な法の統制を受けるわけだし、そもそも警務課ＳＧ班などにアクセス権はないわけだが――

この世界、セキュリティに万全はなく、カネと時間を掛ければできない事はないのだ。

要するに、漆間警部は、県警のなかで、神の眼を有しているのである。

だが、それだけではない。

漆間のニセＢＫネット端末は、当然ながら、インターネットにも接続できる。

警察の常識では、技術的にというより、習慣的に『ありえない』ことだ。

もちろん、公然情報の収集にも使う。だが、それならＳＧ班にも一台だけ貸与された、公用インターネット端末を使えばいい。漆間が自分の端末からネットにアクセスするのは、スペック上の必要からであり、さらにいえば、それを駆使すべき防壁破りの必要からであった。

それなりの手数と時間は、掛かるが――

漆間警部にとっては、相手方が銀行であろうと、保険会社であろうと、鉄道会社であろうと、ホテルグループであろうと、商社であろうと政党であろうと、まあ、ピッキングを試みるようなものである。もちろんピッキング先は法人に限られず、個人のパソコン、スマホもよいお客さんだ。

――と、いうわけで。

漆間警部は、サングラスのブリッジを微かに上げた。極めて満足している証拠である。

（医局用の資料は、固まった）

最後のピースのひとつが、今、埋まったのだ。

すなわち、先の冬の、神浜警部の映像である。

神浜警部は、県警本部別館五階で自殺したとされる。それには中村と、その協力者となった裕川警部から、強い疑義が出されている。もちろん、配偶者であり依頼人である葉鳥知子からもだ。ならば、この事案の解明をしなければならない。それが監殺の作用である。

もちろん、県警本部の防犯カメラ映像は、すべて処分されていた。五階廊下は当然のこと、本館別館のエントランス、エレベーターホール、階段に至るまで。敵もそこまでバカではない。そして、それらを処分したところで、別段、怪しむ警察官はいない。そもそも自殺と断定され、犯罪捜査が開始されていないのだから。

また、もちろん、トイレに防犯カメラはない。

目撃者もいない。

県警に残された捜査資料も、すべて捏造というか、最初から自殺の線で書かれたもの。秦野警部がやったように、漆間警部もまた、それらの写真解析をしたが、精査しても矛盾がない。それもそうだ。矛盾があれば当然、処分されているはずだ。

なら、手詰まりか……

……というと、まったくそんなことはない。

漆間警部は、システムに不正アクセスしてのち、店舗ごと総当たりしていたコンビニの防犯カメラ画像の中に、とうとう『自殺』当日、県警本部に登庁する神浜警部の姿を見出した。ここで、漆間警部が確認したかったことは、ただ一点。

(手袋をしている……だが、そうか、これが秦野の言っていたことか……

さすがというか。

刑事の執念というのは、見上げたものだ。いや、喫煙者の執念か。

まさか、手袋をこんな風に使っているとはな。私は煙草を吸わないから、意味が解らなかった……)

これで決まった。

——漆間警部は、これに先立つこと四日前、既に発見し確保していた防カメ動画を、端末上で再生した。これもやはり、店舗ごと総当たりで、コンビニの保有しているデータを盗んだものである。

もっとも、この確保順序は予想外だった。

というのも、神浜警部の登庁ルートはほぼ断定できるが——小細工する必要がない被害者だ——被疑者の側は、小細工をする必要が大あり。どのルートを使ったか、とか、どの店舗が姿を捕捉できたか、とかは、合理的に推測できるものではないからだ。合理的に推測できたのは、『コンビニのゴミ箱に投げ入れる』ということだけ。県警本部のゴミ箱は使わないだろう。そして今時、街頭にそうそうゴミ箱はない。駅までは持っていたくないし、絶えず人目がある。自宅すなわち官舎は団地だから、ゴミ置き場もオープンゆえ、万一のことがある——

なら、コンビニだ。総当たりで空振ったら、駅、官舎付近の順で潰してゆけばよい。

そして結果は、空振りどころかクリーンヒットであった。まこと予想外だ。

（やはり悪事はできぬもの。天網恢々というか、純然たるバカというか）

神浜警部は、県警本部で死んだ。

遺品はすべて、葉鳥知子に引き渡された。

だが……

そう、手袋がないのだ。葉鳥知子が、してゆくように念押ししたという手袋が。

見分調書にも写真にも出てこない。

なら、隠されたか、処分されたのだ。

どうやって？

（また、気の小さいことだ。わざわざ煙草を買って、そのビニール屑と一緒に捨てている。どうして煙草なのか……銘柄が記録され、こうして重要な証拠になるというのに）

漆間警部は映像を一時停止し、ゴミ箱と手元を拡大した。さほどの精度はない。だが問題の黒い手袋、しかも左手用がしっかり確認できた。

次いで被疑者の顔を、クローズアップする。

同時に別ウインドウを開いて、捜査一課を撮影しているカメラ、刑事フロアの喫煙室のカメラをそれぞれチェックした。さいわい、執務卓の上に、同じ銘柄の煙草が二箱、転がっている。なら喫煙所を見続けるまでもないだろう。次いで、その被疑者の身上書をポップアップさせる。

（秦野が指摘してはいたが、医局のため、資料としておこう）

柔道五段。

捜査一課、警視。

検視官、望月英……

（臨時雇いだな。カネの流れは一度だけだ。山伝一派の、固定メンバーではない。そうはいっても、葉鳥知子がこれを知れば、必ず依頼をするだろう。葉鳥知子は大変だが、カネに汚い中村にとっては、朗報だな……）

そのとき。

自律的に警戒させていた、メール傍受プログラムが新着を知らせた。

（やはり来たか、最後のピース。しかし、そう生き急ぐこともなかろうに）
部内ネットのメーラーで、今、電子メールの送受信がなされた。
漆間は事務的に確認をする——

発信者　　　　　警務部参事官、山本警視正
受信者　　　　　警察本部長秘書官、若狭警視
カーボンコピー　美伊中央警察署副署長、鎌屋警視
カーボンコピー　警察庁保安課営業第二係係長、鬼丘警部

（総会だな、一、〇〇〇万円問題の。
今週末金曜日、午後一〇時から。広小路（ひろこうじ）の『うぇるめいど』）
漆間警部は、すべてのプログラムを終了した。そして慨嘆（がいたん）した。
（まさか自分の命日を決めるメールになるとは、思ってもいないだろう……）

第6章　裏公安委員会

美伊市広小路・バー『オフェリー』

医局。

その三人の委員会は、いつしかそう呼称されるようになっていた。

Ｂ県警・警務部警務課ＳＧ班――監殺班を管理する合議体である。

もちろん、その実態を知る者は、一般警察官にはいない。

――警務課ＳＧ班を設置したのは、この医局であった。

猖獗を極めた、Ｂ県警不祥事問題。そしてその頂点としての、白野警察本部長刺殺事件。

外部統制が働かない警察の病巣を、治療する。

そのために、症状の検査をさせ、症例の検討をする。

それに基づいて、行うべき外科手術を決定する――

それが、医局の任務である。

すなわち、ＳＧ班は飽くまで監殺の実行機関であり、医局はその審査機関である。Ｓ

Ｇ班による『闇の懲戒処分』が生の暴力であり、端的には犯罪そのものである以上、いわばこれを『文民統制』する第三者機関が、どうしても必要であった。医局が時として、『裏公安委員会』とも呼ばれる所以である。

――その裏公安委員の三人は、バー『オフェリー』のカウンター席に座っていた。

店は、クローズドにされている。

七席あるカウンター席の中央に、医局長。左右に医局員がひとりずつ。カウンター内には、バーテンダーの後藤田巡査部長。そしてひとつしかないボックス席に、ＳＧ班長の中村警視と、班員の秦野警部、漆間警部、國松巡査が座っている。

その中村は、班長として今、非違調査結果を報告し終える所であった。

「……以上、説明申し上げた事実関係のとおり、第一、神浜忍警部に対するパワハラ。第二、その動機原因となったメイドカフェ汚職。第三、その罪証隠滅としての神浜警部殺害。これらすべてについて、監殺マル対らの罪状は明白であります。

これら監殺事案は、自己中心的、攻撃的かつ非倫理的な性格傾向を有するマル対らが、何の罪科も認められない神浜警部を、金銭による利得を獲るためだけに利用し、暴虐の対象とし、とうとうその自殺まででっち上げたという、身勝手極まりないものであります。その犯行態様及び犯行動機は、冷酷非道にして残虐、酌量の余地は微塵もありません。

当然ながら、パワハラ事案のみに限っても、著しい経済的貧困に追い詰められた依頼人の悲歎の深さは察するに余りあるところ、とうとう、偽装自殺という卑劣な手段によって、善き夫、善き父親を奪われるに至った遺族の報復感情は峻烈を極めており、懲戒処分のうち、最も厳しいものを切望するのは、むしろ当然のことであります。

ところが、監殺マル対らは、事案の隠蔽に邁進することはもとより、特にメイドカフェ汚職によって経済的利得のほか、警察部内での立身出世を実現しており、今後も、県会議員あるいは国会議員との癒着を基盤として、この利権構造を確乎たるものとしてゆく意図が明白であります。当然、依頼人に対する謝罪などが行われたことはなく、そればかりか、依頼人を欺罔して錯誤に陥れ、受給できるはずの障害年金を消滅時効により消滅させるなど、むしろ積極的に、遺族の生計を侵害しており、ここに真摯な悔悟の念など、微塵も感じられないものであります。

パワハラの強固な犯意の下に、前途有望な中間管理職の命を、しかもその妻と二人の子が悲歎し困窮するのを知りながら、路傍の石のごとく奪った非違行為は、罪質はなはだ悪質にして結果重大。隠蔽工作と不改悛により情状悪質。慰謝の措置なく被害感情は峻烈、であります。

以上の諸点を総合し、ＳＧ班としては、次のとおり懲戒処分を上申いたします——

・警務部参事官　山本警視正

懲戒暗殺（侮辱、名誉毀損、業務上過失致傷、贈賄、脱税、風営法違反、売

防法違反、国家公務員法違反、詐欺、殺人）
・本部長秘書官　若狭警視
懲戒暗殺（同前。なお国家公務員法違反は、地方公務員法違反となる）
・美伊中央警察署副署長　鎌屋警視
懲戒暗殺（同前）
・警察庁保安課係長　鬼丘警部
懲戒暗殺（同前。なお地方公務員法違反は、国家公務員法違反となる）
・捜査一課検視官　望月警視
懲戒暗殺（殺人、証拠隠滅）
・B県議会議員　福元黎一
暗殺（侮辱、名誉毀損、過失致傷、収賄、脱税、風営法違反、売防法違反）

以上、医局御制定の『監殺処分の指針』に基づき、しかるべき御審議をお願い致します。SG班からは以上であります」

中村は烏龍茶をグイッとあおり、アサリ入りの卵焼きを摘まんだ。

浅蜊は中村の好物だ。

（後藤田、引き続きツマミも上手えなあ。警察官やらせとくのは勿体ねえぜ……

しかし、このプレゼンの面倒臭えこと面倒臭えこと。ブスッと殺っちまえばそれで済むのによ。ただ医局に叛えば、おまんまの食い上げだ。医局の決裁がなけりゃあ、タダ働きどころか俺の身柄、売られかねねえからな……）

「中村班長、詳しいお調べ、有り難うございました」

この裏公安委員会の委員長であり、また医局長と呼ばれる刀自が言った。独特の抑揚と声量は、往年の大女優のようでもあり、羅生門の妖婆のようでもある。

そう、『らーめん中屋』のおかみさん、中屋貞子だ。

この老婆こそ、裏公安委員会システム、監殺システムを起ち上げた発起人であった。そのために、既に相続人もない二、三億の私財を投入し、賛同する裏公安委員を募り、それらとともに、警務部警務課SG班を設置させた黒幕。警察の不正に泣く依頼人の窓口ともなる、まさに監殺の『元締め』。裏公安委員会において、庶民の怒りと怨みを一身に体現する、『中立』の『市民代表』である——

中屋貞子は、左右に座る裏公安委員のそれぞれに声を掛けた。

この三人に交友関係、いや面識があることすら、一般社会の誰も知らないであろう。

「それでは酒造先生、赤川先生、御意見がございましたら」

「それでは中村、私から幾つか訊くが」

「よろしくお願いします、酒造先生」

「依頼人から監殺の依頼があったのは、三人だ——だから福元の小僧と、鬼丘という警部と、ええと、ああ自殺偽装をした望月なる警視は、そもそも依頼対象外だが？」

「御指摘のとおりです。しかしですな先生」

チッ、指摘するとは思ったけどよ。

中村は秘かに舌拍ちした。百戦錬磨の酒造のオヤジ。説得するのは骨が折れる。しかし、懲戒暗殺とそれ以外では値が大違い。中村としては、どうせ働くのであれば、是非とも更に三、〇〇〇万円、上乗せを図りたい所であった。

もちろん酒造も、そんなことは読み切っている。

酒造欣也。

既にこの『オフェリー』の陰のオーナーとして、いや、温泉観光地草万市の元市長として、幾度か名前の挙がっている老政治家である。六期二十四年、市長職を務め上げ、今は悠々自適の隠居の身。そうはいっても、その隠然たる政治力は、Ｂ県知事だの、美伊市長だの比ではなかった。そもそも草万市は日本に名だたる温泉地。年間観光客は二〇〇万人を超え、市内だけで宿泊施設が一五〇以上ある。Ｂ県で最も財政事情のよい自治体であり、すなわち、Ｂ県の税収を支える屋台骨であった。その発言力が小さいはずもない。そして、酒造欣也その人の政治センスにも——正確には選挙センスだが——また卓越したものがあった。六期二十四年、あらゆる団体は、酒造市政の翼賛会と化していたのだ。青色申告会、商店会、飲食店組合、理容・美容組合、旅館業組合、海水浴場組合、ＰＴＡ連合会、遺族会、婦人会、市老連、幼稚園協会、青年会議所、ＪＡ、漁協、医師会、歯科医師会、看護師会、建設業組合、左官業組合、宅建業協会、上下水道事業者組合――しかも、酒造家は元々、第二地銀である『上野銀行』と信金『びい信用金庫』を中心とした小財閥だ。特に上野銀行は、県都・美伊市だけで融資総額三四〇億円、融資事業者は四二〇。これすなわち、B県の中小企業の血液と動脈をすべて握っている、ということである。メガバンクと勝負する必要はない。第二地銀であろうが信用金庫であろうが、カネを貸した先に恩を売れるのは、メガバンクと何の違いもないのだ。そしてその恩は、当然、酒造の選挙で返される――

B県を牽引するのが草万市ならば、酒造欣也は実際、B県のオーナーであった。その威風と貫禄は、齢、七十五を過ぎてもなお衰えない。競走馬を感じさせるやや面長の顔に、引き締まった筋肉質の体躯。いまだ、英国製のスーツを本当の意味で着こなせる男であった。

この酸いも甘いも嚙み分けた老政治家を、裏公安委員にスカウトしたのは、もちろん元締めの中屋貞子である。中屋貞子は、酒造が県警に深く失望し、憤っていたのを知っていた。愛するB県が、数多の不祥事で名を堕とすのを嘆いていたことも。酒造は酒造で、県庁と県警のすべてを知り尽くした男。警察を改革する術は、事実上存在しないと知っていた。オモテの公安委員会は、無力ではないが、制度上、警察に手を突っ込んで搔き回すことが認められない。そのことも当然、知っていた。

両者の利害は、一致し――

酒造元市長は、『右派』『権力代表』として、裏公安委員に就任することとなったのだ。

「ええ、サテ、酒造先生御指摘の、福元議員、鬼丘警部そして望月警視でありますが。

まず福元議員から御説明いたします。

これは、お手元の監殺資料にございますとおり、山本警務部参事官一派と一心同体でありまして。なんとなれば、第一に、神浜警部パワハラ事案につきましては、それを自分も主導した旨、國松巡査が自白を獲得しております。その録音起こし捜査報告書も、お手元に添付してございます。客観的証拠といたしましては、神浜警部着任時の、既に御説明いたしました質問書イジメ事案、この質問書の原本と、ドキュメントの作成年月日に係るプロパティ、バックアップデータ、これらの解析捜査報告書も、お手元にお配りしたとおりでございます。

これらから、主観的にも、客観的にも、福元議員がパワハラに積極加担していたことは、確実に立証できるものであります」

「しかし、福元議員のパワハラというのは、その四月の一回だけだろう？」

「マア、実行行為としては、そのとおりであります」

「SG班からの懲戒処分案だと、適用罪名は何になる」

「パワハラ関係は基本、『侮辱、名誉毀損、業務上過失致傷』としております」

「すると、福元の小僧がただの『過失致傷』であって、業過でないのは何故だ？」

「業務として、反復継続して、神浜警部を指揮監督する立場にはなかったからであります」

「だったら中村よ、福元を、警務部参事官一派と等しい処分にはできんだろう」

ここで、漆間警部が、ルイⅧ世のブランデーグラスを置いて発言した。

「ふむ、酒造先生、結果から考えるべきでしょう。神浜警部を生け贄とすることで、山本警務部参事官一派はうぇるめいど利権を手に入れた。それが風営法違反（無許可営業、十八歳未満者使用）と売春防止法違反（管理売春）となるものですが、この、うぇるめいどからのカネは、一〇対三の割合で、福元議員と山本一派に配分されています。それがお手元の『うぇるめいど資金チャート1』になります」

「配分の、客観的証拠は？」

「現金出納帳、預金出納帳、銀行口座、口座振込の各データを添付しております。また、防犯カメラ動画にアクセスできた分については、金庫への現金出し入れ状況を、写真に起こして添付しております」

「……最初からカネ目当てで、謀議の合議体を作った。だから自身の行為は一回だったとしても、すべてについて共謀共同正犯だ――こういう組み立てかね？」

「御指摘のとおりです。むしろその合議体、犯罪結社のトップが福元議員だと考えます」

「福元が山本一派に指示を出していたという客観的証拠は？」

「福元事務所とのメールで立証できます。また福元の名前は、山本一派間の警察メールでも、頻繁に確認されています」

「パワハラをしろ、というメールはあったのか？」

「ふむ、具体的な命令はありません」

「なるほどな……」

そして福元への適用罪名には『殺人』がないが、中村、これは」

『殺人』は、要は偽装自殺についての罪名ですが――福元にあっては、客観的証拠が確認できませんでした」

「具体的指示なし、共謀なし、だな。メールも、FAXも、電話もだな？」

「残念ながら。したがって、罪名からは落としました。

マア、実際のところも、うぇるめいど利権の暴露と壊滅を恐れた山伝一派の『独断』、あるいは福元の意向を『忖度』しての行為でしょう。SG班はそう判断しております」

「すると、こうなるな――

なるほど神浜警部にパワハラをするということは謀議したし、福元自身、自らその嚆矢を放った。

しかし、その一回だけだ。

その余はすべて、警務部参事官一派が実行したもの。またこの警務部参事官一派は、うぇるめいど利権について、かなりの裁量を有していたと考えられる。勝手に殺人まで実行できるほどだからな。

だとすれば。

福元自身の、言ってみればマフィアのドンとしての罪責は問われねばならないが――それは、実行為者たる警務部参事官一派とは、異なるものでなければならんだろう」

「すると酒造先生は、暗殺処分には御反対で？」

「罪一等、減じる余地はある。私はそう考える」

「……そうでしょうか、酒造先生？」

そのとき、中屋の元締めの左に座っていた老紳士が、ぽつりと語り始めた。

「私はそう考えません。法律論は解りませんが、人に手を汚させる輩が最も悪辣です」

「ふふ、そうしますと赤川先生、今夜は議論になりそうですな」

「酒造先生は、権力側にお甘いですからね」

「そういう訳ではないが……

まあ医局のシステム上、我々が対立関係になるのは、むしろ健全なことだ」

――赤川秀世。

元東大文学部教授。専門はロシア文学。東大を定年退官してからは、ほとんど余技として、美伊外国語大の教授を務めていた。したがって、酒造元市長ともども、それなりの高齢である。ただ、学者というのは浮き世離れしているもの。七十歳を過ぎてなお矍鑠としており、インテリらしい品格と線の細さが、依然として文学青年を感じさせていた。

ところがどうして、その実態は、なかなかに隠微なものである。

かつての、社会民主労働党東大細胞文学部支部の、非公然党員だったのだ。社労党というのは、まだまだ特殊な目で見られているから、党員であることを公にすることは、組織にも個人にも、それなりのデメリットがある。そして秘密党員など、ロシア革命の昔からあるわけで、赤川が際立って稀な存在だ、ということにもならない。

——その赤川の任務は、学生のオルグであった。

警察であろうと、社労党であろうと、組織にとって最も重要な任務は、後継者の育成である。若い世代に後事を託せない組織は、必ず滅びるのだ。赤川は、したがって、あらゆる学部の学生と接しうる駒場の教養学部で——そう授業で、ゼミで、若者のオルグに励んできた。特に氷河期以降の大不況、大デフレ時代では、かなりの成功を収めもした。優秀な学生を基幹産業に配置し、真面目な学生を党専従職員にした。もちろん、本人の同意あってのことである。

しかし——

次第に、教育者としての赤川は、矛盾と苦悩をいだくことになる。

話はカンタンだ。自分のように非公然であればまだしも、カミングアウトする公然は、多大な犠牲を強いられるから。今の日本においてさえ、『社労党員になる』『社労党に就職する』ということは、社労党系以外の、ありとあらゆる世界から絶縁されることである。社労党員というのは革命家であって、現世利得とは全然、縁がない。よい就職、それなりの出世、安定した給与……そんなものより共産主義革命を選ぶ決断をした。それが革命家というものだ。

ただ。

赤川について言えば、いくら学生たちの意志とはいえ、そこへ導いた責任がある。

少なくとも赤川はそう感じた。そして、自分の安全な身の上を恥じた。

自分は非公然党員であり、同僚にも一般社会にも党籍を知られてはいない。だから、東大教授として、まさによい職、よい地位、よい給与を享受し続けていられる。

だが、公然党員はどうか。特に現場の細胞、現場の地区委員会で働く専従党員はどうか。

まず、義務的な党費は、手取りの一%。この格差社会、年収三〇〇万なら三万円。機関紙を購読することも、義務だ。実質的な党費でもある。購読料は年四万円以上。若手の専従であれば、機関紙の配達も集金も勧誘も、しなければならない。もちろんビラ配りもだ。様々なノルマを背負って、土曜も日曜もなく党と革命のために働く専従は、それだけでも疲弊するのに、財政事情から、給料はいつも遅配……

比較的裕福な赤川が、一〇〇万円、二〇〇万円単位の融資を求められることなど、日常茶飯事であった。しかも、そのほとんどが焦げ付きだ。

それほど財政事情が苦しく、若手党員など、ブラック居酒屋、ブラック牛丼屋でバイトしなければ生きてゆけないのに――算経新聞の配達をやっているという笑えない話もあった――党官僚は、それと隔絶した別世界にいる。大企業の管理職以上の給与を獲、麻布、田園調布、広尾、成城といった都心一等地に自宅を構え、移動は必ずグリーン車。また収入の道も多い。例えば著作出版。これには許可が必要だが、最高幹部となれば誰が決裁するものでもない。一、〇〇〇万円稼ごうが、二、〇〇〇万円稼ごうが、党への寄付はお義理程度。それこそ一％くらいだ。それだけ売り上げることができるのは、宗教団体同様、『固定客』があり『独習』すべき本だと推奨されるから……

――今や革命組織がブラック企業となり、若者を搾取し、格差社会を生んでいるのではないか？

赤川は、革命家としての自分の生涯を恥じた。

ゆえに、美伊外国語大学に職を得てから、あらゆる党活動から身を退き、近所の地区党に、細々ながら寄付を続けている――それが、赤川秀世という人であった。

この大学教授を医局にスカウトしたのも、やはり、中屋貞子である。

ここに、彼女の過激さが表れているといえよう。

言うまでもなく、戦前から、社労党と警察は、不倶戴天の敵だからだ。

しかし、老獪な保守政治家の酒造とバランスをとるのなら、これほどの人材はない。

よって、どのような説得あってか、赤川秀世教授は『左派』『反権力代表』として、裏公安委員会の委員、医局員となったのである――

（しかしマア、不思議なもんだ）中村は牡蠣の燻製をパクリとつまんだ。下戸の肴荒らしという奴だ。（酒造のオヤジはどうしても弁護側になる。赤川センセイは検察側だ。

『保守と革新』なんて図式からすりゃあ、おもしれえ逆転現象ではあるけどよ)

酒造元市長は、保守派だから、警察に宥和的になる。『まあまあ、しかし』と。赤川教授は、革新派だから、警察を糾弾しがちである。『いえいえ、駄目です』と。

(そこらへんも、当然、中屋の婆さんの目論見どおりだろうがな……)

「中村班長、それでは私からお訊きします。

このうぇるめいどの事業規模というか、売上はどの程度なのです?」

「ハイ赤川先生。この七年間で、約一五億円と算定しております」

「それはまた。派手にやりましたね」

「六本木ナンバーワンの大箱キャバクラなら」國松巡査が素敵に微笑んだ。「年一〇億は売り上げますわ」

「そ、そうでございますか。ええと、それで『うぇるめいど』の一五億、その根拠は?」

「赤川先生、お手元の」漆間がドライフルーツチョコを置いた。『うぇるめいど資金チャート2』を御参照ください。それぞれの金額の根拠は、別添として添付してあるとおりです」

「三菱UFJ、三井住友、JAバンク、バークレイズ銀行、インド銀行、台湾銀行、香港上海銀行……それに警察共済。かなり複雑に資金を動かしていたようですね」

「金庫番の若狭の妻が、それなりに取引銀行を有しております。そのためです」

「若狭本部長秘書官の、妻……ああなるほど、道楽で紅茶のブティックをやっているという。事業用口座を開設した外資銀行を、複雑に介在させているのですね。現金は？」

「現金にあっては、本部長秘書官室の金庫に搬入しております。非違調査開始以来の分は、搬送車両の走行経路データ、及び、要所での動画を押さえました。また、県警本部本館内の防犯カメラによっても、日付、頻度、搬送者を立証できます」

「搬送者というのは」

「若狭本部長秘書官」

「なるほどですね、漆間補佐。

　すると中村班長、先刻の御説明だと、この約一五億円のうち、そうですね……約一一億五、〇〇〇万ほどが、福元黎一県議の取り分になった。それでよろしいですか？」

「帳簿から明白です。利益配分は一〇対三でございますから。また、口座の動きもそれと大きくは変わりません」

「うーん、ちょっと疑問なんですが……」

（ホイ来た、学者先生は学者先生で、細けえんだよなあ）

「一〇億以上を稼いだのに、福元黎一県議の現有資産、これは著しく少ないですね？」

「それは、あたしから御説明しますね、先生」

　國松巡査はお気に入りの、ブラッディメアリをすっと口に含んだ。そしていった。

「福チャンこと福元黎一県議なんですけど、遊び人だから、御父様の福元参院議員から、おカネ、厳しく監視されてるんです。だから、福元家の政治資金には全然、手が出せない」

「なるほどですね、よって遊ぶカネは、独立採算で捻出する必要があった。それで？」

「うぇるめいど利権を考えたのも、まさにその、遊ぶカネっていうか、自由になるカネ欲しさのことだったんです。それが初年度でもう、一億円以上、売り上げちゃったもんだから、ウハウハ調子に乗っちゃって。それでバクチに手を出したんですね」

「なるほどですね、泡銭をさらに大きくしたくなったと。それで、そのバクチとは？」

「先物取引」

「バカ野郎が」

黙って聴いていた秦野警部が吐き捨てた。オールドパーのショットグラスを乾す。

「仮にも国政選挙を目指す者が。正気の沙汰とは思えん」

「いや～ん、秦野のオジサマ怒ると恐～い。怒らなくても恐いけど」中村フーミンに睨まれ、國松巡査はまたスイッチを切り換えた。「それで赤川先生、その先物取引ですけど、金に始まってプラチナ、パラジウム、灯油にガソリン……あっという暇に三億五、〇〇〇万円、穴を開けちゃって。そこから、お決まりなんですけど、損失を補塡するためにまたおカネ、じゃぶじゃぶ注いじゃって」

「なるほどですね。それで現有資産がこんなに苦しいわけですか」

「ですから、そこも一緒に面倒見る――ってことで、山本参事官のお嬢さんとの縁談、断れなかったらしいんです。そうですよね漆間補佐？」

「ふむ、そのとおりだ。

持参金代わりでしょう、東京晴海のタワーマンション、四十八階の五LDK億ションですが、これの名義が山本参事官の娘になっています。資産公開上の配慮もあるのでしょうが。原資は三菱UFJと警察共済ですが、既に警察共済については繰り上げ返済を終える予定。三菱UFJにあっても繰り上げ返済手数料の相談がなされています。すなわちマンションの原資は、山本参事官のカネ。

また東京におけるクレカ等の使用状況と返済状況、諸移動の交通費、さらに各種接待交際費の原資を洗うと、終局的に、支払いを委ねられているのは山本参事官。すなわち、福元県議の東京滞在のパトロンとなっているのは、山本参事官です」

「福元県議はいわゆる金欠だから、ということですね」

「しかり。

もっとも、若狭本部長秘書官にあっても、資金繰りは火の車ですが。配偶者の紅茶ブティック、この経営が軌道に乗ったことなど、ただの一度もありませんので。その癖、頻繁に海外渡航をするわ、金に糸目をつけず茶葉を買いあさるわ——若狭が山本一派の中枢として、福元＝山本に忠義立てをしているのは、そうしなければ自分が自己破産せざるを得ないからです」

「すると、多少なりとも、その、『御利用が計画的』なのは、山本警務部参事官くらい」

「しかり。そして鎌屋、鬼丘への利益配分は、もともとパイが大きくはない」

「なるほど、なるほど……するとですよ、その山本警務部参事官ですが。おカネの提供と、縁談の提案。そこまで福元県議に肩入れする理由は？」

「共存共栄です。福元は県議として、またこれから国会議員として、しかるべき権力を手にする。当然、県議としては、県公安委員会・県警に影響力を行使するほか、県内の許認可を思いのままにする事ができる。そして国会議員としては、国家公安委員会・警察庁に影響力を行使することができる。

山本は警視正。警視正以上は、国家公務員。警察庁の人事コントロールを受けます。また山本は次期生安部長と目されている。再び風俗営業を担当することになります。よって、福元はしかるべきカネを獲。山本は生安部長人事を確たるものにし、うぇるめいど利権同様の、新たな風俗利権を確立してゆく——

陳腐な言葉でいえば、カネと権力の相互依存による、政官の癒着」

「なるほどですね、よく解りました……すると、酒造先生。

SG班の調査によれば、福元県議と山本警務部参事官は共犯であり、同罪。すぐれて私の主観によれば、むしろ福元県議の罪責の方が遥かに大きい。なんとなれば、この利権システムにより、最大の利益を、それも一億円以上の巨利を獲ているのですから。市民感覚からすれば、最も利益を獲た者が、最大の犯人ですよ」

「赤川先生、誤解してもらっちゃあ困るよ。

私は何も、福元の小僧を無罪放免にしろと言っているんじゃあない。無論、最大の犯人、首魁は福元ですよ。それを認めるのに何らやぶさかじゃない――

　ただ中村よ。

　福元の、風俗利権についての罪状は何かね？」

「ハイ、上申させていただきましたとおり、収賄、脱税、風営法違反、売防法違反です」

「その最大の犯人だということだな？」

「ハイ御指摘のとおり」

「だからですよ赤川先生。だから私も悩んでおる。この風俗利権についての首魁は福元。これには議論の余地がない。ただ、パワハラ殺人についてはどうでしょうかね？」

「どうもこうも、酒造先生。神浜警部へのパワハラ――これは誤認捜索をさせるという卑劣な罠を含みますが――これ無くして風俗利権なし。パワハラ無くしてうぇるめいど利権なし。そこには、そうですね、警察さんが言う所の、相当因果関係がありますよ」

「仮にそうだとして、依頼人・葉鳥知子の依頼はない。依頼人が晴らせぬ怨みを有しているのは、パワハラ当事者、すなわち山本一派だけだ」

「依頼人に説明をすれば、数秒後に追加依頼をするとは思いますけどね……中屋医局長。依頼人のそのあたりの感触、どうでしょうか？」

「そうでございますね。私が聴き及ぶ範囲では、もう、どれだけお金が掛かろうと、悪人、悪徳警察官を一掃してほしい……それが依頼人の希望だと承知しております。もちろん、まだ追加依頼のことは打診していません。すべては症例検討会の結論によります」

「……そりゃ、依頼人がどうしても、というのなら、私も処理することに反対はせん。だが中屋さん、この医局は、警察組織の病巣を摘出するためのもののはずだ」

「そのとおりですわ、酒造先生」

「ところがホラ、先日、副検事を監殺のマル対としたろう。あの懲戒暗殺そのものは、むろん、私も妥当だと思った。そこに問題はない。ただ、どうやら検察が動き始めたようでな……」

「と、おっしゃいますと？」

「もちろん検察など、警察にとっては義理の親族程度に過ぎん。これまで我々、裏公安委員会の存在も、警務課SG班の実態も理解してはいなかった。いや、今現在も理解してはいないと思う。ただ、噂レベルで蔓延し始めた、悪徳警察官の不可解な死――物理的なクビ切り――これに俄然、興味を持ち始めたようだ。もちろん直接のきっかけは、身内である副検事が、アッサリ殺られたことだがね……」

「具体的な動きなど、御存知ですか？」

「いや元締め、まだ動き始めたばかりだ。それも美伊地検レベルの話だ。担当検事が指名されて、隠密裡に、これまでの不審死事案すべての捜査を始めるらしい」

「すると、酒造先生としては、そのような情勢があるなかで……」

「……そうなのだ。如何に悪漢、如何に小僧っ子とはいえ、現職の県議にまで監殺の手を延ばすのは、剣呑とも思えてなあ……言ったとおり、我々の目的は飽くまで警察の刷新であって、部外者への処分というのは、副作用だからな。

　それに人情論を言えば、世の中には、知らなくて良かったという事もある。また再び二、〇〇〇万円、三、〇〇〇万円を、子供ふたり抱えた寡婦から出させるというのも、私としては、ちょっと抵抗がないでもない……」

「酒造先生のお心は、よく解りました」中屋貞子は列席者を見渡した。「ならばそこは、最終的には裁決に委ねることとして、他の論点があれば、それを確認してゆきましょう」

「中村班長」赤川は眼鏡越しにボックス席を見遣った。「この、検視官ですが」

「マル対の、望月警視ですね」

「捜査一課の刑事さん？」

「マアそうです。刑事というには、階級がかなり上ですが」

「保安課系統の、そう山本一派のうぇるめいど利権とは、無関係なのですね？」

「御指摘のとおりです。コイツぁいわば雇われの殺し屋で、謝礼を獲ただけ。その他の美味い汁は、まだ吸っていません――

　できれば、吸うことが無いようにしたいもんですな」

「すると、この罪状の『殺人』『証拠隠滅』というのは、まさに」

「ハイ、神浜警部を自殺に見せ掛けて殺した罪と、その証拠を湮滅した罪」

「こちらの資料によれば、ええと……神浜警部の左手袋を、投棄したと」

「直接的にはそれでございます。間接的には、他殺の状態を自殺に偽装しやがったこと、ソレそのものが証拠隠滅ではありますが」

「……何故、左手袋だけなのですか？」

「ビビったからですよ、赤川先生」

「というと」

「さすがは現役の検視官、あざやかな自縊を作出しました――これはですな、専門家が視れば数秒で分かるんですが、素人にはなかなか難しい芸当なんです。法医学的に、チェックポイントが決まってますから。それを完璧にクリアしやがった。見事な職人芸です。つまり、コイツぁ職人的こだわりのある奴ですな。

――だから、気になって気になって仕方なかった」

「何が？」

「どうして神浜警部の右手袋が消えたか、ということが」

「右手袋が、消えた……」

「もっともこれは、当の望月検視官の主観です。実際には、消えてはいない。そもそも最初から、現場だろうが県警本部だろうが、そこへの道筋だろうが、どこにも存在していなかったんですからな」

「神浜警部の右手袋は、最初から存在していなかった。ふむ……まだよく解りませんが、すると、自殺とされた現場にも、最初から存在しなかった訳ですね？」

「おっしゃるとおり。だから防寒具として、コートとマフラーはあったが、手袋は左手用ひとつしか存在しなかった。

――これがビビりには、気になった。

マアそうでしょうな。後ろめたい陰謀に加担して、薄汚い自殺偽装をやってのけた。元々、チンケな所もあったんでしょう。完璧に現場を作出したのに、何故か左手袋しかない。言い換えれば、右手袋はどこをどう捜(さが)しても、出てこない。それは必死に捜したでしょう。それこそ神浜警部の使ったルートすべてを。防カメ動画が残っていないのは残念ですな、そりゃもう大騒ぎだったでしょうから――

――だが、発見できなかった。

当然、遺品は遺族に返さなければならない。手袋について言えば、左だけを。

もし右手袋の消失が問題となったら、遺族が騒ぎ出すかも知れない。いや確実に騒ぎ出すはずだ。それでとうとう、本格的な検視、解剖、捜査が始まったら。バイト料が消えるどころか、お縄の可能性もある。

サテどうするか？

矛盾を無くすためには、そう、存在している左手袋に消えてもらうより他は無い。

それがお手元にお配りした資料のうち、自殺偽装捜査報告書の別添(べってん)、防犯カメラ動画です。コンビニに左手袋を投棄している瞬間を、静止画として添付しております」

「これによって、『神浜警部が自殺などしていないこと』、そして少なくとも『望月警視がその殺害に関与していること』は、客観的に立証されますが……

何故、神浜警部は、最初から右手袋を持っていなかったのですか？」

解らないな。

「赤川先生、それは、私から」秦野警部はショットグラスをトン、と置いた。「神浜警部は、煙草呑みでした。殺害当日もそうであったことは、お手元の遺品リスト、その煙草パケの箇所から明白です。ところが、煙草呑みと手袋は、若干、相性が悪い」

「秦野補佐、『相性が悪い』とおっしゃると？」

「まず煙草パケがすべるのです。ビニールで蔽われていますから。次に煙草そのものが取り出し難い。最大二〇本から摘まみ出すわけですし、ボールペンほどの太さもありませんから。最後に、ライターがすべる。一般的な百円ライターならプラスチックですし、しかも、発火するための金属部分が回せない――こうなると、スマホを操作するより難易度が上でしょう。

もっとも私自身は、手袋は両手とも嵌めた上で、喫煙の都度、右手袋を外します。ただ神浜警部の流儀では、そもそも、右手袋はしない主義だったんでしょう」

「そもそも右手袋は使わない、使うと煙草関連の物品がすべる、こういうことですか？」

「まさしく。フィンガーレスの手袋でも、なかなかに取り回しが悪いほどですから。

そしてそれは、とうとう『県警本部からもどこからも』、そう山本一派の必死の捜索があったであろうにもかかわらずどこからも『右手袋が発見されない』事実によって立証されます――もっとも、葉鳥知子さんに当ててみれば一発ですが。もし依頼が整うならば、すぐにでも直当(じかあ)たりはできます」

「さて酒造先生、いずれにせよ罪状は明白。

望月警視の懲戒について、私は既に疑義がありませんが、酒造先生にあっては？」

「赤川先生、そう恐い顔しなさんな……私だって、警察をかばうために此処(ここ)にいるわけじゃないよ……ただ監殺機能を預かる者として、幾つかの確認をさせてくれ、中村」

「ハイそりゃもう」

「望月警視が警務部参事官に抱き込まれた理由は？　その日の当直の検視官だからか？」

「それはむしろ、山本が手を回した結果でしょうな。神浜警部が登庁する日程は、人事調査官に訊けば一発ですから。まさか人事面談当日に、アポ無しってはずもない」

「手袋を始末したからといって、自殺偽装の殺人をした――ということにはならんぞ？」

「そりゃまあそうですが。ですがコレ、絶対に自殺でもあり得ませんからハイ」

「……莫迦(ばか)に自信満々だな？」

「そりゃそうでしょう。

神浜警部が七年前に倒れたとき、因縁の保安課は別館一階。使ってたトイレが五階だなんてこと、天地が引っ繰り返ってもありませんや。当時の五階は、警備のフロア。神浜警部は古巣の警備には怨みもヘチマもねえ。まして長期休職のブランク。その後の勤務はずっと本館二階だけ。資料にも、教養室の補佐で復職とありますでしょう？

神浜警部は、七年前に倒れてから、別館勤務を知らないんですよ。別館そのものの配置すら、詳しくはなかったでしょう。七年間、近寄ってないんですからな。別館は建て換えとガラガラポンですっかり変貌してる。七年離れてりゃあ、保安課だのトイレだのの正確な位置すら、案内図を見なきゃ分かりませんよ。部外者と一緒だ。

その神浜警部が自殺するんなら、せめて因縁の、別館一階トイレでしょうが。だのに、怨みも思い出も悔しさも無え、案内図を見なきゃ行けねえ別館五階のトイレで自殺……マア、杜撰で迂闊なシナリオですなあ。そうでしょう酒造先生？」

「う、ウム……なるほど……だが、此奴と特定されたわけでは」

「誘き出す。パソコンケーブルの輪に首を突っ込ませる。自縊に見せ掛けるためには、神浜警部の首を輪に入れるしかないんです。余所で絞めてから吊り上げるのは論外ですから。

なら、どうして神浜警部は無抵抗だったか？

そして、なぜ被疑者にそれだけの腕力があったか？

――そう、柔道ですよ。

望月は五段の猛者。ヒトを絞め落とすのに、マア、五秒の油断があればお釣りが来ますな。この時点では生きている。好都合。持ち上げて輪っかに入れる。造作もない。ストンと手を離せばそこで死ぬ。諸状況に一切、矛盾ナシ。特に、薬物の類を使わなくてよい。これがミソで、逆に急所でもありましたな」

「フーム、フーム……なら、その日に自殺偽装をして殺害した理由は」

「神浜警部が自宅から発掘した資料に基づき、じき、山伝に事実関係を糾そうとしていたからです。だから先手を打った」

「望月検視官と、警務部参事官とのつながりは？」

「コイツぁ元々、博奕に不倫で、出世の芽が無かった輩。ところが、ひと昔前の、あの生安対警備の大派閥戦争で、生安＝刑事の斬り込み隊長として汚れ仕事をやり、それが当時の中堅幹部に評価されたという。それで、『警部補止まり』のはずが何時しか、ヒラとはいえ警視――ここまで、葉鳥知子の供述調書としてお配りしております。

　とくりゃあ、その『当時の中堅幹部』とやらを洗ってみたくなりますな。

　案の定でした」

「警務部参事官か」

「まさしく。それ以降の腐れ縁でしょう。

　ここで、神浜警部一家は、警察官舎でもコイツのイジメに遭っていますが、その裏で山伝が糸を引いていたとしても、私ぁもう驚きませんな」

「しかし、利権システムには加わっていない」

「そこは山伝もバカじゃありません。

　こんな猛獣バカ、とても陰謀結社には入れられんでしょうよ」

「裏から言えば、『陰謀結社の面々とは、罪責が異なる』とも言えるんじゃないか？」

「また酒造先生は——お言葉ですが、殺人犯ですよ。しかも警察官殺し、同族殺しですよ？」

「マアマア赤川先生、さはさりながら、先刻、先生自身も確認されたでしょう。望月警視の罪状は実質、『殺人』だけ。それが『殺人と汚職の風俗マフィア』どもと同罪となれば、それは、罪刑の均衡を著しく欠くというもんじゃなかろうか。なるほど望月は悪人だが、現実問題、ひと一人殺しても死刑にはならん。

もちろん無罪でもない。それはもちろんだ。だが誰かが弁護してやる必要はあるだろう。特に、こうした私刑制度においては尚更な……

そしてこれまた、依頼人から依頼のあったマル対ではない。

それやこれやの情状を考えると、懲戒廃人、いや懲戒災害で充分とも思えるが……」

（ケッ、冗談じゃねえや。

懲戒暗殺とそれ以外じゃあ、特殊危険手当が段違いじゃねえか）

——そのとき、中屋貞子が楚々と手を挙げた。それは、國松巡査が尊敬して止まない、銀座の伝説的トップホステスらしい挙措だった。

「酒造先生の御配慮、いつも、頷きながら拝聴しております——

ただそろそろ、審議は充分かとも考えます。

両先生に最後の御意見がなければ、症例検討会を終え、医局としての裁決に入りたいと思いますが、如何？」

　赤川は資料の角を整えながら大きく頷き、酒造は紫煙を紡ぎながら同意した。

「じゃあ秀ちゃん、お願いね」

「了解です、医局長」

　バーカウンターのなかで、後藤田巡査部長が、カクテルの準備を開始する。

「では医局の裁決を行いますわ。

――SG班から上申された監殺対象者は、六名。

　まずは、依頼人・葉鳥知子から依頼のあった三名について。

　警視正・山本警務部参事官、当時の保安課長。

　警視・若狭本部長秘書官、当時の保安課次席。

　警視・鎌屋美伊中央署副署長、当時の保安課事件係補佐。

　懲戒暗殺としてよろしいか」

「後藤田巡査部長」赤川教授はすぐさま言った。「マンハッタンを」

「秀」酒造元市長にも迷いは無かった。「ジン・アンド・イットだ」

「賛成三票により」中屋貞子は注文もしなかった。「以上三名、SG班により懲戒暗殺」

　当初から総員一致となったときは、後藤田巡査部長の仕事はなくなる――

　すぐさま、他の非違警察官についての裁決が始まった。

「依頼人に追加依頼を求めるべき三名について。

警部・鬼丘警察庁保安課係長。当時の県庁出向者にして、神浜警部の前任」

「後藤田巡査部長、マンハッタンで」

「ギムレットだ、秀」

「秀ちゃん、ニューヨークをお願い」

――医局員の票が割れた。

医局のルールにより、SG班による懲戒処分については、総員の一致が必要である。

したがって、後藤田巡査部長は、それぞれのカクテルを作り始めた――

赤、白、赤。

すなわち赤川教授は異議なし、酒造元市長は異議あり、中屋の元締めは異議なし、だ。

このようなときは、カクテルを飲み終えるまでに、総員一致とするのもルールである。

酒造は急いで発言した。

「鬼丘への利益配分は、福元の小僧の二〇分の一、警務部参事官の二分の一」

「ですね酒造先生」赤川教授はもうグラスを空けている。「鎌屋副署長と一緒ですが」

「鎌屋はパワハラの実行者だ。鬼丘は、いってみれば引継ぎを拒んだ不作為犯に過ぎん」

「むしろ県警と保安課を離れていたからこそ、神浜警部を大いに救える存在でしたが？」

「……引き継ぎの嫌がらせ、というのは、一般社会でもよくある話だ」

「だから情状酌量する、というのは、一般社会では認められませんよ」

「酒造先生」中屋貞子がはんなり言った。「鬼丘警部は、いわば神浜警部を踏み台にして、神浜警部のエリートコースをなぞり、それこそ警視正への切符を手にした者。その受けた利益は、金銭面にかぎられませんわ」

「ふむ……オイ中村よ、鬼丘は出世コースに乗るのか」

「そうですな。

もし山伝が生安部長となれば、警察庁帰りでもありますし、生安部の原課の次席ポストは堅いでしょう。所属のカネとヒトを握る、かつての若狭のポジションです」

「それだけか」

「まさかあ。山伝がいよいよ総務部長となれば、その頃は鬼丘も超特急で警視でしょうから、県警本部のホニャラカ室長かホニャラカ官か、大規模署の副署長か——そこまでゆけば、年齢からして所属長当確。あとは福元と山伝のプッシュで部長まっしぐら、でしょうなあ」

「……私は、例えば引き継ぎの拒否とか、そういったものを、何でもかんでもパワハラと認定することには抵抗がある。犯罪にわたるものは、処罰されねばならん。だが、線引きの難しいもの、主観的にしか証明できないものを、一方的に断罪するのは問題があろう。

しかしだ。

鬼丘の行為が、直ちに断罪できないものであったとしても、この男を、県警の役員である警視正にするわけにはゆかん。それは積年、行政に携わってきた者として判断できる。県警にとって、警視正とは、そのようなものであってはならん……

したがって、異議は撤回しよう。厳罰に過ぎるきらいはあるが、懲戒暗殺でよい」

「賛成三票により」中屋貞子は淡々と告げた。「鬼丘警部、SG班により懲戒暗殺」

引き続き、捜査一課・望月検視官について決が採られ、また赤‐白‐赤により、カクテルを飲む時間だけ協議がなされた。酒造元市長の主張は、『県警で望月をイジメ倒させればよい』『それで自殺なり辞職なりに追い込むべきだ』『ならば懲戒暗殺と一緒の効果が期待できる』というもの。しかし、山本警務部参事官の権勢が圧倒的な今、それが実行できる保証がないこと、また、五十九歳のヒラ警視を今更イジメ倒しても望む効果は生じないこと――などから、酒造の異議は押し切られ、酒造の『懲戒廃人案』は撤回された。

「それでは最後に」中屋貞子は最大の問題に取り掛かった。「福元黎一・B県県議会議員」

赤川がレッドアイ。

酒造がジン・フィズ。

中屋がホワイト・レディ――

(ケッ、今夜はバタつくぜ。後藤田も商売繁盛だな。医局にしちゃあ、めずらしいこって)

「意外ですね、中屋医局長。異議を唱えるのは、酒造先生だけかと思っていましたが」

「赤川先生、御疑念はごもっともですわ。私だって思いますもの。この破廉恥漢を見逃して何が監殺班かと」

「それでは、何故？」

「私どもの目的は、警察の非道に泣く市民を救い、しかるべき処分をすることによって、警察を刷新すること」

「福元県議は警察関係者ではない、よって我々の目的から逸脱する――と？」

「あらまあ、赤川先生。そういうことではありませんわ、ホホ……

SG班の非違調査によって、私どもは既に、福元黎一を抹殺するだけの証拠を獲た。

これを本当に抹殺することなど児戯に等しい。

しかし、福元はB県において圧倒的な政治力を誇る県議であり、やがては父親の地盤を継ぎ参議院議員となる身の上……

　さすれば。

この鼠を殺して、死骸まで処理してやるのと。

この鼠を生かして、生ける屍として私どもの目的に奉仕してもらうのと。

被害者の怨みを晴らし、警察を在るべき姿へ導く上で、どちらが賢いかしら？」

「中屋医局長、あ、あなたは」

「なぁるほど、中屋さん、フフフフ……我々の監殺機能を充実させる上で、確かに福元はしかるべく役に立ってもらえましょうな。父親ともども、それこそ小僧か奴隷のように。

　それは暗殺処分より屈辱的で、致命的でもある」

「あら酒造先生。もちろんこれは依頼人の負担を軽くし、また、SG班を部外の敵から防衛する。こうした目的を達成するためでもありますわよ、オホホホ……

　その手筈(てはず)、酒造先生にお願いしてよろしゅうございますね？」

「あ、ああ元締め、もちろんだ……他の懲戒暗殺が終わったら、私が動かせてもらおう」

「主要関係や党三役が狙えるよう、お尻を叩いてくださいましな」

（酒造のオヤジも狸(たぬき)だが、中屋の婆さんに比べりゃあ、まだしも人間だ……

　俺たちを仕切るだけのことはあるぜ、元締めさんよ。

　マア、福元分の特殊危険手当を逃したのは大きいが、こっちだってやらせてもらうぜ。生かさず殺さずの福元から、ちょくちょく小遣いせびってやりゃあ済むことだ）

「よって医局として決裁します。

　山本警務部参事官、若狭本部長秘書官、鎌屋美伊中央署副署長、鬼丘警察庁保安課係長、望月捜査一課検視官。

　以上五名、懲戒暗殺のこと。監殺(SG)班班長、よろしいか」

「了解しました、元締め」

「速やかなる処分を」

「厳正に執行いたします」

――こうして裏公安委員会は終わった。

第7章 THE KANSATSU

広小路至近メイドカフェ『うぇるめいど』地下

「鬼丘さん、御無沙汰でしたねえ……まずは一献」

「恐れ入ります、山本参事官」

うぇるめいどは、純然たるメイドカフェだが。

その秘密の階段の奥には、ラブホテルのような個室が複数、設けられている。

もちろん、隠し部屋だ。

……しかし、隠し部屋は、それだけではない。

今、警務部参事官一派が宴を開いているのはさらに奥。メイドカフェ店舗からも、管理売春個室からも、迷路のような渡り廊下を踏破しなければならないその先だ。

三〇畳の、数寄屋の和室。

メイドカフェのピンクの狂騒とも、管理売春の淫靡な痴態とも、完璧に遮断された別天地。まさに高級料亭の趣すらあった。もちろん、ＶＩＰ客からの要望があれば、この典雅な和室とて、乱倫極まる性の宴に用いられる。だが今夜集った客に、取り敢えず、若い女の奉仕は必要なかった。必要があったのは、カネと権力であり、より正確には、それらを維持するための謀議である。謀議のメンバーは当然、山本、若狭、鎌屋――そして急遽、週末を利用して警察庁から飛んできた、鬼丘であった。

「どうですか鬼丘さん、警察庁の方は」

「夜の二時三時はさすがに厳しいですが、この懲役刑も、あと一年を切りましたから」

「もちろん、御苦労をなさった鬼丘さんには、しかるべき処遇を準備させていますよ」

……山本の心を今、苦い酢のようなものが襲った。

山本には、実は大きなコンプレックスがある。警察庁本庁に出向してはいないのだ。山本が出向したのは、管区警察局である。これは、プライドの塊である山本にとって、耐え難い汚点であった。警察庁出向者でなければ、警視正になれない、部長になれない――『警察庁』に管区、警大といった『附属機関』が入るか入らないかは、すべて、時の警察庁の方針次第。要するに、山本が手にした切符は、キャリアどもの意向によっては、紙屑同然でしかなかったのだ。

もちろん、警視正へのチケットを、座して紙屑にする山本ではない。

そのためにこそ、警視として、所属長として、派手に実績を挙げる必要があった。

公安委員、県議会議員、国会議員を懐柔して、人事を確定させる必要があった。

つまり、山本にとって、うぇるめいど利権とは、権力を手にするためのもの。権力を手にするためにこそ、カネの力を獲る――山本は飽くなき野望の人であって、若狭だの鎌屋だのといった警察ゴロとは、次元の違う鵺であった。

しかし。

それだけではないのだ。

実は、それだけではなかった……

山本は人面獣心。悪魔を心に飼いながら、どこまでも淡々とした社交顔で鬼丘を見た。

（警察庁で汗を掻いたというだけで、何の苦労もなく警視正となる……この若僧には、私の吐いた血反吐など、到底、理解すらできないでしょうね……）

そうだ。

うぇるめいど利権のために、誰かひとり、警察官を生け贄にする。

そんなもの、誰でもよかったのだ。それこそ、この鬼丘でも鎌屋でもよかった。

それを神浜忍にすると執拗ったのは、山本だ。

そこには当然、嫉妬があった。

警察庁出向を終え、警備で立身出世し、そう、筆頭署長にも筆頭部長にもなる。そんな若僧警部に対する嫉妬と憎悪が、確かにあった。なるほど、常軌を逸するパワハラを、公私を問わず仕掛ける。それは、シナリオどおりだ。しかし、シナリオに遵うのなら、飽くまで演技だったはずである。ところが、必要なら敵対部門の靴すら舐める政治的妖怪・山本伝は、いつしか演技することを止めていた。演技は、続けられなかった。どうしても、是が非でも、神浜忍を廃人にしたい衝動を抑えられなかった。そこには既に、政治的計算などありはしなかった。

私怨だ。

陰謀ですらない。

だが山本は、どうしても、その苦い酢のような嫉妬だけは、認めたくなかった……

(どのみち、神浜は、死ななければならなかったのだ)

もちろん山本は、そのような心の機微を、顔には出さない。

黒漆に蒔絵が美しい膳を前に、派閥と謀略の領袖として、ただただ酒を飲んでいる。

すると若狭が自分の膳から、ガラスの片口銚子を採り上げ、山本に献杯を申し出た。

「参事官、一献、よろしいですか」

「これはどうもすみません。若狭さん、若狭さんも既に本部長秘書官なのですから、私などに気を遣う必要はありませんよ」

「また御冗談を。秘書官の年季が明けたら、是非とも、山本生安部長を、生安部の所属長としてお支えしたいと考えております」

「ええと、保安課長か、少年課長でしたねえ、御希望は」

「ハッハッハ、この歳になってサイバーというのも、私の脳味噌ではなかなか」

「よくおっしゃいますよ」

話の流れに聡い鎌屋副署長も、また山本に献杯する。箸を徹底的に汚し、膳の料理をすべて荒らしている所に、品と育ちが表れていた。

「山本参事官のお陰様をもちまして、美伊中央PSの副も、一年半を勤め上げることができました」

「ああ、そうでしたねえ。もうそんなになりますか。そろそろ、卒業準備ですかねえ」

「自分の器は知っております。特に希望もございませんが……老齢の母もおりますし」

「介護は大変ですからねえ。それはそうです。美伊市内から御異動されるわけには、ゆかないでしょうねえ」

「後顧の憂いなく警察行政に邁進するため……」

「私が警務部参事官でいるかぎり、御母堂から引き離すような冷酷な人事は、まず決裁したくありませんね」

「御高配、恐れ入ります」

「鎌屋副署長も、若狭秘書官も、そしてもちろん鬼丘警部も、刷新されるべき生安部の、枢要な幹部として働いてもらわねばなりません。皆さんには、これまで以上に大きな期待をしていますよ……

　さてそこで、鎌屋副署長」

「はい、参事官」

「今後の生安部、いえB県警の刷新を考える上で、喫緊の課題がありますね？」

「もちろんです……新たな『うぇるめいど』の開拓」

「美伊中央署のプロジェクトは、どうなっていますか」

「ケツを蹴り飛ばして、対象店舗を洗わせております」

「有望な店舗は、ありましたか」

「……やはり、財政基盤を現在の三倍以上にする、ともなると」

「あのキャバクラしかないだろうな」若狭秘書官が手酌をした。「B県ナンバーワンの、『マッダレーナ』だ」

「腐らせる手立てはありますか、若狭秘書官?」

「鎌屋副署長とも検討を続けております。ナァニ、うぇるめいど方式を受け容れるならそれでよし。拒絶するのであれば立入り、指示処分を連発すればよい。どのみち脱税をしているでしょうから、それをネタにしてもよし。こういう時にこそ、福元先生に動いてもらうもよし」

「内から腐らせるか、外から攻め立てるか……」

「……いずれにしても、我々が実質的な経営権を奪い、うぇるめいど方式を導入する」

「世にいうM&Aという奴ですね」鬼丘警部が頷いた。「弱体化させ、弱点を握り、乗っ取る。

もっとも我々は警察。捜査関係事項照会を関係機関にバンバン飛ばすだけで、買収対象企業の秘密を丸裸にできる。適法、違法、妥当、不当な実態のすべてを。たった紙一枚で」

「しかも、行政権限がある」鎌屋副署長はニヤリと笑った。「風俗営業が、警察の立入検査を拒否することはできん。資料の提出要求を拒絶することもできん。経営帳簿は見るな——なんて建前はあるが、そんなもの見てみなきゃ区別できんじゃないか、ハハ」

「風営法の規制は実に詳細だ」若狭秘書官も苦笑する。「罰則の一つ一つを考えてゆけば、引っ掛けられない営業者などいない。違法行為をしていない営業者などいない。するつもりがなかったとしても、だ。規制の方が微に入り過ぎ、細に入り過ぎているからな。どうしても違法行為が確認されることとなる。違法行為が確認されたなら、我々は、フフフ、動かざるを得ない」

「善良な営業者に、私ども警察が、御迷惑を掛けてはいけないのですがねえ……ただ、善良な営業者は、営業を継続なさりたいのであって、まさか業界を束ねる警察とケンカなさりたい訳ではない。すなわち、善良で賢い営業者ほど、どれだけ立入検査をされても、どれだけ資料を出せと言われても、抗議をするすべがない……行政と業界の関係というのは皆さん、実に巧妙精緻にできているものですねえ」

「と、いうわけで参事官」鎌屋副署長は、芝居めいた感じで威儀を正した。「近々に、『マッダレーナ』PTを、美伊中央署に起ち上げます」

「PTの頭は?」

「神浜のときと同様、素人を……何も知らない斬り込み隊長として。バカなことを派手にやって、マッダレーナを弱体化してくれればそれでよし。捜査なり行政処分なりで失敗をすれば、イザというとき、生け贄の羊として矢面に立ってもらいます」

「そこは副署長の裁量にお任せしましょう。鬼丘警部、警察庁保安課の方はどうです？」

「警察庁に事件チャートを送っていただければ、その検討をするのは私です。理事官・課長に決裁に上がるのも私。どのようなチャートであれ——仮に、仮にそれが実態空虚なでっち上げであれ——警察庁のゴーサインを獲るのは難しくありませんよ」

「すべて理解しました。

ならば今後は、私どもの有する警察権限で、どれだけマッダレーナを腐らせ、弱体化させることができるか、その攻め方をよく検討してください。

ああ。

申し上げるほどでもありませんが、情勢から、事は急を要しますので念の為」

「それにしても……」若狭秘書官は嘆息を吐いた。「……福元県議がもう少し、その、理性的なカネの遣い方をしてくれれば。恥ずかしながら我が妻も褒められたものではないですが、だからこそ『マッダレーナ』を確保できれば万々歳ですが……こちらは一度に三億も四億も、穴を開けている訳ではないですからね」

「我々が必死で維持している『うぇるめいど』が」鎌屋副署長は渋面になる。「無限にカネの生る樹だと思ってやがる。もう、うぇるめいどだけで充分な利益を上げているんだ。それを先物取引だのキャバクラ遊びだので喰い尽くされては実際、敵わん。そもそもうぇるめいどの利益配分だって、我々からすれば」

「——そこまでにしておきましょうか」

山本は剣呑な議論を断ち切った。確かにこの『うぇるめいど』利権、福元のせいで貸借対照表が異様なことになってはいるが、緊急にカネが必要になったのは、何も福元だけではない、特に自分もそうなのだから。

「官と業との結婚には、政の後見が不可欠です……それに、まだお若い鬼丘警部はともかく、我々は第二の人生のため、老後のためにも、県警における階段を上り、基盤を固める必要があるのですよ。六十五歳、七十歳で、年金暮らしへ放り出されたくはないでしょう？

我々は既に、素晴らしいシステムを獲ています。これを拡大充実させることは、誤った選択肢ではありません……いえ、運命共同体たる我々に、他の選択肢はないのですよ。離島の駐在所勤務の後、天下りなしで上がりたくなければ、ですけれど。

私の言っていること、解りますよね？」

山本の恫喝ともとれる言葉に、他の三人が急いで頷いた、その刹那——

数寄屋の和室の襖、その閉ざされた襖の先から、第三者の声がした。

「いや、全然、解らねえなァ」

「誰だッ!!」

鎌屋副署長が飛びつくように襖を開ける。ぱあん、と派手な音がする。

そこにいたのは、警察官制服姿の男——

「邪魔するぜ、山伝」

「……おや、中村さんじゃないですか」

「貴様、警務課の中村じゃないか!!」若狭秘書官が思わず中腰になる。「どうして此処が!?」

「まあまあ、いいじゃありませんか若狭さん」

「ですが参事官!!」

「座りませんか？」

「ケツが穢れらあ」

「意外に、遅かったですねえ」

「……ほう？」

「いえ、親切な方がね、教えてくださったんですよ。

どうもB県警内に、警察官を私刑にして回っている、不可解なセクトがあるとね。

だから急いで、暇と余裕と部下がある警察官を、洗ってはいたのですが……

時間切れでした。そしてまさか中村さん、あなただとは思わなかった」

「なら説明は要らねえな。

神浜忍がテメエらに貸した分、ツケの清算に来たぜ」

「やはり、神浜警部の復讐でしたか……覚悟は、していましたよ」

「キッチリ現金払いで頼まあ」

「ホホホ……何か、誤解なさっているようですねえ。

私も警務部参事官、警視正、山本伝と呼ばれた男。
覚悟というのは……
実は優秀だと分かった、警務課の可愛い部下を失う覚悟ですよ。サア望月警視!!」
ぱあん。
ぱあん。
ぱあん。
中村の視界にある襖が、次々と開け放たれる。
そこには、十数人のメイド服。
その手にあるのは青竜刀、ククリナイフ、拳銃、ショットガン、機関銃——
そしてそれを率いる、捜査一課の望月警視。
「私が泣いて許しを請うたり、黙って殺されるタマだと思っていたのですか中村さん。
サア皆さん、オッホホホホホホ、このおバカさんを懲らしめてあげなさい!!」
中村は、日本刀の鞘を攫んだ。ゆっくりと、抜刀する。
その瞬間、三〇畳の和室の照明が落ちた。幾つかの角行燈が、まるで燭台のように、
怪しく宴の間を浮かべる。
望月警視とメイドたちの瞳が、しばらく闇に襲われた——
それでも匕首を抜きながら、中村に襲い掛かってくる望月。
中村の日本刀が匕首の刃を受ける。

返す刀で、たちまち匕首そのものを叩き墜とす。

だがそのまま、柔道五段の制空圏を維持しようとする望月。その右手が、中村の制服の左襟をつかむ――

その刹那。

「貴様の相手は望月、俺だ」

「お前は、秦野鉄!!」

残っていた襖を躯ごと破って躍り込んで来た制服警察官は、SG班・秦野警部であった。その勢いのまま、猛者というべき望月警視を、あっという暇に投げ飛ばす。

どおん。

その躯が畳に衝突したとき、我に返ったメイドたちが、いっせいに襲撃を開始した。

巨大な刃物が入り乱れ、銃器の閃光が和室で炸裂する。漆の膳が乱れ飛ぶ。

いきなりの大混乱のなか、秦野警部は、ずんずんと小娘らの戦列に突入してゆき――刃や銃口を瞬時に見切りながら、メイドたちを、触れる傍から空中遊泳させてゆく。

(この怪力、この興奮……娘らに覚醒剤を使わせたか。山本伝、どこまでも外道な!!)

もちろんメイドたちは依頼対象外。警察官でもない。殺すことに意味はない。

無力化すればよいだけだ――

秦野警部がそう思った刹那。そう判断したその刹那。

ただ柔道で投げられていたはずのメイドらは、だから畳から跳ね上がってすぐに反撃しようとしたメイドらは、いきなり感じた激痛に、もう動くことができなかった。

肩外し。

腰椎外し。

膝蓋外し。

靭帯斬り。

アキレス腱斬り――

そう、秦野警部の本領は、柔道そのものではなく、柔道整復術であり、またその逆用であった。秦野は、ヒトの上肢、体幹、下肢それぞれの整形外科的な疾患を知り尽くしている。ひとたび秦野警部に触れられた敵は、骨に腱に、甚大な被害を受けるのだ。そしてその激痛により、もはや戦闘意欲すら奪われてしまう。

だが。

その秦野警部の背を、生き残りメイドの機関銃がとらえるときがきた。

まさに引き金が引かれようとするその瞬間――

鋭い何かが空を裂き、機関銃メイドの右腕、左腕に深々と突き刺さる。

あまりにもあざやかに。

「水の女の、枕営業はね」

三〇畳の和室へ新たに出現した制服警察官は、SG班・國松巡査である。

「焼き畑農業よ、小娘メイドちゃん――

ほらそこもね♡」

今度はショットガンを撃とうとしたメイドの両手首が、また鋭い何かに襲われる。

國松巡査の爪楊枝(くろもじ)投げだ。中指ほどもある、先を削り出した金属製の特注品。

「フン、國松、差し出たことを」

「もう、秦野補佐ったら。強がりは遺族年金の元よ」

「ここは俺一人で充分だ」

「あと三人ですものね。引き続き容赦(ようしゃ)ないですね」

「お前はお前の任務に行け」

「了解」

『うぇるめいど』秘密通路奥・座敷の回廊

鬼丘警部は、必死で逃げた。

日本刀まで抜いた襲撃者。しかも警察官。警察官？

座敷の灯火はほとんど消え、行燈(あんどん)に浮かぶ畳の間は、機動隊によるデモ規制以上の大混乱となっている。酒器も膳(ぜん)も引っ繰り返し、鞄(かばん)を回収するのも忘れて、とにかく逃亡した。あれは、やばいものだ。

（どういうことだ。山本参事官は、何か知っている風だったが……）

地下に店舗のある『うぇるめいど』は、ユニクロビルに入っているが、これは本来、銀行だったもの。そして地下には、あまり設計の変更がない。様々な機械室、資料室、倉庫の類が、今は『うぇるめいど』の非公然営業に転用されていた。銀行の地下というのは隠微なもので、様々な理由から、それなりの迷宮。これは極めて好都合だった。もっとも、我武者羅に地上へ脱出しようとする鬼丘警部にとっては、不都合というか迷惑極まりない。特に非常灯すら消えている今、ほとんどお化け屋敷を突破しているようなものである。

だから。

いきなり眼前に、青年が現れたとき、鬼丘は腰を抜かすほど驚愕した。

（うわあ!!）

急ブレーキを掛ける。

それは、警察官制服の、若い巡査部長だった。

初めて見る顔だが、鬼神のように美しい。

そして、悠然と微笑んでいる。

その微笑みから、理解できた――

（こ、殺される……ここで殺される!!）

鬼丘は必死で反転しようとした。

その肩がすう、と攫まれる。

「警察庁保安課係長、鬼丘警部ですね？」

「そ、そうだ!!　階級章を見るに、巡査部長風情が何の真似だ!?」

「監殺です」

「か、監察……何をバカな。警務部参事官もおられると知っての狼藉か!?」

「侮辱、名誉毀損、業務上過失致傷、贈賄、脱税、風営法違反、売防法違反、国家公務員法違反、詐欺、殺人の罪状は明白――ふう、今回は多いなあ。かなり頑晴りましたね」

「なっ、そっ、それは……それは何の事だ、誣告だ!!」

「シンプルに言えば、パワハラ、売春営業、遺族イジメ、偽装自殺ですが」

「まさか――!!」

「思い出していただけましたか。そう、神浜忍警部の怨み、晴らさせていただきます」

「ま、待ってくれ、頼む、僕は下っ端だ、ただの警部だ!!　僕がやったのは、ただ……ただカネをもらったことと、その……神浜警部への引き継ぎを、若干省略しただけだ!!」

「ふう……」

巡査部長風情がアレですが鬼丘警部、役所の仕事はひとり一業務。ひとつの所属に、誰ひとり、一緒の仕事をしている同僚はいない……すべてが縦割りであり、すべてが独立しているんです。こんなこと、管理職である鬼丘警部なら、先刻御承知のことですよね。

つまり。

神浜警部がすべき仕事を知っているのは、世界でたったひとり、あなただけだった。あなたは新任者の、まさに命綱である引き継ぎを故意にサボった。それは実働警察官として、そう個人的にも、実に許しがたい罪悪だと思いますが、如何ですか？」

「そんな……神浜だって悪いだろ!! 統括している次席と課長に教えを請えばいいのに!! 僕だけが何故!! それにアイツは傲慢な奴だったよ。警備の癖に僕より先に警察庁へ行くとか、ありえ」

「……最期には改悛してほしかった。だから無駄口も叩きました。本当に残念です。鬼丘警部。

B県警警察医局の決により、懲戒暗殺」

脱兎の如く逃げ出した鬼丘警部。

その背をぽんと押した後藤田巡査部長。逃げる輩にはこれだけでいい。勝手に転ぶ。

「クビです」

背に押し付けた片膝で、鬼丘警部の動きを封じた後藤田は。

採り出した特製のマドラー、そのフォークの側を、鬼丘の首、盆の窪にスルリと突き刺した。

延髄の生命維持機能が、停止する。鬼丘はきゅううと泣いただけだ。

「せめて、苦しまずに……僕のおごりです」

『うぇるめいど』秘密通路奥・座敷用洗顔室

美伊中央署副署長・鎌屋警視は、和室での混乱の直後から、トイレに籠城していた。鎌屋警視はうぇるめいどのケツ持ちであり、鬼丘警部よりは店舗に詳しい。もちろん、その非公然部分についても。いきなり灯火が消されたので、それなりに苦労はあったが、そこは飲み慣れた縄張りである。姿勢を低くし、足音を忍ばせ、闇から闇へと躯を隠し、とうとうトイレの個室を確保することに成功したのだった。

(畜生、考えてみれば、オモテの店舗側へ逃げればよかった。そうすれば、地上へ出られる確率も上がったのに……

まあいい。

あの山伝さんなら、どんな手を使っても逃げ延びるはずだ。山伝さんさえ脱出してくれれば、後始末はどうとでもなる。あの警務課の中村とて、まさか、一個小隊三〇人を動員できるはずもない。腐れ窓際警視めが。望月とガキメイドどもが片付けてくれればそれでよし。そうでなくとも、山伝さんが逃げおおせるだけの時間を稼いでくれれば、それもよし)

鎌屋はそう考えると、イジメられっ子よろしくトイレに隠れているのがバカバカしくなった。それに、強い喫煙欲求を感じてもいた。突然の異常事態に、ケチくさい悪党の肝が冷えたから。神経がビクビクしたから。だが鎌屋の主観は、それを認めるほど客観的でも冷静でもなかった。

個室の鍵を開け、外に出て煙草に火を着ける。深く吸い込んでゆっくりと吐く。

誰しも緊張を緩ませるその瞬間。それを見定めたかのように、軽妙な女の声が響いた。

「美伊中央署副署長、鎌屋警視でいらっしゃいますね～♡」

「なっ、誰だ⁉」

――声はすれども姿は見えず。

そもそも、トイレの灯火は消えている。非常灯もない。灯っているのは、鎌屋の煙草の火、それだけだ。

鎌屋は焦ってライターの火を強く出す。それも失態だったのだが――

やはり、誰もいない。

個室どころか、このトイレのなかには誰もいない――しかし。

「監殺で～す」

「監察ぅ？　ハハア、そうか貴様らだな。さっき山伝さんが言っていた、身勝手な私刑を繰り広げている徒党というのは。オイ姿を見せろ‼」

「無視して続けますね♡

侮辱、名誉毀損、業務上過失致傷、贈賄、脱税、風営法違反、売防法違反、地方公務員法違反、詐欺、殺人の罪状は（ああ疲れた）、残念ながら明白なの～ゴメン‼」

「……中村がほざいていたな。神浜のツケを払わせると。俺がパワハラしたってか!!」

「あら、違うの〜？」

「警察にパワハラなんて小洒落たモノはねえんだよ!!　神浜、神浜か。エリート風吹かせやがって。ああいう警備のお坊ちゃん育ちは、どのみち将来、使い物になりゃしねえ!!　やれ情報だの協力者だの。業法のひとつも知らねえで。親切心で口出してやりゃあ、仕事任せてやりゃあ、過剰労働だのパワハラだの一端の事をほざきやがる。警察の仕事なんてのはな、見て盗むんだよ、聴いて盗むんだよ!!　やったことがないとか、引き継ぎがないとか、雑務が多くて勉強できないとか、そりゃ全部、ぜんぶ言い訳だ!!　俺が初めて交番から保安に登用されたとき、どれだけ殴られ、どれだけ蹴られ、どれだけ罵声を浴びせられたか知ってるのか!!　若いのが人に物教えてもらおうなんて一億年はやいんだよ!!　俺たちはそうやって生き残ってきたんだ!!　管理部門でヌクヌク蹲る者の、顎で扱われ!!　それを何だ、パワハラぁ？　クソ生意気な恩知らずの温室育ちの、口開けて待ってるだけのお坊ちゃんが!!　だから俺は神浜を」

「鎌屋ちゃん、お気の毒な人……」

「な、なに？」

「そうやってオレオレプロジェクトX入っちゃうオヤジはね、エアキャバの刑に処されちゃうのよ……」

「突然意味が解らんぞ!!」

「あたしも鎌屋ちゃんの言ってること、全然解らない……ゆとりだからかな、てへ♡
と、いうわけで。
B県警察医局の決により、懲戒暗殺なの。鎌屋ちゃん、バイバイ」

恐るべき凶器は、闇のなか、着実に、鎌屋の煙草とライターの火を照準していた——
國松友梨巡査が愛用する蝶(ちょう)のラメヘアクリップは、鎌屋警視の首、左頸動脈(ひだりけいどうみゃく)を左回りに斬り裂き。

そして銀のキラキラシェル名刺入れ(カードケース)が、鎌屋警視の首、右頸動脈をも右回りに斬り裂いた。

「ク、ビ、よ」

誰もいないトイレで、首の両側から、あきらかに致死量の血液を噴出(ふんしゅつ)させる鎌屋。

そのショック症状は、この風俗事件のベテランの意識を、たちどころに奪っていった。

「残念。今度ゆっくり、デートしたかったなあ♡」

『うぇるめいど』メイドカフェ店舗エリア

若狭本部長秘書官は、メイドカフェの公然部分まで脱出していた。

ピンクと赤の萌(も)え萌えな異世界も、今は闇に閉ざされ、妙に生温かい不気味さがあるだけだ。

地下の迷路を逃げて、逃げまくってきた若狭は——とうとうここのソファにドスンと腰を落とした。警務課の中村。警務課の秦野。警察官を私刑にするだと？　ツケを清算するだと？

……神浜忍、だと？

「ふざけるな中村ぁ!!」

若狭は誰ともなしに怒鳴り始めた。そもそもパワハラ系というのは、保身意識が強く、逆襲には極めて脆弱なタイプである。生安の狂犬と呼ばれた若狭は、まさにそれであった。

「て、テメエもそうだがな、警察で仕事のできない奴はクズだ、税金泥棒だ、死んで詫びるしかない蛆虫なんだよ!!　ああそうだとも。俺は神浜を壊した。廃人にした。組織から排除した!!　それが親心なんだよ!!　デキねえ奴は警察を去ってもらう、それが上官の愛情だろうがよ!!　お、俺がどれだけ真剣にアイツを指導してやったと思ってるんだ!!　離島に流されてたテメエに何が解るってんだ!?　そうだよ、指導だよ、し・ど・う!!　俺は神浜が、一端の風俗警察官になれるように……上官が部下の指導しちゃいけないってのかよ!!　あぁ!?　厳しい指導がパワハラなら、警察の命令なんざ全部パワハラじゃねえか。それをなんだ、熱心にやった熱心な上官は、怨みを買って殺されるのかよ。それで組織が維持できるのか!?　そうだ、仕方がねえんだよ!!　公務員は、どんなバカにも身分保障がある……分限免職なんて滅多にできやしねえ……テメエだって知ってるだろうが。二十年、三十年前の警察がどれだけ腐ってたか。どれだけ愚者の天国だったか!! デキる奴は優遇される、デキない奴は排除される……組織はそうでなきゃならないだろうがよ!! やっとそうなりつつあるんだよ!! 俺が狂犬なんて演じてるのもそのためだよ!! どこのキャリアがそんな泥、B県警のために被ってくれる⁉ 嫌われて、憎まれて、こうして殺されそうになって……ああいいさ!! 俺は何にも後悔しないね!! 俺はテメエみたいなクソじゃねえ。これから、このB県警を背負って立つ警察幹部なんだよ……チクショウ……俺はパワハラなんてやってないし、俺がパワハラやったってんなら、ああいいよ上等だよそれで結構でございますよ。それはB県警のために、県民国民の税金に値しないバカ野郎を辞めさせるためにやった事だ!! ああ正義だ!! それこそ倫理だ監察だ、納税者の御為だ!! 国民のための警察、国民のためのパワハラだっちゅーの!!」

バン、バン、バン、バン!!

バン、バン、バン、バン!!

若狭はメイドカフェのテーブルを叩いていた。

いや、県警本部の、自分のデスクを強烈に叩いていた。

若狭の脳裏ではそうだった。

デスクの上には、クソみたいな決裁書類がある。

こんなものを上げてきたバカも排除せねば。我がB県警の未来のために。

若狭は決裁書類とハンコ用の赤紙をビリビリに引き裂いた。

それが挟まれていた決裁挟みと一緒に、誰だか分からない眼前のバカ野郎に投げつける——

「テメエ何年警察官やってるんだ!!　それでも県警本部に登用された警察官か!!　こんなクズ決裁、よくもこの俺に上げてきやがったな!!　いいだろう、テメエの上げてくる書類には金輪際、ハンコ押さねえからな。いや、もう二度とそのバカ顔、俺の前にさらしてくれるなよ!!　本部長秘書官室、出入り禁止だ!!　そう、俺を誰だと思ってる——」

バン、バン、バン、バン!!

デスクを叩きつつ、眼前のバカが座っている、目下用の折りたたみ椅子を蹴り飛ばす。

「——俺は本部長秘書官、若狭警視だぞ!!　警察本部長の御予定はな、この俺が決裁しないと何ひとつ決まらないんだよ!!　どんな部長、署長、警視正だってこの俺に哀願するんだ。警察本部長のお時間を確保してくださいってな!!　そうだよ、俺だよ。俺がＢ県警を動かしているんだよ。そのために警察本部長のお引っ越しをお手伝いしてな。公安委員の接待ゴルフをセッティングしてな。どうやってこの季節に蟹が食えるってんだ。俺にどうしろってんだよチクショウが!!　俺は警察本部長官舎のハウスメイドだぞ!!　猪肉が献上されれば下処理をしてやり、ひもかわうどんが御歳暮で来れば汁まで用意して湯がいてやる。すき焼きの鍋を洗うのも俺だ。お昼ご飯のお話相手もする!!　どうだ、それだってパワハラじゃねえのか!?　皆、黙って耐えて頑晴ってんだよ!!　そうやって警察官は生き延びるんだ。そうやって警察官は上への階段を上がってゆくんだ……そう、俺は次の異動で所属長になる!! 俺は……俺は神浜みたいにはならない……潰されたら負けだ……俺は所属長警視、若狭保安課長だアッハハハハハハ、アッハハハハハハ!!」

「ふむ、囚人のジレンマか」

「誰だッ、中村か!? テメエも出入り禁止……」

「この階級社会。自分だけが生き残ろうと考えるか、仲間ともども生き残ろうと考えるか。なるほど、実力による淘汰はある。なければならない。しかし、ともに桜の代紋を背負って生きる仲間を殺して、それが自然淘汰といえるか。

人殺しをする警察官は下種だ。

だが仲間殺しをする警察官は下種のなかの下種だ」

「テメエは、警務課の漆間……」

「監殺だ」

「監察ぅ?」

「警察は、軍隊ではない。仲間を効率的に殺す組織ではない。いや、どのような理由があれ、身内殺しが許される組織ではない」

「なぁに綺麗事を!! 管理職として手を汚す覚悟のない腑抜けに限って!! これは愛なんだよ。不適格警察官への愛、B県警への愛……」

「弁解無用」

漆間は一二〇本立の太い茶筅を繰った。

……若狭が不思議な弦の音を聴いたとき。

頭上のミラーボールの軸を経由し、どのような絡繰りか、若狭の首へ鋼線のごときものが巻きつく。上への力で、じわり、じわりと爪先立ちにされてゆく若狭。

「若狭本部長秘書官。侮辱、名誉毀損、業務上過失致傷、贈賄、脱税、風営法違反、売防法違反、地方公務員法違反、詐欺、殺人の罪状は明白」

漆間警部は既に、若狭警視へ背を向けていた。

「B県警察医局の決により、懲戒暗殺とする。

何か言い残すことはないか」

「……警察、に、パワハラなど……ない!!」

漆間警部は何故か微笑んだ。あるいは、若狭のいさぎよさ、さ、を褒めたのか。

「ク、ビだ」

漆間は指を、微かに動かす。

若狭の躯が崩れ墜ちるとき――

狂犬と呼ばれた警視の首は、CNTの糸に斬られ、メイドカフェに転がった。

「闇討ち御免」

『うぇるめいど』奥の院・数寄屋和室

大混戦だった、三〇畳の隠し和室。

警務部参事官一派は既に逃亡し。

十数人のメイドたちは、激痛に悶えながら蠢くだけ。

角行燈がぼうやり浮かべる緑の和室に、残ったのは——

「秦野ォ、貴様ァ、よくも俺の兵隊を!!」

「堕落したな、望月さん。捜一の猛牛と恐れられたあんたが、こんなお人形遊びとは」

「お前が捜一に入ったとき、調べを教えてやったのが誰か、もう忘れたのかよ」

「あんたからはこうも教わった……女を食い物にする被疑者は下だ。だが、女のガキを食い物にする被疑者は下の下だと。

まさかこのメイドカフェの実態、知らなかった訳でもあるまい?」

「フッ、お前もあと二十年すりゃあ解るさ……定年で放り出されたら下の下の下だとな」

「それで山本一派に誑されたか。警備業か、ぱちんこか?」

「……警察官の平均寿命、知ってるか？

警察庁は絶対に出さない。誰も成り手がいなくなるからな。だが、これだけは確実に言える。七十歳の壁を越えられる警察官はほとんどいない。それを越えられる極僅かな警察官は、ほとんど警視以上だ……それはそうだ。昇任しなければ、階級を上げなければ、実働員としての激務があるだけ。そして実働員として使えなくなれば、交番の過酷な三交替勤務があるだけ……五十歳でも五十九歳でもだ。もちろん、交番に警視ポストなどありはしない……

　俺はな、秦野。

　ボロ雑巾のように、摩り切れた草鞋のように捨てられて、マル暴に顎で使われる余生を送る訳にはゆかねえんだよ」

「天下り先を餌にされ、小便臭い女をあてがわれて、山本の犬になった……

　神浜警部まで、殺して」

「鬱病の長期休職者。定年真際の柔道バカ警視。そうさ。どっちも終わってるんだよ。俺に神浜が救えたと思うか？　駄目だね。神浜はよくて生涯飼い殺し。いや、五年以内に退職願を出せと強いられるだろう。秦野、この組織のやり方は解っているはずだ。どのみち神浜は沈む。だったら俺はどうすればいい？　神浜を救おうとして一緒に死ぬか？　違うね。神浜にとっても、最期の御奉公になったろうよ。自分が死ぬことで、五十九歳の老犬、四十年を組織に尽くしてきた大先輩を、生かしてやれるんだからな。

　二人とも死ぬか、一人が生き残るかだ。カンタンな算数だ」

「……あんたはこうも教えてくれた。他の部門がどうあろうと、刑事だけは一家だと。

　家族を殺す刑事はいないと」

「そりゃ俺が、今の、お前の歳の頃の話だろ。あと二十年もありゃあ、そりゃ夢も見るさ。空手形だって信じたくもなる……

それによ、神浜はクソ警備のイヌじゃねえか。俺ぁ昔から、警備の奴らが大嫌いでな」

「安心した」

「ほう、何に」

「貴様のゲスっぷりにだ。仮にも刑事の大先輩だからな。寝覚めを悪くしたくなかった」

「……ほざけ!!」

率然と望月検視官は秦野に襲い掛かった。直ちにその左襟を採ろうとする。

秦野警部の制服が攫まれた、その刹那。

「秦野貴様ッ!! 卑劣な!!」

「もはや、貴様と柔道をする気はない」

左襟を採り、いよいよ右袖を採ろうと猛進してきた望月の手は。

あざやかに硬直した。秦野の右拳に、たちまち左小指を握られたのだ。

「指捕りなどッ」

「ぬん!!」

容赦なく小指をへし折りながら、その小指を引き、肘を軸に望月を背負い投げる――

そのまま秦野警部は、背後から望月警視を組み伏せた。

「は、秦野、貴様はどうして……何故こんなことをッ」

「監殺だ。

望月捜査一課検視官。殺人及び証拠隠滅の罪状は明白」

秦野の手が、望月警視の頸椎に触れる。

「B県警察医局の決により、懲戒暗殺とする」

「た……頼む秦野、昔の誼だ、同じ刑事だろう!! け、刑事は一家だ、家族は……家族は殺さないもんだろう!? そ、そうだ、こうしよう。どうせ山本も若狭も殺すんだろ？　俺とお前で、手を組もうじゃないか。奴らが死ねば、先任の俺が山本一派を牛耳れる。俺とお前なら、生安バカのクソ鎌屋なんざ問題じゃねえ。なあ、秦野、ここの上がりはデカいぜ……ガキどもだってよ、自分から喜んで腰振ってやがるんだ。誰も損はしねえ。この『うぇるめいど』の売春窟をよ、俺とお前で……いや刑事の縄張りにして、使える奴、巻き込んでよ……悪い話じゃねえだろ!?」

「居直り無用」

「俺が三の、お前が七でいい!!　いや俺が二で!!」

「ク、ビ、だ」

その刹那。

望月検視官の首、その第一頸椎と第二頸椎はあるべき位置から外された。

そして上から数えて若い頸椎は、自発呼吸をつかさどる。

奇妙な音を立てて、望月警視の肺腑は、その活動を停止した。

「恥じて死ね」

『うぇるめいど』売春個室・隠しVIPルーム

うぇるめいどのVIPルームは、ある意味、この店舗の最重要区画といっていい。選りすぐりの若い女を、あるいはメイドのまま、あるいはJK風に、あるいはJD風に、各界各層の県内VIPへと売ってきた。

B県警察本部警務部参事官、山本伝が、とうとう潜伏したのはここである。

七室あるうちの、最も奥。

VIPルームのなかでも贅と意匠を凝らした、ローマ浴場風の、淫蕩な個室だ。

大理石とモザイク、そして青銅が不思議と艶めかしい。

――山本自身に、少女趣味はない。

この少女売春ビジネスを統括してはきたが、商品に欲望を感じることなど皆無であった。その山本が、舐めきっていた窓際警視に追われ、内心侮蔑しきっているこの売春窟に逃げ落ちるなど、不可解としか言いようのないことだった。

(どうにか、美伊地検と連絡がとれれば)

山本は、必死で回収してきたジュラルミンケースを携えつつ、生き残る道を模索した。

(あの女検事を使えば、中村一派を一掃できる)

外部監察を徹底して拒絶し、特に検察の介入を嫌悪する警察幹部が、今や検察の実力に縋るしか救われる道がないのも、皮肉なものだ。もっとも、政治的鵺・山本伝には、忸怩たる思いも警察幹部たるの誇りもありはしない。政治とは、何を措いても、自分が生き残ること。死ぬは負け。ありとあらゆる闘争の基盤は、敵が不可思議な中村であれ、それを摘発したがっている琴吹検事であれ、まずは生き残ってからのことである。

闇のなか、穢らわしいビジネスに幾度となく用いられてきたクイーンサイズのベッドに腰掛ける山本。

――そのとき。

個室の入口を閉ざしている白いロールスクリーンに、警察官制服のシルエットが浮かび上がった。朧に灯を放っている角行燈が、コトリと置かれる音。

「おやまあ。ようこそいらっしゃいました中村さん」

「これが御自慢の売春窟か。いい死に場所じゃねえか」

「邪魔するぜ」

「一億円あります」

山本は、取っ手に手を入れたまま、ジュラルミンケースを微かに掲げた。

「まさか中村さん、あなたも正義感で、こんな事をやっているのではないでしょう？」

「もちろんだ。

だがな、俺には神浜の気持ち、解らないでもないんでな……すると私怨でもある」

「秦野警部もいましたねえ、さっき」

「テメエを殺せなくて、泣いてたぜ」

「ということは、ウフフフ、警務課SG班が、あなたの率いる私刑集団ですね？」

「だとしたら？」

「五人で分けても二、〇〇〇万円。いや中村さん、あなたがどう分配しても自由です。この一億円で私の命、猶予していただく訳にはゆきませんか？　確かあなた、お金大っ好きですよね？」

「この仕事知られて、それができると思うか？　それにテメエ、自分の娘っ子と福元のガキのせいで、財布、火の車じゃねえか。俺に一億も出せるのか？」

「ウフフフフフ、ウフフフ……もちろんですよ中村さん。私は生き残らなければならない。そして権力を手にしなければならない。中村さん、私がこんな穢らわしいビジネスにまで手を出して、何故これほど権力を渇望するか、あなたに解りますか？」

「さあな」

「警察本部長になるためですよ」

「……ほう」

「窓際警視の中村さんでも当然、知っているでしょう。都道府県警察採用のノンキャリアが、警察本部長になることは絶対にない。警察本部長は、キャリアの指定席。

——変じゃありませんか？

我々はB県警察という会社に入社したんですよ。そして三十年、四十年という途方もない歳月を、ただひたすら、B県警察のために捧げるんです。与えられた職場職場で実績を挙げながら。時に熾烈な権力闘争をしながら。例えば私は、そうして、ようやく警視正の末端にまで成り上がってきた。これからまた、警視正の役員になるために、命を削って御奉公してゆかなければなりませんよね？

そうしたノンキャリアが。

自分の会社の社長になれない。

これ、変じゃありません？

そう、誰もが諦めていること。誰もが当然のルールだと思っていること。社長も副社長も東京からのキャリア。ノンキャリアはどれだけ背伸びしても役員止まり……

でも、そんなこと、天地開闢以来のルールでも何でもないでしょ？

役員が務まるなら、筆頭部長も務まるなら、社長だって務まるんじゃありません？

……けれど、そうならない。

警察本部長ポストは、警察官僚の既得権益だから。ただの一つたりとも譲る気はない。

すべての都道府県警察は、このルールのなかで、飼い馴らされている。

しかし……

B県警不祥事問題。

白野本部長刺殺事件。

これはね、ウフフフ、私が幾年も幾年も待ち焦がれてきたチャンスなんですよ中村さん。

B県警という会社が破綻しかける。

トップに君臨してきた社長が社員に刺される。

そう今、キャリアの統治能力というのは、このB県では累卵の上にあるんです。

もはや、東京からの社長が次々と交代するだけでは、この破綻は回避できない。この県警は統治できない……

そう。

そのような情勢に火を着け、掻き立て、燃え上がらせる。今こそ絶好の好機。

キャリアでは駄目だ。

キャリアでは無理だ。

キャリアは腐敗している……

そんな県民感情が沸騰したとき。メディアは、県議会は、県公安委員会はどう考えます？　県公安委員会の同意がなければ、県警本部長人事はできないんですよ？」

「そしてテメエが、全国警察初の、ノンキャリア警察本部長に就任する、か」

「パチパチパチパチ。そのとおりですよ中村さん。よくできました。

そのために私は長い歳月、自分の財政基盤と権力基盤の強化に努めてきたのです。このようなチャンスを無駄にしないその為に」

「神浜みてえな、罪のねえ奴をブッ殺してか」

「それは真摯に、心の底から、申し訳ないと思っています。中村さん、あなたが信じようと信じまいと、私は自分の野望の犠牲となった人々のことを、片時たりとも忘れたことがない——

しかし、それは必要な犠牲でした。そのことも断言できます。

そして、必要な犠牲を払ったからこそ、私はどうしても、全国警察初のノンキャリア警察本部長にならなければならないのですよ——またそうでなければ、それこそ神浜警部は無駄死にじゃあありませんか？　中村さん、あなた、私の言っていること解りますか？」

「マア、どうしても死にたくねえって事だけは、理解できた」

「ならばこの一億をお受けとりなさい。そして私の野望の同盟者となりなさい。

私はね、かねてから、若狭だの鎌屋だのといった下劣な輩を、どうにかしたいと思っていたのですよ。無能で、俗悪で、下品で、大望がない。私の野心を支えるには、あまりに低劣な蛆虫どもでした。

ただ中村さん。

ウフフフ……

あなたが私を追い詰める事のできるほど有能な人材と分かったら。

私は是非とも、あなたが欲しくなったんですよ……

もちろんあなたの仲間もです。私の同盟者になりなさい。あるのはメリットだけ。私の剣となり、私の矛となって活躍してくれるというのなら。それが極めて有能な警察官だというのなら。私の側であなた方を裏切る理由がありませんよ。だってそうでしょう？　これからいよいよ、警察庁の霞が関官僚ども――既得権益を死守しようとする腐れキャリアどもとの、最終権力闘争となるのですから。そのときにあなた方のような、ウフフフ、暗殺者集団があれば、もはや恐れるものなど何ひとつ無いじゃありませんかオホホホホ」

「……そうかい。高尚な御説をありがとよ。

だがまず、山伝さんよ、アンタの誠意を見せてもらおうか」

「オホホホホ、さすがは切れ者の中村さん。御理解がはやくて私も助かりますよ」

中村は、日本刀を納めた。

山本警視正は、ジュラルミンケースを水平に持ち上げた。

右手でハンドルを、左手で鞄の底を支えながら、真正面の中村にゆっくりと差し出す。

「さあ、お受けとりなさい……

穀潰し警視にふさわしいものを!!」

山本は人差し指を引き、ハンドルのトリガーを押した。

ジュラルミンケースの側面から猛烈な弾幕が張られる。

機関銃の鉛弾が中村を襲う。閃光と硝煙。無数の弾丸が轟音を立てる。

……どれだけの時間、撃ち続けていたのか。

さすがの妖怪・山伝も、しばし忘我しながら、ジュラルミンケースを下ろした。

「中村さんにはね、本当、ちょっとだけ、期待していたんですけどね……

しかし神浜。あのクズ。

この私に復讐だの何だの、笑わせてくグアッ!? グオオッ!!」

「バカが、テレフォンパンチなんだよ。いや、マシンガンだからテレフォンショットか」

「ア……アア……ぐふっ……」

「カネ渡すときによ、ハンドルに手、入れっぱなしにするか？　俺の言ってること、解るか？

解らねえか。

じゃあ決まりだから言っとくが、監殺のお時間だぜ、警務部参事官殿」

山本警視正は、何が起こったのか理解できなかった。

ジュラルミンケース収納型の短機関銃、MP5シース・コッファー。

ブリーフケース型とともに、要人警護などで使われるものだ。警衛警護の人員を増員する見返りとして、県警本部の警備課から借り受けてきた。そう、美伊地検の琴吹三席検事から警告を受けてすぐのことだ。

まさに今夜、役に立つとは。

まさに中村が、真正面に立ってくれるとは。

だが——

まさか中村が、一瞬で背後に回るとは。

まさか自分の躯から、日本刀の刃がズブリ、生えるとは……

「山本伝警務部参事官兼警務課長。侮辱、名誉毀損、業務上過失致傷、贈賄、脱税、風営法違反、売防法違反、国家公務員法違反、詐欺、殺人の罪状は明白。B県警察医局の決により、懲戒暗殺だ。ざまあみさらせ」

（こ、この脚捌き……この居合い……）

山本は、警務部参事官として、最後の仕事をした。

すなわち、県警職員の人事記録を想起することである。

（な、中村文人……全日本剣道選手権大会、優勝。そ、それで警部補に、大甘昇任）

「痛えか？　ああ？　痛えだろうなあ」

「た、助け、て……中村、さん、私は……け、警察本部長に……」

「駄目だね。クビだ」

「二億で!!　いえ五億出します五億!!」

「口先無用」

「ぐああっ」

中村の刃は、嗜虐的に、じわじわ心の臓まで、山本の躯を斬り上げた。

いや、クビまで。

「冥土の土産だ。ちょっと眼ぇ下げてみ？

刃文、よく見えるよな？　も少し上げるか？」

「おっおおっ……おごっ!!」

「コイツぁ、三河蜊って呼ばれてな。蜊みてえな細けえ模様、おもしれえだろ。

マア俺にもテメエにも似合いの無銘だが、中村家はこれでも、三河以来の貧乏旗本の家でな」

中村は左頸動脈に達していた『三河蜊』を引き抜き、山本の血潮を払い捨てた。

刀は無銘だが、実は御嶽新蔭流、免許皆伝の腕である。

「あ、あう……あうあ……」

「あの世ではよ、神浜の方が先任で上官だ。精々パワハラしてもらうよう、頼むんだな」

ドサリ。

稀代の傑物、B県警の鵺こと山本伝警視正は、売春窟のゆかにばたりと倒れた。

もはや、動かない。

「ゲス野郎が」

さすがの中村も大きく息を吐くや、ひと仕事終えた疲労感で、傍らのベッドに腰を落とした。『三河蜊』を鞘に納め、ハイライトのパケを出す。あれが本当に一億円だったら、さて、どうなっていたことか。そして明かされた、山本警視正の妄執の本当の意味。

「窓際警視にゃ関係ねえ。だが言ってることは、マア、解らないでもなかったか……」

「そうでしょうそうでしょう中村さん？」

「うおっ」

バタリと倒れ伏していた山本伝は、まるで映画を巻き戻すような奇妙な動きで立ち上がった。そして啞然とする中村に対し、からかうように両手を重ねて拍手しながら、警務課で朝、ネチネチ嫌味を言いにくる様子そのままで、淫猥なベッドに猛進してくる。ぱち、ぱち、ぱち、ぱち。思わず『三河蛸』を採る中村。

「いやあ中村さん、お見事な腕前でしたねえ。日本刀についての高尚な御講義、どうもありがとうございました。私のような無能な警察官にも解るように説明してくださって。だから痛い。あら痛い。とっても痛いです中村さん死ぬは負け。あなた自分のやったこと解ってます？　日本警察初のノンキャリア警察本部長の芽を摘んだんですよ文字どおりクビにして。そのお茶目さんぶりをしっかり後悔した方が、御自分の将来のためだと私などは愚考いたしますけれどね。でも御優秀な中村さんには、それを顧みるだけのお暇などないでしょうから、私から僭越ながら一つだけ御指導させていただきますそこへ直れ」

「……ハハッ、山本警務部参事官殿、謹んで」

「地獄では私の方が先任で上官ですから、たっぷりパワハラして差し上げますよ。あなた、私が執念深いこと、ようく御存知ですよね？　私の言っていること、解」

――ドサリ。

今度こそ山本は倒れた。

そして死んだ。

中村は新しいハイライトを咥(くわ)える。

線香(せんこう)代わりに火を灯し、ある種の感慨(かんがい)を込め、ゆっくりと煙を吐いた。そしていった。

「残念だがな。

地獄へ行ってまで、警察官なんざ、やるわけねえだろうがよ……」

終章　因果の糸車

B県警察本部、警務課。

本日も、SG班は通常運転だ。

すなわち、朝の喧騒を余所に、新聞片手でコーヒーブレイクを満喫している。

――始業から三十分、すなわち午前九時前後であろうか。

警務課の入口に、ひとりの女性が現れた。落ち着いたスーツ姿の、上品な御婦人だ。

「あの、おはようございます」

返事も反応もない。まして接遇はない。

「あの、失礼致します」

警務課の視線が、ひょっとこ次席に集中した。次席はパソコンに没頭するフリを続けている。だがさすがに三分すると、周囲の圧力と沈黙に耐えかねたか、警務課で二番目に大きいデスクを起った。入口まで驀進する。まるで、その女性を室内に入れたくないかのように。

「や、山本の家内でございます。次席さん、お電話ではどうしても要領が……」

「お疲れ様です奥様。しかし私どもとしても正直、困り果てておると申しますか。特段、新しい情報もございませんし」

「次席さんとはこれまでも親しくさせていただきましたので、どうにか御相談というか、話を聴いていただけないかと、御迷惑ながら参上したのですが……」

「いえ、奥様には、それはもう御親切にしていただきましたが、事が事ですし、次席警視にできることなど、実は何も」

　そのとき中村文人警視が喫煙所へ出発しようとしたのは、中村にとっては悲劇、次席にとっては渡りに船であった。ちょっと失礼しますよ、と両者から逃げようとした中村の肩が、ひょっとこ次席にむんずと攫まれる。

「おお中村、ちょうどいい。今、手ぇ塞がってないだろう？」

「お言葉ですが次席、私、これから庁内連絡に出発するところでしてハイ」

「どうせ喫煙所だろうが!! いいからお客様のお話、聴いてさしあげろ」

「……私がですか？ いえ失礼、私でよろしいのですかという意味ですハイ」

「ゴタゴタ言わずに御相談に乗るんだよ。あと、私への報告なり相談なりはいらんからな。お前も警視で、いってみれば室長級なんだから。自分の責任と判断で処理するんだ。解ったな？」

　中村は警務課をぐるりと見渡した。

　それまで中村たちを凝視していた課員が、あざやかな統一性で、視線を逸らしパソコンのモニタと睨めっこを始める。ものすごい静寂のなかにあったはずの警務課が、たちまちキーボードのカシャカシャ音に塗り潰される。

（点検教練じゃねえんだからよ。そこまでキレイに逃げを打たなくてもいいじゃねえか。ケッ）

「了解しました次席。奥様、どうぞこちらへ。どうやら警務課というのは、保身に必死な人間の集まりみたいですから。悲しいですなあ、次席」

その次席は既に、中村の言葉の射程距離から離脱していた。すごい逃げ足である。

中村は山本夫人を案内して、SG班のパーテ内に導いた。

さっきまで雁首そろえていた四人の班員は、誰もいない。これまた見事なものだ。

（もっとも、ウチの奴らが逃げたのは、全然違う理由からなんだがな……良心の咎めなんざ無えが、カネでブチ殺した相手の遺族に、合わせる顔なんか無えやな。それを言やあ、この俺こそ、真っ先に逃げ出したい所だがよ）

「ちょうど席も空いているようで。どうぞ奥様、こちらのデスクにお座りください」

「どうも有り難うございます。あの、大変失礼なのですが、中村さんは……」

「申し遅れました。警務部警務課で、巡回教養班の班長をしております、中村警視と申します。イヤ警視なんていっても、私ぁインチキ昇任者でして。ここじゃあ警部補以下の扱いです。警務部参事官夫人に私なんぞが出しゃばって、誠に申し訳ありません」

「いいえ、こうして座ってお話をさせていただけるのは、中村さんが初めてで」

（ふざけてやがら。山伝警務部参事官の権勢に、どれだけの警察官が擦り寄って靴舐めてやがったことか。いざ政権交代となりゃあ、嫁さんなんて用無しかよ。心温まる組織だぜ）

「山本は社交好きだったものですから、皆さんにも慕っていただきまして。これまで、今の次席さんもそうですし、警務部の給与課長さまとか、厚生課長さまとか、部が違いましても会計課長さまとか、生安部長さま、生安参事官さま等々……大勢の方と、妻の私も、家族ぐるみで親しくさせて頂いてはいたのですが……山本が、その、あのようなことになりまして……皆さん、さぞ困惑しておられるのか……」

「私もビックリいたしました、奥様」中村は口の中の苦味を噛み潰した。「私などに詳細は知らされておりませんが、聴き及びますには、突然、退職願が郵送されてきたとか」

「どうやら一〇日前ですが……県警本部に、退職願と手紙を郵送したようで」

「手紙ですか」

「……どうぞ捜してくれるな、と」

「それでは失踪」

「どう考えて、よいやら」

「御自筆でしたか？」

「私が見せていただいたのは、紛れもなくあの人の筆でした」

（漆間の仕事なら、マア誤りは無えんだがな。筆圧まで再現しやがるからな）

「さぞかし、お困りでしょう」

「……先週、懲戒免職の辞令が届きまして。山本は県警を馘首されました」

「えっ」

「失踪は、警察庁の『懲戒処分の指針』によれば、充分、免職理由になると」

「それにしても、先週ですか」中村は本当に驚いた。いちおう、警務の警視である。

「失踪ですと、一般的には、一箇月は様子を見るもんですが……」

「警察官は、他の公務員とは違うと。特に倫理性が求められると。しかも、後事について何の引き継ぎもなく失踪するなど無責任の極みだと。だから警察では四日の例もあるし、二週間の例もあると」

(理屈を言いやがる。恐らく、これまで生安の覇権を面白く思っていなかった、警備・交通の差し金だろうな。山本が勝手にコケたんで、これを破廉恥なものにして、警務参事官ポストは無論のこと、管理部門の主要ポストを奪還すると。なら急いで懲戒免にしちまった方が、万事、都合がいい……

しかし無茶するぜ。分限免職にする目安でさえ、一箇月前後だってのによ)

「けれど、そうなると私ども、本当に困ってしまいまして……」

「それはそうでしょう。ぶっちゃけ、退職金まで召し上げられたようなもの」

「唯一の働き手である山本も、こんなことになりましたし……本決まり直前でした娘の縁談も、宙に浮き……それに実は、お借りしております警察官舎も、急いで退去してほしいと、会計課さんから」

「それは、警察官の身分がなくなったから綺麗にして出ていって欲しいと。懲戒免職の処分がちょうど一週間前だったものですから、本当は、今すぐにでも退去しなければならないのです。けれど、そんなこと……山本は県警本部勤務が続いたので、もう十年も今の官舎に……それが懲戒免職で、すぐさま出てゆけと。修繕費は、八三万八、〇〇〇円の一括払いだと。ただそれは、あまりにも」

(因果は繞る糸車、か。山伝が神浜にやったこと、その半分程度のことではあるが。だからってザマアミロなんて気分にゃならねえ。警察って会社の、陰湿さが身に染みるだけだ)

「存じ上げていた会計課長さまにも、厚生課長さまにも、せめて一箇月の猶予をと――さもなくば、警察と御縁のある安いホテルでも紹介していただきたいとお願いしたのですが」

「断られたんですか」

「それが……どなたも会議とか行事とか、御出張とかで、お会いすることもできず」

「失礼ですが、山本警視正は生安の高級幹部でいらした。古巣の生安参事官だの、生安部長だのに頼まれては」

「……山本の失踪問題の処理で大童だと。もう電話は遠慮してほしい、我々も大混乱のさなかだと。それは厳しくお叱り(しか)を受けてしまいまして」

「……御無念でしょうな」

「警察というのは……いえ失礼致しました。何でもありません」

「奥様。私も奥様のお力になりたい。ちょっと事情もありませんが、その気持ちに嘘偽りはございません。ただ奥様、もうこの二週間弱でよくお解りだと思いますが、警察というのはマア、こういう所です。

そうですな、この七年前になりますか。似たような苦しみを受けた警察官がおりました。そいつぁとうとう、自ら命を絶ってしまいましたが……

強い者に弱く、弱い者に強い。そうであってはいかんのですが、そうであるのが現状です。それは、組織的な、構造的な問題でして……私のような、ヒラ警視ニセ警視ひとりでは、どうにもならんのです……ただこうやって御無念を聴くしか。もし御主人が健在なら、そして、奥様が今のようなお気持ちを強く訴えられたのなら、御主人もきっと悔い改め……いやともかく、きっと組織改革を進めることもできたのでしょうが」

ここで、山本夫人は大きく頷き(うなず)ながら、ぼろぼろと大粒(おおつぶ)の涙を零し(こぼ)始めた。

「そうなんです、中村さん!!」

「え、えっ」

「山本が失踪などするはず、ございません!!

山本は……山本は……あれの夢は、恥ずかしながら申し上げます。Ｂ県警の警察本部長になって、警察を改革することなんですから!!」

「警察本部長に、ですか」

「無理なんでございましょう？　ノンキャリアが警察本部長になるというのは。でも、あの人はどうしてもそれを実現すると……警察では権力がすべて、階級がすべてだと。だから真剣に警察を改革するためには、頂点である警察本部長にならなければ駄目なんだと。

中村さん、山本は……

まだ警部のとき。生活安全企画課というところで、企画の補佐をさせていただいていたとき。

東京からのキャリアに、それはもうイジメられたんでございます。そのときのキャリア、生活安全部長というのが、名うての凶暴な方で……当時の生活安全部には、笑いというものが一切、なかったと聴きます。生活安全部長独裁で、すぐ部下を怒鳴ったり、部長室に軟禁して詰問を続けたり、部長室出入り禁止者リストを作ったり、実績とか統計とかの捏造を強要したり、警察庁からの表彰が少ない所属を吊し上げたり。ある人は過労で倒れ、ある人は精神を病んで病院送りになり、ある人は脳溢血で辞職した直後お亡くなりになり……生活安全部すべてが死屍累々で……

もちろん、そんな部長のお膝元、筆頭課の企画補佐だった山本も、それは非道い、言うをはばかるイジメに遭いました。あの自信に満ちあふれた人が、当時は一日三時間も眠れなくて、その三時間だって部長の名前を叫びながら飛び起きる様な、そんなギリギリの精神状態で……」

（マジかよ……）

「ああいう人ですから、どうにか部長を斥けようと、他の部長さん、警務部長さん、それからとうとう、警察本部長さんにまで直訴したそうです。警察庁にも、実態をありのまま、誇張も中傷もなく相談いたしました。

しかし、とうとう、二年半の任期が終わるまで、その異常な部長は独裁を続け遂せることができたのです。県警の役員も、副社長も、社長も……いえ出向元の警察庁ですら、現場の必死の訴えを無視するか、弱い警察官らの我が儘に過ぎないと過小評価したのです。人事措置どころか、注意のひとつすら、してはくれなかったのです……」

「だからですか。だから御主人は、警察本部長になると」

「警察は弱者を救う組織であるはずだと。弱者を座視する組織であってよいはずがないと。だから自分は決意したと。どのような手段を用いても、どのような評価を受けようと、まずは警察本部長になるのだと。そうでなければ、本当の意味で、この組織とこの組織の弱者を、ひいてはこの県の弱者を、救うことはできないのだと」

「どのような手段を用いても――ですか」

「その過程で人を泣かせてしまったなら、トップに立った自分が必ず贖い、救済すると」

――中村は、しばらく黙った。

山伝はあのとき、あの最期の刹那も、その誓いを憶えていたのか？　それとも、権力の階段を上り続けてゆくうちに、そんな誓いなどバカらしくなったのか？

（ケッ、それこそ地獄で訊いてやらあ。

どのみち神浜が死んだ時点で、贖いようなんて無えんだしな。なあ山伝さんよ？）

自分がパワハラされたから、他人にパワハラするのか。

自分がパワハラされたから、他人にはパワハラしないのか。

そしてもし――

もし神浜警部の方が生き残り、総務部長にでもなっていたら、いったいどうなっていただろう？

（因果は続る糸車。

そして警察の腐れ糸車は、ちょっとやそっとじゃ止まらねえ。俺みてえなゴンゾウ警視にゃあ、それを止める義理も義務もねえ。殺し合いたきゃ殺し合え。死にてえんなら殺してやる。それだけだ。

けどよ）

中村はＳＧ班のパーテからヒョイと首を出した。また一斉に、すべての制服姿が縮こまる。懲戒免職になった山本伝・元警務部参事官に関与することは、たとえその妻が救いを求めて来ようと、恐ろしい災厄でしかない。これから警務課も管理部門も、人事の季節、激震の季節を迎えるのだ。誰もが警備部門・交通部門の靴を舐め始めたに違いない。

(ところが俺ぁひねくれ者だから、右へ倣えと言われりゃあ、左向きたくなるのさ)

中村は出がらしの緑茶を啜った。この気分に比べれば甘露だった。

「奥様、現実問題、御主人が帰ってくるまでは、厳しい日々が続くでしょう。

そして私が言うのもアレですがね、B県警なんて、一切頼りになりませんや。警察では、地位の切れ目が縁の切れ目でしてね。もう分かるでしょう。ホラ、誰一人、奥様をまともに見ようなんて酔狂者はいませんぜ。残酷ですが、懲戒免となりゃあ、もう二度と警務部参事官どころか、警察官にはなれませんからなあ。これすなわち、警察官とも警察とも、絶縁されたということです。こんな薄情な組織のことはどうか忘れて、違う世界に活路をお捜しなさい。縋り付いてみたところで、腹が立つだけ。

ぶっちゃけ一銭も出てきやしませんぜ」

「中村さん、あなたのことは聴いたこともありませんでしたが、本当のことを、どうも有り難うございました。残酷な真実の方が、慇懃な沈黙より遥かに優しいもの……

その中村さんに御迷惑を掛けてもいけませんので、そろそろお暇いたします」

「ああ奥様、どうぞこれを」

中村はそそくさと、小さな紙片を差し出した。

「これは、地図……『らーめん中屋』？」

「ヒネた警察官なんざやってますとね、組織の奴らにゃ嫌われますが、部外の友達がマア、できまして。どうぞこの足で、そのショボくれたラーメン屋、お訪ねになって御覧なさい。県警の中村の紹介だと――

御安心を、先様は信頼できる婆あ、いえおかみさんです。地元の顔役でしてね。どんな相談にも乗ってくれますよ」

「……よく解りませんが、中村警視がおっしゃるなら、本当でしょう」

「生活のことも何もかも、正直に話すことです。決して、悪いようにはしませんから」

有り難うございます。

有り難うございます。

中村が斬殺した監殺マル対の未亡人は、何度も何度も繰り返して頭を下げた。そしてそのまま、警務課の入口で深々とお辞儀をして、誰に見送られるでもなく去っていった。山本警務部参事官が健在なら、応接室で茶の三杯も出、エレベータには三人以上、見送りが付いたことに間違いない賓客である。だが誰も、そう中村ですら随伴しようとはしなかった。もっとも中村としては、言葉にできそうもないムカつきに喘いでいたのであるが。

――すると時機を見計らっていたのか、秦野警部と漆間警部が帰ってくる。

「テメエら汚えぞ。俺にだけ後味の悪い思い、させやがってよ」

「そう悪人ぶるな、この人情家が」秦野警部はニヤリと口髭を撫でた。「中屋の元締めは福元県議を押さえている。官舎も縁談も、今後の生活も、どうとでもできるはずだ」

「ふむ、そういうことだったのか」漆間警部がサングラスを外した。「警察に怨みを感じ始めた山本夫人を、新しい依頼人に仕立て上げた――私はそう思ったのだが」

「好きに言ってろ。俺ぁしばらく寝るぜ」

中村は警視用の事務椅子に踏ん反り返り、顔に新聞紙を被ってしまう。

秦野と漆間は顔を見合わせた。新聞紙はほとんど上下しない。

その新聞紙の一面には、奇しくも、こうある――

福島県警　警部三人が自殺　パワハラ捜査二課長を更迭

厳しい本部長叱責　逆らう術なく　佐賀県警交通事故統計改ざん

――期せずして、同期三人が考えたことは、実は一緒であった。

(警察官が警察官を殺す。どんな理由があれ、そうどんな理由があれ、外道なことだ)

(了)

解説　社会の不条理に挑む痛快〝警察〟活劇

末國善己（文芸評論家）

一九七二年九月二日、テレビ時代劇『必殺仕掛人』がスタートした。原作は池波正太郎だが、まだ『仕掛人・藤枝梅安』の連載がスタートしたばかりだったので、同作の原形となった短編「殺しの掟」の設定も取り入れられていた。『必殺仕掛人』は時代劇の定番だった勧善懲悪の図式を排し、金で殺しを請負う悪党が、弱者を食い物にしている巨悪を始末するダークでアンモラルな物語だったことから制作陣には懸念もあったようだが、放送が始まると視聴者を熱狂させた。続編『必殺仕置人』からは、プロの殺し屋が悪党を始末する設定は受け継ぎながらも池波の原作ではないオリジナルストーリーの〈必殺〉シリーズとなり、世代を超えたファンがいる人気コンテンツになっている。

そのため〈必殺〉シリーズの影響を受けた作品は、時代劇だけでなく、栗原正尚の漫画〈怨み屋本舗〉シリーズ、タカヒロ原作、田代哲也画の漫画『アカメが斬る！』、オリジナルアニメで実写ドラマ、映画化などもされた『地獄少女』、貫井徳郎〈症候群〉シリーズ、京極夏彦〈巷説百物語〉シリーズなど、様々なジャンルで発表されている。

「不祥事のデパート」と揶揄されているB県警内に極秘裏に設置された「警務部警務課

SG班」、通称「監殺班」が、重大な犯罪に手を染めた警察官を人知れず抹殺していく本書『監殺』も、〈必殺〉ものの系譜に連なる一冊である。

警察小説の人気は衰えることを知らないだけに、スペシャリストだけの特殊チームが難事件に挑んだり、反対に持て余し者ばかりの斜陽部署が思わぬ活躍をしたりする作品は珍しくない。「監殺班」に集められたのは、運と偶然、剣道の腕で昇進した中村警視、機動隊出身で「狂犬」の異名を持つ秦野警部、電子諜報が得意な漆間警部、女たらしの後藤田巡査部長、元六本木のナンバーワンキャバクラ嬢で、今も非合法ながらキャバクラでアルバイトをしている國松巡査と、いずれ劣らぬはぐれ者ばかり。このメンバーが各人の得意技を活かして暗殺を実行するのだが、本書が独創的なのは、不祥事が続くB県警の抜本的な改革に着手した警察庁の幹部が、警察の警察である監察の強化を思い付くところから始まり、中央からB県警に送り込む本部長の人事プロセス、「監殺班」の隠れ蓑になる部署の設置や、「監殺班」の指揮命令系統といったフィクションを、実際の日本の法律、警察組織のあり方と矛盾することなく描いたところにある。

さらに著者は、警察内部の派閥抗争の実態、警察の行政文書がジャストシステムのワープロソフト一太郎と、マイクロソフトの表計算ソフトExcelで作成されているなど、知られざる警察の内情を活写しながら物語を進めているので、そのリアリティに圧倒されるだろう。このあたりは、東京大学法学部卒業後、リヨン第三大学法学部に留学、キャリアとして警察庁に入り、交番、警察署、警察本部、海外、警察庁などを経て警察大学校主任教授で退官、『残念な警察官　内部の視点で読み解く組織の失敗学』『警察手帳』『警察官の出世と人事』など警察関連の新書もある著者の面目躍如といえる。

「監殺班」は、交際していた女性を殺すも刑事参事官の父の権力を使って自殺として処理した尾道秀太郎巡査と、それに加担した神月純介美伊北警察署長を始末。続いて美伊銀行の専務から賄賂を受け取り、専務の息子が八歳の子供を轢き殺した自動車事故を揉み消した美伊中央警察署の仁保純也交通課長と美伊地方検察庁交通部の玉川秀介副検事を暗殺する。自殺偽装は、怪力で頸椎を折る秦野、盆の窪に細長い金属を打ち込む後藤田が、交通事故の隠蔽は、弦で首を吊る漆間と、薄い金属で頸動脈を切り裂く國松が担当した。「監殺班」の殺し技は、秦野が念仏の鉄、後藤田が梅安、クールな漆間は恐らく組紐屋の竜、國松がおりくに擬せられており〈必殺〉シリーズへのリスペクトが感じられる。ただ〈必殺〉は、貧しい人であれば少ない金額でも殺しの依頼を受ける人情味も濃いが、「監殺班」は殺す相手一人につき一千万円という多額の「特殊危険手当」を受け取り、暗殺を受けるか否かの判断は「医局」と呼ばれるいわば外部の委員会が決定している。こうした設定は、殺しを頼むには大金が必要で、依頼人は〔蔓〕と呼ばれる顔役に繋ぎをつけ、殺しを実行する〔仕掛人〕は〔蔓〕の命令で動くとした池波の『仕掛人・藤枝梅安』を彷彿させる。つまり「監殺班」が遂行する悪人への制裁は、ドラマと原作のハイブリッドなのである。

そのほかにも、巻頭に掲げられた「――かつて我々を暗黒の世界へ押しやった者どもよ、思い知るがいい」が、アニメ〈ガンダム〉シリーズに登場するアクシズ（ネオ・ジオン）の指導者ハマーン・カーンの台詞になっているなど、〈必殺〉以外にもサブカルチャーのネタがちりばめられているので、それらを探しながら読むのも一興である。

権力に守られ法の裁きから逃れた悪党が次々と倒される痛快な展開は、「監殺班」が、未亡人の依頼で、七年前に自殺した神浜忍警部の周辺を調べ始めると一変する。

警備公安のエリートだった神浜は、警部に昇任すると規定通りに警察大学校で学び、成績優秀者に声が掛かるという警察庁公安課への出向も果たし、B県警に戻ってきた。本来ならエースとして警備公安に戻るのだが、組織改革の波に飲まれ門外漢の生活安全部保安課（風俗の取り締まりなどを担当）に配属された。神浜は、叩き上げのスペシャリストが揃う保安課で孤立し、精神的に追い詰められていったという。

さらに「監殺班」の調査で、神浜が経験した壮絶なパワーハラスメントの実態が浮かび上がってくる。それは保安課への異動の内示が出た頃から始まっていた。挨拶回りに行った神浜は、正式な異動前で権限がないのに山積みの書類の処理を命じられる。次いで次席に呼びつけられ、挨拶に来るのが遅いと罵倒されたのだ。夜遅くまで書類を片付けていた神浜は、タクシーチケットがもらえず、県警本部近くのビジネスホテルに宿泊するようになる。これに追い討ちをかけたのが、「新しいタイプの二号営業の問題」なるプロジェクトチームのとりまとめ役である。ただでさえ神浜は風俗営業法の知識が乏しいのに、古株の警部はまったく協力してくれなかった。神浜は、新しい二号営業の捜査で決定的なミスをし、それが自殺の引金になったというのである。

身体および精神への攻撃、人間関係からの切り離し、過大な要求などがパワハラの特徴として挙げられるが、初めての仕事なのに失敗すれば厳しく叱責され、同じ部署に理解者がおらず、一人でこなせないほどの任務を与えられた神浜は、パワハラの被害を真正面から受けたといえるだろう。ただ、これは警察の特殊な事情ではない。作中ではパワハラが、出世をしている人間への嫉妬、敵対する派閥の人間への恨みなどで発生し、加害者がパワハラをしている意識がなかったり、不祥事を隠したい組織の力学が働いたりするため発覚しにくいとされている。自浄能力がなく、外部の監査を嫌うのは警察に限らず日本の組織の特質ともいえるので、本書はパワハラがなくならない現代社会の病理を鮮やかに解き明かしたといえる。

パワハラは身近な問題なので、真面目な上に愛する家族がいるのでパワハラの最前線から逃げ出さなかった神浜が、食事をしても吐くようになり、トイレにも行けず、趣味の読書にも関心を示さなくなる鬱状態になり、病気になると職場での待遇が悪くなってさらに症状を悪化させていく場面は、とても他人事とは思えないのではないか。

終盤になると、神浜を嵌めた巨悪と「監殺班」の壮絶な戦いの幕が切って落とされるが、それだけでなく、周到に配置されていた伏線がまとまり、神浜の自殺の裏側が明らかになるところは本格ミステリとしても楽しめるだろう。

〈必殺〉シリーズへのオマージュになっている本書は、悪人に懲罰を与えるとはいえ、それは私的制裁に過ぎない「監殺班」を正義のヒーローとしていない。著者が、悪人がさらなる悪人を殺す展開にこだわり、暗殺の実行には世の表も裏も知り尽くす「医局」のメンバーの許可という一種のシビリアンコントロールを設けたのは、正義がはらむ危うさ、正義を相対化する視点を持つことの重要性を示す意図があったように思える。近年、匿名性が高いSNSを中心に、信じる正義を絶対視する人たちが、異なる意見を持つ人を攻撃する事例が増え、自殺者も出ている。「監殺班」に付けられたリミッターは、掲げている正義が歪んでいるかもしれない可能性を想定せず、正義に酔いしれ言葉の暴力を正当化する人があふれる現状への批判とも解釈できるのである。

組織内の〝膿〟を密かに排除する物語なら、外部のプロを主人公にしても成立するが、著者は警察の綱紀粛正を担う監察官の一変種として「監殺班」を描いた。組織の人間が、内部の〝膿〟を出そうと奮闘する展開にこだわったのは、まず中にいる人が声を上げ、理想を共有する人たちと手を組まなければ、よりよい組織に変革することなどできないというメッセージに感じられた。本書を読むと、社会にはびこるあらゆるハラスメントや、仕方ないと諦めていた組織内の不条理に立ち向かう勇気がもらえるはずだ。

本書は、二〇一五年九月に小社より刊行された単行本『監殺　警務部警務課ＳＧ班』を加筆修正のうえ改題し、文庫化したものです。

監殺（かんさつ）

古野まほろ（ふるの）

令和３年　２月25日　初版発行

発行者●堀内大示

発行●株式会社KADOKAWA
〒102-8177　東京都千代田区富士見2-13-3
電話　0570-002-301（ナビダイヤル）

角川文庫 22533

印刷所●株式会社暁印刷
製本所●株式会社ビルディング・ブックセンター

表紙画●和田三造

●お問い合わせ
https://www.kadokawa.co.jp/（「お問い合わせ」へお進みください）
※内容によっては、お答えできない場合があります。
※サポートは日本国内のみとさせていただきます。
※Japanese text only

ISBN 978-4-04-107664-4　C0193

◇◇◇

角川文庫発刊に際して

角川源義

第二次世界大戦の敗北は、軍事力の敗北であった以上に、私たちの若い文化力の敗退であった。私たちの文化が戦争に対して如何に無力であり、単なるあだ花に過ぎなかったかを、私たちは身を以て体験し痛感した。西洋近代文化の摂取にとって、明治以後八十年の歳月は決して短かすぎたとは言えない。にもかかわらず、近代文化の伝統を確立し、自由な批判と柔軟な良識に富む文化層として自らを形成することに私たちは失敗して来た。そしてこれは、各層への文化の普及滲透を任務とする出版人の責任でもあった。

一九四五年以来、私たちは再び振出しに戻り、第一歩から踏み出すことを余儀なくされた。これは大きな不幸ではあるが、反面、これまでの混沌・未熟・歪曲の中にあった我が国の文化に秩序と確たる基礎を齎らすためには絶好の機会でもある。角川書店は、このような祖国の文化的危機にあたり、微力をも顧みず再建の礎石たるべき抱負と決意とをもって出発したが、ここに創立以来の念願を果すべく角川文庫を発刊する。これまで刊行されたあらゆる全集叢書文庫類の長所と短所とを検討し、古今東西の不朽の典籍を、良心的編集のもとに、廉価に、そして書架にふさわしい美本として、多くのひとびとに提供しようとする。しかし私たちは徒らに百科全書的な知識のジレッタントを作ることを目的とせず、あくまで祖国の文化に秩序と再建への道を示し、この文庫を角川書店の栄ある事業として、今後永久に継続発展せしめ、学芸と教養との殿堂として大成せんことを期したい。多くの読書子の愛情ある忠言と支持とによって、この希望と抱負とを完遂せしめられんことを願う。

一九四九年五月三日